河出文庫

シャーロック・ホームズ全集④

シャーロック・ホームズの思い出

アーサー・コナン・ドイル
小林司／東山あかね訳
［注・解説］C・ローデン／高田寛 訳

kawade bunko

河出書房新社

シャーロック・ホームズの思い出 ◎ 目次

シャーロック・ホームズの思い出　小林司／東山あかね訳

はじめに

日本語に訳されたシャーロック・ホームズ物語は多種あるが、その六十作品すべてを独りの訳者が全訳された延原謙さんの新潮文庫は特に長い歴史があり、多くの人に読みつがれてきた。彼の訳文は典雅であり、原文の雰囲気を最もよく伝えていたが、敗戦後まもなくの仕事であったから、現代の若い人たちには旧字体の漢字を読むことができないなどの不都合が生じてきた。そこで、ご子息の延原展さんが当用漢字ややさしい表現による改訂版を出された。こうして、親子二代による立派な延原訳が、個人による全訳としては存在している。

しかしながら、私どもシャーロッキアンとしては、これまでの日本語訳では満足できない面があった。どんな点に不満なのかを記すのは難しいが、一例を挙げれば、かもし出される雰囲気である。たとえば、言語的に、また、文法的に正しい訳文であっても、ホームズとワトスンや刑事などの人間関係が会話に正しく反映されていなくては困る。また、ホームズの話し方が「……だぜ」「あのさー……」などというのと、

「……だね」「それでね……」というのとでは品格がまるで違ってしまう。さらに、表現を中学生でも読めるようになるべくわかりやすく簡潔な日本語にしたいと思った。

新訳を出すもう一つの目的は、注釈を付けることであった。既にベアリング・グールドによる大部な注釈書（ちくま文庫）が存在していたが、これはあまりにもシャーロッキアン的な内容であった。事件がおきた月日を確定するために、当日の実際の天候記録を参照するなどである。もっと偏りのない注釈を私どもの手で付けようとして準備を進めていたところへ、英国のオックスフォード大学出版部から学問的にこれ以上のものを望むことのできないほどすばらしい注釈の付いたシャーロック・ホームズ全集が一九九三年に刊行された。屋上屋を重ねる必要はないので、私どもの案をやめて、オックスフォード版の注釈を訳出することにした。先に、グールドの注釈を全訳し、その後ロンドンに二年近く住んでおられた高田寛さんが幸いにもその大役を引き受けてくださったので、私どもが訳した本文以外の部分はオックスフォード版から高田さんに訳していただいた。ご覧になればわかるとおり、今回のホームズ全集は小林・東山・高田の合作である。いくつかの点だけに、小林・東山による注を追加したが、オックスフォード版と意見を異にした場合もある。

この全集の底本について述べておきたい。底本に何を選ぶかについては、いろいろな考え方がある。ドイルが最初に連載した「ストランド・マガジン」。それを基にして単行本九冊にまとめた各初版本。それを合本にして、短篇集と長篇集という二巻本の形にして一九二八年以来七十年間も一貫して刊行し続け、ドイルが最も信頼をおいていたと言われるジョン・マリ版。新たに発掘された原稿などにも当たって、厳密に著述順に編集し直したオックスフォード版。それらには微妙な違いがあり、そのうちのどれを選ぶか。注釈をオックスフォード版から採っているのであるから、本文もオックスフォード版から採るのが当然であろう。しかし、著作権の問題があって、全集予告パンフレットにもあるように、最初はジョン・マリ版に基づくことにして『緋色の習作』の翻訳を進めてきた。しかし、著作権に触れないことがわかったので、『シャーロック・ホームズの冒険』以降は、急遽本文の翻訳もオックスフォード版に基づくことに方針を切り替えた。この点、予告とは異なったのでご了解をいただきたい。

この巻には十二作の短篇が収められているが、各作品の表題について述べておきたい。日本語で読める全訳としては、長いあいだ新潮文庫の延原謙訳が代表的なものであり、七百万部も出版されてきたという。それで、延原訳の表題になじんだ読者も多いことを考えて、なるべくそれを踏襲するように心がけた。しかし、差別用語その他の理由でいくつかの表題だけを新しい訳名に変えた。原題との対照表を次に示しておく（かっこ内は、延原による旧訳で、今回採用しなかったもの）。数字は「ストランド・マガジン」に発表された年月である。

Silver Blaze	白銀号事件	一八九二年十二月
The Cardboard Box	ボール箱	一八九三年一月
The Yellow Face	黄色い顔	一八九三年二月
The Stockbroker's Clark	株式仲買店員	一八九三年三月
The "Gloria Scott"	グロリア・スコット号	一八九三年四月
The Masgrave Ritual	マスグレーヴ家の儀式	一八九三年五月
The Reigate Squire	ライゲイトの大地主（ライゲートの大地主）	一八九三年六月
The Crooked Man	曲がった男（かたわ男）	一八九三年七月
The Resident Patient	入院患者	一八九三年八月
The Greek Interpreter	ギリシャ語通訳	一八九三年九月
The Naval Treaty	海軍条約文書事件	一八九三年十〜十一月
The Final Problem	最後の事件	一八九三年十二月

この巻のイラストについては、単行本の初版本および「ストランド・マガジン」の連載からシドニー・パジットの筆によるものを全部転載した。パジットはドイルに最

も気に入られたイラストレイターであって、「彼のホームズの絵に沿って物語を書こう」とまでドイルに言わせた画家であった。当時は写真印刷がまだなかったので、日本の浮世絵と同じく、彫り師が線に彫りあげたものが印刷されている。それで、SPというパジットのサインのほかに、彫り師のサインが入っている場合もある。初版本から直接に採ったイラストを全部入れた『シャーロック・ホームズの思い出』は、日本でこれが最初の出版であろう。文のほかに、イラストも楽しんでいただきたい。

また、ホームズ時代の貨幣、通貨の価値についても、問い合わせが多いので、本書以後は、およその現在の日本円換算値を記すことにした。諸物価の研究により、一応、一ポンド二万四〇〇〇円として算出してある。

最後に、M・Dというのは医学士（医学部卒業生）の称号にすぎないし、当時の医学教育の実情を検討しても、ワトスンは医学博士号を取得していなかったと考えられるので、一貫して「ドクター・ワトスン」を「ワトスン博士」でなしに「ワトスン先生」と訳したことをお断りしておきたい。この点と、固有名詞の表記その他で私どもは高田寛さんと意見を異にする場合があったが、そのままにしてある（パジットとパジェット、ウォードとワード、など）。

小林司／東山あかね

シャーロック・ホームズ全集④

シャーロック・ホームズの思い出

小林司／東山あかね訳

挿絵　シドニー・パジット

白銀（シルヴァー・ブレイズ）号事件

「ワトスン、ぼくは行かなければならないようだ」ある朝、一緒に朝食のテーブルにつくと、ホームズが言った。

「行くって、どこへかね？」

「ダートムアへさ。キングズ・パイランドだ」

これは思いがけないことではなかった。むしろ、わたしが不思議だったのは、彼がもっと前に、イングランド中の誰もが話題にしている、この風変わりな事件にかかわり合わなかったことのほうだった。ホームズは前の日一日中、部屋の中をうろうろ歩きまわっていた。うつむいて眉を寄せ、一番強い黒タバコをパイプに何度も何度も詰め替え、わたしが何を聞いても、何を言っても、全くホームズの耳には届かなかった。あらゆる新聞の最新版を販売所が届けてきたが、ざっと見るだけで、部屋の隅に投げ捨てた。しかし、彼は黙っていたものの、考えていることが何であるのかは、わたしにはよくわかっていた。いま世間に、彼の推理力に挑戦しうる問題は一つしかなかった。それはウェセックス杯の本命馬の奇妙な失踪と、その調教師が惨殺された事件だ。

だから、彼が突然、事件の現場に出かけると宣言しても、それはわたしが期待し、望んでいたことにすぎなかった。

「もしじゃまでなかったら、一緒に行ってみたいね」わたしは言った。

「ワトスン、君が来てくれたらおおいに助かるよ。それに、これは、君にとって時間のむだ遣いにはならないと思う。この事件を、きわめて特異なものにしそうな点がいくつかあるのだ。これからパディントン駅[1]へ行けばちょうど列車にまに合いそうだ。詳しいことは途中で話そう。君のあのすばらしい双眼鏡を持ってきてくれたまえ」

そこでわたしは約一時間後には、エクセターに向かって快走する列車の一等車の乗客になっていた。ホームズは耳垂れつきの旅行用帽子[2]をかぶり、真剣なきびしい顔つきで、パディントン駅で買った最新版の新聞の束にすばやく目を通していた。レディングをだいぶ過ぎて、ホームズはようやく最後の新聞を座席の下に放り込んで、わたしに葉巻入れをさし出した。

「快調に飛ばしているね」彼は窓の外を眺め、時計を見て言った。「現在の速度は時速五十三マイル半（約八六キロメートル）だ」

「四分の一マイル（約四〇〇メートル）標は見えなかった」わたしは言った。

「ぼくだって見なかった。しかし、この線路沿い[3]の電信柱は六十ヤード（約五五メートル）ごとに立っているから、計算はごく簡単だ。ジョン・ストレイカー殺しとシルヴァー・ブレイズ（白銀）号失踪事件のことはもうよく知っているだろうね」

「『テレグラフ』紙と『クロニクル』[4]紙に書いてあることは読んだ」

「これは、新しい証拠を得るためより、すでにあるさまざまな細かいことがらをより分けるために、推理の腕をふるわなくてはならない事件だ。きわめて特異で、完璧で、多くの人の個人的関心事であったために、推測、憶測、仮説が多すぎる。難しいのは、理論家や新聞記者があれこれ述べる考えから、事実、それも絶対に否定できない事実の骨組みを取り出すことなのだ。そして、このしっかりとした基盤の上に立って、そこからどんな推論が引き出されるか、事件全体の鍵となる特別な点はどれかを考えるのがぼくたちの仕事だ。火曜日の夕方、馬主のロス大佐と、事件を担当しているグレゴリー警部の両方から協力を依頼する電報を受け取った」

「火曜日の夕方だって！」わたしは声をあげた。「今は木曜日の朝だ。どうして昨日出かけなかったのかね？」

「ぼくがへまをやったのだよ、ワトスン。こういうことは、君の回想録でしかぼくを知らない人が考える以上によくあることなのだがね。イングランド一の名馬が、それもダートムア北部のような人家がまばらな土地で、それほど長いこと見つからない、などということはありえないと思っていたからね。昨日はずっと、馬が見つかり、馬泥棒がジョン・ストレイカー殺しの犯人だという知らせが来るのを待っていた。しかし、一日が過ぎて、今朝になっても、フィッツロイ・シンプスンという青年が逮捕された以外に何も進展がなかったので、いよいよぼくの出番だと思ったのだ。まあ、昨日一日もむだではなかったようだがね」

「それでは、考えはまとまったのだね？」

「少なくとも、事件の主要な事実はつかんだ。これから、君に一つ一つ、話してあげよう。事件をはっきりさせるには、他人に話して聞かせるのが一番さ。それに、君の協力を得るには、ぼくたちの出発点を示しておかなくてはならないからね」

わたしはクッションにもたれ、葉巻をふかした。ホームズは身を乗り出して、左の掌を、細長い人差し指でおさえながら要点を確認しつつ、わたしたちが出かけることになった、事件の概略を説明してくれた。

「シルヴァー・ブレイズ号は」彼は言った。「アイソノミー号の血統を引いている馬[5]で、有名だった先祖同様の輝かしい記録を持っている。六歳馬で、走るたびに賞金を幸運な馬主ロス大佐にもたらしてきた。こんどの事件がおきるまで、シルヴァー・ブレイズはウェセックス杯の一番人気で、賭け率は三対一だった。この馬は競馬ファンの間ではいつも最高の人気で、彼らの期待を裏切ったことがなかったから、低い賭け率でも莫大な金が賭けられてきた。だから、次の火曜日のレースにシルヴァー・ブレイズを出場させないことに、おおいに利害関係を持つ人間がたくさんいることは明ら

かだ。
　このことはもちろん、大佐の調教厩舎があるキングズ・パイランドでもよくわかっていた。この人気馬を守るためにあらゆる用心が払われた。調教師のジョン・ストレイカーは元騎手で、体重が重くなりすぎて引退するまではロス大佐の持ち馬に乗っていた。彼はロス大佐のもとで、騎手として五年、調教師として七年働いてきたが、いつも仕事熱心で、まじめに勤めてきた。厩舎は小さいもので、四頭しか馬を所有していなかったので、彼の下には三人の厩係の若者が働いているだけだった。毎晩このうちの一人が厩舎で寝ずの番をし(6)、残りの二人はその二階で眠っ

た。三人ともりっぱな人物推薦状を持ってきていた。ジョン・ストレイカーは所帯もちで、厩舎から二百ヤード（約一八〇メートル）ほど離れた小さな一戸建ての住宅に住んでいた。子どもはなく、メイドを一人おいて、暮らし向きはよかった。このあたりはひどく寂しいところだが、北へ半マイル（約八〇〇メートル）ほどのところには、タヴィストック町のさる土建業者が、ダートムアのきれいな空気を楽しみたい病人やその他の人々をあてにして建てた別荘村があった。タヴィストックの町自体は西へ二マイル（約三・二キロメートル）のところにあった。荒れ地の反対側、これも二マイルほど離れたところにはキングズ・パイランドよりもっと大規模なケイプルトン調教厩舎があり、この持ち主はバックウォーター卿で、サイラス・ブラウンが管理している[7]。あとはどこを向いても荒れ地ばかりで、住んでいるのはほんの少数の放浪のロマ（ジプシー）ぐらいだった。これが先週の月曜日の夜、惨劇がおこった時のだいたいの状況だ。

　その日の夕方、馬扱いの若者たちは、いつものとおり馬に運動をさせ、水を与えて、厩舎の戸締まりをしたのは九時だった。彼らのうち二人は調教師の家に行き、台所で夕食を食べた。もう一人のネッド・ハンタが警備のために残った。九時少し過ぎに、メイドのイーディス・バクスターが、厩舎に残った彼に羊肉のカレー料理の夕食を運んだ。彼女は飲み物は持っていなかった。厩舎には水道栓があり、仕事中は水以外飲んではいけないきまりだったからだ。真っ暗な晩で、何もない荒れ地を横切って行かなくてはならないので、メイドはランタンを用意していた。

イーディス・バクスターが廏舎から三十ヤード（約二七メートル）のところに来たとき、一人の男が暗闇から姿を現わし、彼女に声をかけてきた。ランタンの明りの輪の中に現われたのは、灰色のツイードの服を着て、布製の帽子をかぶった、紳士風の

男だった。ゲートルをつけていて、先端がこぶ状になっている握り手のついた頑丈なステッキを持っていた。しかし、彼女の注意を一番ひいたのは、その男の顔色がひどく青ざめていたことと、神経質な態度だった。年齢は、三十は越えているだろうというのが、彼女の考えだった。

『ここは何というところかい？』男は尋ねた。『荒れ地で野宿を覚悟したところで、あん

たのランタンの明りが目にはいったんでね』

『キングズ・パイランド調教厩舎の近くですよ』彼女は答えた。

『おあつらえむきだ！　そいつは運がよかった』彼は叫んだ。『なるほどね、厩舎係の若者が一人で、毎晩泊まり込んでいるってえわけか。あんたが手に持っているのは、さしずめ、そいつの夕飯だろう。さてと、新しいドレスを買うお金が手に入るとしたら、どうだろう？　見栄をはって断るようなことはしないだろうね』彼はチョッキのポケットから折りたたんだ一枚の白い紙を取り出した。『今夜こいつを彼に渡してくれ。そしたら一番きれいなドレスが買える金はあんたのものだ』

彼の態度があまりに真剣だったので、彼女はこわくなって、男の横をすり抜けると、いつも食事を手渡している窓のところへ走って行った。窓はすでに開いていて、ハンタが部屋の中の小さなテーブルの前に座っていた。今おきたことを話そうとした時、その見知らぬ男が再び近づいてきた。

『こんばんは』その男は窓の中をのぞきながら言った。『あんたと話をしたかったんだ』その男が声をかけた時、握りしめた男の手から小さな紙包みがのぞいていたのを見たと、メイドは証言している。

『何のご用ですか？』若者が尋ねた。

『君のもうけ話だ』男が言った。『ここには、ウェセックス杯に出る馬が二頭いる。

シルヴァー・ブレイズとベイアードだ。確かな情報をくれりゃあ、あんたに損はさせない。負担重量の点で、ベイアードはシルヴァー・ブレイズに五ハロン[8]（約一〇〇〇メートル）で百ヤード（約九〇メートル）差をつけられるてえんで、廏舎ではベイアードに賭けたというのは本当かな？』

『あんたも、いまいましい競馬スパイ[9]の仲間か？』若者が叫んだ。『キングズ・パイランドじゃあ、あんたたちのような人間をどう扱うか、教えてやろう』彼はぱっと立ち上がると、犬を放しに廏舎の奥へ走って行った。メイドは家へ逃げ帰ったが、その時ふり返ると、あの男が窓の中へ体を突っこんでいるのが見えたという。しかし、一分後にハンタが犬を連れて戻ってくると、男はいなくなっていた。建物の周りを走ってみたが、その男の影も形もなかった」

「少し待ってくれたまえ！」わたしは口をはさんだ。「廏舎の若者が犬を連れて飛び出したあと、ドアは開け放しのままだったのかね？」

「すばらしいよ、ワトスン。すばらしい」わたしの相棒がささやいた。「その点がとても大事だと思ったので、はっきりさせるために、昨日ダートムアに特別電報を打った。若者は、出かける前に戸締まりをしたそうだ。それから、おまけだが、窓は男が通り抜けられるほど大きくはない。

ハンタは仲間が戻るのを待って、調教師にそのできごとを報告した。その話を聞いて、ストレイカーは興奮したが、その本当の意味をわかっていないようだった。しかし、なんとなく不安になったのだろう、ストレイカー夫人が夜中の一時に目を覚ますと、ストレイカーは服に着替えていた。どうしたのかと尋ねると、彼は馬のことが心配で眠れないので、何も変わりがないか、厩舎へ歩いて行ってみるつもりだと答えた。彼女は窓を打つ雨の音が聞こえたので、出かけるのをやめるように頼んだが、彼はこの懇願にもかかわらず、大きな雨外套をひっかけて家を出て行ってしまった。

ストレイカー夫人は、翌朝七時に目を覚ましたが、夫はまだ戻っていなかった。彼女は急いで服を着て、メイドを呼び、厩舎へ向かった。ドアは開け放しになっており、部屋の中では、ハンタが椅子の上に体を丸めて、意識を失っていた。人気馬の小屋仕切りはからっぽだった。そして、調教師の姿はどこにも見当たらなかった。

馬具置き場の上の、まぐさ切り部屋で寝ていた二人の若者が、すぐに起こされた。二人ともぐっすり眠るたちで、夜の間なにも聞いていなかった。ハンタがなにか強い薬を飲まされたのは明らかだった。ハンタは目をさまさないので、薬が切れるまで眠らせておくことにして、若者二人と女性二人で行方のわからない人間と馬を探しに飛び出して行った。彼らは、調教師が何か理由があって、馬を早朝の運動に連れ出したのではないか、という希望をまだその時は持っていた。しかし、周りの荒野を見渡せる、建物のそばの小高い丘に上ってみても、馬の姿が全く見えなかったばかりでなく、

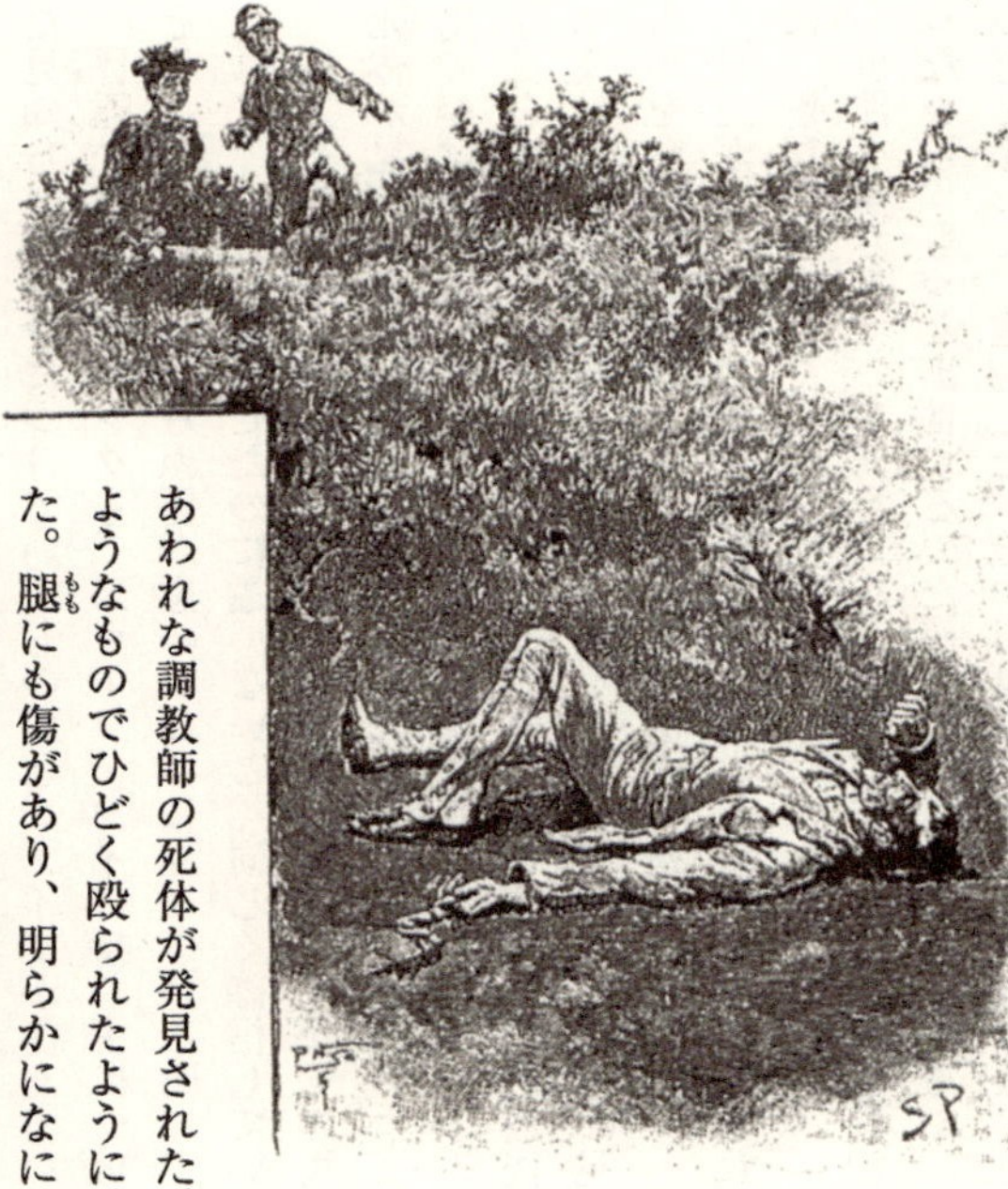

さらに悲劇がおこったことを警告する何かを実際に見たのであった。

廏舎から四分の一マイル（約四〇〇メートル）ほどのところのハリエニシダの茂みに、ストレイカーの外套がひっかかって、はためいていた。そのすぐ向こうには、すり鉢状の窪地があり、その底にあわれな調教師の死体が発見された。彼の頭は、何か鈍器のようなものでひどく殴られたように、ぐしゃりとつぶれていた。腿にも傷があり、明らかになにか非常によく切れる刃物による、長くて、直線状の切り傷だった。しかし、ストレイカーが襲撃者から懸命に身を守ろうとしたのは間違いない。

右手には小さなナイフを持ち、それは柄まで血がこびりついていた。左手には、赤と黒の絹製のスカーフ・タイを握っていた。このスカーフ・タイは前の夜に廏舎を訪れた見知らぬ男が身につけていたものだと、メイドが憶えていた。昏睡から覚めたハンタも、スカーフ・タイの持ち主についてははっきり憶えていた。それから、その見知らぬ男が窓のところに立っている時に、羊肉のカレー料理に薬を入れて、自分を眠らせたのに違いないと、同じく確信していた。

行方不明の馬に関しては、争いがおきた時に、馬がその場にいたことを示す証拠が、死体が見つかった窪地の底にあった泥の上にたっぷり残っていた。だが、その朝以来、馬の姿は消えてしまった。多額の賞金が賭けられ、ダートムアにいるロマたちもみんな目を光らせているが、今のところ何の知らせもない。最後に、廏舎係のハンタが食べ残した夕食を分析した結果、かなり多量の粉末アヘンが見つかったが、あの晩同じものを食べた家の者たちには異常がなかった。

以上がすべての憶測を排除して、できるだけありのままに述べた事件の概略だ。次に、警察が捜査した要点を話そう。

事件を任されているグレゴリー警部は、非常に優秀な警官だ。ただし、想像力があったなら、もっと出世するのだが。彼は現場に到着するや、さっそく疑われても当然の男を探して、逮捕した。その男はこの辺ではかなりよく知られていたので、探し出すのは難しくなかった。名前は、フィッツロイ・シンプスンというらしい。彼はりっぱな家がらの出で、高い教育も受けていたが、競馬で財産を使い果たし、今ではロンドンのスポーツ・クラブで、慎(つつま)しく、上流社会向けの私設馬券屋を営んで生計をたてていた。彼の賭け帳の記録を調べてみると、五〇〇〇ポンド（約一二〇〇万円）をシルヴァー・ブレイズ以外の馬に賭けてあった。

彼は逮捕されると、ダートムアにやってきたのは、キングズ・パイランドの馬についてと、ケイプルトン廐舎でサイラス・ブラウンが面倒をみている、二番人気のデズバラについても何か情報を得るためだと、自らすすんで供述した。前の晩さっき述べたような行動をしたことは否定しようとしなかったが、何もわるだくみがあったわけではなく、ただ直接の情報を得ようとしただけだと言明した。スカーフ・タイを見せられると彼は真っ青になり、殺された男がそれを握っていた理由を全く説明できなかった。彼の服はぬれており、前の晩に嵐(ストーム)の中で外にいたことを示していた。また、彼のステッキは先端がこぶ状になっているヤシの木製で[10]、鉛を入れて重くしてあり、何度も打ち下ろせば、調教師を殺すような恐ろしい傷を負わせることができるものだった。

ところが一方、彼自身にはなんの傷もなかったのだ。ストレイカーの持っていたナイフの状況からみて、少なくとも彼を襲った者の一人は、負傷しているはずなのだ。

これが事件の概略だ、ワトスン。何かヒントを与えてくれたら、おおいに恩にきるよ」

わたしはホームズが彼独特の明快さで話してくれる説明に、深い関心をもって耳を傾けた。事実の多くはわたしも知っていたが、どれが重要なのか、相互にどんな関連があるのかは充分にわかっていなかった。

「こんなふうには考えられないかな」わたしは自分の考えを言ってみた。「ストレイカーの腿の傷は、頭にけがをしたあと、けいれんして、もがいているうちに、自分のナイフでつけたものではないかな?」

「考えられないかなどころではない。おおいに、ありうることだ」ホームズが言った。「腿の傷をストレイカーが自分でつけてナイフが血まみれだということになれば、容疑者にとって、『ストレイカーのナイフで負傷していないから自分は犯人ではない』と主張しうる有利な点も消えてしまったわけだ」

「それにしても」わたしは言った。「警察には事件を説明できるどういう説があるのか、いまだにわからないな」

「ぼくたちが提案するどのような説も、それに大きな異議を申したてることになるだろうね」と、ホームズが答えた。「警察の考えでは、フィッツロイ・シンプスンが若者に薬を飲ませてから、何らかの方法で手に入れた合鍵で廐舎の扉を開け、明らかに

誘拐（ゆうかい）するつもりで馬を連れ出した。シルヴァー・ブレイズの手綱（たづな）がなくなっているから、シンプスンが馬につけたに違いない。そして、扉を開け放しのままで、馬を荒野に連れて行った。そして、そこで調教師と出会うか、追いつかれた。当然取っ組み合いが始まり、シンプスンは彼の重いステッキで調教師の頭をめった打ちしたが、ストレイカーが自分の身を守るために振り回した小さなナイフでは傷を負わなかった。それから、泥棒は馬をどこか秘密の隠し場所に連れて行ったか、二人が争っている間にどこかへ馬が走って行ってしまい、今頃は、荒野をさまよっているのかもしれない。ここらが警察が考えている事件のあらましだ。あ

りそうにもないことだが、今のところ、考えうるほかのすべての説明は、もっとありそうもないことになる。とにかく、現場に着いたらすぐ調べにかかろう。それまでは、現状から先へは進めない」

タヴィストックの小さな町に着いた時には夕方になっていた。そこは、盾の打ち出し突起部のように、広いダートムア地方の真ん中の町だった。二人の紳士が駅でわたしたちを待っていた。一人は、背が高くて色白で、ライオンのような髪とあごひげをはやし、空色の瞳が妙に鋭い男だった。もう一人は、背の低い、油断のない人物だった。フロック・コートを着て、ゲートルをつけ、よく手入れのされた頬ひげをはやし、片眼鏡をかけた、なかなかさっぱりと小粋な身なりだ。後者がスポーツマンとして有名なロス大佐であり、前者はグレゴリー警部で、イングランド警察界で急速に評判を高めている人物だ。

「ホームズさん、よくおいでくださいました」大佐が言った。「こちらの警部が考えられる限りのことはやってくださったが、わたしとしては、亡くなったストレイカーのかたきを討ち、わたしの馬を取り戻すために、すべての手をつくしたいと思います」

「何か新しい進展がありましたか?」ホームズが尋ねた。

「残念ながらほとんどありません」警部が答えた。「外に馬車を待たせてあります。

暗くなる前に現場をご覧になりたいでしょうから、馬車の中でお話ししましょう」

一分後には、わたしたちは幌をたたんだ快適な四輪馬車(ランドー)[11]に乗り、デヴォンシァにある古くて趣(おもむき)のある町を走っていた。グレゴリー警部は事件のことで頭がいっぱいで、ずっとしゃべり続けていたが、ホームズのほうは、時々質問や合の手を入れた。ロス大佐は、腕組みをして、帽子をま深にかぶり、座席にもたれており、わたしは二人の探偵の会話に興味深く耳を傾けた。グレゴリー警部は、自分の考えを系統だてて話したが、それはホームズが汽車の中で予言したものとほとんど同じだった。

「フィッツロイ・シンプスンの周りの網は、かなり絞(しぼ)り込まれています」と彼が言った。「そして、わたしとしては、彼が犯人だと信じています。しかし、証拠が全くの状況証拠なので、何か新たな進展があれば、くつがえされてしまうことは認めます」

「ストレイカーのナイフはどうですか？」

「彼が倒れた時に、自分で自分を傷つけたという結論に、われわれは達しています」

「わたしの友人のワトスン先生も、こちらへ伺う途中に、同じ意見を言っていました。それだと、シンプスンに不利になりますね」

「そのとおりです。彼はナイフを持っていないし、傷を負ってもいません。しかし、彼が不利になる証拠はきわめて強力なものです。一番人気の高い馬がいなくなることに、彼はおおいに利害関係があった。また、彼は厩舎係の若者に薬を飲ませた疑いがあるし、嵐の中で外にいたのは間違いない。重いステッキで武装して来たこと。彼のスカーフ・タイが被害者の手に握られていたこと。これだけの証拠があれば陪審を充分説得できると確信します」

ホームズは頭を振った。「そんな証拠は、優秀な弁護士にかかったら、紙くず同然になってしまいます」と彼は言った。「なぜ彼は馬を厩舎から連れ出さなくてはならなかったのか？　もし、傷つけるのが目的なら、どうしてその場でやらなかったのか？　彼は合鍵を持っていたのか？　どこの薬屋が彼に粉末アヘンを売ったのか？　なにより、この辺のことをよく知らない彼が、シルヴァー・ブレイズのようなよく知られた馬をどこへ隠したのか？　彼がメイドに頼んで、厩舎係の若者に渡そうとした紙について、彼自身はどんな説明をしているのでしょう？」

「十ポンド（約二四万円）紙幣だったと彼は言っています。財布の中に一枚ありました。しかし、あなたがおっしゃる、その他の問題点は、見かけほど難しいものではありません。彼は、この辺のことを知らないわけではありません。夏に二回、タヴィストックに滞在したことがあります。アヘンはたぶんロンドンで買ったものでしょう。鍵の件は、用が済んだあと、捨てたのでしょう。馬は、荒野のどこかの窪地の底か、廃鉱に横たわっているのかもしれません」

「スカーフ・タイについては何と言っていますか？」

「自分のものであることは認めていますが、なくしたと言っています。ところで、馬を廏舎から連れ出した理由の説明になるかもしれない、新しい事実が一つ出てきました」

ホームズは耳をそばだたせた。

「月曜の夜、殺人現場から一マイル（約一・六キロメートル）と離れていないところでロマの群れがキャンプを張っていたことを示す跡を発見しました。火曜日には彼らは移動してしまいました。それで、シンプスンとロマの間になんらかの合意があったとすれば、シンプスンはロマのところへ馬を連れて行くところを追いつかれたのであり、馬はロマのところにいると考えられないでしょうか？」

「それはたしかにありそうなことだ」

「荒野をくまなく捜査して、このロマたちを探しています。それから、タヴィストックとその半径十マイル（約一六キロメートル）以内にある廏舎や農場の離れ家は残らず調べました」

「たしか、すぐ近くにもうひとつ調教廏舎がありましたね？」

「はい、それを見逃すわけにはいきません。そこの持ち馬の、デズバラは二番人気ですから、彼らは一番人気の馬の失踪にはおおいに利害関係があるわけです。調教師のサイラス・ブラウンが多額の金をこのレースに賭けていることは知られているし、亡くなったストレイカーとは仲がよくなかった。われわれは廏舎を調査しましたが、彼と事件を結びつけるものは何もありませんでした」

「そして、容疑者のシンプスンとケイプルトン廏舎の利害を結びつけるものは何もないのですか?」

「何もありません」

ホームズは馬車の座席にもたれ、会話は途絶えた。それから数分ののち、道路に面して建つ、ひさしの張り出したこぎれいな赤れんがの小さな家の前に馬車は停まった。そこから少し離れた、小放牧場(パドック)の向こう側には、灰色の屋根の長い小屋があった。それ以外は、シダが枯れて褐色(かっしょく)になった荒野がなだらかにカーブをえがき、地平線まで延びていた。その地平線を乱すのは、タヴィストックの教会の尖塔(せんとう)と、西の方のケイプルトン廏舎の建物だけだった。わたしたちはみな馬車から飛び降りたが、ホームズだけは座席にもたれ、目を前方の空にすえたまま、自分だけの考えに完全に没頭(ぼっとう)していた。わたしが彼の腕に手をふれると、彼はびくっとしてわれに返り、ようやく馬車から降りた。

「どうも失礼しました」彼は、すこし驚いてホームズを見ていたロス大佐に向かって言った。「白昼夢を見ていました」ホームズの目が輝き、振る舞いには抑制された興奮があった。そこから、彼の手法に慣れているわたしには、彼が手がかりをつかんだことを確信できた。ただ、どこでその手がかりをみつけたかは、考えつかなかった。

「ホームズさん、おそらくすぐにでも現場にいらっしゃりたいでしょうね？」グレゴリー警部が言った。

「いいえ、すこしここにいて、一つ、二つ、細かいことをお尋ねしたいと思います。ストレイカーの遺体はここへ運ばれているのですね？」

「はい、二階に安置されています。検死は明日です」

「ロス大佐、彼は数年間あなたのもとで働いていましたね？」

「よく働いてくれました」

「彼が殺された時、ポケットにあったものは、書き出してあるのでしょうね、警部？」

「もしご覧になりたければ、居間に現物があります」

「ぜひ見せてください」

　わたしたちは一列になって表に面した部屋に入り、中央のテーブルの周りに腰かけた。警部は四角いブリキの缶の鍵をあけ、いろいろな細かいものをみなの目の前に並べた。蠟（ろう）マッチが一箱、二インチ（約五センチメートル）ほどの獣脂ろうそく一本、A・D・P印のブライアー・パイプ(12)、長切りのキャヴェンディッシュ(13)が半オンス（約一四グラム）入ったあざらしの革製のタバコ入れ、金鎖のついた銀時計、ソヴリン金貨五枚、アルミニウムの鉛筆入れ、書き付けが二、三枚、ロンドンのワイス社の名前入りの、非常に細く曲がらない刃のついた、象牙の柄のナイフが一本。

「これは非常に珍しいナイフだ」ホームズはナイフを取り上げて、念入りに調べながら言った。「血痕がついているから、死体が握っていたナイフはこれかな。ワトスン、このナイフはきっと君の専門の領域だ」

「それはいわゆる白内障メス(14)というものだ」わたしは言った。

「そうだと思った。非常に細かい仕事に使う、ひどく繊細な刃だ。荒っぽい仕事をしようとする男が持って行くにはふさわしくない品物だ。なんと言っても、ポケットにたたんでしまえるわけでもないしね」

「刃先にかぶせていたコルクの円板は死体の横にありました」警部が言った。「彼のかみさんの話では、そのナイフは二、三日、化粧テーブルの上に置いてあったが、部屋を出ていく時、彼が持って行ったということです。武器としては貧弱ですが、そのとき手に入る最善のものだったのでしょう」

「おおいに考えられることです。これらの書き付けは?」

「三枚は干し草業者の領収済み請求書です。一枚はロス大佐からの指示の手紙で、もう一枚は、ボンド・ストリートのマダム・レスリエという婦人帽子屋からウィリアム・ダービシャ宛ての、三十七ポンド十五シリング(約九〇万六〇〇〇円)の請求書です。ストレイカー夫人によると、ダービシャは夫の友人で、時々彼宛ての手紙がここに送られてきたとのことです」

「マダム・ダービシャは、なかなか贅沢な趣味を持っておいでだ」ホームズは請求書を眺めながら言った。「ドレス一着に、二十二ギニー[15]（約五五万四〇〇〇円）はかなり贅沢だ。しかし、ここにはもう得るものはないようだから、こんどは犯行現場に行きましょう」

居間からわたしたちが出てくると、廊下で待っていた一人の女性がさっと進み出て、警部の腕をおさえた。彼女の顔はげっそりとやつれていたが、真剣な表情にはつい今しがたの恐怖の跡が刻み込まれていた。

「つかまりましたか？　見つかったのですか？」彼女はあえぐように言った。

「いいえ、まだです、ストレイカー夫人、でも、こちらのホームズさんがロンドンから応援に来てくださいました。われわれは最善を尽くしています」

「たしか、しばらく前に、プリマスの園遊会でお会いしましたね、ストレイカーさん」とホームズが言った。

「いいえ、何かのお間違いですわ」

「おや、そうですか。確かなのですがね。ダチョウの羽根飾りをつけ、紫がかった灰色の絹のドレスを着ていらした」

「そんなドレスは持っておりませんわ」夫人は答えた。

「ああ、それでは人違いでしょう」ホームズは言った。そして、夫人に謝ると、警部のあとに続いて外へ出た。荒野を横切ってしばらく歩くと、死体が見つかった窪地に着いた。窪地の縁には、外套がぶらさがっていたエニシダの茂みがあった。

「あの晩は風がありませんでしたね」ホームズが言った。

「はい、しかし雨はひどかったです」

「とすると、外套は風でハリエニシダの茂みまで吹き飛ばされたのではなく、誰かがそこに置いたということだ」

「はい、茂みの上に置いてありました」

「これは興味深い。手近の地面がおおいに踏みつけられている。周りを月曜日の夜以来、大勢の人が歩きまわったのでしょうな」

「むしろを一枚この横に置いて、わたしたちはみんなその上に立っていました」

「ごりっぱです」

「このかばんの中に、ストレイカーがはいていた長靴一個と、フィッツロイ・シンプスンの靴一個と、シルヴァー・ブレイズの蹄鉄（ていてつ）の型が一つ入っています」

「警部、上出来です！」

ホームズはかばんを手に持ち、窪地を降りて行くと、むしろをもっと真ん中に押しやった。それから、腹ばいになり、両手で頬杖（ほおづえ）をつき、目の前の踏みしめられた地面を注意深く観察した。

「おやっ！」彼は突然叫んだ。「これは何だ？」

それは、半分燃えた蠟マッチの燃えさしだった。泥まみれだったので、最初は木の枝のように見えた。

「どうして見落としたのだろう」警部は困ったような顔をして言った。

「泥に埋まっていたので、目につかなかったのでしょう。わたしはそれを探していたから、見つかっただけです」

「なんですと！　見つかると思っていたのですか？」

「あってもおかしくないと思っていました」ホームズはかばんから長靴を取り出すと、地面の足跡と靴底を一つ一つ比べた。それから、窪地の縁まではい上がり、シダや灌木の中を這いまわった。

「もうこれ以上、跡は残っていないと思います」警部は言った。「周囲百ヤード（約九〇メートル）にわたって、地面を念入りに調べました」

「そうですか！」ホームズは立ち上がりながら言った。「そうおっしゃるなら、もう一度調べるのは失礼というものでしょう。ただ、暗くなる前に荒野を少し歩いて、明日のためにこのあたりの地理を頭に入れておきたいと思います。この蹄鉄はお守りにポケットに入れて行きましょう」

ロス大佐は、ホームズの落ち着いた、系統的な仕事ぶりにすこしいらいらしていたが、ちらっと時計を眺めた。

「警部はわたしと一緒に厩舎へ戻っていただけますか」彼は言った。「いくつか、あなたの助言をいただきたいことがあります。とくに、世間に対して、われわれの馬シルヴァー・ブレイズをウェセックス杯レースの出走表からはずす義務があるのではないかということについて」

「絶対にそのような必要はありません」ホームズはきっぱりと叫んだ。「わたしにまかせて、名前はそのままにしておいてください」

大佐は頭をさげた。「あなたのご意見はありがたくうかがっておきます」彼は言った。

「わたしたちは亡くなったストレイカーの家におりますので、散歩を終えられたらお立ち寄りください。ご一緒にタヴィストックへ帰りましょう」

彼は警部と引き返して行った。ホームズとわたしはゆっくりと荒野を歩いて行った。太陽がケイプルトン廏舎の向こうに沈み始めていた。わたしたちの前に、ゆるやかに傾斜している広野は金色に染まり、枯れたシダやイバラは夕日をあびて豊かに光り輝いていた。しかし、景色の厳かな美しさも、考えに没頭しているわが友には全く余分なものだった。

「こうしよう、ワトスン」ようやくホームズが言った。「ジョン・ストレイカーを殺したのは誰かという問題は、しばらくそのままにしておいて、馬に何がおきたのかをはっきりさせることに専念しよう。さて、争いの最中かあとで、馬が逃げたとしたら、いったいどこへ行くだろうか？　馬は集団を好む動物だ。誰もそばにいなければ、本能的にキングズ・パイランドへ戻るか、ケイプルトンへ行ったはずだ。荒野を気ままに走りまわっているはずがない。それなら、もう誰かが目撃しているはずだ。それに、ロマたちがシルヴァー・ブレイズを誘拐する理由は何だ？　彼らのような人間は、警察にあれこれ悩まされるのが嫌いだから、何か面倒がおきたとなると出て行ってしまうのはいつものことだ。あれほどの馬を売ることはできそうもない。馬を盗んでも、危険が大きいばかりで、得るものは何もない。これははっきりしている」

「それでは、馬はどこにいるのだい？」

「ぼくはすでに言ったよ、キングズ・パイランドかケイプルトンへ行ってるはずだと。キングズ・パイランドにはいない。とすれば、馬はケイプルトンにいる。それを作業仮説として、それに従って行動してみよう。荒野のこのあたりは、警部が言ったとおり、地面がとても固くて、乾いている。しかし、ケイプルトンのほうは低くなってて、ここから向こうの方に、細長い窪地が見えるだろう。あそこは、月曜の夜はひどくぬれていたに違いないんだ。ぼくたちの仮説が正しければ、馬はあそこを通っているはずだ。あそこなら、足跡が残っているだろう」

こう話しながらも、わたしたちは勢いよく歩き続けていたので、二、三分後には問題の窪地に着いていた。わたしはホームズの指示で、窪地の縁を右へ、彼は左へ歩いて行った。けれども、五十歩も行かないうちにホームズが叫び声をあげたので、見ると、こっちへ来いというようにわたしに手を振っていた。彼の前の柔らかな地面には、馬の足跡がくっきりと残っていた。ホームズがポケットから取り出した蹄鉄は足跡とぴったり合った。

「想像力が大事なのがわかっただろう」ホームズが言った。「これがグレゴリー警部に欠けている素質だ。ぼくたちは何がおこったかを想像し、仮定に従って行動したら、正しいことが証明されたというわけだ。さあ、行ってみよう」

わたしたちは、ぬかるんだ窪地の底を横切り、乾燥して固い芝生を四分の一マイル（約四〇〇メートル）ほど進んだ。ふたたび、地面は傾斜し、そこでも馬の足跡に出会った。そして半マイルほど足跡は見あたらなかったが、もう一度ケイプルトンの近くで見つかった。それを最初に発見したのはホームズだったが、彼は勝ち誇った表情を浮かべ、足跡を指差して立っていた。馬の足跡の横に、人間の足跡が見えた。

「これまでは、馬だけだった」わたしは叫んだ。

「そのとおり。これまでは馬だけだった。おや、これはどういうことだ？」

馬と人間の二つの足跡はくるりと向きを変え、キングズ・パイランドの方へ戻って行った。ホームズは口笛を吹いた。そして、わたしたちはその足跡をたどって歩いて行った。ホームズは足跡をじっと見つめていたが、わたしはたまたま少し横の方を見た。すると、驚いたことに、同じ足跡がもう一度ケイプルトンの方に戻ってくるのが目に入った。

「ワトスンお手がらだね」わたしがそれを教えると、ホームズが言った。「君のおかげで、むだ足を踏まずに済んだよ。歩いた道をもう一度そのままたどって帰ってくるところだった。さあ、戻って行く足跡を追って行こう」

そんなに遠くまで歩かずに済んだ。足跡は、ケイプルトン廏舎の門に通じるアスファルトの舗装のところで終わっていた。わたしたちが近づくと、馬扱い人が門から走って出てきた。

「この辺をうろついて、もらいたくねえもんだ」彼は言った。

「一つ聞きたいことがあるのでね」ホームズはチョッキのポケットに人差し指と親指をつっこんで言った。「あんたのご主人のサイラス・ブラウンさんに会いたいんだが、明朝五時に来たら早すぎるかな?」

「とんでもねえ、だんな。ご主人様は人より遅く起きたことはねえお方さ。いつだって一番だ。おや、自分で答えるためにご本人が来ましたぜ。だめだよ、だんな、だめなんですよ。あんたからお金を受け取るのをご主人に見られたら、首になっちまわあ。よければ、後でくだせえよ」

シャーロック・ホームズがポケットから取り出した半クラウン銀貨をもとに戻した時、鋭い目つきの年配の男が、狩猟用の乗馬むちを振り回しながら、門から大股に出てきた。

「何をしているんだ、ドースン?」男は叫んだ。「むだ話はやめだ! 仕事を片づけろ。それからあんたたちはいったい何の用だ?」

「十分だけあなたとお話がしたいのですが」ホームズはきわめて穏やかな声で言った。

「暇人といちいち話している時間はないね。よそ者に来てほしくないんだ。帰ってもらおうか。さもないと犬をけしかけるぞ」

ホームズは体を前に傾け、調教師の耳になにごとかをささやいた。彼はぎくっとして、こめかみまで赤くなった。

「そんなことは嘘だ！」彼は叫んだ。「ひどい嘘だ！」
「いいでしょう！　ここでみんなの前で議論しましょうか、それとも、あなたの家の客間で話し合いましょうか？」
「それなら入ってもらおうか」
ホームズはにやりと笑った。「二、三分で

済むから待っていてくれたまえ、ワトスン」彼は言った。「さて、ブラウンさん、あなたのおっしゃるとおりにいたしましょうか」

ホームズと調教師がふたたび姿を現わすのにたっぷり二十分はかかり、夕日の赤い色は消え去り、すべては灰色のたそがれに変わっていた。こんな短い間に、サイラス・ブラウンの身におこったほど激しい変化を見たことがない。彼の顔は灰のように青ざめ、玉の汗がひたいに光り、手はふるえ、乗馬むちが風の中の小枝のように揺れていた。彼の威張りちらした、横柄な態度も全く消えてしまい、犬がご主人にするように、わたしの相棒の横でぺこぺこしていた。

「ご指示は実行いたします。必ずいたします」彼は言った。

「まちがいのないように」ホームズは彼を振り向いて言った。相手はホームズの目の中におどしを読み取ってひるんだ。

「はい、しません、まちがいなんぞしません。確かにあそこに行きます。最初から変えておきますか、それともそのままで？」

ホームズは少し考えて、突然、笑い出した。「いや、そのままでいい」ホームズは言った。「それはあとで手紙で指示します。もうつまらない細工は無しにしてもらう。さもないと」

「どうぞ、わたしを信用してください。信じてください！」

「当日は、あれがあなたのもののように見せかけてくれなくてはいけない」

「おまかせください」

「それでは、まかせよう。では、明日手紙で指示しよう」ホームズは相手が差し出すふるえる手を無視して、くるりと背を向け、わたしたちはキングズ・パイランドへ引き返した。

「サイラス・ブラウンのおやじほど、威張りちらす、臆病、こそこそするの三拍子そろった男にはめったにお目にかかれるものじゃないね」二人でてくてく歩きながらホームズは言った。

「それでは、彼が馬を隠しているのかね？」

「彼はどなりつけて、ごまかそうとしたが、ぼくがその朝の奴の行動を細かく説明したら、ぼくが見ていたと思い込んだのだ。もちろん、君も気がついていただろうが、爪先が妙に四角い靴の足跡があったが、彼の長靴はあれとぴったりだ。それに、もちろん、使用人はこんなことをしでかそうとは思わない。彼がいつものように朝一番に起きて、見慣れない馬が荒野をうろついているのを見た時の状況を説明したのさ。出て行ってみると、あのシルヴァー・ブレイズだった。その名前の由来となった白いひたいから間違いない。自分が大金をつぎこんでいる馬を負かすことができる唯一の馬が、偶然にも手に入ったことがわかり驚いたこと、そして、最初はキングズ・パイラ馬を連れて行こうとしたこと、それなのに魔がさしてレースが終わるまで馬を隠しておけばいいと考えついたこと、そして馬を連れ帰り、ケイプルトンに隠したことを説明してやった。こんなふうに詳しく話してきかせると、彼は諦めて、罪を逃れることだけを考えるようになった」

「しかし、あの廏舎も調べられたはずだが」

「まあ、あの男のように古くから馬を扱っているいかさま師には抜け道はいろいろあるさ」

「でもこのまま馬を預けておくのは、心配ではないかな。彼は、馬にけがをさせるとおおいにもうかるのだよ」

「しかし、彼は、大事な宝物のように馬を守るさ。(16) 彼にはわかっているのだ、彼がお情けで助かる希望は、馬を安全に届けることしかないとね」

「ロス大佐はどんな場合だって情けを示す人間には見えなかったが」

「決めるのはロス大佐ではない。ぼくはぼくの手法でいくし、どれだけ話して聞かせるかは、自分で決める。それが、役人ではないことの利点だ。ワトスン、君は気がついたかどうかわからないが、大佐のぼくに対する態度は、いささかごうまんだった。彼をからかって、ちょっと楽しむことにしよう。馬のことは彼に言わないでくれたまえ」

「もちろん、君の許可がなければ言わないさ」

「それに、ジョン・ストレイカーを殺したのは誰かという問題に比べれば、こんなことは小さなことだ」

「それでは、君はこれからその問題にとりかかるのだね」

「そうではなく、ぼくたちは夜の列車でロンドンへ帰るのさ」

友人の言葉に、わたしはびっくりした。わたしたちはデヴォンシァにはまだ二、三時間しかいないし、あれほど手際よく始めた調査を放り出すとは、わたしには全く理解できなかった。調教師ストレイカーの家に着くまでに、これ以上、ひとことも彼から引き出すことはできなかった。大佐と警部が居間でわたしたちを待っていた。

「友人とわたしは夜行急行で、ロンドンに戻ります」とホームズが言った。「こちらの美しいダートムアの空気を楽しませていただきました」

警部は目を大きく見開き、大佐は唇の端をもちあげて、軽蔑(けいべつ)した笑いをみせた。

「では、気の毒なストレイカーを殺した犯人をつかまえることは、諦めるのですね」彼は言った。

ホームズは肩をすくめた。「たしかに、解決の途上には大きな困難があります」彼は言った。「しかし、火曜日にはあなたの馬はレースに出ると信じています。ですから、騎手は準備しておいてください。それから、ジョン・ストレイカーさんの写真を一枚お願いできますか?」

警部はポケットの封筒から写真を一枚取り出して、ホームズに渡した。

「いゃあ、グレゴリーさん、あなたはぼくが必要とするものがすべてわかっておいでだ。ここで少し待っていてもらえるだろうか。メイドに一つ聞きたいことがあるのです」

「ロンドンのコンサルタントにはがっかりしたと言わなくてはならない」ロス大佐は、ホームズが部屋を出て行くと、無愛想(ぶあいそう)に言った。「彼が来ても何も進展しないじゃないか」

「少なくとも、あなたの馬がレースに出るという保証を彼からもらえたではありませんか」わたしは言った。

「ええ、保証をね」大佐は肩をすくめながら言った。「わたしは馬をもらったほうがいい」

友人を弁護(べんご)するために何か言おうとした時、ホームズが部屋に戻ってきた。

「さて、みなさん」彼は言った。「用は済みました。タヴィストックへ戻りましょう」

馬車に乗り込む時、廏舎で馬を扱っている若者の一人が扉を押さえていてくれた。ホームズは何かひらめいたようで、体を前に傾け、若者の袖(そで)をつかんだ。

「小放牧場には羊が何頭かいるね」ホームズは言った。「誰が世話をしているのか

な？」

「わたしです」

「最近羊に何か変わったことはなかったかね？」

「はい、たいしたことではないかもしれませんが、三頭の足が不自由になりました」

ホームズは小さく笑い声をあげ、両手をこすりあわせていたので、彼が大喜びしているのがわかった。

「あてにしないで尋ねてみたのだよ、ワトスン。まったくあてにしていなかったのに！」彼はぼくの腕をつかんで言った。「グレゴリー、羊の間に発生した、この奇妙な伝染病に注意しておきたまえ。馭者（ぎょしゃ）さん、出発だ！」

ロス大佐は、ホームズの能力をあなどった顔つきのままだった。しかし、警部のほうは、注意を強く呼び起こされたことが、表情から見てとれた。

「あなたは、それが重要だとお考えなのですね？」

「きわめて重要です」

「ほかに、わたしが注意すべき点がありますか？」

「あの夜の、犬の奇妙な行動[17]についてです」

「あの夜、犬は何もしませんでした」

「それが奇妙なのです」シャーロック・ホームズは言った。

四日後、ホームズとわたしはウェセックス杯のレースを見るために、ウィンチェスター行きの列車にもう一度乗っていた。ロス大佐とは約束をしてあったので、駅の外でわたしたちを迎えてくれた。彼の四輪馬車（ドラッグ）[18]で町はずれの競馬場へ向かった。大佐は深刻な顔つきで、態度は非常に冷ややかだった。

「わたしの馬は姿も形も見えませんな」彼は言った。

「見ればご自分の馬だとおわかりになるでしょうね？」ホームズは尋ねた。

大佐はひどく怒った。「わたしは競馬に二十年間かかわってきたが、こんな質問をされたことはありません」彼は言った。「白いひたいと、まだらの右前脚を見れば、子どもだってシルヴァー・ブレイズとわかりますよ」

「賭け率はどうですか？」

「それが奇妙なのです。昨日なら十五対一でも買えたのに、シルヴァー・ブレイズの勝ちに賭ける金額がどんどんふえて、いまでは三対一でも難しいのです」

「そう！」ホームズが言った。「何か知っている者がいるな、間違いない！」

馬車が正面席のそばの特別観覧席のところで止まったので、わたしは全部の出走馬を見るために、出走表を眺めた。それは次のとおりである。


ウェセックス・プレイト。[19]各馬出走登録料五十ソヴリン。出走取消の際は半額没収。一着の賞金一千ソヴリン。五歳—六歳馬出走。二着三百ポンド。三着二百ポンド。新コース（一マイル五ハロン（約二六〇〇メートル））

1　ヒース・ニュートン氏のニグロ号（赤帽。ニッキ色ジャケット）
2　ウォードロー大佐のピュージリスト号（ピンク帽。青黒ジャケット）
3　バックウォーター卿のデズバラ号（黄帽。黄袖）
4　ロス大佐のシルヴァー・ブレイズ号（黒帽。赤ジャケット）
5　バルモラル公爵[20]のアイリス号（黄と黒の縞）
6　シングルフォード卿のラスパー号（紫帽。黒袖）

「うちは、ほかのもう一頭の出走を取り消して、あなたの言葉にすべての希望をかけたのですよ」大佐が言った。「なんだって、あれは何だ？　一番人気シルヴァー・ブレイズだと？」

「五対四でシルヴァー・ブレイズ」賭け屋が叫んだ。(21)「五対四でシルヴァー・ブレイズ。十五対五でデズバラ。本命以外の勝負に五対四！」

「出走馬数が出ている」わたしは大声をあげた。「全部で六頭です」

「全部で六頭だって！　では、わたしの馬が走るのか」大佐は、おおいに興奮して叫んだ。「だが、シルヴァー・ブレイズは見えない。わたしの色の騎手は通っていないぞ」

「通過したのは五頭だけです。ほら、今来た、この馬がシルヴァー・ブレイズに違いありません」

わたしがこう言っていると、元気な鹿毛(かげ)の馬が騎手計量所の囲みからさっと現われ、騎手がよく知られている大佐の黒と赤の勝負服を着けて、わたしたちの前を普通の駆(か)け足で通り過ぎていった。

「あれはわたしの馬ではない」大佐は叫んだ。「あれのどこにも白い毛がない。あなたはいったい何をしていたのですか、ホームズさん？」

「まあまあ、馬がどうするか、見ていましょう」ホームズは落ち着いて言った。しばらく、彼はわたしの双眼鏡をのぞいていた。「これはすごい。みごとなスタートだ！」彼は突然、叫んだ。「ほら、カーブを曲がって、来るぞ！」

わたしたちの馬車の上からは、直線コースをこちらへ向かって走ってくる馬の様子がよく見えた。六頭が互いに接近して、一団となって走るので、その上にカーペットを敷けそうだった。だが、半分くらいのところで、ケイプルトン廏舎の黄色をつけた馬が先頭に出た。しかし、わたしたちの前に来る前にデズバラは力つき、大佐の馬が突進して追い抜き、たっぷり六馬身の差をつけてゴールインし、バルモラル公爵のアイリス号はやっと三着だった。

「とにかく、わたしが勝ったのだ」大佐は手で目をこすりながら、あえぐように言った。「わたしには何が何だかわかりません。ホームズさん、もう種明かしをしてくださってもいい頃ではないでしょうか？」

「もちろんです、大佐。すべてをお話ししましょう。みなで行って、馬を見てみましょう。ほら、そこにいる」馬の持ち主やその友人しか入れない重量測定所(22)に入りながら、ホームズは話を続けた。「純アルコールで顔と脚を洗えば、昔どおりのシルヴァー・ブレイズが姿をあらわしますよ」

「あなたには驚かされますな！」

「あるいかさま師の元にいたのを発見し、わたしの判断で馬が送られた時の姿のまま走らせたのです」

「奇跡だ。馬の調子は良さそうだ。これまでで最高だ。あなたの能力を疑ったりして、お詫びのしようもありません。馬を発見してくださってたいへん助かりました。ジョン・ストレイカーを殺した犯人をつかまえてくださると、なおありがたいのですが」

「もうつかまえましたよ」ホームズは穏やかに答えた。

大佐とわたしはびっくりしてホームズを見つめた。「つかまえたって！ それでは、そいつはどこにいる？」

「それはここにいます」

「ここだって！ どこだね？」

「いま、わたしと一緒にです」

大佐は怒って顔を真っ赤にした。「ホームズさん、わたしがあなたに恩があることは認めます」彼は言った。「しかし、今おっしゃったことはひどく悪い冗談か、侮辱ですぞ」

シャーロック・ホームズは笑った。「大佐、あなたが犯罪に関係あるとは思っておりません」彼は言った。「真犯人は、あなたの真後ろに立っています！」

ホームズは前に進むと、サラブレッドのつやつやした首に手を置いた。

「馬が！」わたしと大佐が叫んだ。

「そうです、馬です。これは自己防衛のためで、ジョン・ストレイカーはあなたの信頼に全く値しない人間だった、と言ったら、馬の罪も軽くなるでしょう。ところで、ベルが鳴っている。次のレースでは少し勝ちたいので、詳しい説明は、もっと適当な時にしましょう」

その夕方、ロンドンへ大急ぎで帰る時、プルマン・カー(23)の一角をわたしたちは占領した。この帰りの旅は、わたし自身にとっても、ロス大佐にと

っても短いものだったと思う。ある。というのは、わたしたちに、月曜日の晩にダートムアの調教廏舎でおこったことと、その解決方法について、友人が語ってくれたからである。

「正直なところ」彼は言った。「新聞記事から、わたしが作り上げた推理はすべて間違っていました。もちろん、そこに手がかりはあったのですが、ほかのさまざまな事実におおわれて、その本当の意味が隠されてしまったのです。わたしは、フィッツロイ・シンプスンが真犯人だと確信してデヴォンシァへ行きました。もちろん、その証拠が決して完全なものでないのはわかっていましたが。

羊肉のカレー料理が非常に重大な意味を持つことに気がついたのは、調教師の家に行く馬車の中でした。わたしはぼんやりしていて、みんなが降りてしまっても座っていたのをご記憶でしょう。わたしは心の中で、こんなに明らかな手がかりを、どうして見落としていたのかを、不思議に思っていたのです」

「正直申しまして」大佐が言った。「今でも、どうして、それに意味があるのか、わたしにはわかりませんが」

「それが、わたしの推理の最初の環でした。粉末アヘンはけっして味のないものではありません。まずくはないが、それとわかるものです。普通の料理に混ぜたのでは、食べると絶対にわかってしまうから、それ以上は食べようとはしないでしょう。カレーは、アヘンの味をごまかすのにちょうどいい手段だったのです。どう考えても、あのよそ者のフィッツロイ・シンプスンが、その晩、調教師一家にカレー料理を食べさせることはできないし、彼が粉末アヘンを持ってたまたまやって来た夜の料理が、偶然アヘンの味を隠す料理だったと仮定するのは、恐ろしすぎる偶然の一致だ。そんなことは考えられない。そこで、シンプスンは事件から除外され、ぼくたちの関心はストレイカーとその妻に向けられる。その日の夕食に羊肉のカレー料理を選べるのは、この二人だけです。アヘンは廏舎の若者の分として皿に盛ってから入れられたものです。同じものを夕食に食べた他の人たちは誰もぐあいが悪くなっていないからです。それでは、二人のうちでどちらが、メイドに気づかれずにその皿に近づくことができたか？

この疑問に結論を出す前に、わたしには犬が吠えなかったこと、の重大性がわかりました。一つの正しい推理から、必然的に、もっと多くの正しい推理が導き出されるのです。シンプスンの件で、廏舎で犬を飼っていることがわかりました。しかし、誰かが入ってきて馬を連れ出したのに、犬は二階の若者たちを起こすほどには吠えなかった。明らかに真夜中の訪問者は、犬がよく知っている人間だったのです。

ジョン・ストレイカーが真夜中に廏舎へやって来て、シルヴァー・ブレイズを連れ出したのだと、わたしはその時点ですでに、ほぼ確信するに到った、とでもいいましょうか。では、何のために？　よからぬ目的のためというのは、はっきりしています。そうでなければ、自分の廏舎の馬扱い人に、薬を盛る必要があるでしょうか？　けれども、わたしには理由が全くわかりませんでした。これまでにも、調教師が代理人を使って、自分の馬が負けるほうに賭け、いかさまで勝てないようにして、大金を手に入れた事件はありました。またあるときは、騎手が手綱を引いてわざと馬のスピードを落とすときもあったし、もっと確実で巧妙な手を使うこともありました。今度はどういう方法なのか？　ストレイカーのポケットの中身を見たら、それがわかるのではないかと思いました。そして、そのとおりでした。死んだ男が握っていた、珍しいナイフのことはご記憶におありでしょう。普通の人間なら武器としてけっして選ばないものです。ワトスン先生が言ったように、あれは外科手術の中でも一番微妙な手術[24]に使われるメスです。そして、それはあの夜、微妙な手術に使われるはずでした。ロス大佐、あなたは競馬のことには広い経験をお持ちだからご存じでしょうが、馬の腿の後部にある腱にかすかな切り傷をつける、それも皮膚の下で行なって全く痕を残さないようにつけることが可能です。このように処置された馬はかすかに脚をひきずるようになりますが、練習中に筋を違えたとか、すこしリュウマチ気味だと片づけられ、不正と結びつけられることはけっしてないのです」

「なんという奴だ！　悪党め！」大佐は叫んだ。

「ジョン・ストレイカーが馬を荒野に連れ出した理由はこれです。たいへん敏感な動物ですから、ナイフでちくりとやられれば、ぐっすり眠っている者でも起こしてしまうほど騒ぐに違いないからです。どうしても外で手術する必要があったのです」

「わたしには見抜けなかった！」大佐が叫んだ。「もちろん、だからろうそくが必要で、マッチをすったのだ」

「そのとおりです。しかし、彼の持ち物を調べていて、犯罪の手段だけではなく、動機も発見できたのは幸いでした。大佐、あなたは世間のことはよくご存じだからおわかりでしょうが、他人宛ての請求書はポケットに入れて持ち歩かないものです。大多数の人は、自分宛ての請求書だけでも、手いっぱいですからね。わたしはすぐに、ストレイカーが二重生活を送っていて、第二の世帯があると考えました。請求書の内容から考えて、事件には女性がからんでいること、それもぜいたくな趣味の女性がいることがわかりました。あなたが雇い人たちにいくら気前がよくても、その女性たちが二十ギニー（約五〇万円）もする外出着を買えるほどだとはとても思えません。ストレイカー夫人に気づかれないように、ドレスのことを尋ねてみましたが、思ったとおりドレスは彼女が買ってもらったものではありませんでした。それで、帽子屋の住所を書きとめ、ストレイカーの写真を持って訪ねてみれば、謎のダービシャなる人物の正体を、簡単につきとめられると思いました。

その後は、すべて簡単明瞭でした。ストレイカーはマッチをすった明りが見えないように、窪地へ馬を連れて行ったのです。シンプスンが逃げるとき落としたスカーフ・タイを、ストレイカーが何か考えがあって拾っておいた。おそらく馬の脚を固定するのに、使おうとでも思ったのでしょう。窪地に着くや、彼は馬の後ろに回り、マッチをすった。しかし、馬は突然の光に驚き、また動物の不思議な本能で、自分に何かよからぬことをたくらんでいるのを感じたのでしょう、後ろ脚をけりあげ、蹄鉄でストレイカーのひたいをもろにけとばしたのです。雨は降っていたが、微妙な仕事をするために、ストレイカーは外套を脱いでいました。そこで、倒れる時、ナイフが彼の腿を傷つけたというわけです。どうです、これでおわかりでしょうか?」

「すばらしい!」大佐が叫んだ。「みごとだ! まるであなたがその場にいたようだ」

「実を言うと、最後のは、いちかばちかの賭けでした。ストレイカーのように抜け目のない男は、練習もしないでおいて、腱を傷つけるという微妙なことをしないだろう、と気がつきました。どんなもので練習できるでしょうか? 羊が目に入ったので、質問してみると、驚いたことに、自分の推測が正しいことがわかったのです」

「すっかりわかりました、ホームズさん」

「ロンドンに戻って帽子屋を訪ねると、ストレイカーがダービシャという名前の上得意だとすぐにわかりました。彼にはとても派手好きな奥さんがいて、とくに高いドレスが好きだったそうです。この女のためにストレイカーは借金で首が回らないようになり、この不幸な計画を立てることになったのに違いないと思います」

「すっかりわかりましたが、まだ一つ説明してくださっていませんね」大佐は叫んだ。

「馬はどこにいたのですか？」

「ああ、それはですね、現場から逃げ出して、ご近所で世話になっていたのです。このことはこれ以上追及しない思いやりが必要です。どうやらクラパム・ジャンクションですね。おそらく、あと十分ほどでヴィクトリア駅に着くでしょう。大佐、わたくしどものところで葉巻でもいかがですか。ほかの詳細についてお尋ねになりたいことがありましたら、喜んでお答えしますよ」

ボール箱

　これまで、わが友シャーロック・ホームズの知的特質が、見事に発揮された理想的な事件をいくつか挙げるにあたっては、煽情的な興味本位の要素が少なくて、しかも、ホームズの天分が充分に活かされたものをできるだけ選ぼうと努めてきた。ところが、あいにく犯罪そのものから、どぎつい煽情的な要素だけをきれいさっぱり切り離すなどというのは、どうにも不可能なことなのだ。そこで、事件の記録の基本であるはずの詳細を犠牲にして、全く別の事件のような印象を読者に与えるか、さもなければ、内容を取捨選択しないで、事件をおこったとおりに、そのまま報告するか、事件記録者としてはどっちつかずの苦しい立場に立たされているのだ。まず、読者にはあらかじめ、こう短くお断りしておいて、当時の覚書きを参照しながら、奇妙で、きわめて恐ろしい事件のいきさつを語ることにする。

　八月の焼けつくような暑いある日のことであった。ベイカー街もまさにオーヴンの中さながらで、道路の向こう側にある家々の黄土色のれんが壁に照りつける太陽のぎらぎらとした光が、目に痛いほどのまぶしさだ。冬の間には、霧の中であれほど陰気にかすんで見えた、あの同じ壁だとは、とても信じられなかった。ブラインドを半ば下ろして、ホームズは長椅子の上で、体を丸くして横たわっており、今朝の郵便で届いた一通の手紙を、繰り返し繰り返し読んでいた。わたしはといえば、インドでの従軍で鍛えられて、寒さよりは暑さに慣れていた。今日のように温度計が九十度（摂氏三十度）を越えても、いっこうに平気だった。しかし、新聞の朝刊は、つまらないものであった。国会も休会中[25]。住民の誰も彼もが町を脱け出し、わたしも、ニュー・フォレスト[26]の林間やサウスシー[27]の砂浜が恋しくてたまらなかった。しかし、銀行の貯金も底をついているので、わたしの休暇は先に延ばさざるをえない。一方、ホームズときたら、いなかや海には全く魅力を感じなかった。彼は、五百万市民のロンドンの真ん中で横たわっているのが、何より好きだった。そして、情報収集の細い糸をロンドン中に張りめぐらしておき、それに触れた解決を見ない難事件についての、あらゆるわずかな噂や疑惑の情報に敏感に反応するのだ。彼は多彩な才能を持っているが、自然を愛する鑑賞能力は備わっておらず、転地といえば、都会の犯罪者からいったん監視の目をそらして、地方にひそむその兄弟連中を追跡する時くらいであった。

　こんなホームズが手紙に熱中したままで、話には乗ってきそうもないのを見て、わたしは退屈な新聞を放り出して、椅子にゆったりと寄りかかり、思わずぼんやりと考えごとにふけっていると、突然、ホームズの声がわたしの瞑想を打ち破った。

「ワトスン、君が考えているとおりだ。そういうやり方は、紛争を解決するには全く無意味なようにみえる」と、ホームズが言った。

「全く無意味さ！」わたしは大声で言ってから、はっとした。自分が心の奥底で思いめぐらせていたその思いを、ホームズがずばりと見抜いたのに気づいたのだ。椅子に座り直して、あきれ返ってわたしはホームズの顔をまじまじと見た。

「これはどういうことなのだ、ホームズ？」わたしは叫んだ。「ほんとに、わけがわからないよ」

ホームズは、わたしがとまどうのを腹をかかえて笑った。

「憶えているだろう」と彼は言った。「ついこの間、ぼくは君に、ポーの短篇の一節を読んで聞かせたね。(28)何ひとつ口にしない友人が心に思い描いていることを、推理にたけている人間が読み取ってしまう話だった。あの時、君はそれを、著者の単なる離れわざにすぎないと考えたいような口ぶりだったね。それで、そんなことなら、ぼくだってしょっちゅうやっているよと言ったら、信じられないと君は言ったではないか」

「いや、そんな」

「いいかい、ワトスン、たぶん、君は口に出してそう言ったりはしなかったかもしれないが、君の眉の動きは、間違いなくそう語っていたのさ。だから、今、新聞を放り投げ、君がもの思いにふけり始めるのを見て、これは君の心を読み取る絶好の機会がやってきたと、ぼくはたまらなくうれしくなった。そして、実際に君の心に入り込み、ぼくが本当に君の思いと通じ合っていた証拠を見せたのさ」

それでも、わたしは少しも納得がいかずに、こう言い返した。「でも、君が読んでくれたあの例では、友達の心を見通した人間は、相手の動作から推察して結論を出したのではないか。たしか、相手は、石が少し山になっているところにつまずいたり、頭上の星を見上げたり、といったような一連の動作を見せたのだ。ところが、ぼくの場合には、じっと椅子に座ったきりで、何の手がかりも与えなかったはずだ」

「君は自分のことがわかっていないね。自分の気もちを表わすために、人間には顔の表情というものが与えられているのだよ。君の場合も、表情が忠実に伝えてくれていたよ」

「すると、ぼくがいろいろと考えていたことを、ぼくの顔の表情から読み取ってしまったと、そう君は言うのかい？」

「君の表情、とりわけ、その目つきさ。君は考えごとを始めた時のことを、自分では憶えてはいないだろうね」

「そう、憶えていない」

「それでは、説明してみるよ。最初、読んでいた新聞を投げ出した時に、ぼくは注意を君に向けた。一瞬、君はぼんやりとしていた。それから、君が最近、額に入れて飾ったばかりのゴードン将軍[29]の肖像画に、視線が釘(くぎ)づけになった。この表情の変化を見て、頭の中で考えごとが始まったと、ぼくはすぐに気づいた。でも、長くは続かなかった。君の目は、君の本の上にのっていた、まだ額に入れていないヘンリー・ウォード・ビーチャー[30]の肖像画(しょうぞうが)に移ってから、壁の上の方を眺めた。もちろん、その動作の意味は明らかだ。これをきちんと額に入れて、ちょうど空いている位置に飾ってみれば、ゴードン将軍の絵とぴったりそろってぐあいがいいと、君はこう考えていたのだ」

「見事に当たっている！」とわたしは叫んだ。

「ここまでは間違えようもない。ところでだ、君は再びビーチャーのことに関心を寄せた。じっと目を凝らしている。まるで肖像に表われた性格を探ろうとするみたいにね。目をことさら凝らす動作はいったんなくなったが、相変わらず向こう側を見つめていて、顔の表情は前にもまして考えに熱中しているようだった。君が思い起こしていたのは、ビーチャーの生涯でのいろいろなできごとだ。でもそうなれば、君はきっと、彼が南北戦争[31]当時、北軍のために働いた使命のことを思い出さないわけがないと、ぼくにはわかっていた。なぜかって、このことでは、君には特別の思い入れがあったからだ。わが国民の中の一部の乱暴な連中がビーチャーにした仕打ちを、以前に君がむきになって憤っていたのを、ぼくは憶えていたからね。だから、君が怒りを強く感じ、それ抜きでビーチャーのことを考えるなどありえないことを、ぼくは知っていた。一瞬のちに、君の目は絵を離れてさまよい始め、南北戦争に思いが移ったらしいなとぼくは推定した。なおも君を観察していると、唇がきっと結ばれ、目は輝き、両手は堅く握りしめられた。あれほどの死にものぐるいの戦いの中で、南軍も北軍も共に、実に勇敢だったことに、君は思いをはせていたのだろうと、ぼくにも確信が持てたね。すると今度は、なんと悲しげな顔をするではないか。それに首を振ったりもした。人生など、とどのつまり、悲しく、恐ろしく、はかないものだと君は感じた。君の手は、そっと戦争で負った自らの古傷に行っている。唇にはかすかなほほ笑みが浮かぶ。そこで、国際紛争の解決手段として、戦争とは全く無意味である、という考えが君の心に広がったことがわかった。その瞬間、『そういうやり方は、全く無意味だ』と言って、ぼくは君の意見に賛成したのさ。下してみた推理結果がすべて的中していて、ぼくもうれしかったね」

「完璧だよ！　今、君に充分説明されたから、正直に言うけれども、さきほどぼくが感じた驚きは、まだおさまらないね」わたしは声をあげた。

「なに、これくらいはたいしたことではないよ、ワトスン。君が前にあのような不信感を示さなければ、ぼくもわざわざ君のもの思いのじゃまをしたりはしなかったさ。けれども、ぼくがちょっと試してみた読心術などよりも、たぶんもっと厄介な事件がここにあるのだ。新聞のこの小さな記事に気づいたかい。クロイドンのクロス街に住むミス・スーザン・クッシングに、異様なものが入った小包が郵送されたというできごとだけれど」

「いや、全然見ていない」

「きっと、うっかり見落としたのだろうね。新聞をこちらへ放ってくれたまえ。そう、これこれ、経済欄の下にある。すまないが、ちょっと読み上げてくれないか」

ホームズが投げ返した新聞を取り上げ、わたしは指示された記事を声を出して読んだ。見出しは『おぞましい小包』だった。

「被害に遭ったのはクロイドンのクロス街に住むミス・スーザン・クッシング。事件はきわめておぞましい悪質ないたずらと考えざるをえないが、もしそうでなければもっと重大な事件である可能性もまだ残っている。昨日午後二時、ミス・クッシングの自宅へ茶色の紙で包装された小包が郵便配達夫により届けられた。これにはボール箱が入っていて、中には粗塩(あらじお)がぎっしりと詰まっていた。この塩を取り出してみると、中に切り取られたばかりの人間の耳が二つ入っているのを見つけてミス・クッシングは恐怖にふるえた。ボール箱は前日の午前中、ベルファストから郵便小包で発送されている。しかし、送り主を示すようなものはいっさい残されていなかった。年齢五十歳、独身のミス・クッシングが知人も文通相手もほとんどいない、孤独な暮らしを送っている状況を考え併せてみると、郵便物を受け取ること自体が普通とはいえず、事件はいっそう謎めいてくる。しかしながら、ミス・クッシングが、数年前、ペンジに住んでいた当時、自宅の数室を三人の若い医学生に間貸(まが)ししていたことがあり、その時、学生らが日頃の騒(さわ)がしくて不規則な習慣を改めなかったため、この三人を追い出さざるをえないことがあった。警察の見方は、この時の若者らの仕返しがミス・クッシングに及んだのではないかというものであり、恨(うら)みが動機で、解剖室(かいぼうしつ)に置かれている死体の一部を送りつけ、驚かそうとしたものと推定している。さらに、学生のうちの一人はアイルランド北部出身であり、ミス・クッシングが確信しているとおり、ベルファストから来ていたというのが事実なら、この解釈の妥当性も高まる。なお、事件は鋭意捜査中で、警視庁の刑事のうちでも最高の腕ききの一人、レストレイド警部が担当している」

「『デイリー・クロニクル』紙(32)はそんなところだね」わたしが読み終わると同時に、ホームズが言った。「次のは、ぼくたちの友人、レストレイド警部からの連絡だ。今朝受け取ったのだ。こう言っているよ。

『今回の事件は、あなたにうってつけの事件だと思われます。われわれ警察も、事件の解決には絶対の自信があります。しかし、なにぶん、どこから手をつけていいのか、その取っかかりが見つからず、いささかの困難に突き当たっているのです。むろん、ベルファスト郵便局には電報を打ってみましたが、その当日には、他にも大量の小包が扱われており、問題の小包を特定したり、送り主を思い出すてだてもないそうです。使われていた箱はハニーデュー・タバコ(33)の半ポンド入りボール箱だったことが判明しましたが、手がかりには役立ちませんでした。容疑者が医学生であるとする説も依然有力であるように思えますが、もし何時間か自由になる時間がおありになれば、ぜひとも、こちらでお目にかかりたいものです。本日、小生はクロイドンの現場の家か、署のほうにいる予定です』

ワトスン、どうかな、この暑さにめげず、思いきって起き上がり、ちょっとクロイドンまでぼくと一緒に出かけてみないかい。君の事件記録のいい材料にならないとも限らないよ」

「ぼくも何かやることはないかと、うずうずしていたところさ」

「それはちょうどよかった。呼びりんを鳴らしてボーイを来させ、辻馬車を呼びにやろう。ちょっと待ってくれたまえ。ガウンを脱いで、シガー・ケースをいっぱいにしてこよう」

まだ列車に揺られているうちにひと雨あったから、クロイドンの暑さはロンドンよりはずっとしのぎやすかった。ホームズが電報を打っておいたので、レストレイド警部が駅まで出迎えに来てくれていた。彼は、細めで、敏捷(びんしょう)で、いつものようにシロイタチ(フェレット)のように犯人を探しまわる様子だった。五分ほど歩くと、ミス・クッシングが住んでいるクロス街に着いた。

そこは、れんが造りの二階建てで、小ぎれいでこぢんまりとした民家がずっと続く長い通りであった。各家の入り口には白く塗った石段が付いていて、そうした玄関先にはあちこちで、エプロン姿の女たちが数人ずつ集まり、噂話に花を咲かせていた。この通りを半ばくらいまで進むと、レストレイド警部は、とある家の前に立ち止まり、ドアを叩くと、小柄な使用人の女の子がドアを開けた。わたしたちはミス・クッシングのいる玄関わきの部屋に通された。彼女はもの静かな表情の婦人で、やさしそうな大きな目をしていて、波打った灰色の髪が左右のこめかみの上に曲線を描いて垂れて

いた。膝の上には、刺繡が入ったソファのカバー[34]が作りかけてあり、そばの丸椅子にはさまざまの彩りの絹糸が入ったかごが一つのっていた。

「気味の悪いあれは外の物置にありますよ」レストレイドが部屋に入ると、ミス・クッシングはこう言った。「できることなら、お願いですから、どうぞ全部持って帰ってくださいませんか」

「はい、そうしましょう、クッシングさん。わたしの友人のホームズさんに、あなたの前で調べてもらおうと思ってここに置かせてもらっただけです」

「なぜ、わたくしの前でなければならないのですか?」

「いや、ホームズさんが何か尋ねたい

ことがあるといけないと思いましてね」

「わたくしはこの件に関しては、何ひとつ知らないと申しましたのに、そのわたくしに質問などして、どうしようというのですか」

「おっしゃるとおりです」ホームズはなだめるように言った。「この件では、あなたはもう充分すぎるほど、いやな思いをされてきたに違いありません」

「全くそのとおりでございます。わたくしは内気な人間で、これまでひとり静かに暮らしてまいりました。それなのに、自分の名前が新聞に出たり、警察の方までが家に押しかけて来られる。あんな恐ろしいものを、こちらへ持ち込まれたりしては、絶対に困ります。レストレイドさん、どうしてもあれを見たいとおっしゃるなら、どうぞ、ご自分で物置のほうにいらしてください」

その家の細長く狭い裏庭に物置があった。レストレイドは中に入ると、茶色の包装紙と紐、それと一緒に黄色のボール箱を持ち出してきた。ベンチが通路の隅にあり、わたしたち三人は腰を下ろした。レストレイドが差し出す一点一点を、ホームズが丹念に調べていった。

「この紐はきわめて興味深いものです」彼はその紐を光にかざして、匂いを嗅いだ。「この紐についてどう考えますか、レストレイド」

「タールで加工されていますね」

「そのとおり。タール加工が施してある撚り紐です。あなたは、ミス・クッシングがはさみで切ったのだろうと説明していましたね。たしかに、両端とも二つに分かれているほつれぐあいを見れば、そう言えますね。この紐は、なかなか重要ですよ」

「重要だとは、わたしには見えませんがね」レストレイドが答えた。

「重要なのは、紐の結び目がそのまま残っていて、この結び方が特別な点です」

「ずいぶんきちんと結んでありますね。わたしもそのことには気づきました」レストレイドは満足そうに言った。

「紐のことはそのくらいにして」と、ホームズが笑みを浮かべて言った。

「次は包装紙に移りましょう。この茶色の紙は、たしかにコーヒーの香りがする。なに、気づかなかった? これに異論はないでしょう。宛名は、『クロイドン、クロス街　ミス・S・クッシング』となっているが、これは全く不器用な活字体だ。安物のインクを使い、太字のペン、おそらく『J』[35]くらいの太さで書かれたものに違いない。『クロイドン("Croydon")』の単語にしても、最初は『i』と書き誤ってから、あとで『y』に書き直してある。こうなると、小包の宛名を書いたのは、筆跡からいって男性で、あまり教育がないうえに、クロイドンの町にもなじみが薄い者だろう。ここまでは順調にきた。箱のほうはハニーデュー・タバコ半ポンド用の、黄色のボール箱が使われている。変わったところといえば、箱の底の左側の隅に親指の跡が二つくっきりとついていることくらいだろう。中に詰めてあったのが、獣の生皮などの保存や、その他のつまらない営業用にだけよく使われている粗塩だ。その中に、このなんとも異様なものが埋まっていたというわけだ」

ホームズはこう言いながら、問題の耳を二つ、箱から取り出し、膝にのせた板の上に耳を置くと細かく調べ始めた。レストレイドとわたしは両脇から前かがみになり、真剣に考えこんでいるホームズの面持ちと、どうにもおぞましい人体の一部を交互に見比べた。まもなく耳を再び箱に戻したホームズは、しばらく考え込んで座っていた。

「もちろん、二つが同一の人間のものではないことに気がついていますね」と、やっと口を開いた。

「はい、それはわかっています。しかし、これが学生たちのいたずらだとすれば、解剖室から別の人間の耳を一つずつ手に入れて送りつけるくらいはたやすいことでしょう」

「そのとおりです。しかし、これはいたずらなどではありません」

「それは確かですか？」

「わたしの推理ではいたずら説に全く反対です。解剖室の死体であれば、防腐剤の液体が注入されているはずです。しかし、これにはその徴候はありません。それに、新しすぎます。耳は、切れない刃物で切断されている。医学生なら、そういうことはしないでしょう。(36)さらに、医学の心得があれば、防腐剤として思い起こすのは、石炭酸や蒸溜アルコールに違いない。粗塩でないことだけは確かです。もう一度繰り返しますが、これは絶対にいたずらなどではありません。わたしたちが扱っているのは、重大な犯罪です」

　ホームズのこうした言葉を聞き、また、彼の顔つきをこわばらせたほどの事態の深刻さを感じ取ると、わたしの体じゅうを言い知れぬ戦慄が走った。下調べの段階で明らかになった残忍さを思うと、これから先の背後にある奇怪で謎めいた恐怖の前兆であるように思えた。ところが、レストレイド警部のほうは、充分に納得がいかない様子で、首を横に振って、こう述べた。

「いたずらだという線が弱いのは間違いないでしょうが、もう一方の説には、もっと有力な否定材料が挙げられます。この婦人はペンジで、その後、ここに移り住んで暮らしたこの二十年間も、生活は地味で、非の打ちどころがありません。しかも、その長い期間、一日だって外泊することもなかったと言えるくらいです。それが、いったいなぜ、犯人はわざわざ、この婦人に自分の犯罪の証拠を送ってこなくてはならないのですか。ことに、この婦人が万が一、芝居の天才だったりすれば話は別ですが、われわれに負けず劣らず、この件について何ひとつ知らないのですからね」

「それこそが、わたしたちが解決しなければならない問題なのです」ホームズはこう語り始めた。「そこで、わたしとしては、まず、わたしの推理が正しいこと、それから、すでに二人の人間が殺害されている、というこの二つのことを大前提にして、解決を図ろうと思っています。二つの耳の片方は女性のものらしく、小さめで形も整っていて、ピアスの穴が一つあけてある。もう一方は男性のもので、日焼けしていて、しみがある。しかし、それにもピアスの穴が一つあけられている。この二人はおそらく死んでいるでしょう。生きているならば、耳切り事件の噂が伝わっているはずです。今日は金曜日で、小包郵便が出されたのが木曜の朝。すると、その悲劇は水曜か、火曜、あるいはもっと前におきたのでしょう。二人が殺されたとすると、犯人以外に誰が、犯行のしるしをミス・クッシングに送りつけたりするでしょうか。そうなると、この小包の送り主を、わたしたちが探している男と見なしてよいでしょう。しかし、ミス・クッシングにこのような小包を送りつけるなどとは、よくよく、特別な理由があるはずです。では、どんな理由でしょうか。きっと犯行が現実に実行されたことを婦人に知らせたいか、または、このことで婦人を苦しめたいか、でしょう。しかしそうなれば、ミス・クッシングも相手が誰だかわかっているはずだ。彼女は知っているだろうか。それは疑わしい。もし相手を知っているのならば、わざわざ警察に通報したりするでしょうか。いっそ問題の耳をどこかに埋めて隠し、知らんぷりをしてもよかった。また、犯人をかばいたいと思えば、そうしたでしょう。かばいたくなければ、犯人の名前を教えてくれたと思う。ここに解明が必要な謎があるのです」

庭の垣根（かきね）の先をぼんやりと眺めたままホームズは、甲高く（かんだかく）、早口でそう語っていたが、いきなりさっと立ち上がり、家に向かって歩き出した。

「わたしはミス・クッシングに、尋ねたいことがある」と、彼は言った。

「それなら、ここでお先に失礼します」レストレイド警部はこう告げた。「別にちょっとした用事があります。わたしはミス・クッシングに聞きたいことはもうありません。署のほうにいますよ」

「駅へ戻る途中、ついでに寄りましょう」と、ホームズが答えた。ホームズとわたしはそのまますぐに、家の玄関の横の部屋に戻った。中では、先ほどと同じ様子で、冷静なミス・クッシングが静かにソファのカバーを作っていた。入って行くと、彼女はそれを膝の上に置き、遠慮のない、探るような青い目でわたしたちを見た。

「この騒ぎは、何かの間違いだとしか思えません」と彼女は言った。「このような小包がわたくしに送られてくる理由など全くないのですから。このことは、スコットランド・ヤードから来られた、先ほどの方にも何度もお話ししましたが、笑っていて相手にしてくださいません。どう考えてみましても、わたくしには、恨みを買うような相手は一人もおりません。ですから、このわたくしに誰があのようないたずらをするものですか」

「クッシングさん、わたしの考えも、あなたと全く同じです」そう言って、ホームズは彼女のすぐ脇に腰を下ろした。「それよりも、もっと確実なのは――」と、彼は言いかけて、言いよどんでしまった。ホームズが婦人の横顔を食い入るように見つめたままなのが目に入ってきて、わたしははっとした。一瞬、ホームズの真剣な表情からは、驚きと喜びとが読み取れたのだ。しかし、婦人のほうも、どうしてホームズが急に黙ったのか、いぶかしく思って見返した時には、ホームズはすでに元のとりすました様子に戻っていた。わたしもホームズにならって、ミス・クッシングをじっと見つめてみた。つやのない灰色の髪、小ぎれいな帽子、金メッキの小さなイヤリング、穏やかなその表情。しかし、わが友があれほどの興奮を示したものが何なのかは見当がつかなかった。

「お尋ねしたいことが、一つ二つあります……」

「まあ、もう質問にはうんざりでございますわ」ミス・クッシングは、耐えられないというふうに声をあげた。

「姉妹が二人おいでですね」

「どうして、そのことがおわかりですか？」

「部屋に入った瞬間、暖炉（マントルピース）の上に、三人の女性が一緒に写っている写真が飾られているのに気づきました。そのうちの一人はあなたに間違いない。のこりのお二人はあなたにきわめてよく似ておいでですから、姉妹だと確信したのです」

「はい、そのとおりです。あの二人は、妹のセアラとメアリです」

「わたしのすぐ脇に、もう一枚写真があります。制服でわかりますが、船の客室係のような人と妹さんが一緒にリヴァプールの港で写したものですね。まだ、妹さんは結婚前でしたね」

「なんと目の早いお方なのでしょう」

「わたしの商売ですから」

「はい、そうなのでございます。あれから数日後に、ブラウナーさんと結婚いたしました。写真を撮(と)った頃は、彼は南アメリカ航路の定期船に乗っていました。それが、あの子のそばを長い間離れていられないほどにすっかり惚(ほ)れ込んでしまい、リヴァプールとロンドン間の定期航路に仕事を変わったのです」

「すると、コンカラ号ですか？」

「いいえ、最後に聞いた話では、メイ・デイ号でした。[37] ジムは一度だけ、うちに遊びに来たことがございます。その頃は、まだ禁酒の誓(ちか)い[38]を忠実に守っておりました。でもその後は、上陸するたびに酒を飲むのがあたりまえになり、それで、少しでも酒が入ると、酒乱のように暴れ狂いました。そう、一杯だけと、酒にもう一度手を出したあの日がケチのつき始めでした。あの人は、まず、わたしと絶交状態になり、次にセアラといざこざをおこし、メアリも全く便りを寄こさなくなってしまいましたから、今では、二人がどうしているものやらさっぱりわかりません」

ミス・クッシングが、気にやんでいたことを話しているのは明らかだった。人とのつき合いの少ない寂しい生活を送っている人の常のように、彼女は初めは控(ひか)えめだったが、そのうちにひどくおしゃべりになった。義理の弟にあたる、この客室係にまつわる話を事細かにいろいろと語ってくれたのである。そのうえ、話は以前に下宿していた医学生たちのことにも及び、どんなに素行が悪かったかを長々と説明し、学生の名前や、当時、勤めていた病院名にいたるまで明かしてくれた。ホームズはこの話に始終熱心に耳を傾け、時おり質問をはさんだ。

「ところで、すぐ下の妹のセアラさんのことですが」と彼は言った。「あなたも妹さんも独身ですから、一緒に暮らしてもいいはずですね」

「とんでもございません。あなたはセアラの気性を知らないから、そんなのんきなことがおっしゃれるのですよ。わたくしがクロイドンの町に移り住んだ時に、一緒に住んでみたのです。二ヶ月ほど前まではここにいたのです、結局、別れることにいたしました。自分の妹のことを悪く言ったりしたくはないのですが、とにかく、セアラは、うんざりするほどおせっかいやきで、そのうえ気難しいたちなのです」

「セアラさんはリヴァプールの妹さん夫婦とも、けんか別れをしたということでしたね」

「はい、一時は、それは仲がよかったのですが。あの夫婦のそばにいようと、わざわざリヴァプールまで行って住んだのですから。それが今では、ジム・ブラウナーのことを、セアラはどんなに悪く言っても言い足りないくらいなのです。ここにいた六ヶ月の間も、口を出ることといったら、ジムは酒癖が悪いの、ふるまいがけしからんのと、文句ばかりでした。きっと、セアラのおせっかいにジムがかっとしたのでしょう。そして、セアラに面と向かって、言いたい放題を言ったのではないでしょうか。それが最初のきっかけだと思います」

「クッシングさん、ありがとうございました」ホームズは腰を上げ、会釈(えしゃく)をして言った。「妹のセアラさんは現在、たしか、ウォリントンのニュー・ストリートにお住まいだとおっしゃっていましたね。それでは、このへんで。今回の件では、お話のとおり、あなたが何の関係もない事件に巻き込まれ、とんだ迷惑をこうむられて、大変お気の毒でした」

表に出ると、ちょうど辻馬車が通りかかったので、ホームズがこれを呼び止めた。

「ウォリントンまで、距離はどのくらいあるかね」彼は尋ねた。

「ほんの一マイル（約一・六キロメートル）くらいってえとこでさあ」

「それはいい。ワトスン、乗りたまえ。鉄は熱いうちに打てと言うからね。事件は単純だが、実に示唆(しさ)に富む点が一つ二つ、観察できる。駅者君(ぎょしゃ)、電報局があったら、ちょっと寄ってくれたまえ」

ホームズは、短い電報を打ち終えると、あとは、日があたらないように帽子を鼻のあたりまで深くかぶって、座席にゆったりと身を預けた。駅者が一軒の家の前で馬車を止めた。見ると、わたしたちが先ほど後にしたばかりの家と外見が似ていなくもない建物だった。ホームズはしばらく待つように駅者に告げた。それからドアのノッカーに手をかけたが、それと同時にドアがいきなり開き、光沢のあるシルクハットを手にし、黒の服を着たまじめそうな若い紳士が階段に現われた。

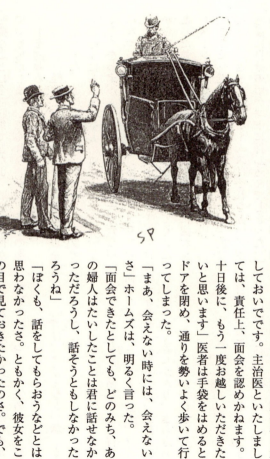

「ミス・セアラ・クッシングはご在宅ですか」ホームズが尋ねた。
「ミス・セアラ・クッシングは重態です」と彼は言った。「昨日から重い脳症状を示しておいでです。主治医といたしましては、責任上、面会を認めかねます。十日後に、もう一度お越しいただきたいと思います」医者は手袋をはめると、ドアを閉め、通りを勢いよく歩いて行ってしまった。
「まあ、会えない時には、会えないさ」ホームズは、明るく言った。「面会できたとしても、どのみち、あの婦人はたいしたことは君に話せなかっただろうし、話そうともしなかったろうね」
「ぼくも、話をしてもらおうなどとは思わなかったさ。ともかく、彼女をこの目で見ておきたかったのさ。でも、必要なことは全部収集できたよ。馭者君、何か昼食がとれるような気のきいたホテルにでも馬車をまわしてくれないかね？　そのあと、警察署に行って、友人のレストレイドを訪ねることにしよう」

おいしい軽食を一緒に食べた。食事の間じゅう、ホームズはヴァイオリンの話しかしなかった。彼は自分が持っている、ストラディヴァリウス[39]について、トテナム・コート通りにあるユダヤ人の質屋で[40]、優に五百ギニー（約一二六〇万円）の値打ちがあるものをわずか五十五シリング（約六万六〇〇〇円）で買ったという話ばかりを得意になって語った。それから、話題はイタリアの作曲家パガニーニ[41]のことに移り、クラレット[42]一瓶を二人で堪能しながら、ホームズはこの天才音楽家のおもしろい逸話を次から次へと一時間以上もわたしに話してくれた。日もようやく暮れかかり、ぎらぎらとした強烈な暑い日ざしも穏やかな光に変わった頃、わたしたちは警察署に着いた。レストレイドが玄関で待ち構えていた。

「あなたへ電報です、ホームズさん」と、彼は言った。

「ああ、返事だね」ホームズはそれを開いてざっと目を通すと、くしゃくしゃのまま乱暴に自分のポケットに押し込んでしまった。「これでいい」と彼は言った。

「何かわかりましたか？」

「全部、わかりましたよ」

「なんですって！」驚いて、レストレイドはホームズを見た。「ご冗談でしょう」「一生のうちで今ほど本気になったことはありませんよ。重大な犯罪が行なわれました。わたしは事件の詳細を、すっかり解き明かせたと思います」

「それでは、犯人は？」

　ホームズは自分の名刺の裏に二、三の単語を書いて、それをレストレイドに投げるように渡した。

「これがそうだ。逮捕は早くとも、明日の晩になるまでは無理でしょう。それと、事件との関連で、わたしの名を挙げないようにしてもらいたいね。わたしとしては、解決が難しかった事件にだけかかわりたいのです。ワトスン、さあ行こう」ホームズが投げ与えた名刺をいかにもうれしそうに眺めている警部を残して、わたしたちは足早に駅に向かった。


　その夜、ベイカー街の部屋で、わたしたちが葉巻をくゆらせながら、事件のことを話し合っていた時に、シャーロック・ホームズが言った。「君が《緋色の習作》や《四つのサイン》としてまとめ上げてくれた事件の調査で使ったのと同じように、今度の事件も、結果から原因を割り出すという逆向きの推理をするように迫られたものの一つだった。レストレイドには、現在、どうしても必要とする詳細を集めてもらおうと、手紙で頼んである。それも、犯人を逮捕すれば手に入るだろう。警部は推理のほうはさっぱり期待できないのだが、自分のしなければならぬことをいったん把握さえすれば、ブルドッグさながらに食いついたら絶対放さないからね。そもそも、彼がスコットランド・ヤードで第一人者になれたのも、あの一徹さがあるおかげさ」

「では、事件はまだ完全に解決できていないのかね？」わたしは聞いた。

「肝心な点についてはすっかりめどがたっている。おぞましいあのできごとが誰の仕業かもつかんでいる。ただし、被害者のうち、片方の身元は依然不明のままだがね。もちろん、君も君なりの結論を出しているだろう」

「リヴァプールの定期船の客室係をしているジム・ブラウナーが、君の考えている容疑者というわけかな？」

「何を言っているのだ。容疑者などというものではないよ。犯人そのものさ」

「でも、ぼくには、あやふやな方向づけしか見えてこないのだけれど」

「いや、そうではない。ぼくにはこれ以上はっきりしたことはない。それでは、重要な点を復習してみよう。君も憶えているだろう、最初、この事件に立ち向かった時には、ぼくたちは全く、なんの先入観も持っていなかった。これが、いつでも役に立つ。どんな仮説もまだ、頭にはなかった。ぼくたちはただ観察をし、その観察したことから推理を引きだしたのだ。一番初めに目にしたのは何だったろうか。まず、穏やかな表情の、きちんとした婦人が現われた。どう見ても、やましい秘密など隠していそうもない人間だ。そして、一枚の写真があって、この婦人には妹が二人いるのがわかった。それですぐにぴんと来たのは、小包はその妹のうちのどちらかへ送りつけようと思ったものではないか、ということだった。ただし、これはまだ思いつきの段階であり、その真偽のほどは、後でゆっくりと確かめればよいものだった。それから、君も憶えているようにぼくたちは庭に出て、小さな黄色い箱に入っていた、あの異様な中身を見たのだ。

箱を縛っていた紐は、製帆員が船の帆を縫うのに使う特殊な物だったから、ぼくたちの捜査には、さっそく、磯の香が漂ってくるような気がした。紐の結び方にしても

船員がよく使う特別な結び方だったし、小包が投函されたのも港の郵便局だった。そのうえ、男性の耳にはピアスの穴があいていたが、これも陸の人間より船乗りの間でなら、ごくあたりまえの習慣だ。そこで、こうした事実からして

も、この悲劇の主人公たちは全員が船乗り関係者に違いないとぼくは確信した。

また、小包の宛名を調べてみたところ、『ミス・S・クッシング』宛てになっていた。ところで、一番上の姉はもちろんミス・クッシングで、その頭文字はスーザンでSだけれど、下の妹のうちの一人の名前も同じ頭文字であることだって考えられるではないか。そう気づけば、ぼくたちの調査も全く白紙の状態に戻して、再開しなくてはいけない。そこで、ぼくはこの点をはっきりさせようと思って、家の中に戻ってみたのさ。君も憶えているだろうが、何かの間違いでもあったんでしょうねと、婦人に向かって、ぼくが言ってあげようとした際に、ぼくは言いよどんでしまった。実はあのとき、あることに気づいてびっくりしてしまったのだ。また、それがわかったからこそ、あとで捜査範囲を狭めてくれることになったのだがね。

ワトスン、医者の君なら常識だろうけれど、人間の体で耳くらい、実に形がばらついている部分はないね。どの耳をとっても、原則として、著しい特徴があり、他の人の耳とは違っている。この耳の形態については、ぼくの書いた小論文が二つ、昨年の『人類学雑誌』[43]に載っている。それでぼくは、専門家の目で、箱に入っていた耳を調べてみて、解剖学的な特徴を心に留めた。ミス・クッシングの耳を見た時には、本当に驚いたよ。ちょっとあの時のことを想像してみてもらいたいね。この婦人の耳の形態は、すぐ前に調べた女性の耳と全く同じ形をしているではないか。単なる偶然の一致などではなかった。外耳の耳翼(じよく)[44]の短さ、上部の耳たぶの幅広いカーブ、内軟骨の渦巻の形態はいずれも同じだった。基本的な点では完全に同一の耳だったのだ。

　この観察が限りなく重大であることは、もちろん、ぼくもすぐ悟ったよ。言うまでもなく、女性のほうの被害者はミス・クッシングの血縁者だ。それも特に近い血縁関係だね。そこで、ミス・クッシングに家族のことを話してみたら、きわめて貴重な詳細を提供してくれたことを君も憶えているだろう。

　まずわかったのは、妹の名がセアラだということ、それから、セアラの住所は、ごく最近になるまで、ミス・クッシングと同じ住所だったことだ。だからこそ、間違いがおこった状況も納得できたし、小包が本当は誰宛てのものだったかもはっきりしたのだ。それから、一番下の妹メアリと結婚した、船の客室係の男のことを聞き、一時期、セアラもこの男とごく親しかったため、このブラウナー夫婦のそばにいようと、わざわざリヴァプールまで移ったこと。だが、後でけんかをしてしまい、結局は妹夫婦とは別れたことがわかった。また、この仲違(なかたが)いが数ヶ月にわたって、いっさいの行き来をなくしてしまったのだから、ブラウナーがセアラに小包を送ろうとすれば、間違いなく、セアラの以前の住所に送ったであろうこともだ。

　それから、ここまでくると事態は驚くほど明瞭(めいりょう)になってきた。この客室係がいた。衝動的で情熱的な男だ。妻のそばにいたいと言って、それまで勤めていた、りっぱな地位を、惜し気もなく投げうってしまったということだ。男が時々大酒を飲むこともわかった。そこで、殺された被害者はこの男の妻で、おそらくは、同じく船乗り関係者であると思われる、別の男も同時に殺害されたと信じるに足る根拠がそろった。犯行の動機としてすぐ思い浮かぶのは、もちろん嫉妬(しっと)だ。さて、ああした犯行の証拠がミス・セアラ・クッシングに送りつけられた理由は何だったのか。この女性がリヴァプールに住んでいた頃に、悲劇を引きおこすきっかけを何か作ったのだろう。また、あの航路の船が、ベルファスト、ダブリン、それにウォーターフォードに寄港するのは君も知っているだろう。ブラウナーが犯行を実行してから、自分が働いている蒸気船メイ・デイ号に乗り込んだとすると、ベルファストが、あの恐ろしい小包を送ることのできる最初の港になる。

　この段階では、明らかに、もう一つの仮説も可能だった。ぼくとしては、その可能性はきわめて低いとは思ったのだが、捜査を先におし進める前にぜひともそれについてはっきりさせておこうと考えた。まず、夫妻を殺したのはブラウナー夫人を愛したが拒(こば)まれた男で、男性の耳はブラウナーのものなのかもしれない。この仮説には、強力な反証がいくつもあるものの、考えられないことではなかった。そこで、その真偽を確かめるのに、リヴァプール警察にいる友人のアルガーに電報を打って、ブラウナー夫人が自宅にいるか、また、夫のブラウナーが出勤し、メイ・デイ号に乗って、出航しているかどうか確かめてくれと頼んだのだ。それから、ぼくたちはミス・セアラに会おうと、ウォリントンに向かった。

まず、どうしてもぼくが見たいと思ったのは、クッシング家に伝わる耳の特徴がミス・セアラの耳にはどれくらい現われているかだった。もちろん、彼女が貴重な情報を与えてくれるかもしれなかったが、こちらのほうは、たいして期待していなかった。セアラも、ぼくたちが訪れる前日には、事件の噂を耳にして知っていたはずだ。クロイドンじゅうがこの話で大騒ぎだったからね。しかも、セアラは、そもそも小包が誰に送られたものなのかを知りうる、ただ一人の人間だった。だから、正義に味方するつもりなら、とっくに警察に連絡を取っていたはずだ。ともかく、彼女と面談してみるのも、ぼくたちの当然の仕事だから、出かけたのだ。すると、あの小包が姉のところへ届いたことを知って、――その日から発病したのだから――彼女は脳熱（ブレイン・フィーヴァー）（心因反応）を引きおこすほどの恐ろしい衝撃を受けたのだ。このことからも、彼女が小包の重要性を理解していることは、さらにはっきりした。しかし彼女が捜査の助けになるのは、まだ先のことになったのも明らかだね。

しかし、実のところ、ぼくたちには彼女の協力はなくてもよくなった。アルガーには返事を警察署に送るように頼んだのだが、それがちゃんと届いていた。その返事が何よりの決め手となった。ブラウナー夫人の家は三日以上も閉めきりで、隣近所の住民は、夫人が親戚を訪ねて南方へ行っているのだろうと考えている。また、汽船会社を調べてみたところ、夫のブラウナーのほうがメイ・デイ号に乗船したことも確かめられたということだった。とすると、ぼくの計算では、船は明日の夜にはテムズ河に入るはずだ。そこへ着けば、頭のほうは鈍いが、行動はしっかりしているレストレイドが待ち受けているから、ぼくたちは詳細をすべて手に入れるに違いないよ」

シャーロック・ホームズのこうした期待は裏切られることはなかった。二日後、分厚い封筒が届き、中には警部の短い手紙とフールスキャップ版で数ページにも及ぶ、タイプライターで清書された書類が入っていた。

「レストレイドは彼をうまくつかまえたようだね」と、上目遣いにわたしを見ながらホームズは言った。「おそらく君も、彼が何と言ってきたか聞きたいだろう」

『親愛なるホームズ様

われわれの理論が正しいかどうかを検証しようと、われわれは計画を立てました。――ワトスン、この「われわれ」というのがこっけいではないか?――小生はその日的を果たすべく、昨日午後六時にアルバート埠頭(45)に向かい、蒸気船メイ・デイ号に乗り込みました。この船はリヴァプール＝ダブリン＝ロンドン汽船会社の所有であります。調べてみますと、ジェイムズ・ブラウナーという名の客室係が働いていましたが、航海中に異常な行動があり、船長もこの男を休ませざるをえなかったことがわかりました。この男の部屋に降りてみると、男は衣装箱に腰かけ、頭を抱えていて、体を前後にゆすり続けていました。屈強（くっきょう）な大男で、顔のひげはきれいに剃（そ）り上げ、真っ黒に日焼けしていて、ちょうど、以前「にせ洗濯屋事件」の捜査の時、協力してくれたオールドリッジによく似た男です。こちらの用件を伝えると、驚いた男はとび上がりました。そこで、近くに待機させた水上警察の警官を呼ぼうと警笛を口にしたところ、男は元気なく、おとなしく両手を差し出したので手錠をかけました。われわれはブラウナーを留置場に連れて行きました。もちろん、男の衣装箱もそっくり押収しました。証拠になるようなものがあると期待してのことです。ところが、船員なら誰でも持っているような大型の鋭利なナイフを別にすれば、事件に関係がありそうな物は何もありませんでした。けれども、もはや証拠は無用でした。というのは、署の警部の前に引き出されたブラウナーは、すすんで自供を申し出たのです。そこで、彼が言ったとおりの供述を警察の速記者が書き取り、タイプライターでコピーを三通作成しました。そのうちの一通を同封します。事件の捜査は、私が予測したとおり、実に単純なものでした。しかし、捜査に際してのあなたの援助を感謝します。敬具

G・レストレイド』

「ふーん。捜査は実に単純だった、か」とホームズはつぶやいた。「しかし、最初に彼がぼくたちに協力を求めてきた時には、そう考えていたとは思えないね。それはともかく、ジム・ブラウナーの自供を読んでみようか。これが、シャドウエル警察署(46)で、モンゴメリー警部立ち会いのもとに、彼が話した供述内容だ。語ったとおりを書き取った、とあるのがいいね」

『何か話したいことはあるのかですって？　もちろんでさあ、話したいことは山ほどありますぜ。何から何まで腹の中をぶちまけずにはいられませんよ。あとはもう、縛り首になろうがどうされようが、知っちゃあいねえ。実は、あんなことをやらかしてからというもの、眠ろうたって目が閉じやしない。まあ、あの世に行くまでだめだろうな。それで、時々あの男の顔が見えるが、たいがいはあの女の顔さ。いつだって、どちらかが現われてくるんだ。男はしかめっ面で、不吉に見えた。女の顔といえば、びっくりしたようでした。白い子羊みたいなあいつは、いつもは愛情しか見せない、おれの表情に殺意を見たんだから、たまげたのも当然でしょうぜ。

なんたって、悪いのはセアラの奴だ。だから、裏切られたおれの、のろいがあいつを破滅させて、あの女の身体じゅうの血なんか、全部腐っちまえばいいんだ。なにも、おれに責任がないなんて、言ってやしませんよ。おれも、以前どおりに野獣みたいに酒びたりに戻っちまったのはわかってる。ただ、女房は、おれのことを許してくれていただろうよ。そもそも、セアラという女がおれの家庭に足を踏み入れることがなかったら、女房もおれの味方になって、滑車（かっしゃ）にかかっているロープみたいに、ぴったりおれにより添ってくれたんだろうになあ。やっぱり、セアラ・クッシングがおれに惚れちまったのが事件の始まりだったんだ。あいつはおれに惚れていたんだ。おれがセアラの全身全霊よりも、泥にうずまっている女房の足跡を思ってるって悟ってから、セアラはおれへの愛情を、今度はあんなにそら恐ろしい憎しみに一変させてし

まったんだぜ。

姉妹はみんなで三人だった。一番上は、それはおひとよしな女だよ。二番目は悪魔だね。三番目は天使さ。おれが一緒になったときメアリは二十九で、セアラはそんとき三十三だった。結婚して所帯を持ったときにゃ、おれもメアリも天に昇るほど幸せだった。リヴァプールじゅうを探したって、おれのメアリよりもいい女はいなかった。その時、セアラに一週間ばかり泊まりに来ないかって二人で誘ったんだ。泊まりだすと、その一週間が一ヶ月に延び、そんなこんなで、セアラの奴がすっかりおれらの家族の一員みたいになりやがった。

あの頃は、おれも酒とはすっかり縁が切れていたんです。(47)貯金も少しはでき、おれらは新しい銀貨みたいに輝いていたもんだ。それが、いったい全体、こんな結末が待っているなんて、誰が思ってみますかい。誰だって、夢にも思わんことじゃないですかい。

おれは週末にだけ、うちに戻るのが一番多かったが、時には荷の都合で船が足止めを食らい、一週間ずっと家にいることがあった。そんなわけで、義理の姉さんのセアラと顔を合わせることもずいぶん多かった。セアラはすらりと背が高く、髪は黒く、せっかちで、気性が荒かったね。それから、いやに気取っていて、目は火打ち石の火みたいにきらきらしてるんです。でも、かわいいメアリが一緒の時には、セアラのことなんか、これっぽっちも気にかけませんでしたよ。これは誓ってもいいですぜ。

　セアラは、どうもおれと二人っきりになりたがっていたし、散歩に連れて行ってくれと、せがんだりしたが、だからといっておれは、それをなんとも思わなかった。それがある晩、思い知らされた。船から戻ってみると、女房は外出中で、家にいたのはセアラだけだった。「メアリはどこへ行ったんだい」っておれは聞いた。「ええ、あの人ならちょっと支払いに出かけたわよ」だって。おれはいらつき、部屋を行ったり来たりした。「ジム、メアリなしじゃ五分もいられないの？」とセアラは言った。「わたしじゃ、ちょっとの間も一緒にいられないの？　そりゃ、ずいぶんひどいわね」「いや、そんなつもりじゃないよ、おまえ」こう声をかけ、おれはなだめるように手を伸ばした。そしたら、セアラはたちまちおれの手を両手でぎゅっと握りしめるじゃありませんか。その手は熱でもあるように、熱かった。そしてあの女の目を見たら、全部わかった。もう、セアラもおれも口をきく必要がなくなった。おれは顔をしかめて、手を引っ込めた。するとセアラは、しばらくおれのわきに黙って立っていたが、手を上げて、おれの肩をポンと叩いて、こう言うんです。「ジム、あんたったら、ほんと堅物（かたぶつ）なのね！」そして、人を小馬鹿にしたような笑い声を立てながら、部屋を飛び出して行っちまったんです。

　それからというもの、セアラの奴はおれのことをとことん憎みだしたんです。あの女は人のことを、そんなにも憎むことができる奴なんです。あいつをいつまでも一緒に住まわせていたこのおれが、まぬけだった——救いようもないまぬけさ——でも、メアリにはひとことも話しませんでした。そりゃあ、つらい思いをさせるだろうとわかってましたからね。生活は、もとどおりに過ぎていったんだが、しばらくすると、どうもメアリの様子が変なんです。それまでは、いつでも無邪気そのもので、なんの心配もいらない女だったんですよ。それが、変に疑り深くなって、あなた、どこ行ってたの、いったい何をしていたの、手紙は誰から来たの、ポケットには何が入っているのよ、なんて、次から次へとくだらないことを、おれに聞いてくるんです。そして、こんなことが日増しにひどくなり、いらだっていきましたから、四六時中、つまらないことで口げんかが絶えない。そりゃ、おれだって、どうしていいのかわからない。セアラは、おれを避けるようになったが、セアラとメアリの二人は相変わらず仲がよくて、離れない。今なら、セアラの魂胆なんてすっかりわかりますさあ。女房の気もちをおれから引き離そうと、あいつはいろんな悪だくみをしていたんだ。ところが、あの頃のおれときたら、とんだぼんくらで、そんなことには全く気がまわらないのさ。それからさ、禁酒の誓いを破って、また、つい酒に手を出しちまったのは。でも、もしメアリが前のようであってくれたら、おれも酒を飲んだりするはずもなかったさ。たしかに、女房がおれに愛想が尽きるのも、もっともだと思ったさ。夫婦の溝はどんどん広がるばかりだった。そんな時になって、あのアレック・フェアベアンが割り込んできて、それでもう、事態は千倍も悪くなっちまった。

あの男が最初にうちにやって来たのは、セアラに会いになんです。もともと、奴は人の心をつかむのがうまくてね、どこへ行ってもみんなと仲よくなれるのさ。そのうち、おれら夫婦に会いに来るようになりました。陽気な、自信たっぷりの男で、おしゃれ好きだったし、髪は巻毛だったね。世界の半分くらいは見てきた男で、それを話すのもうまい。だから、一緒にいて楽しい奴なんですよ。それは間違いありませんがね。それに、船乗りにしては物腰がなんとも上品で、きっと高級船員の経験があるんじゃないかね。

一ヶ月ほどうちに出入りしていたが、まさか、人当たりがよく、調子のいいやり方が、あんなとんでもないことにつながるとは思いもよらなかったぜ。ところが、あるできごとから、おれも疑いをもつようになり、その日以来、もう、幸せな気分は二度となくなった。

ほんとに、つまらないことだったんでさあ。ある時、おれは思いがけぬ時に居間に入った。ドアを通って入った瞬間、女房の顔がうれしそうな表情に輝くのがわかりました。ところがです、おれが誰だかわかったとたんに、すぐがっかりした様子で顔をそむけたんですよ。おれは、もうそれだけで充分に察しがついた。おれの足音を別の男と間違えた、その男は、あのアレック・フェアベアン以外にはありえない。いったん怒ると、いつもおれは狂ったようになっちまうんで、もし奴と出くわしていたら、きっとその場でぶっ殺してやっただろうね。メアリもおれの目を見て、悪魔にでも取り憑かれていると思ったんだね。おれに駆けより、袖にすがりついた。「やめて、ジム、やめて！」と彼女は言った。「セアラの奴はどこにいるんだ」とおれは聞いた。「台所だわ」とメアリが答えた。「セアラ」台所へ入るや、おれは言った。「いいか、二度と、フェアベアンの野郎は、この家には入れないぞ」「なんで入れないの？」と、彼女は言った。「このおれの命令だからだ！」「まあー」彼女は言った。「わたしの友達がこのうちにはだめだって言うんなら、わたしだってだめでしょ」「勝手にしやがれ」おれは言った。「もし、あいつがも一度あの面をここに見せたら、いいか、記念に、おまえのところに奴の耳を送ってやるからな」おれの顔つきを見てたまげたんでしょうな、彼女はその時、ひとことも口をきけなかったし、その晩、うちを出て行っちまいました。

あの女の魂胆が、悪魔のような魔性だったのか、それとも、あれこれ女房に吹き込んで、おかしな行動をさせて、おれを女房と仲違いさせようと計画したものなのか、そりゃおれにもわからん。ともかく、セアラは通りを二つくらい隔てた所に家を借り、そこの部屋を船員たちに貸したんだ。フェアベアンもよくそこに泊まっていたようなんだが、女房のメアリも、そこへ立ち寄り、姉とあの男と一緒にお茶を飲んでいたようだ。メアリが何回くらい遊びに行ってたのか知らねえが、ある日、あとをつけてみたんだ。それで玄関から入り込んで行ったら、臆病なスカンク野郎のフェアベアンは、裏庭の塀を乗り越えて逃げて行っちまった。おれは、女房にどなったんです。「も一度、あいつと一緒にいるところを見つけたら、おまえなんかぶっ殺してやるぞ！」ってね。女房は真っ白い紙みたいに蒼くなって、すすり泣いて、ぶるぶるふるえちまっているのを無理やり引っ張って家に戻った。もう、愛情のかけらもなくなっちまいましたよ。あいつはおれのことを憎んで、怖がっちゃってね。そんなことが気になると、また、飲んじまうもんだから、そうなると、メアリはメアリで、どうしようもない奴だって、おれを見下すんだ。

ええ、セアラのほうなんですが、リヴァプールではもう食ってはいけないとわかったのか、どうやら、またクロイドンの姉さんのところに戻って一緒に住むようになったらしい。それからも、うちのなかは相変わらずがたがたさ。それで、ついに、あの最後の週が来て、何もかもがおしまいってえことよ。

それはこんなぐあいさ。まず、おれが乗っていたメイ・デイ号は七日間の往復航路に出発したが、途中で大樽(おおだる)(48)がころがっちまって、これが船の板を壊した。で、結局、修理のために港に戻り、十二時間かかることになった。おれは船を降り、家に向かったんです。きっと女房はびっくりするだろうな、こんなに早くおれが戻って来たことを喜んでくれるだろうと、思っていたんだ。その期待はうちがある通りへ曲がるまでは、たしかにこの胸にあったんです。ところが、そこを曲がると同時に、一台の馬車がおれを追い抜いて行き、その中に女房が、フェアベアンの野郎のわきに座って、歩道でおれが見ているなんて夢にも思わずに、しゃべったり笑ったりしてやがる。

本当ですぜ、嘘(うそ)も偽(いつわ)りもない。あの時、あの瞬間から、おれはもう自分を見失い、今、思っても、あん時のことは、まったく薄ぼんやりとした遠い夢のようにしか思えねえ。あん時は、酒びたりになっていたし、酒とショックとが重なって、おれの頭は変になっちまった。今でも、頭は、ドックで聞こえるハンマーの音みたいにガンガン鳴っているんだが、あの朝には、おれの耳もとじゃ、ほんと、ナイアガラの滝がごうごうと、ものすごい音を立てて鳴り響いているようだった。

それで、おれも大急ぎで、辻馬車を追っかけた。手には丈夫なカシの棍棒を握りしめていたが、どうも、しょっぱなから、頭に血がのぼっていたんだ。走り出してみると、また悪知恵がわいてきて、相手が見えても、こちらの姿が見つからないようにと、少しかげんしながら追いかけた。まもなく駅まで来ると、馬車は止まった。切符売場には人だかりがしていたんで、こっちは見つからないまま、二人のすぐそばまで近づいた。奴らはニュー・ブライトン行きの切符を買った。おれも同じ切符を買い、二人の乗ったところから三つ後ろの車両に乗り込んだ。ニュー・ブライトンに着いてから、奴らは遊歩道を歩いて行ったんだ。それで、おれも百ヤード（九一メートル）以上は絶対に離れなかった。とうとう、二人が貸ボートを借りて、海へこぎ出すのをおれは見ちまった。いやに暑い日だったからね、海に出れば、少しは涼しいと思ったにちげえねえ。

こうなると、まるで、二人はおれの手中におさまったも同然だ。霧もかなりひどくて、二百ヤード（一八二メートル）くらい先がもう見えない。おれもボートを借り、二人を追ってこぎ出した。むこうの船影がぼんやりと見えたんだが、相手もこっちと同じくらい速くこいでいるようだった。で、追いついたのは、岸から何マイルも離れた沖だった。その時の霧はまわりをぶ厚いカーテンのようにとり囲み、そのまっただ中におれたち三人だけがいた。ああ、迫って来るボートに、誰が乗っているかわかった時に、二人が見せたあの顔つきを、おれは、忘れることができねえ。メアリは絶叫した。フェアベアンのほうは、きっとおれの目に殺意を読み取ったので狂ったようにわめいて、おれに向かってオールで必死に突いてきた。こちらは、相手の攻撃をうまくかわして、棒で一発くらわしたら、奴の頭は卵みたいに、ぐしゃっとつぶれた。おれは狂暴になっていたが、おそらく、メアリは助けてやっていたでしょう。ところが、あの女はフェアベアンの奴の体に抱きついて、叫び声を上げ、「アレック！」って、奴の名前を呼ぶじゃあねえか。おれは思わず、あの女をなぐっちまった。そしたら、男のわきにぐったりとのびちまった。おれはもう血を見た野獣のようだった。その場にセアラも居合わせたら、きっと同じ運命になっただろうよ。それから、ナイフを取り出して、それで――。そう、そうです。もう、充分しゃべっちまった。セアラにこれを送りつけてやり、あいつのおせっかいが、どんな始末になったかを思い知らせたらと考えたら、なんだか残虐で、すごい興奮を覚えちまった。そうして、二人の死体をボートにくくりつけてから、ボートの船板をはがして、ボートが沈むまでそばで待っていた。ボート屋の主人は、霧がひどくて、客は方角を失い、沖に流されてしまったと思うにきまっているさ。それで、身づくろいをして、陸に戻った。それから、何

がおきたのか誰にも怪しまれずに、働いている船に帰った。その夜に、セアラ・クッシング宛ての小包の荷造りをして、翌日、ベルファストからそいつを送りつけた。

これでおれは、すっかり真相を話した。もう、おれを縛り首にしようと、何をしようとかまわないぜ。ただ、罰はもうさんざん味わい尽くしたんで、おれにはもう罰を下そうにも下せませんぜ。いくら目を閉じてみたって、二人のあの顔が、じっとおれのことをにらんでいるのが見えちまう。霧の中からいきなりおれのボートが現われた時みてえに、最初に二人が見せた、じっとこっちを見つめていた、あの顔だ。おれはあいつらを一気に殺しちまったけど、あいつらはおれをじわじわ殺そうとしているんだ。もう一晩、こんな状態が続いたら、おれはきっともう、朝になる前に狂うか、死んでいるかのどっちかになっているだろう。まさか、おれを独房に入れて一人にしたりはしないだろうね。頼むから、それだけは勘弁(かんべん)してくれよ。明日はわが身ってことだってあるじゃあないですかい』

「ワトスン、これを、君はいったいどう考えるかね?」と、供述書を置きながら、ホームズはきまじめな顔で言った。「悲惨と、暴力と、恐れとが、めぐりめぐって続くことがどういう役に立つというのかね? 何らかの目的に向かうに違いない。さもなければ、この世界は、単なる偶然だけが支配する場所ということになるのだが、そういうことはありえない。では、どんな目的だろうか。これは、人間の理性でも解き明かせない、永遠の課題で、その答えは全く見えてこないのさ」

黄色い顔

わが友シャーロック・ホームズが、たぐいまれな才能の持ち主であったおかげで、おびただしい事件で、わたしは聞き手となったり、また、ある時は、その物語の登場人物にまでなっている。これらの事件をもとにして、わたしは短篇のシリーズを発表中であるが、ホームズが失敗した事件よりも、成功した事件のほうをとりあげるのは、まったくあたりまえのことである。成功した事件をとりあげる理由は、わたしが彼の名声を高めようとしたためではない。なぜなら、どうすることもできないような、困難に直面している時にこそ、彼の活動力も、豊かな才能も、その威力を発揮して、名声を高めるからである。彼の失敗談を書かない理由は、彼が失敗するような事件は、他の誰が手がけても解決されず、迷宮入りとなってしまったからである。しかし、時として、ホームズが失敗しても、事件そのものの真相が明らかになる場合もあった。わたしは、その種の事件記録を、五、六例持ってはいるが、そのうちでは《第二の汚点》事件と、これから語る事件との二つが、特別に興味深いものであろう。

シャーロック・ホームズは、運動のための運動は、ほとんどしない男だった。しかし、彼ほどの腕力を持っている者はまれだし、同じ重量級のボクサーのうちでは、わたしの知る限り、最も優秀であることに間違いない。彼は、目的のない肉体の運動を、エネルギーのむだ遣いと考えていて、何らかの職業上の目的がなければ、ほとんど体を動かそうとはしなかった。そのくせ、いったん仕事となれば、全く疲れを見せず、誰にも負けない活動力を備えていたし、ふだんろくに運動をしないにもかかわらず、体調をよく整えていた。日頃の食事は粗末で、毎日の生活は、禁欲的と言ってもいいほど質素だった。時々、コカインを手にすることを除けば、ほかにはなんの悪い習慣もない。そのコカインにしても、事件がなくて、新聞にも全く興味をひく記事がない時の、暇つぶしに手を出すだけだった。

早春のある日のこと、ホームズはくつろいだ気分で、一緒に公園[50]へ散歩に出かけようと、わたしを誘い出した。ニレの木は、緑の新芽をほのかにふくらませ始め、クリは、ねばねばの、槍の穂先のような新芽が五枚に開きかけていた。わたしたちは、ともに気心の知れた二人の男にふさわしく、ほとんど言葉を交わすこともなく二時間ほど歩いた。ベイカー街へ戻ったのは、五時近くであった。

「失礼します」ドアを開けて出迎えた少年給仕が言った。「さきほど、男の方が訪ねてお見えになりました」

ホームズは、わたしをとがめるように見て言った。「午後の散歩は、もうごめんだね。ところで、その紳士は、もうお帰りになってしまったのかね？」

「はい、そうです」

「部屋へ通さなかったのかい？」

「はい、お通しはしたのですが」

「どのくらい待っていた？」

「三十分ほどです。ずいぶん、落ち着かない方で、お待ちになっている間もずっと、歩きまわったり、足を踏みならしたりしておられました。わたしは、ドアのすぐ外にいましたから、中のようすはわかります。そして、とうとう廊下へ出ていらっしゃると、大声でおっしゃいました。『あの男は、もう帰ってこないのではないか？』はい、まったくこのとおりに言われました。それで、『もう少しお待ちください』と、申しましたが、『ここでは息が詰まりそうだ。外で待つことにする。またすぐ戻って来る』と言われて、急いで出て行かれました。何を申し上げても、お引き止めできませんでした」

「そうか、そうか。君もよくやってくれたね」ホームズは、わたしたちの部屋に入りながら言った。「しかしワトスン、これは全く困ったことになったよ。今ぼくはひどく事件に飢えているのだ。いま来た客の落ち着きのなさからみて、事件は重大なものらしい。ああ！　あのテーブルの上のパイプは、君のものではないね。とすると、客が忘れていったものだ。上質の古いブライアーに、タバコ屋がコハク[51]と呼んでいる長い吸い口がつけてある。本物のコハクの吸い口は、ロンドンでだって、めったにお目にかかれるものではないよ。中に昆虫の化石が入っていれば、本物だと思っている人もいる。けれども、にせ物のコハクににせ物の昆虫を入れるという商売人までいるのさ。とにかく、これほど大切にしているパイプを置き忘れて行くとは、よほど気がせいていたのだろう」

「大事にしていることが、どうしてわかるのかね？」と、わたしは尋ねた。

「そう、このパイプは、買った時はおそらく七シリング六ペンスほど（約九〇〇〇円）の値段だった。しかし、二回も修理した跡がある。一度めは軸の木の部分、そして次はコハクの吸い口のところだ。どちらも、見てのとおり、銀の帯で修理している。パイプの元の値段以上に費用がかかっているのは、間違いない。同じ金を出せば新しい物が買えるのに、修理して使うのだから、よほど大切にしているパイプに違いないだろうね」

「ほかに何か、わかるかね？」と、わたしが尋ねたのは、ホームズがパイプをいじりながら、いつものように、考え深そうにじっと見つめていたからだ。

　彼はパイプを持ちあげると、まるで骨について講義をしている大学教授のように、やせた長い人さし指で軽く叩いた。

「パイプは、時として、非常に興味深いものさ」と、彼は言った。「おそらく、懐中時計と靴紐のほかには、これほど持ち主の個性を現わすものはないだろうね。しかし、このパイプの特徴からは、たいしたことはわからない。この持ち主の男は、たくましい体格で、左きき。すばらしく丈夫な歯で、むとんちゃくな性格。金には困っていない、ということくらいだ」

わが友は、ぶっきらぼうな調子でこう言ったが、自分の推理がわたしに理解できたかを見定めるかのように、ちらりとわたしの顔をうかがった。

「七シリング（約八四〇〇円）もするパイプを使っているから、金に困っていないというわけかな？」と、わたしは尋ねた。

「これは、一オンス（約二八グラム）八ペンス（約八〇〇円）もする。グロヴナー・ミクスチャーだ」手の上に、吸い殻を少し叩き出しながら、ホームズが答えた。「この半値でも上等のタバコを買えるのだから、金には困っていないということさ」

「では他の点は？」

「それと、彼はランプやガス灯の炎で、パイプに火をつける癖がある。こちら側だけが、すっかり黒焦げになっているのがわかるだろう。もちろん、マッチを使えば、こういうことにはならない。マッチをパイプの側面へ近づける者はいないからね。ところが、ランプで火をつけるとなれば、パイプの火皿の外が焦げる。そして、このパイプは右側だけが焦げている。このことから、ぼくは彼を左ききだと推理したのさ。君、パイプにランプで火をつけてみたまえ。右ききなら、パイプの火皿の左側を炎にかざす。もちろん、右ききの人が、たまには左手でパイプを持つこともあるが、常にそうすることはないだろう。次に、この持ち主は、コハクの吸い口を嚙んでしまっている。こういうことをするのは、丈夫な歯で、体格のいい、活動的な男に違いない。しかし、ぼくの耳に間違いがなければ、そのご本人が階段を登って来るようだ。どうやら、彼のパイプよりも、もっと面白い研究ができそうだね」

そのすぐあとにドアが開き、背の高い若い男が部屋に入ってきた。上品だが地味なダーク・グレーの背広を着て、手には茶色のつば広の中折れ帽子[52]を持っていた。三十歳くらいに見えたが、実際はもう少し上だった。

「失礼いたしました」彼は、少々とまどいながら言った。「ノックをすべきでした。はい、必ずノックすべきでした。実を申しますと、ちょっと気が動転しておりました。どうぞ、そのせいだとお思いください」彼は半分目がくらんだような状態で、片手をひたいに当て、座るというよりは倒れ込むようにして、椅子（いす）にたどりついた。

「一晩か二晩、眠っておられないようにお見うけしますが」ホームズは気軽に、愛想（あいそう）よく言った。「不眠というものは、仕事をするよりも、また楽しみにふけるよりも、神経がやられますからね。ところで、おいでになられたご用件は？」

「あなたのご意見をおうかがいしたいのです。わたしには、どうしたらいいのかわかりません。もう生活のすべてが、ばらばらになってしまったようなのです」

「諮問（コンサルタント）探偵としてのわたしに、依頼をしたいのですね」

「それだけではありません。分別のある方、つまり世馴（よな）れた方のご意見をうかがいたいのです。わたしのこの先の身の振り方を、どうしたらいいのか知りたいのです。あなたならきっと、それをお教えくださるだろうと思いまして」

　彼は小さいが、鋭く、ぎくしゃくとした調子で言った。口をきくのもつらいところを、無理をしてどうにか話しているようにわたしには思えた。

「非常にデリケートな問題なのです」と彼は言った。「誰でも、自分の家庭内のことを他人に話すのは、気が進まないものです。初対面のお二人に、自分の妻の行動について、お話しするなどということは、いたたまれない気もちです。そうしなければならないとは、全くいやになります。しかし、自分の力では、どうしようもなくなりましたので、助言をいただきたいのです」

「まあ、グラント・マンロウさん――」と、ホームズが口を切った。

客は、驚いて椅子から飛び上がった。「何ですって！」と、彼は叫んだ。「あなたは、わたしの名前をご存じなのですか？」

「もし、あなたがご自分の名前を隠しておきたいのでしたら」と、ホームズは笑いながら言った。「帽子の内側に名前を書かないか、話の相手には、帽子の山の側を向けることですね。今お話ししようと思っていたところですが、わたしは友人とともに、この部屋で多くの奇怪な秘密を耳にしてきました。また、さいわいなことに、多くの悩みを抱えた方々に、平安をもたらすことができました。あなたにもきっと、同様にお役に立てることでしょう。とにかく、事は急を要するようですので、さっそく事件の内容をお話しいただきましょうか？」

客は、つらくて耐えられないかのように、再び手でひたいをぬぐった。その身振りと表情の一つ一つから、彼が控えめで、人に打ち解けない男で、少々プライドが高く、自分の傷を人に見せたがらないことがわかった。しかし、突然彼は、握りしめていた手を荒々しく振り上げ、勢いをつけると、遠慮を捨てて話し始めた。

「ホームズさん、事件の内容はこういうことです」と彼は言った。「わたしが結婚しましてから、すでに三年がたちます。この間、妻とわたしは結婚したどのカップルでもするように、互いに優しく愛し合い幸福な生活を送っておりました。二人の間には、考え方、言葉、行ないなどの点について、なに一つ違っていることはありませんでした。ところが、この月曜日から、わたしたちの間に、急に壁ができたのです。妻の生活や考え方について、何かがあるのに、わたしはそれに関して、まるで町で出会う通りすがり

の女に対してと、同じくらいしか知らないということがわかったのです。わたしたちの夫婦仲は、よそよそしくなってしまいました。わたしはその原因を知りたいのです。はい、ホームズさん、話を先に進める前に、一つだけはっきり申し上げておきたいことがあります。エフィはわたしを愛しています。このことを誤解なさらないようにお願いします。心底、彼女はわたしを愛しています。現在以上に愛したことは、これまでなかったのです。わたしにはそれがわかりますし、また感じとれます。この点については、論じる必要はありません。男というものは、女性に愛されている時には、たやすくそれを感じとれるものです。しかし、わたしたちの間にこの秘密があるうちは、それが解決するまで、以前と同じようにはなれないのです」

「マンロウさん、どうぞ事実をお話しください」ホームズは、待ちきれなくなって言った。

「はい、それでは、エフィの経歴について、わたしがわかっていることをすべてお話ししましょう。初めて彼女に会った時、彼女は未亡人でした。と言いましても、年はまだ若く、わずか二十五歳でした。その時、ヘブロン夫人と名乗っていました。若い頃アメリカへ行き、アトランタ[53]の町に住み、そこでヘブロンという、腕のいい弁護士と結婚したのです。子どもは一人いましたが、その地で流行した黄熱病（おうねつびょう）がもとで、夫も子どもも亡くしてしまいました。わたしは夫の死亡診断書を見たことがあります。

こういうことがあって、彼女はアメリカに嫌気がさし、英国のミドルセックスのピナに戻り、未婚の叔母と一緒に暮らしていたのです。亡くなった夫は、彼女が楽に暮らせるだけの遺産を残しておりました。それは四千五百ポンド（約一億八〇〇〇万円）ほどの財産で、前の夫が上手に投資していたので、そこから平均七パーセントの利子（年額約七五六万円）が得られます。わたしがエフィと会いましたのは、彼女がピナへ来てから、ほんの六ヶ月後のことです。わたしたちはたちまち恋に落ち、数週間ののちには結婚しました。

わたしはホップを扱う商売をしていて、年に七、八百ポンド（約一六八〇万〜一九二〇万円）は収入がありますから、二人で裕福に暮らすことができます。ノーベリに、年八十ポンド（月額約一六万円）で快適な別荘を借りています。このささやかな家はロンドンに近いわりには田園ふうです。わたしたちの周りには、宿屋が一軒と、しもたやが二軒あり、また前の野原の向こう側に、小さな別荘が一軒あるだけで、その他は駅までの道を半分ほど行かなければ、家は全くありません。わたしは、商売のつごうで、ある時期はロンドンへ行かなければなりませんが、夏の間は仕事はほとんどありませんから、そのひなびたいなか家で妻と二人、なんの不満もなく幸せに過ごしておりました。このいまわしい事件がおきるまでは、わたしたちの間は、不幸のひとかけらもありませんでした。

話を進める前に、もう一点だけ、お話ししなければならないことがあるのです。わたしたちが結婚しました時、妻は財産のすべてをわたし名義にしました。このことには、わたしは気が進みませんでした。そうした場合、もしわたしが商売に失敗した時、まずいことになるからです。でも、妻がどうしてもと言うものですから、そういたしました。ところが、六週間ほど前のことになりますが、妻がこう申すのです。

『ジャック』と彼女は申しました。『わたくしのお金をあなた名義にした時、お金が必要なときは、いつでも言ってくれっておっしゃいましたわね』

『もちろんさ。あれはすべて、おまえのお金だ』と、わたしは申しました。

『それでは』彼女は言いました。『わたくし、一〇〇ポンド（約二四〇万円）要り用ですの』

わたしは、これには少々驚きました。ドレスか何かを新調するのかと思っていましたから。

『いったい、何に使うのかね？』と、わたしは尋ねました。

『まあ』と、彼女はおどけたような口調で言いました。『あなたは、わたくしのお金を預かる、銀行の役をするとおっしゃいましたわねえ。でしたら、銀行は余計な質問などしないものよ』

『そう、もちろんさ、本気なら、お金を用意するさ』とわたしは答えました。

『はい、それはもちろん、本気ですわ』

『でも、何にお金が要るかは、話したくないのだね？』

『いつかお話しする時がくるでしょう。でも、今はだめ、ジャック』

それ以上尋ねるわけにはいきません。これがわたしたち夫婦の間の、初めての隠しごとでした。わたしは妻に小切手を渡し、このことについては、それ以上は何も考えませんでした。その次におこったことと、このこととは、何の関係もないのかもしれませんが、一応、お話ししておいたほうがよろしいかと思い、申し上げました。

先ほど、お話ししましたように、わたしたちの家からそう遠くないところに、小さな別荘があります。わが家とその家との間には、野原があるだけですが、そこへ行くには街道を行き、脇道へ入らなければなりません。その別荘のすぐ裏は、見事なスコットランドモミの小さな森になっていて、わたしは以前から、そこらあたりを散歩するのを好んでおりました。木というものは、いつでも人をなごませてくれるものです。この別荘は、ここ八ヶ月ほど空き家で、残念でした。スイカズラのからんだ古めかしい玄関がある、しゃれた二階家でしたから、わたしは何回もその前に立ち停まっては、小ぎれいな住家になるだろうなと思ったりしていました。

ところが、この前の月曜日の夕方のことです。そちらの方へ散歩していますと、からの荷馬車が、脇道から出て来るのに会いました。その別荘の玄関近くの芝生には、じゅうたんなどの家具類が、たくさん積んであります。ついに、この家に借り手がついたのです。わたしは家の前を通り過ぎ、通行人がよくやるように立ち停まって、近所に住むことになったのはどういう人かなどと思いながら、家を見回しました。そして、家を眺めているうちに、突然、二階の窓からわたしを見つめている顔があることに気づいたのです。

ホームズさん、それはべつに、どうということもない顔だったのですが、見たとたん、背中が寒くなるような気がしたのです。わたしのところからは少し離れていたので、顔つきまではわかりませんでしたが、その顔はなんとも不自然で、人間のものとは思えないようなものだったのです。そう感じましたので、わたしはもっと近づいて、自分を見つめている人影を、さらによく見ようとしました。ところが、その瞬間に、その顔は急に見えなくなってしまいました。その消え方が、また突然でしたので、まるで部屋の闇に、顔が吸い込まれでもしたように思えました。わたしは、五分間ほどそこに立ち停まり、あれこれ考えをめぐらせ、このことを理解しようとしました。しかし、それが男の顔か、女の顔かさえもわからないのです。しかし、顔の色だけは、しっかり記憶に残りました。それは、まさに死人のような黄色で、ぞっとするほど不気味で、硬直（こうちょく）した感じなのです。わたしはすっかり不安にかられ、この家に新しく引っ越してきた住人のことを、もっと詳しく調べてみようと決心しました。そこで戸口に近づき、ノックをしますと、ドアはすぐに開き、がさつで、こわい顔つきをした、背の高い、やせた女が出てきました。

『何のご用かい』と、女は北部なまりで尋ねました。

『あそこに住んでいる隣人です』と、わたしは自分の家に顔を向けながら言いました。『引っ越しなさったばかりのごようすなので、何かお手伝いでもできればと思いまして――』

『あい、手伝ってもらいたけりゃ、こっちからお願いに行きますよ』女はそう言うなり、わたしの目の前で、ドアをバタンと閉めてしまうのです。わたしは、この礼儀知らずの断り方にすっかり腹を立て、その別荘にさっと背を向けると、わが家へ戻りました。その夜は、他のことを考えようと努め

ても、あの窓ぎわに現われた不気味な顔と、礼儀知らずの女のことが、頭から離れませんでした。しかし、妻は神経質で、ひどく気にしやすい女性ですから、不気味な顔については、いっさい話さないようにしました。また、それを見た時の不快な気分を、妻までが分担すべきだとは思わなかったのです。それでも、寝る前に、あの別荘に新しい住人が越して来たことだけは、妻に話しましたが、彼女はそれについては何も申しませんでした。

わたしは、いつも非常に深く眠ってしまうので、夜は何がおきても目を覚まさないだろうと、家の者からもからかわれていました。ところが、その夜は、夕方のちょっとした事件のために、少々興奮していたのかどうかわかりませんが、眠りがいつもよりずっと浅かったようです。夢うつつに、わたしは部屋の中で何かがおこっているのに気づきました。そして、それがだんだんにはっきりするにつれて、妻が服を着て、外套をはおり、帽子をかぶっているのがわかりました。この真夜中に、外出のしたくをしているとはと、いぶかしく思い、それをとがめようと、眠い目をこすり、ぼそぼそと言いかけた時です。半分寝ぼけたわたしの目に、ろうそくの光に照らされた妻の顔が入ると、わたしはあまりの驚きに、口もきけなくなってしまいました。妻は、わたしがそれまで一度も見たことのない表情を浮かべていたのです。妻が、あのような顔ができるはずはない、と思うような顔でした。死人のように青ざめて、息をはずませ、外套をはおりながら、わたしの目を覚まさせたのではないかと、そっとベッドの方に目を向けるのです。やがて、わたしがよく眠っていると思ったようで、そっと部屋を出て行きました。金属の鋭い音が聞こえました。玄関のドアのちょうつがいのきしむ音としか思えませんでした。わたしはベッドに起きあがり、こぶしでベッドの手すりをたたき、間違いなく自分が目を覚ましていることを確かめました。そして、枕の下から懐中時計を出しました。午前三時でした。朝方の三時に、妻はいなか街道へ、いったい何をしに出て行ったというのでしょう。

わたしは、この問題について、二十分ほどあれこれと考えをめぐらせ、なんとかつじつまを合わせようとしました。しかし、考えてみればみるほど、異常で、不思議なことに思えました。わたしがひたすら考えあぐねているうちに、玄関のドアが、再びそっと閉まる音が聞こえ、階段を上がってくる妻の足音がしました。

『エフィ、どこへ行っていたのかね?』妻が部屋に入って来るなり、わたしは尋ねました。

わたしの声を聞くと、妻はびっくりして、息をのみ込むような声をあげました。その叫び声と驚きようは、さらにわたしを不安に陥(おとしい)れました。なんともいえないうしろめたさが、そこには感じられました。常日頃から、妻は素直で、隠しごとなどしない性格です。それが、自分の部屋へこっそり戻ってきて、自分の夫に声をかけられると、驚いて叫び声をあげるというのですから、わたしはゾッとしました。『ジャック！ 目を覚ましていらしたのね』彼女は神経質そうに、笑いながら叫びました。『あなたは、何があっても、目を覚まさないと思っておりましたのに』『どこへ行っていたのだ？』わたしは、さらに厳しく追及しました。『驚かれるのも、無理ありませんわ』と、妻は申しましたが、外套のボタンをはずす彼女の指は、震えておりました。『わたくし、このようなことをしましたのは、初めてです。何か息苦しくて、外の新鮮な空気を無性に吸いたくなりましたの。外へ出なければ、きっと気絶していたことでしょう。ほんの二、三分間、玄関の外に出ておりましたら、もうすっかり元のとおりですわ』

こう説明している間、妻は一回もわたしの方を見ませんでしたし、声の調子も、いつもと全く違っておりました。嘘(うそ)をついていることは、明らかです。わたしは何も返事をしないで、壁の方に向きを変えましたが、気分が悪く、心の中には数々の疑いが渦巻くのでした。妻がわたしに隠しているのは、いったい何なのか？ あの不可解な外出の間に、どこへ行ったのだろうか？ それを知るまでは、平安な気もちになれませんが、一度嘘の答えを聞かされたあとでは、さらに追及する気にもなれませんでした。それから夜じゅう、わたしは眠れぬままに、寝返りを打ちつつ、あれこれと考えをめぐらせました。しかし、考えれば考えるほど、わからなくなるばかりでした。

翌日、わたしはロンドンのシティへ行くことになっていましたが、あまりにも気になって、仕事どころではありません。妻のほうも、わたしと同じで、気が動転しているようで、わたしを探るような目つきで見ていましたから、わたしが妻の説明では納得していないことを知っていて、どうしたらよいものか、思案にくれているようすでした。朝食の間、わたしたちはほとんど言葉も交わしませんでした。そして、食事のすぐ後で、わたしは朝の新鮮な空気の中で、さらに考えてみようと、散歩に出かけました。

わたしはクリスタル・パレス(54)まで出かけ、その敷地で一時間ほど過ごすと、一時にはノーベリへ戻ってまいりました。たまたま、あの別荘の前を通ることになりましたので、ちょっと立ち停まり、昨日わたしを見つめていた、あの奇怪な顔がまた見えるのではないかと思って、窓の方を眺めました。その時、突然、玄関のドアが開いたと思いましたら、そこから妻が出てくるではありませんか。ホームズさん、わたしがどれほどびっくりしたか、どうぞお察しください。

妻の姿を見て、わたしは驚きのあまり、言葉もありませんでした。ですが、わたしたちが眼を合わせた時の妻のショックに比べれば、わたしの受けたショックなど、ものの数ではありません。一瞬、妻は玄関の中へ逃げ込もうと考えたようですが、すぐに隠しだてはむだだと思ったようで、つくり笑いとすぐわかるような青ざめた顔に、おびえた目つきで近づいてきました。

『まあ、ジャック』妻は言いました。『わたくし、新しいお隣さんに、何かお手伝いはないかと思い、お伺いしましたの。なぜそんな目で、わたくしをご覧になりますの？　わたくしのこと、怒っていらっしゃるわけではないわね？』

『そうか』と、わたしは言いました。『昨日の夜中に出かけたのは、ここなのだね』

『まあ、なんのことかしら？』と、妻は叫びました。

『君はここへ来たのだ。間違いはない。あの時刻に訪問するとは、いったい、ここにはどういう人間が住んでいるのだ？』

『わたくし、今までにこちらへ伺ったことなど、ありませんわ』

『君は、自分でも嘘とわかっていることを、どうして言えるのかね？』と、わたしは叫びました。『話し声まで変わっているではないか。わたしが、これまで君に隠しごとをしたことは、一回もなかったはずだ。わたしがこの家に入って、いっさいを調べよう』

『いえ、いえ、ジャック、お願い！』妻は自分の感情を抑えられずに、息をはずませて申しました。そして、ドアに近づこうとするわたしの袖をつかみ、必死に引き戻すのです。

『どうぞ、お願いですから、おやめになって、ジャック』と、妻は叫びました。『いずれ、何もかもお話しいたします。でも、今あなたがこの家にお入りになれば、不幸な結果にしかなりません』そして、わたしが彼女を振り払おうとすると、気が違ったようにわたしにしがみつき、頼むのでした。

『わたくしを信じて、ジャック！』と、妻は叫びました。『今回だけは、わたくしを信じてください。けっして後悔させるようなことはいたしません。あなたのためにならないことなら、隠しごとなどいたしませんわ。これには、わたくしたちの生活のすべてがかかっています。このまままわたくしと一緒にご帰宅くだされば、すべてうまく収まります。でも、どうしてもあの

家へお入りになるとおっしゃるのなら、わたくしたちの仲も、もうこれまででございます』
　妻の態度が、あまりにも必死で真剣でしたので、彼女の言葉に引き止められ、わたしはドアの前でためらっておりました。
『それでは、条件をつけて、一つだけ条件をつけて、信じることにしよう』と、ついに申しました。『こんな奇妙なまねは、もう今回限りにしてもらいたい。君が秘密を隠し続けるのはかまわないが、夜中に出かけたり、わたしの知らないところで、何かをするようなまねは、二度としない、と約束してほしい。今後、そのようなことをしないと約束してくれるのなら、過ぎたことについては、喜んで忘れることにしよう』
『きっと、信じてくださると思いましたわ』と、妻はほっとして大きくため息をつき、言いました。『おっしゃるとおりにいたします。さあ、家へ戻りましょう』妻はわたしの服の袖をさらに引き、わたしを伴って別荘を離れました。歩きながら、ふとうしろを振り向きますと、二階の窓からまた、あの黄色い不気味な顔が、わたしたちを見つめているのでした。あの生き物と妻の間には、どのような関係があるのだろうか？また、昨日会った、あのがさつで失礼な女は、妻とどういう関係があるのだろうか？これは奇怪な謎です。しかも、その謎が解けない限り、自分の心が決して落ち着きを取り戻せないことが、わたしにはわかっていました。

このことがあってから、わたしは二日間家におりました。わたしたちの約束を妻は忠実に守っているようで、わたしが知る限りでは、家から一歩も出かけませんでした。しかし三日目に、わたしはあの固い約束にもかかわらず、妻を夫や義務につなぎとめておくことができない、秘密の力が働いているという、確かな証拠を見てしまったのです。

その日、わたしは町へ出かけました。帰りは、いつも使う三時三十六分の列車ではなく、二時四十分の列車で戻りました。家に入ると、メイドが驚いた顔つきで、玄関ホールへ走って迎えに出て来ました。

『奥さまはどこかね?』と、わたしは尋ねました。

『散歩にお出かけかと存じますが』と、彼女は答えました。

すぐに、わたしの心は、疑いの気もちでいっぱいになりました。真っ先に二階へ行き、妻が家にいないことを確認しました。そしてなにげなく窓から外を見ましたら、今わたしが話を交わしていたメイドが野原を横切り、あの別荘の方へ走って行くのが見えるではありませんか。それで、もちろん、わたしはすべてを悟(さと)ったのです。妻はあの家へ行っていて、メイドには、わたしが戻ったら呼びに来るようにと言いつけてあったのです。怒りのあまり震えながら、わたしは階下へ駆(か)け降り、今度こそ、この問題をはっきりさせようと決意し、野原を走って行きました。途中で妻とメイドが、あわてて小道を戻ってくるのが見えましたが、わたしは立ち止まって二人に声をかけようとはしませんでした。あの別荘の中には、わたしの生活に暗い影を投げかけている秘密があるのだ。いかなることがあっても、その秘密をあばこうと思ったのです。別荘に着くと、わたしはノックもせずにドアの取っ手を回し、廊下に入りました。

一階は、全くしんと静まりかえっていました。台所では、火にかけられたやかんがカタカタ音を立て、バスケットの中には、大きな黒ネコが丸くなっているだけでした。わたしが前に見た女の影も形もありません。別の部屋へも急いで入ってみましたが、全く人の気配はありません。そこで階段を駆け上がってみましたが、上の階も、二つのからの部屋があるだけでした。家の中には誰一人いないのです。家具や絵は、全くありふれた安物でしたが、わたしが窓辺で、あの奇妙な顔を見た部屋だけは違っていました。そこだけは、気もちよく上品に整えられていて、暖炉の棚の上には、わたしの妻の全身写真が飾ってあるのを見つけました。わたしの疑いの気もちは、苦々しい炎となって燃え上がりました。この写真は、ほんの三ヶ月前に、わたしが希望して撮らせたものです。

わたしは、家の中に絶対誰もいないことが確認できるまで、ずっとそこにおりました。そして、今までになく重い気もちで、そこから出ました。家へ戻ると、妻がホールへ出てきました。しかし、わたしはあまりにも傷つけられ、怒っていましたから、

話をする気分になれず、彼女を押しのけ、書斎に入ってしまいました。それでも妻は、わたしがドアを閉めないうちに、後を追って入ってまいりました。『ジャック、約束を破ってごめんなさい』と、妻は申しました。『でも、事情がすっかりおわかりになれば、お許しくださいますわ』

『それなら、すべてを話したらどうかな』と、わたしは言ったのです。

『できませんの。ジャック、それができないのです』と、妻は叫びました。

『あの家に住んでいるのが誰で、あの写真を与えた相手が誰かを話さない限り、わたしたちの間に信頼はありえない』と、わたしは言い、妻を振り払い、家を出てきたというわけです。ホームズさん、それが昨日のことです。それから妻には会っていません。この奇怪な事件についていて、これ以上のことは何もわかりません。わたしたち夫婦の間に暗い影が射したのは、これが初めてです。わたしはすっかり動転してしまい、どうしたものか、さっぱりわかりません。そして今朝、急に、あなたならきっと、相談に乗ってくださるはずだと思い、さっそくお伺いし、すべてを洗いざらいお話ししたのです。何かはっきりしないことがありましたら、どうぞお尋ねください。でも、まっ先に、わたしはどうしたらよいのかを、早くお教えください。このような不幸に、わたしはもう、耐えられません」

感情をたかぶらせている男が、とぎれとぎれに話すこの異常な話に、ホームズもわたしも、このうえない興味を抱きつつ、耳をそばだてた。話を聞き終わっても、わが友は頰杖をつき、考え込んだまま、しばらくの間、何の言葉もなかった。

「すると」と、彼はやっと口を開いた。「あなたが窓で見たのは、男の顔だと断言できますか?」

「はい、どちらのときにも、かなりの距離から見たものですから、はっきり申し上げることはできません」

「しかし、それをご覧になって、不愉快な印象をお受けになったのですね」

「顔の色が不自然で、目鼻立ちが変に硬直しているように感じました。それに、わたしが近づくと、引きこまれるように見えなくなってしまったのです」

「奥さまが一〇〇ポンドを請求なさってから、どのくらいたっていますか？」

「ほぼ二ヶ月です」

「奥さまの、最初のご主人の写真を、ご覧になったことはおありですか？」

「いいえ。その人が亡くなった直後に、アトランタに大火災がありまして、彼女はすべての書類を焼失してしまったのです」

「それにもかかわらず、死亡証明書は持っておられたのですね。見せてもらったとおっしゃいましたが」

「はい、火事のあとで、再発行してもらったのです」

「どなたか、アメリカでの奥さまをご存じの方に、お会いになったことはおありですか？」

「いいえ」

「奥さまは、アメリカを再び訪ねるという話をなさったことは、おありでしたか？」

「いいえ」

「それでは、アメリカから手紙が来るようなことは？」

「わたしが知っている限りでは、それもありません」

「ありがとうございます。この問題について、じっくり考えてみることにいたしましょう。もしその別荘に、今後誰も現われないとすると、事はかなり厄介になるかもしれません。しかし、その逆に、昨日あなたが来るのを、そこの住人が知らされていて、あなたが入る前に逃げたのだとすると――おそらくはそうだと思いますが、今頃は戻って来ているかもしれませんから、すべては簡単に解決してさし上げられるでしょう。それでは、あなたはノーベリへ戻られて、再度その別荘の窓をお調べになるようにおすすめします。もし、人がいると信じるに足る証拠がありましたら、無理に押し入ったりはせず、わたしの友人とわたしに、電報を打ってください。電報を受け取りましたら、一時間以内に出向き、すぐに事件の真相を突き止めましょう」

「わたしが戻っても、まだ誰もいなかったら？」

「その場合は、明日、わたしのほうから出向き、よく話し合いをしましょう。では、さようなら。とにもかくにも、確かな証拠をつかむまでは、いらいらしてはいけません」

「これは悪い事件のようだね、ワトスン」グラント・マンロウ氏をドアまで送り、戻って来た時に、わが友はわたしに言った。「君はどう思うかね？」

「たちの悪い感じだね」と、わたしは答えた。

「そうだ。これは恐喝がからんでいることに、間違いはないだろうね」

「とすると、誰が恐喝をしているのかなあ？」

「そう、あそこでただ一つの居心地のいい部屋に住み、そして暖炉の上にマンロウ氏の妻の写真を飾っている生き物に違いない。いいかい、ワトスン、窓辺の不気味な顔というのが、何か非常に気になる。どうしても、これを見逃すわけにはいかないよ」

「考えがまとまったかね？」

「そう、まあ、仮にだがね。けれども、もしこれが当たっていないとしたら、ぼくには驚きさ。あの別荘にいるのは、あの女性の前の夫だ」

「どうして、そう思うのかね？」

「ほかに、なぜ現在の夫を別荘に入らせないように、あれほどやっきになるのか、説明できないではないか。まあ、ぼくの読みでは、真相はこういうことだろうね。この女性はアメリカで結婚した。夫が次第に、何かいやな性格になってきたとか、あるいはまた、恐ろしい病気になったのだ。たとえば重い皮膚病(レプラ)とか痴呆(ちほう)にでもなった、と言っていいだろうね。とにかく、ついに彼女は夫から逃れて、イングランドへ戻り、名前も変えて、新しく人生をスタートさせたつもりだった。結婚して三年たち、現在の夫には、彼女がいつわったどこかの男の死亡証明書も見せてあることだし、もう安全だと思っていた。ところが突然、前の夫が、——もしくは、その病人と一緒に暮らすようになった、どこかのひどい女かもしれないが——彼女の居所を突き止めた。彼らは手紙を送り、すべてをあばいてやると言って彼女を脅迫(きょうはく)した。彼女は夫に一〇〇ポンド（約二四〇万円）要求すると、その金で彼らを買収しようとした。しかし、それでも彼らはやって来た。夫がさりげなく、別荘に新しい人が越してきたと話した時、彼女は、どうにかしてそれが自分を脅迫している者であることを知った。そこで彼女は、夫が眠りにつくのを待って別荘へ急行し、自分の平和を乱さないでくれと頼んだ。それが聞き入れてもらえなかったので、次の日の朝、再び訪ねた。だが、その別荘から出て来るところで、先ほどの話どおり、夫と出くわしてしまった。そこで、夫には二度とそこへ行かないと約束はしたものの、二日後には、その恐ろしい隣人をなんとか追い払いたいという気もちには勝てず、持って来いと要求されたとおぼしい自分の写真を持ち、再び出かけて行った。この話し合いの最中に、メイドが駆けつけて来て、ご主人様がお帰りになったと知らせた。彼女は、夫がすぐにでもこの別荘へ駆けつけることを悟って、あわててその連中を裏口から外へ逃がした。たぶん、すぐ裏手にあると言っていたモミの木立の中へ逃がしたのだろう。こういうわけで、彼が着いた時には、そこには誰もいなかったのだ。しかし、彼が今夜もう一回ようすを探りに行けば、まだ誰もいないということは、まず、ありえないね。君はぼくの仮説をどう思う」

「すべて、推測ばかりだね」

「けれども、少なくとも、すべての事実と、つじつまが合っている。もし、これにあてはまらない新しい事実が出てきたら、その時に考え直せばいいではないか。ノーベリの友人から新しい報告が届くまでは、ぼくたちはこれ以上、何もできないよ」

しかし、わたしたちは、長く待つ必要はなかった。ちょうどお茶を済ませた時に、電報が届いたのだ。それにはこうあった。『別荘にはまだ人がいる。例の顔が窓からまた見えた。七時の列車を出迎える。それまでは何もせず』

わたしたちが列車から降り立つと、マンロウ氏は、プラットホームで待っていてくれた。駅のランプの明りのもとで見ると、彼はひどく青ざめた顔で、興奮して震えていた。

「ホームズさん、彼らはまだ、あそこにいます」と、彼はホームズの服の袖をつかんで言った。「今、ここへ来る時にも、あの別荘には明りがついていました。今度こそ、徹底的に片をつけてしまいましょう」

「では、あなたはどうなさるおつもりですか?」暗い並木道を歩きながら、ホームズは尋ねた。

「わたしは、力ずくでも中へ入って、あの家にいるのが何者なのか、自分の目で突き止めてやります。お二人には、証人として、立ち会っていただきたいのです」

「この秘密は、あばかないほうがいいと、奥様がおっしゃっておられるにもかかわらず、あなたはそれをあばこうと決心されたのですか?」

「はい、そう決心しました」

「そう、それは正しいお考えだと、わたしは思います。どんな真実だとしても、あいまいな疑問を抱えているよりはましです。では、すぐに出かけたほうがいいでしょう。もちろん、法律的に見れば、わたしたちのすることは、完全に正しくないかもしれませんが、そうするだけの価値はあるでしょう」

ひどく暗い夜で、本道から、両側に生け垣があり、深いわだちの残る小道に折れる頃には、小雨が降り始めていた。しかし、グラント・マンロウ氏はせかせかと足早に進むので、わたしたちも、もたつきながらも、大急ぎで彼のあとについていった。

「あそこに、わたしの家の明りが見えます」彼は、木々の間にちらつく明りを指さしながら、つぶやいた。「そしてこちらが、今から踏み込もうという別荘です」

彼がそう言っているうちに、わたしたちは小道を曲がった。するとその建物が、すぐ目の前に現われた。真っ暗な前庭を横切り、黄色い一条の明りが漏れていることから、ドアが少し開いていることがわかった。二階の窓に一つ、あかあかと明りがついていた。上を見上げると、ブラインド越しに、黒い影が動いているのが見えた。

「あいつがいる!」グラント・マンロウ氏が叫んだ。「ほら、誰かがいるのを、あなた方もご覧になったでしょう。さあ、あとに続いてください。これでもう、何もかもがわかります」

わたしたちは玄関に近づいた。と、突然、暗闇の中から一人の女性が現われて、ランプの光の輝きの中に立った。その顔は、闇に閉ざされて見えなかったが、哀願するように両手を前に出していた。

「どうぞお願い、やめて、ジャック」と、彼女は叫んだ。「今夜はおいでになるという予感がしていました。ねえ、あなた、思い留まってください！　もう一度だけ、わたくしを信じてください。けっして後悔なさるようなことにはなりません」

「もうぼくは、君を信じることはできない、エフィ」彼は、厳しい調子で叫んだ。「さあ、放すのだ！　絶対に中に入る。この友人たちとぼくは、この問題にきっぱりとけりをつけるのだ！」彼は妻を振り払い、わたしたちも彼に続いた。彼が玄関のドアを開けると、年とった女が出て来て、彼の行く手を遮ろうとしたが、彼に押しのけられた。次の瞬間に、わたしたちは階段を駆け上がった。グラント・マンロウは、明りのついていた部屋へ飛び込み、わたしたちもすぐあとに続いた。

　そこは気もちがよく、上等な家具調度が整えられた部屋で、テーブルの上には、ろうそくが二本立てられ、暖炉の上にも二本、ろうそく立てがあった。片方の隅に、机に向かってうずくまっている、少女のような小さな姿があった。わたしたちが入った時、彼女は顔をあちらに向けてはいたが、赤いドレスに身を包み、長い白の手袋をはめているのが見えた。少女がこちらを振り返った時、わたしは驚きのあまり、思わず恐怖の叫び声をあげてしまった。こちらに向けた顔は、なんともいえず奇妙な土色で、顔には全く表情がなかった。しかし、次の瞬間には、謎は解決した。笑いながら、ホームズが子どもの耳のうしろに手をかけると、顔からぱらりとお面がはずれて落ちた。そして、現われたのは、真っ黒な皮膚の少女の顔だった。彼女は、わたしたちが驚いているようすを、白い歯を輝かせて、おかしそうに見つめていた。わたしも、少女の楽しげな笑顔につられ、思わず笑い出してしまった。しかし、グラント・マンロウは、片手を自分の喉に当て、じっと見つめたまま、立ちつくしていた。

「ああ！」彼は叫んだ。「これは、いったいどうしたことだ？」

「わたくしが、今からご説明申し上げます」そのとき、彼の妻が、威厳を持った落ち着いた顔でゆっくりと部屋に入って来ると、言った。「あなたが無理やりに、わたくしがいやでもお話しせねばならないように、仕向けたのです。今となりましては、お互いに最善を尽くすしかございません。わたくしの前の夫は、アトランタで亡くなりましたが、わたくしの子どもは助かったのです」

「君の子どもだと言うのか！」

彼女は、胸もとから大きな銀のロケットを取り出した。「あなたは、おそらくこれが開いているところを、ご覧になったことはありませんでしょう」

「開くなどとは、思ったこともなかった」

彼女がばねを押すと、上ぶたが開いた。そこには、非常にハンサムで、知性豊かな感じの男の肖像写真が入っていたが、それはアフリカ人の血を引いているということが、まぎれもなくわかる容貌であった。

「これがアトランタのジョン・ヘブロンでございます」と、彼女は言った。「そして、この世の中に、彼よりすばらしい人はおりませんでした。わたくしは彼との結婚のために、自分の手で、自分が白人であることをかなぐり捨てました。彼が生きております間、そのことをひとときでも後悔したことはございません。ただ、わたくしのたった一人の子どもが、わたくしよりも夫の血を多く引いて生まれましたのは、不運でございました。わたくしたちのような結婚のケースには、よくおこることですが、子どものルーシーの肌は、父親よりもさらに黒いのです。しかし、肌の色がどうであっても、この子はわたくしのかわいい娘に変わりありません。この子はわたくしにとっては、宝なのです」この言葉を聞き、小さな少女は走って行って、母親の服に顔をすり寄せた。

「わたくしが、この子をアメリカにおいてきましたのは、体が弱いので、土地が変わると健康をそこねるのではと、考えたからでございます。それで、前にうちで働いておりましたスコットランド出の女で、信頼のおける使用人に面倒を見させておりました。この子と縁を切ろうなどと考えたことは、ほんとうに一瞬だって考えたことはありませんでした。ところがジャック、あなたにお目にかかる機会があって、あなたを愛するようになりますと、子どものことを口に出すのが不安になりました。ああ、どうぞ神様、おゆるしください。わたくしは、あなたに捨てられるのを恐れて、お話をする勇気がなかったのです。あなたか子どもかの選択を迫られた時、心の弱いわたくしは、かわいい娘から離れてしまったのです。この三年間というもの、娘がおりますことを、あなたに隠し続けてまいりました。しかし、乳母からの手紙で、娘が元気でいることはわかっておりました。そして、とうとうどうしても、もう一度子どもに会いたいという気もちで、いてもたってもいられなくなったのです。わたくしはその気もちと闘いましたが、だめでした。そして、危険とは知りながら、できればほんの二、三週間だけでも、娘を呼び寄せようと決心したのです。わたくしは乳母に一〇〇ポンドを送金し、この別荘のことを詳しく教え、わたくしとは何のかかわりもない、隣人を装って来るようにはからいました。また、そのうえ、用心のために、昼は子どもを家の中におき、もし近所の方が窓から娘の姿を見かけても、近くに黒い皮膚の子がいるという噂を振りまかれないようにと、娘の顔や手を、覆い隠しておくことまで命じたのでございます。このように用心深くしないほうが、むしろ利口だったのかもしれません。でも、わたくしはあなたに真実を知られはしないかという心配で、気が変になりそうでした。

　この別荘に人が越して来たと、初めにお教えくださったのは、あなたでした。朝まで待つべきでございましたが、興奮して眠ることができませんでした。それで、あなたが夜中になかなか目を覚まさないことを知っておりましたので、ついに、そっと抜け出してしまったのです。でも、あなたはわたくしが出かけて行くのをご覧になっていらしたので、それが苦しみの始まりとなりました。次の日、あなたはわたくしの秘密を、あばこうと思えばあばけたのに、紳士らしく、それ以上の追及を差し控えてくださいました。しかし、三日後に、あなたが別荘の玄関から飛び込んでいらした時には、乳母と子どもは、危ういところで裏口から逃げ出せたのでした。そして今夜、あなたはついに、すべてをお知りになられました。さあ、どうぞおっしゃってくださいませ。わたくしたちは――わたくしと娘は、これからどうすればよろしいのでしょうか?」彼女は両手をきつく握りしめて、答えを待っていた。

グラント・マンロウが沈黙（ちんもく）を破るまでの二分間[55]ほど、長い二分間はなかっただろう。彼の答えは、今思い返しても喜ばしいものであった。彼はその少女を抱き上げると、キスをした。そして片手で子どもを抱き上げたまま、もう一方の手を妻に差し出し、ドアの方に向いた。

「わが家のほうが、もっとゆっくり話し合えるね」と、彼は言った。「エフィ、ぼくは完璧に立派な男性ではないが、君が思っているよりは、少しはましな人間かもしれないよ」

ホームズとわたしは、彼らのあとに従って小道を歩きだした。外へ出ると、ホームズはわたしの袖を引きながら言った。「ぼくたちは、ノーベリにいるより、ロンドンに帰ったほうがよさそうだ」

ホームズは、その夜遅く、ろうそくに火をともして寝室に入る時に次のように言うまで、この事件については全く何も語らなかった。

「ねえ、ワトスン」と、彼は言った。「これから、ぼくが自分の能力を過信しすぎた時や、事件解決の努力を怠（おこた）っているように思えることがあったら、ぼくの耳もとで

『ノーベリ』とささやいてくれたまえ。そうしてもらえれば、ぼくは君に、大いに恩義を感じるよ」

株式仲買店員

結婚してまもなく、わたしはパディントン地区にある医院を、かかりつけの患者ごと買った。[56] 医院の元の持ち主であるファークヮ老先生は、いっときは優秀な全科医だったが、年のせいと、わずらっていた聖ヴィトゥス舞踏病（ぶとうびょう）[57] の症状に悩まされていたこともあって、患者の数はかなり減っていた。世間の人々からすれば無理からぬことではあるが、他人の病気を治す医者は、自分自身が健康でなくてはならないと考え、自分の病気さえ治すことのできない医者には、医者としての能力がないのではと疑うものだ。そのため、老先生の健康が衰える（おとろ）につれ、医業のほうも下火になり、わたしが医院を譲り（ゆず）受けた時には、年収も千二百ポンド（約二八八〇万円）から三百ポンド（約七二〇万円）少々にまで減少してしまっていた。しかし、わたしは自分の若さと精力には自信があったので、二、三年もすれば医院は元のように繁盛（はんじょう）するだろうと考えていた。

医院を継いでから三ヶ月の間は診療（しんりょう）に没頭（ぼっとう）していたため、わが友シャーロック・ホームズとはほとんど会うこともなかった。わたしは忙しすぎてベイカー街を訪ねる暇（ひま）

もなかったし、ホームズも探偵の仕事以外ではめったに外出しなかったからだ。だから、六月のある朝、朝食を終えて「ブリティッシュ・メディカル・ジャーナル[58]（英国医学雑誌）」を読んでいると、玄関のベルに続いてわが旧友の少々耳障りなほどの甲高い声が聞こえた時には、驚いてしまった。

「いや、ワトスン」と言いながら、彼はずかずかと部屋に入ってきた。「君に会えて、非常にうれしいね。奥さんも、《四つのサイン》事件の時のあのちょっとした騒ぎからは、すっかり立ち直っておいでだろうね？」

「ありがとう。わたしたちは二人とも元気さ」と言って、わたしは心をこめて彼の手を握った。

「それに」ホームズは揺り椅子に腰を下ろすと、言葉をつないだ。「開業医の仕事に追いまわされて、昔、君がぼくたちの推理の問題に示した興味をすっかりなくしてしまった、などということはないだろうね」

「それどころか」と、わたしは答えた。「つい昨日の夜も、昔の記録に目を通しながら、これまでの成果を分類していたほどだよ」

「君は、その事件収集を打ち止めにするつもりはないだろうね？」

「とんでもない。ああいう経験をもっとしてみたいと思っているよ」

「たとえば、今日はどうだろうか？」

「いいさ、君がそう望むのなら」

「バーミンガムまで足をのばしてもいいかな？」

「もちろんだ、君が行きたいのなら」

「診療はどうする？」

「隣の医者が出かける時は、ぼくが代診をしているから、ぼくが留守をするとなれば、いつだって喜んでいつもの借りを返してくれるさ」

「ほう！　それは何より好都合だ！」と言って椅子の背にもたれると、彼は半ば閉じたまぶたの下からわたしに鋭い視線を向けた。「最近、君は体調を崩していたようだね。夏かぜは少々こたえるものだからね」

「実のところ、ひどい寒気におそわれて、先週は三日間家にこもりっきりだった。でも、もうすっかりよくなっていると思うな」

「そう。とても健康そうに見えるよ」

「それでは、どうしてぼくがそうだったとわかるのかね？」

「君は、ぼくの方法を知っているはずだよ」

「とすると、推理したというわけだね？」

「もちろんさ」

「何から推理したのかな？」

「君がはいているスリッパからさ」

わたしは自分がはいているエナメル革の新しいスリッパに目をやった。「だけど、いったいどうして――？」と、わたしが最後まで言い終わらないうちに、ホームズがわたしの質問に答えた。

「君のスリッパは新しい」と、彼は言った。「二、三週間くらいしか使っていないだろう。だが、今ぼくに見せている底に、わずかだけれども焦げ目がある。一瞬、濡れたのを乾かそうとして焦げたのかとも思った。しかし、甲に近いところに、店のマークが書かれた丸い小さな封筒用シールが貼ってある。濡れたのなら、そういうものは、はがれてしまったはずだ。とすると、君が暖炉に足を伸ばして座っていた時に焦がしたことになる。これほど雨が多い六月とはいえ、健康な人なら暖炉にあたるようなことはないだろう」

ホームズの推理はいつもそうなのだが、いったん説明されると、ひどく簡単なことのように思えた。彼はわたしの表情から心の中を見抜いて、苦笑いをした。

「ぼくはちょっと種明かしをしすぎるようだね」と、彼は言った。「理由を述べずに結果だけ言うほうが、ずっと深い感銘（かんめい）を与えることができるよ。では、バーミンガムに出かけられるね？」

「もちろん。それで、どういう事件なのかね？」

「それは列車の中でぜんぶ話すよ。依頼人が外の四輪辻馬車[59]で待っているのだ。すぐに出られるかね？」

「すぐ行くよ」わたしは隣の医者に渡すメモを走り書きし、大急ぎで二階に上がって、妻に事の次第を説明してから、玄関先でホームズと一緒になった。

「隣も医者だね？」彼は真鍮（しんちゅう）の看板を見て、納得したようにうなずいて言った。

「そう。ぼくと同じように医院を譲り受けたんだ」

「前の医者は古くから開業していたのだろうか？」

「ぼくが継いだ医院と同じくらいだろう。両方ともこの家が建ったときからずっと開業している」

「そう、とすれば、君はいいほうを入手したというわけだ」

「ぼくも、そう思っているよ。でも、どうしてそれがわかるのかね？」

「階段でさ、ワトスン。君のほうが隣の医院の階段より三インチ（約八センチ）ほど深くすり減っている。さて、ご紹介しよう、馬車の中にいるこちらの紳士が依頼人のホール・パイクロフトさんだ。馭者（ぎょしゃ）さん、馬車を出してくれたまえ。列車にぎりぎりの時間しかないのでね」

　馬車でわたしの向かいに座っていたのは、血色がよく、がっちりとした若い男で、素直で誠実そうな顔に、縮れた黄色い口ひげをわずかに生やしていた。頭にはぴかぴか光ったシルクハットをかぶり、黒い地味なスーツをこざっぱりと着こなし、いかにもシティで働くきびきびした若者といった感じだった。「ロンドンっ子（コックニーズ）[60]」と呼ばれながらも、優秀な志願兵部隊[61]を送り出し、わが島国のどこの住人よりすばらしい運動選手やスポーツマンを生み出す階級の出である。血色のよい丸顔には生まれつきの陽気さがにじみでていたが、口もとは半ば喜劇的とも見える苦悩でゆがんでいた。しかし、彼がどんな問題を抱えてシャーロック・ホームズのもとを訪ねることになったか、その理由は、わたしたち三人が一等車に乗り込み、バーミンガムへの旅を始めるまでわからなかった。

「これから七十分はずっと列車の旅です」と、ホームズは言った。「ホール・パイクロフトさん、わたしの友人にあなたの興味深い体験をお聞かせください。わたしに話してくださったとおりで結構ですが、できればもう少し詳しくお願いします。事件の経過をもう一度聞くのは、わたしにとっても非常に役に立ちます。ワトスン、この事件に重大な事実が隠されているか、いないかはわからないが、少なくともぼくと同様に君が好きそうな、珍しい異常な特徴を備えているようだ。パイクロフトさん、どうぞ、わたしはもう口を出しません」

若い依頼人は目をきらきらさせてわたしを見た。

「今度のことで最悪なのは」と、彼は言った。「自分がいまいましいほどまぬけな役まわりを演じたということなのです。もちろん、事件はうまく解決するかもしれないし、わたしとしては他に方法がなかったとは思っています。しかし、これで何の見返りもなく職を失うだけだとしたら、何とばかげたことでしょう。ワトスン先生、あまりうまく話せないかもしれませんが、こういうことです。

わたしはドレーパーズ・ガーデンズにあるコクスン・アンド・ウッドハウス商会で働いていました。この春先のこと、憶(おぼ)えてらっしゃるだろうと思いますが、会社がヴェネズエラ公債(こうさい)[62]の件で大損を出して、倒産したのです。わたしは五年間そこで働いていましたので、会社が倒産した時、コクスン翁はわたしにたいへん立派な紹介状を書いてくれました。ですが、もちろん、一緒に働いていた二十七人の事務員が一度に解雇されたわけです。職を求めてあちこち当たってはみましたが、同じような連中がうようよしているわけですから、長いこと完全にお手上げの状態でした。コクスン商会では週三ポンド（約七万二〇〇〇円）の稼ぎがあり、そのうちから七十ポンド（約一六八万円）ほど蓄えがあったんですがね、まあそれも使い果たしてしまいました。そして、ついには、全くの一文無しです。求人広告に応募するときの切手や封筒代まで事欠くってえわけですよ。あっちこっちの事務所の階段を上っては下りて靴はすり減るが、相変わらず職のあては見つかりそうにありませんでした。

ところが、やっとロンバード街[63]の大きな株式仲買店、モースン・アンド・ウィリアムズ商会に空きが見つかりました。郵便配達区分のE・C区[64]についてあまりご存じではないでしょうが、そこにあるのはロンドンでも最も金がある会社っていえるでしょう。募集広告には手紙での応募に限ると書かれていましたから、紹介状と応募の手紙を送ってはみましたが、採用されるとは思ってませんでした。ところが、折り返し手紙が来て、次の月曜に来るなら、面接して問題がなければ、すぐにも仕事をしてほしいというじゃあないですか。こういうことはどうなるかなんて、全くわからないものですね。支配人が手紙の山に手をつっこんで、初めにつかんだものを選ぶんだ、なんて言う人もいますがね。とにかく、今度はわたしが選ばれたわけで、あんなにうれしかったことはなかったですよ。給料ときたらコクスンの時より週に一ポンド（約二万四〇〇〇円）多いのに、仕事はほとんど変わらないんですから。

ところが、ここからがちょっとおかしな話になるんです。わたしはハムステッドのはずれにある下宿に住んでいました。ポッターズ・テラス十七番てえのが住所です。新しい職がみつかったその日の夜のことです。わたしが椅子に座ってタバコをふかしていると、下宿のおかみさんが名刺を持って上がってきました。それには『金融関係人材斡旋業（あっせんぎょう）　アーサー・ピナ』と印刷されていました。聞いたこともない名前なんで、何の用事なのかさっぱりわかりませんが、とにかく部屋に案内してもらいました。入

ってきたのは中肉中背で、黒い髪に黒い目、黒いひげを生やして、鼻のあたりがユダヤ人のように見える男でした。男はきびきびとしていて、話し方も歯切れはいいし、ちょっとでも時間をむだにしたくないといったふうでした。

『ホール・パイクロフトさんですね？』と、彼は言いました。

『そうです』と答えて、わたしは椅子をさし出しました。

『まえにはコクスン・アンド・ウッドハウス商会にお勤めだった？』

『そうです』

『そして、今度はモースン商会に勤めることになられた？』

『まったく、おっしゃるとおりです』

『それで』と、彼は言いました。『実は、あなたの経理能力についてたいへんすばらしい話を耳にしましてね。コクスンの支配人だったパーカを覚えておいででしょう？あなたのことをべた誉めでした』

　もちろん、わたしはそういうことを聞けば悪い気はしませんでしたね。会社ではいつも手際よく働いてきましたけれど、シティでそんなふうに噂されていたとは、ちっとも思っていませんでした。

『記憶力は抜群だそうじゃあないですか？』と、彼は言いました。

『まあ、そこそこですよ』と、わたしは謙遜して答えました。

『失業されてからも、株式市況には関心をお持ちですか？』と、彼は尋ねました。

『はい、毎朝、相場表(65)を見ています』

『それはそれは、実に勉強家でいらっしゃる！』と、彼は大声で言いました。『それこそ成功の秘訣です！　ちょっと試しに質問してもいいですか？　さてと！　エアーシア(66)はどのくらいですか？』

『一〇五ポンド（約二五二万円）から一〇五ポンド四分の一というところです』とわたしは答えました。

『では、ニュージーランド整理公債は？』

『一〇四ポンドです』

『それでは、ブリティッシュ・ブロークン・ヒルズ[67]は？』

『七ポンドから七ポンド六シリングです』

『すばらしい！』彼は両手をあげて叫びました。『まったく噂どおりだ。いやいや、モースン商会の社員なぞにしておくにはもったいない！』

おわかりいただけるでしょうが、こう手放しで誉めちぎられたのには、正直驚きました。『でも』と、わたしは言いました。『ほかの人は、あなたほどにわたしを高く買ってくれませんよ、ピナさん。それに、この仕事を手に入れるのにはだいぶ苦労しましたから、この就職口に充分満足しています』

『そりゃあないですよ。もっと高い望みを持たなくちゃいけません。モースン商会では、あなたの実力は発揮できませんよ。さてと、わたしのほうの条件を言いましょうか。あなたの能力からすれば充分とは言えないかもしれないが、モースン商会と比べれば、月とスッポンです。さてと！　モースン商会にはいつから行かれるのですか？』

『月曜日です』

『それは、それは！　賭けてもいいですが、あなたはそこには行かないでしょう』

『モースン商会には行かないだって？』

『はい、そうです。それまでに、あなたはフランコ・ミッドランド金物株式会社の営業支配人になっていますよ。この会社はフランスじゅうの多くの町や村に一三四の支店があって、ブリュッセルとサン・レモにも支店が一つずつあります』

これにはびっくりしました。『そんな会社は聞いたことがありませんが』と、わたしは言いました。

『それはそうでしょう。目立たないように活動していますからね。というのも、資本は秘密に出資されていて、業績がいいので一般には公開したくないのですよ。わたしの兄のハリー・ピナが創設者で、出資額に応じて、専務取締役として役員会におさまっています。わたしがロンドンの事情に詳しいのを知っているので、いい人材を安く探してこいと兄が頼んできたのです。活動的でやる気のある青年がほしいと言っています。まず、パーカさんからあなたのことを聞いて、こうして今夜訪ねてきたというわけです。まず、手始めとしては、わずかな金額、五〇〇ポンド（約一二〇〇万円）しか払えないのですが……』

『年に五〇〇ポンドで！』わたしは叫びました。

『最初はその額ですが、あなたの担当の代理店が行なった全取引の一パーセントが、手数料としてあなたのものになります。それが給料を上回ることはお約束しますよ』

『しかし、わたしは金物については何も知らないのですよ』

『そのかわりに、数字はお得意でしょう』

わたしは頭が混乱して、椅子にじっと座っていられないほどでした。と同時に、突然、ちょっと怪しいぞという気もちがおきました。

『正直いって』と、わたしは言いました。『モースン商会は給料は二〇〇ポンドしかくれませんが、信用がおけます。それにひきかえ、あなたの会社のことはほとんど知らないのですから……』

『いや、いや、鋭い、実に鋭いですね！』うれしくてたまらないといった表情で、彼は叫びました。『まさにあなたこそわが社にぴったりの人だ！　なかなかこちらの思うようにはならない。だが、それももっともなことです。ここに一〇〇ポンドの小切手があります。もしわが社のため働いてくださるなら、この小切手は給料の前金として収めておいてくださっていいですよ』

『ずいぶんと気前がいいですね』と、わたしは言いました。『それで、いつから仕事を始めればいいのでしょう？』

『明日一時に、バーミンガムにいてください』と、彼は言いました。『今ポケットに持っているこのメモを、兄に渡してください。コーポレーション街一二六Bに会社の仮事務所がありますから、そこに行けば兄に会えます。もちろん、兄があなたの採用を確認することになりますが、内々には決まったようなものです』

『ほんとうに、何と言ってお礼を言ったらいいかわかりませんよ、ピナさん』と、わたしは言いました。

『礼にはおよびませんよ。あなたは当然の報酬を得ただけです。それから、二、三、ちょっとした手続きをしていただきたいのですが。いや、ほんの形式的なことですよ。あなたの脇のそこに紙がありますが、それにこう書いてください。「私は、フランコ・ミッドランド金物株式会社に、営業支配人として、最低年俸五〇〇ポンドで勤務することを承諾する」』

わたしが求められたとおりの文章を書くと、彼はその紙をポケットにしまいました。『もう一つお願いがあるのですが』と、彼は言いました。『モースンのほうはどうしますか?』

わたしは有頂天になっていて、モースンのことをすっかり忘れていました。

『手紙を書いて断りますよ』と、わたしは言いました。

『それは、してもらいたくないものです。あなたのことでモースンの支配人とわたしはけんかをしましてね。あなたのことを尋ねに彼のところへ行ったのですが、彼は非常に攻撃的になりました。あなたを言いくるめて、モースンから引き抜こうとしているなどと言って、わたしを非難するんですよ。とうとう、わたしもカンシャクをおこしましてね。「優れた人物がほしいのなら、高い給料を払うべきだ」と言ってやりました。するど、彼は「あの男は、うちの給料がおまえのところより安くても、うちに来たいのさ」と、言うじゃあないですか。そこで、わたしが「それなら、五ポンド(約一二万円)賭けようじゃないか。あの男がうちの申し出を受け入れたときは、あんたのところには何も言ってよこさないだろうよ」と言ってやったのです。すると、彼は「いいとも！　こっちはあいつをどぶから拾ってやったのだから、そう簡単に断るわけがない！」と言いました。ほんとうにこう言ったんですよ』

『なんて恥知らずな奴だ！』と、わたしは叫びました。『一度だって会ったこともないんですよ。あんな奴のことなんか、考えてやるものか。あなたが書くな、と言うんなら、手紙なんか絶対に書きませんよ』

『それがいい！　約束しましたよ！』と言って、彼は椅子から立ち上がりました。『さて、兄のためにあなたのような有能な人材が確保できて、ほんとうにうれしいですよ。さあ、これが前渡し金の一〇〇ポンドと紹介状です。住所を控えておいてくださいよ。コーポレーション街一二六Bです。明日の一時が約束の時間ですからね。それでは、おやすみなさい。あなたにふさわしい幸運が手に入りますように』

憶えている限りですが、あの男との会話はこんなふうでした。こんなめったにない幸運を目の前にしてわたしがどんなに喜んだかは、ワトスン先生、ご想像ください。うれしくて、その夜は遅くまで眠れませんでした。そして次の日、約束の時間にたっぷり余裕をもって列車でバーミンガム(68)に出発したのです。わたしはニュー・ストリートのホテルに荷物を置くと、教えられた住所へと向かいました。

約束には十五分ほど早かったのですが、大きくは違わないと思いました。一二六Bは二つの大きな店の間の通路になっていて、その先は、石のらせん階段に通じていました。そして、その階段を上がると、専門職を持つ人や会社用に事務所として貸し出されている部屋がたくさん並んでいました。居住者の名前が壁の下側にペンキで書いてあったのですが、フランコ・ミッドランド金物株式会社というような名前は見当たらないのです。だまされたのかと思い、しばらくの間、ぼうっとたたずんでいたら、男が一人近寄って来てわたしに話しかけました。姿も、声も、昨晩会った男によく似ていましたが、ひげをきれいに剃(そ)っていて、髪の毛はいくぶん明るい色をしていました。

『あなたがホール・パイクロフトさんですね?』と、彼は聞きました。

『そうです』と、わたしは答えました。

『やあ! 待っていました。けれど、ちょっと約束の時間に早いようですね。今朝、弟からメモを受け取ったところですが、弟はあなたのことを、誉めちぎっていましたよ』

『あなたが来られた時、わたしはちょうどあなたの事務所を探していました』

『まだ表札を出していないもんでね。つい先週、ここに仮事務所を確保したばかりなもんでして。わたしについて、上へいらしてください。あちらでお話ししましょう』

彼のあとについて、ずいぶん高い階段のてっぺんまで上がっていくと、スレート屋根のすぐ下に、じゅうたんもカーテンもない、ほこりだらけの小さな空き部屋が二つあって、わたしはそこに通されました。これまで見慣れてきたような、ぴかぴかに光ったテーブルやずらりと並んだ事務員を想像していたわたしは、帳簿（ちょうぼ）一冊とごみ箱のほか、家具調度といえば安物のモミ材の椅子が二脚と小さなテーブル一つだけという有様に、思

わず目を見張ってしまいました。

『気落ちしないでください、パイクロフトさん』新しく知り合ったばかりのその男は、わたしの顔をしげしげと眺めながら言いました。『ローマは一日にしてならずです。事務所には、まだたいしてつぎこんでいませんが、わたしたちのうしろには大金が用意してあるんですよ。まあ座って、紹介状を見せてください』

わたしがそれを手渡すと、彼は非常に注意深く目を通していました。

『あなたは弟のアーサーを、ずいぶんと感心させたようですね』と、彼は言いました。『弟は実に人を見る目があるんですよ。ご承知のように、弟はロンドン人びいきでしてね。わたしはバーミンガムびいきなのですが、今回は弟の助言に従いましょう。これで正式に就職が決まったとお考えください』

『わたしの仕事は何ですか？』と、わたしは尋ねました。

『やがては、パリで大きな倉庫の管理に当たってもらうことになります。その拠点からイングランド製の陶器をフランスじゅうにある一三四の代理店に送り出すんです。一週間で買い付けが終わるでしょうから、それまでの間はバーミンガムに留まって、働いてもらいます』

『どういう？』

それに答えるために、彼は引き出しから大きな赤い台帳を一冊取り出しました。

『これはパリの人名簿です』と、彼は言いました。『人名の後ろに職業が書いてあります。これを家に持ち帰って、金物業者の名前を住所と一緒に全員書き出してほしいのです。それがあるとわたしには非常に好都合なのです』

『たしか、業者別名簿があるのでは？』と、わたしは提案してみました。

『それは信頼できるものじゃないんですよ。分類法がわたしたちとは違うんでね。仕事に精を出して、月曜日までに名前のリストをつくって、十二時にわたしのところへ持ってきてください。では、ごきげんよう、パイクロフトさん。あなたがずっと熱心さと知性を示してくだされば、会社はそれに報いたいと思います』

わたしは厚い台帳を小脇に抱えて、非常に複雑な気もちでホテルに戻りました。正式に雇われることになりましたし、ポケットには一〇〇ポンド（約二四〇万円）も入っていましたが、一方では、事務所の様子や壁に表札もなかったこと、そのほかにも業界人なら首をかしげるようなことがあって、雇い主の姿勢に関して悪い印象を感じたのです。が、これからどうなるにしても、前金をもらってしまったのだからと思って、わたしは仕事に取りかかりました。日曜日は一日じゅう、一生懸命に作業を続けたものの、月曜日になっても、まだHのところまでいっただけでした。雇い主のところに出かけると、彼は前と同じ、あのがらんとした部屋にいて、水曜日まで作業を続けて、もう一度来てくれと言いました。水曜日になってもまだ終わらなかったため、わたしは金曜日――それが昨日なのですが――までこつこつと仕事を続けて完成させ、ハリー・ピナのところへ届けたのです。

『ごくろうさんでした』と、彼は言いました。『この作業がこんなに大変だとは思っていませんでした。このリストはたいへん役に立つ資料です』

『ずいぶん時間をとりました』と、わたしは言いました。

『ところで今度は』と、彼が言いました。『家具店のリストをつくってほしいのです。家具店はどこでも陶器を扱っていますからね』

『よくわかりました』

『では、明日の夜七時にここに来て、仕事の進みぐあいを教えてください。働きすぎはいけませんよ。仕事を終えたら夜は二時間ばかり、デイズ・ミュージック・ホール[69]で過ごされるのも悪くないでしょう』彼が笑いながらそう言ったとき、左側の二番めの歯にひどく不器用に金が埋め込まれているのが見えたので、わたしはゾッとしました」

シャーロック・ホームズはうれしそうに両手をこすり合わせたが、わたしのほうはただただ驚いて依頼人を見つめるのだった。

「ワトスン先生、驚かれるのも無理ありませんが、こうなのですよ」と、彼は言った。「ロンドンでピナの弟のほうと話していた時、あなたはモースンには行きません、と彼が言って笑った瞬間に、彼の歯に全く同じように、金が埋め込まれていたのが見えたのです。どちらの場合も、きらりと光る金歯が目にとまったというわけです。そのうえ、声や背格好がそっくりで、違うのはカミソリやカツラでどうにでもなる、ひげや髪の毛だということを考え合わせると、二人は同一人物だとしか考えられません。もちろん、兄弟ですから似ているでしょうが、金歯まで全く同じということはありえないと思います。彼は挨拶(あいさつ)をしてわたしを送り出したのですが、通りに出たわたしは狐(きつね)に化(ば)かされたような気分でした。わたしはホテルに戻って、冷たい水を張った洗面器で頭を冷やし、もう一度よく考えてみました。なぜわたしをロンドンからバーミンガムに来させたのだろう？　どうやってわたしより先にバーミンガムに着いていたのだろうか？　そして、どうして自分から自分への紹介状を書いたりしたのだろう？　どれもこれもわたしの手にあまる難問で、まったく五里霧中でした。その時、ふと、わたしにはわからないことでも、シャーロック・ホームズさんならわかるかもしれないと思いついたのです。ちょうどロンドン行きの夜行列車に間に合う時間だったので、今朝、ホームズさんにお会いして、こうしてお二人をバーミンガムまでお連れしたというわけです」

株式仲買人が信じられないような体験を語り終えると、しばらくは誰も口を開かなかった。やがて、シャーロック・ホームズは、彗星年(すいせいねん)ものワイン(70)の最初の一口を味わったばかりのワイン鑑定家のように、うれしいながらも厳しく吟味するような表情でクッションに寄りかかりながら、わたしをちらりと上目で見た。

「ワトスン、どちらかと言えば面白そうではないかね?」と、彼は言った。「この事件には興味を引く点がいくつかある。フランコ・ミッドランド金物株式会社の仮事務所で、アーサー・ハリー・ピナさんに会ってみるのもぼくたちには愉快な経験になるかもしれない、と君も思うだろう」

「でも、どうやって会うのかね?」

「ああ、たやすいことですよ」と、ホール・パイクロフトが陽気に言った。「お二人ともわたしの友人で、失業中ということにすれば、お二人を専務取締役のところへ連れて行ったとしても、なんら不自然なことはないでしょう?」

「そのとおり! いい考えだ!」と、ホームズは言った。「その紳士にひと目会ってみたいものだね。会えば、何をたくらんでいるのかわかるかもしれない。あなたを雇うことが先方の利になるというのは、あなたにどんな特質があってのことなのか? あるいは、もしや――」ホームズは、爪を噛みながら、放心したように窓の外をじっと眺め、その後ニュー・ストリートに着くまでひとことも口をきかなかった。

その晩七時には、わたしたち三人は会社の事務所に向かってコーポレーション街を

歩いていた。

「時間より早く着いてもむだですよ」と、依頼人は言った。「明らかにあの男はわたしに会うためにだけあそこに来るんです。彼が指定した時間まで、事務所には誰もいませんから」

「それは手がかりになりそうだ」と、ホームズは言った。

「ほら、わたしの言ったとおりだ」と、パイクロフトが叫んだ。「あそこでわたしたちの前を歩いているのがピナです」

彼は、通りの反対側を勢いよく歩いていく、身なりのよい小がらで金髪の男を指さした。わたしたちが見ていると、男は通りの向かいで大声で夕刊の最新版を売っている少年に目をとめ、辻馬車や乗合馬車の間を縫(ぬ)って走り寄ると、夕刊を一部買った。そして、新聞を手にしたまま、戸口へと姿を消した。

「あそこへ入って行きましたね！」と、ホール・パイクロフトが叫んだ。「あの男が入って行った中に会社の事務所があるんです。一緒にいらしてください。できるだけうまくいくようにやってみましょう」

　彼の案内に従って、わたしたちは六階まで階段を上がっていった。すると、半開きになったドアの前に出て、依頼人がそのドアをノックした。中から「どうぞ」という声が聞こえたので、わたしたちが中に入ると、そこはホール・パイクロフトから聞いていたとおり、家具調度の整っていない、がらんとした部屋だった。一つだけあるテーブルの前には、通りで見た男が夕刊を広げて座っていた。わたしたちを見上げたその顔には、見たこともないような悲しい表情が、いや悲しいどころではなく、普通の人が一生の間に経験することさえめったにない恐怖のような表情が浮かんでいた。ひたいには汗が光り、頬は魚の腹のように蒼白く、目がギラついていっぱいに見開かれていた。彼は誰だかわからないといったようすでパイクロフトを見たが、パイクロフトの顔に浮かんだ驚きの表情から、それが普段の雇い主のようすと全く違うということがわかった。

「体の調子が悪そうですね、ピナさん」と、彼は大声で言った。

「そう、元気とは言えませんね」と、相手は話す前に乾いた唇をなめたりして、必死に自分を落ちつかせようとした。「あなたが連れてこられたこの方たちは、いったいどなたですか?」

「こちらはバーモンジーのハリスさんで、こちらはこの町にお住まいのプライスさんです」と、パイクロフトはすらすらとしゃべった。「お二人ともわたしの友人で経験豊富な人たちなのですが、このところ失業中なのです。あなたの会社で雇っていただけないかと思っているのですが」

「それは、それは!」ピナはゾッとするような微笑を浮かべて叫んだ。「たぶん、何か仕事をさしあげられるでしょう。ハリスさん、ご専門は何ですか?」

「会計です」と、ホームズが言った。

「ああ、わかりました。その種の人が要ることになるでしょう。それで、あなたは、プライスさん?」

「事務員です」と、わたしは言った。

「あなたにも仕事をまわしてあげられると思いますよ。採用が決まりしだいご連絡しましょう。それでは、もうお帰り願えますか。お願いだ、わたしを一人にしてくれ!」

この最後の言葉は、明らかに懸命に抑えてきた感情が突然一気に噴き出したかのように、彼の口から吐き出された。ホームズとわたしは目を見合わせたが、ホール・パイクロフトはテーブルの方に踏み出して言った。

「ピナさん。あなたから指示を受けるお約束で、わたしがここに来ているのをお忘れですか」と、彼は言った。

「そのとおりでしたね。パイクロフトさん、そのとおりでした」相手はやや落ちついた調子で答えた。「ここで少々お待ちください。お友達も一緒に待っていてくださいますね。ごめいわくをかけて申しわけないが、三分したら必ず戻りますから」彼はたいへんていねいな物腰で立ち上がると、わたしたちにおじぎをして、部屋の奥にあるドアから出て行き、後ろ手にドアを閉めた。

「どうしたんだろう？」ホームズが小声で言った。「姿をくらますつもりだろうか？」

「そんなことはできませんよ」と、パイクロフトが答えた。

「どうして？」

「あのドアは奥の部屋に通じているんです」

「出口はないのですか？」

「ありません」

「家具調度はととのっていますか？」

「昨日見た時は、からっぽでした」

「そんなふうでは、あの男はいったい何をできるのだろう？　この件には何となくわからないところがある。恐怖でおしひしがれて狂わんばかりの人間がいるとしたら、ピナこその人物だ。彼がそんなにおびえているのは何だろう?」

「ぼくたちを刑事だと思っているのかもしれない」と、わたしが言った。

「それに違いない」と、パイクロフトが言った。

ホームズは首を振った。「あの男は、わたしたちを刑事だと思って蒼ざめたのではない。わたしが部屋に入っていった時には、もうすでに蒼ざめていた」と、彼は言った。

「ということは、たぶん……」

ホームズの言葉は、奥のドアの方から聞こえたドンドンという激しい音にさえぎられた。

「いったい何だって自分の部屋のドアを叩いてるんだろう?」と、

仲買人が叫んだ。

また、さっきよりもっと大きくドンドンという音がした。わたしたち三人は、息をころして閉まったドアを見つめた。ホームズをちらっと眺めると、その顔はこわばり、強く興奮しているので身を乗り出すようにしていた。すると、突然、低く喉を鳴らすようなゴボゴボという音と、木造部分をドンドンと叩く太鼓のような音が聞こえた。ホームズはものすごい勢いで部屋を横切り、ドアに突進した。ドアは向こう側から鍵がかけられていた。ホームズにならって、わたしたちも全身の力を込めてドアに体当たりした。ちょうつがいがはじけて一つ、また続いて一つはずれ、ドアがバタンと大きな音を立てて倒れた。それを踏み越えて、わたしたちは奥の部屋にとび込んだ。

そこには何もなかった。

けれども、わたしたちが途方にくれていたのもほんの一瞬のことだった。わたしたちが先ほどまでいた部屋に近い片隅に、もう一つのドアがあったのだ。ホームズがそれに飛びつき、引っ張り開けた。上着とチョッキが床に落ちており、ドアの裏にあるフックから、自分のズボン吊りを首に巻いてフランコ・ミッドランド金物株式会社の専務取締役がぶら下がっていたのだ。膝を上に折り曲げ、首は大きな角度で前に垂れていた。靴のかかとがドアに当たったので、わたしたちの話をさえぎった、耳障りな音を立てたのだった。わたしはすぐに彼の腰を抱いて、体を持ち上げ、ホームズとパイクロフトは土気色の皮膚にしっかりと食い込んでしまったゴムのズボン吊りをほどいた。次に、わたしたちは彼を前の部屋に運び込んで横にしたが、顔の色は粘土色で、息をするたびに紫色の唇が閉じたり開いたりした。これが、たった五分ほど前にわたしたちと話していた男かと思うほど、みじめに変わり果てた姿だった。

「この男、どうだろうか、ワトスン？」ホームズが尋ねた。

わたしは男の上にかがみ込んで、容態を診た。脈は弱くて、とぎれとぎれだが、呼吸はだんだん長くなり、かすかにふるえるまぶたの隙間からは、白い眼球がのぞいていた。

「きわどい状態だが、まず命は助かるだろう」と、わたしは言った。「ちょっと窓を開けて、それから水差しを取ってくれないか」わたしは彼のカラーのボタンをはずし、冷たい水を顔にかけ、自分で長いふつうの呼吸ができるようになるまで、彼の腕を上げたり下げたりして人工呼吸をした。

「もう、回復は時間の問題だろう」と言って、わたしは彼から離れた。ホームズはズボンのポケットに両手をつっこんだままうつむいて、テーブルのそばに立っていた。

「こうなっては警察を呼ばなくてはなるまいね」と、彼は言った。「けれども、警察が来るまでには、事件について完全に説明できるようにしておきたいものだね」

「わたしには全く謎だらけですよ」と、頭をかきむしりながらパイクロフトが叫んだ。

「何でこんなところまでわたしを呼んだのか、それに……」

「うーん！　それははっきりしている」と、ホームズはじれったそうに言った。「問題は、この最後の突然の行動です」

「それじゃ、その他は全部わかってらっしゃるので？」

「かなりはっきりしていると思います。君はどうかね、ワトスン？」

わたしは肩をすくめた。

「正直言って、ぼくにはよくわからない」と、わたしは言った。

「そうかね。けれども最初から事件について考えていけば、結論は一つしかないはずだよ」

「君はどう考えるのかね？」

「そう、事件全体の鍵を握るのは次の二点だ。まず第一点は、パイクロフトさんにこのえたいの知れない会社で働くという誓約書(せいやくしょ)を書かせたこと。これはかなり怪しいと思わないかい？」

「どうも、よくわからないよ」

「では、なぜああいうものを書かせたのだろう？　事務上の手続きとしては必要ない。この種の取り決めは普通は口頭で行なわれるからね。この場合に限って例外だという ようなことは全くありえない。パイクロフトさん、まだおわかりになりませんか？

連中はあなたの筆跡の見本がどうしてもほしかったのですよ。それにはああいう方法しかなかったということです」

「で、なぜ？」

「そのとおり。なぜか？　その答えがわかれば、問題解決に一歩前進できる。なぜだろう？　考えられる理由はただ一つしかない。誰か、あなたの筆跡をまねしたいと思っていた人間がいて、まずその見本を手に入れる必要があったのです。そして、次に第二点ということになりますが、第一点と、第二点は互いに照らし合っています。第二点は、ピナが、あなたにモースン商会の職を辞退しない形にしておいて、あの会社の支配人には、今まで一度も会ったことのないホール・パイクロフトという人物は月曜の朝、来社するのだと思わせておきたかった、ということです」

「なんてことだ！」依頼人は叫んだ。「わたしはなんてまぬけだったのだろう！」

「これで筆跡の点はわかりましたね。あなたになり代わった人物が、求職の際の手紙の筆跡と全く違う字を書いたとしたら、もちろん、ごまかしはたちまちばれてしまいます。けれども、入社までにそのにせ者があなたの筆跡を習得しておけば、社員としての身分を確保できる。会社の人間は、誰もあなたを見たことがなかったはずですね？」

「はい、誰とも会ってません」ホール・パイクロフトがうめくように言った。

「そうでしょう。何といっても一番重要なのは、この件について、あなたにあまり考えさせないこと、そして、あなたになりすました男が、モースン商会で働いていると知らせそうな人物に、あなたを会わせないようにすることだった。だから、連中はあなたにたっぷりと給料を前払いしたうえで中部地方に追いやり、大量の仕事を与えて、あなたをロンドンに行かせないようにしたということです。あなたがロンドンに姿を現わしたりしたら、連中の計画はおしまいになりますからね。以上は、何もかも、非常にはっきりしている」

「しかし、なぜその男は一人で兄弟の役を演じたのでしょう?」

「いや、それもしごく明白ですよ。この事件に関与しているのは、明らかにたった二人の人間です。一人はピナで、もう一人はあなたになり代わってモースン商会で働いている男です。ピナはあなたと雇用契約を結ぶ人物という役を演じたのだが、雇い主の役を演じる人物がもう一人必要なことに気づいた。だが、自分が立てた筋書きに第三者を加えたくない。それだけは避けたかった。そこで、できるだけうまく変装した。それでも似ている点はきっとあなたに気づかれるに違いないが、二人が兄弟だということにすればだませると思ったのです。実際、あなたが運よく金歯に気づかなければ、疑いの気もちがわくということもなかったでしょう」

ホール・パイクロフトは両手のこぶしを振り上げて、叫んだ。「わたしがこんなふうにだまされている間に、もう一人のホール・パイクロフトはモースン商会でいったい何をしでかしているんだろう？　どうすればいいでしょう、ホームズさん？　何をすればいいか言ってください！」

「モースン商会に電報を打つべきですね」

「土曜日は十二時で閉まってしまいますよ」

「大丈夫、門番か係員がいるはずです」

「ああ、そうだ。貴重な有価証券を保管しているので、いつも守衛がいるんです。シティでそういう話を聞いたことがあります」

「それはいい。守衛に電報を打って、異常がないか見てもらおう。それにあなたの名前で働いている社員がいるかどうかも聞かなくては。ここまではっきりしているのだが、よくわからないのは、なぜ悪党の一人がわたしたちの姿を見たとたんに、部屋から出て行って首を吊ったりしたのかということです」

「新聞だ!」背後からしゃがれた声が聞こえた。首を吊った男が起きあがっていたのだ。顔色は死人のように蒼白かったが、眼差しには正気が戻り、喉の周りにまだ残っている、太く赤いあざを心配そうに手でなでている。

「新聞! それだ!」と、ホームズは興奮のあまり大声で叫んだ。「ぼくはなんと間抜けだったのだ! ここに来たことばかり考えていて、新聞にまで気がまわらなかった。間違いない、秘密はここにあるのだ」ホームズは新聞をテーブルの上に広げた。そのとたん、彼の唇からは勝ちどきのような叫び声がほとばしり出た。

「これを見てくれ、ワトスン!」と、彼は叫んだ。「ロンドンの新聞『イヴニング・スタンダード』[71]の早版だ。ここに見たい記事が出ている。見出しを見たまえ。『シティにおける犯罪。モースン・アンド・ウィリアムズ商会で殺人。強盗未遂大事件。犯人逮捕』ほら、ぼくたち三人ともが大いに知りたがってるのだ。すまないが、ワトスン、声を出して読んでくれたまえ」

紙面の取扱いから見て、ロンドンでの重大事件のようであった。記事の内容は次の

とおりである。

『本日午後、シティで大胆な強盗未遂事件が発生し、死者一人が出たが、犯人は逮捕された。有名な金融会社、モースン・アンド・ウィリアムズ商会は、以前から総額百万ポンド（約二四〇億円）をはるかに上回る有価証券を保管している。この莫大な額の有価証券に何かあった際、自分にふりかかる責任を痛感した支配人は、最新型の金庫を買い入れ、武装した警備員を昼夜を問わず建物に配置した。先週のこと、ホール・パイクロフトという名の社員がこの会社に新たに入社したらしい。実は、この人物こそ、偽造および金庫破りで有名なベディントンにほかならないようだ。彼はつい最近、兄とともに五年の刑期を終えて出所したばかりである。手段はいまだ明らかになっていないが、彼は偽名を用いてモースン商会に職を得ることに成功し、その身分を利用してさまざまな錠前の型を採取し、金庫室と金庫の場所に関する詳細な情報を手に入れた。

モースン商会では、社員は土曜日は正午に退社するのが慣例となっている。したがって、シティ警察[72]のトゥーゾン巡査部長は、一時二十分過ぎに旅行かばんをさげた紳士が階段を下りてくるのを見て、多少意外な気がした。不審に思った巡査部長は男を尾行し、ポロック巡査の協力を得て、必死の抵抗を受けながらも男を逮捕したのである。すぐに、大胆不敵な強盗が行なわれていたことが発覚した。旅行かばんの中からは、十万ポンド相当のアメリカ鉄道債をはじめとして、鉱山や会社などの仮証券が大量に見つかった。建物内を捜索した結果、一番大きな金庫に、不運な警備員の死体が体を折り曲げられた状態で押し込まれていた。トゥーゾン巡査部長の素早い行動がなければ、金庫の死体は月曜朝まで発見されなかったことだろう。警備員の頭蓋骨は、背後から火掻き棒で殴られ、粉砕されていた。ベディントンは何か忘れ物を取りに戻ったふりをして入り口から入り、警備員を殺害したあと、大急ぎで大型金庫の中身を奪って逃走したに違いない。いつも行動をともにしている彼の兄弟は、現在確認される限りでは、今回の強盗に加わっていないが、警察は彼の所在について精力的な捜索を行なっている』

「なるほど、この点については警察の面倒をいくぶん省いてあげられるかもしれないね」と言って、ホームズは窓辺にうずくまる、くたびれた人物に目をやった。「人間の性格にはいろいろな要素が不思議と混じり合っているものだね、ワトスン。悪党や殺人者でさえ、自分の兄弟の首が危ないと知れば、愛情から自殺を図ることもあるのだ。けれども、ぐずぐずしてはいられない。ワトスンとわたしはこのまま見張っているから、パイクロフトさん、急いで警察に知らせに行ってくれませんか」

グロリア・スコット号

「ぼくは、ある書きつけをここにしまっているのだよ」ある冬の夜のこと、わが友シャーロック・ホームズは二人が暖炉(だんろ)の両わきに座っている時に言った。「ワトスン、一度見ておくだけの価値はあると思うよ。《グロリア・スコット号》という非常に変わった事件の時のメモで、治安判事のトレヴァーは、これを読んで恐怖のあまりショック死してしまったのだ」

彼は引き出しから色のあせた、くるくると巻かれた書類を取り出すと、テープを切って、半分に切った灰色の紙に走り書きした、短いメモを手渡してくれた。

'The supply of game for London is going steadily up. Head-keeper Hudson, we believe, has been now told to receive all orders for fly paper, and for preservation of your hen pheasant's life.'

(ロンドン向けの猟鳥の供給はどんどん増加している。猟場主任ハドスンは、ハエ取り紙とあなたの雌キジの生命を守るための注文を受注するように命令を受けてしまっている、とわれわれは信じている。）

この謎の通信文から顔を上げると、ホームズがわたしを見て、くすくすと笑っていた。

「少々びっくりしているようだね」と彼は言った。

「この通信がなぜそんなに恐ろしかったのか、ぼくにはわからないよ。むしろグロテスクなメモとしか思えないよ」

「そうだろうね。けれども、このメモを読んだ老人は、しっかりしていて元気だったのに、ピストルの握りで殴られたかのように、参ってしまったのだよ」

「そうとなると、ぼくもほうってはおけないね」とわたしは言った。「けれども、君は今、この事件について研究するべき特別な理由があると言ったのは、どうしてなのかな」

「ぼくが、生まれて初めて解決した事件だからさ」

わたしはこれまでに何度も、ホームズがどうして犯罪捜査に関心を持つようになったか、聞き出そうとしたけれども、彼はなかなか、それを気軽に話す気分にはなってくれなかったのだ。それが今、ホームズは肘掛け椅子に座り、膝の上に書類を広げている。彼はパイプに火をつけるとタバコをすいながら、しばらくメモをとつおいつ眺

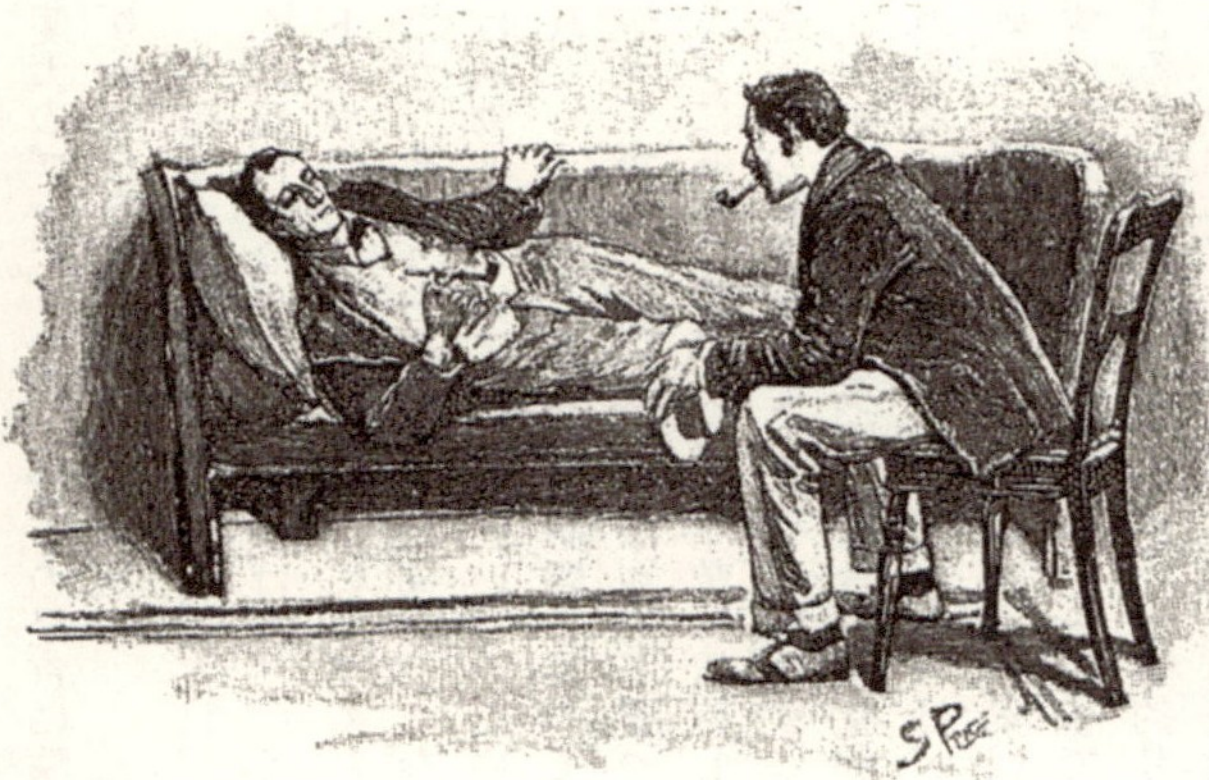

めていた。
「君にヴィクター・トレヴァーのことを話したことはなかったね」と彼は尋ねた。「彼は、ぼくがカレッジにいた二年間で(73)つくった、たった一人の友達なのだ。ぼくはあまり社交的ではなかったのでね、ワトスン。いつも部屋にいて、自分独自のちょっとした考えをあたためているのが好きだったから、同じ学年の仲間とも、つき合わなかった。フェンシングとボクシングのほかは、スポーツにもほとんど関心がないし、研究するテーマも、ほかの仲間とは全く違っていたから、友達をつくるチャンスもなかったというわけさ。そんなふうだから、ただ一人、ぼくが知っていた友人といえば、トレヴァーだけだった。それも、ぼくがある朝、礼拝堂に行こうとしていたら、彼の

愛犬のブルテリアが、ぼくの足首に噛(か)みついて離さなかった、という事故がもとで知り合ったのだ。

友情をつくりあげる手段としては、あまり愉快な方法ではなかったけれど、とにかく友達にはなったね。おかげで、ぼくは十日間も寝込んでしまった。でも、その間、トレヴァーは、よく見舞いに来てくれた。初めの頃は、ほんの少し雑談して帰っていたが、そのうち見舞いの時間が長くなって、傷が治るまでには親友になっていた。彼は活動的で、実に元気がいいし、たいていの点で、ぼくとは正反対の人間だった。けれども、何かしら共通の話題を持っていたし、彼も、ぼくと同じく友達がいないとわかってから、急に親しくなってしまった。やがて、彼はぼくをノーフォークのドニソープにある、彼の父親の屋敷へ招待してくれた。そこで、ぼくは長い休みの一ヶ月間を、彼の親切なもてなしで、過ごすことにした。

トレヴァーの父親は、相当の財産があり尊敬もされていて、治安判事(74)を務めている地主だった。ドニソープというのは、湖沼地帯(75)のラングミアの真北にある村落だ。屋敷は古風な造りで、横幅が広く、梁(はり)はカシの木を使った、れんが造りなのだ。そして、すばらしいライムの並木が、そこまでつらなっていた。沼地へ行けば、野ガモ猟ができる格好の猟場もあるし、いい魚釣り場もあった。前の家主からゆずり受けたらしい、小さいけれども整(ととの)った図書室もあった。料理もまあまあで、これで一ヶ月を愉快に過ごせないなんていう人がいたら、よほどの気むずかし屋だね。

トレヴァー老人は奥さんに死なれて、ぼくの友人は一人息子だった。娘もいたのだけれど、バーミンガムに行っているあいだに、ジフテリアにかかって亡くなってしまったのだそうだ。父親は、著しく興味をいだかせる人物だった。教養というものはあまり感じられないが、肉体的にも精神的にも、かなりの力があった。本などは、ほとんど読んでいないようだけれど、かなり遠くまで旅行したことがあり、世の中のことを広く知っているし、学んだことは、すべて憶えていた。ずんぐりして、たくましく、灰色の髪の毛はくしゃくしゃで、顔は茶色に日焼けし、恐ろしいくらいに鋭い青い目だった。けれど、彼はこの地方では、親切で慈悲ぶかいという評判で、判事として下す判決も寛大だとみられていた。

ぼくが行ってまもない日の、夕方のことだった。食後に、みんなでポルトガル産の赤ワインを楽しんでいる時、トレヴァーが、ぼくの観察や推理の特技について話し始めた。ぼくはすでに、この特技のきちんとした体系を創案していたけれど、その時には、この特技がぼくの人生にどのような役割を果たすかなど、考えてもいなかった。ぼくがしてみせた推理の例を、トレヴァーが一つ二つと話すと、父親のほうは、息子が大げさに話していると思ったらしい。

『それじゃ、ホームズさん』彼は、きげんよく笑いながら言った。『わしが、あなたのすばらしい実験台になろうじゃないですか。わしについて、何でも推理してごらんなさいよ』

『あまり、いろいろはわからず、申しわけありませんが……』と、ぼくは答えた。『あなたは、この一年間ずっと、誰かがあなたを襲うのではないかと、恐れておいでのようですが』

笑いが口もとから消え、彼は驚いたようすで、じっとぼくを見つめた。『それは当たっておる』と彼は言った。『おまえも知っているだろう、トレヴァー』と彼の息子の方を向いた。『そう、あの密猟者の一団を解散させた時、奴らときたら、きっとわしらを刺し殺してやるとおどかしていたし、サー・エドワード・ホビーは、本当に襲われてしまったからな。そのとき以来、わしはいつでも用心しているんだ。だが、どうして、それがあんたにわかったかな』

『あなたは、非常にりっぱなステッキをお持ちになっておられます』とぼくは答えた。『それに刻まれている字を見たところ、作ってからまだ一年たっていないようです。でも、そのステッキに、わざわざ穴をあけて、そこへ鉛(なまり)を流しこんであり、強力な武器になるようにしてあります。人に襲われる心配がなければ、そのような用心はなさらないでしょう』

『それじゃあ、ほかに何かわかるかな』彼は、笑いながら尋ねた。

『若い頃には、かなりボクシングをなさいましたね』

『そう、そのとおり。なぜ、それがわかったのかな。わしの鼻が、少し曲がっているからかな』

『いいえ』とぼくは言った。『あなたの耳です。ボクシングをしたことがある人の耳は、特別に平たく、厚ぼったくなっているものです』

『じゃあ、ほかには』

『あなたの手のたこから考えまして、採掘の仕事をかなり多くなさっていたことがわかります』

『わしの財産は、金鉱でつくったのさ』

『それに、ニュージーランドにいらしたことがおありですね』

『そう、また当たりだ』

『日本へも、立ち寄られたことがおありです』

『全く、そのとおり』

『そして、頭文字がJ・Aという人ととても親しい関係だったのに、あとになってからは、それを完全に忘れてしまおうと努力なさった』

トレヴァー老人は、ゆっくり立ち上がった。そして、大きな青い目に、奇妙な荒々しい光を帯びてぼくを見つめたかと思うと、急に、テーブル・クロスの上に散らばっているナッツの殻に顔をつっこんで、気絶してしまった。

　そのとき、友人とぼくがどんなに驚いたか、想像できるだろう、ワトスン。でも、発作は長くは続かなかった。えりもとをゆるめて、フィンガーボウルの水を顔にかけたら、一、二回あえいで気がつき、座り直したのだ。

『ああ、君たち』彼は無理につくり笑いをして言った。『まあ、驚くことはないよ。わしは一見丈夫そうに見えるが、心臓が悪いんでね。ちょっとのことで、すぐに参ってしまうのさ。あんたが、どうやって推理したのかはわからんがね、ホームズさん。実在の探偵だって、小説に出てくる探偵だって、あんたに比べるとまるで子どもだな。まさに、これこそ、あんたの一生の仕事じゃ。世の中を多少は知っている者の言うことだから、信じてもらいたいものだね』

　彼がきっかけをつくって発見したぼくの才能を過分にほめてくれ、さらに彼のすすめがあったので、君なら信じてくれるだろうけれど、今まではただの趣味だったものを、はじめて職業にできるのだと気がついたのだよ。もっとも、その時は、屋敷の主人の急病の発作のほうが気になって、それ以外のことは何も考えはしなかったがね。

『何か、お気にさわるようなことを申し上げましたでしょうか』と、ぼくは言った。

『やあ、君はたしかに、わしの弱味に触れたね。ところで、どうやってわかったのか、また、どのくらい知っているのか、聞かせてほしいものだ』彼は、冗談半分に言っているようなふりをしたが、目つきには依然として、恐怖の影がただよっていた。『それは、簡単なことです』とぼくは言った。『ボートに魚を入れようとなさった折りに、腕まくりをされましたね。その時、ぼくには、ひじの曲がり目にJ・Aという入れ墨の字が見えました。でもそれは、読めはしましたが、文字がぼやけていて、まわりの皮膚にはしみができていましたので、消そうとなさったことがはっきりわかりました。ですから、この頭文字の人は、一度はあなたにとって、非常に親しい相手だったのに、あとでは、忘れたいと思われたことがわかりました』

『やあ、すばらしい目だ』彼は、ほっとため息まじりに言った。『ほんとうに君の言うとおりだ。まあ、もうこの話は、ここいらでやめにしようじゃないか。たくさんの幽霊の中でも、昔の恋人の幽霊は最悪だよ。さあ、ビリヤード室にでも行って、静かに葉巻でも吸うとしようか』

その日からというもの、親切にはしてもらっているのだけれど、トレヴァー氏の態度をみると、ぼくに対してなにかしら、疑いを持っているように感じられた。息子のヴィクターもこれに気づいていた。『君がおやじをぎょっとさせたので』とトレヴァーは言った。『君がどこまで知っていて、何を知らないのか、おやじは心配になったのだ』父親はそんなそぶりは見せないようにしてはいたが、ひどく気にかけているようで、何をしても、態度に出てくるのだった。ぼくがいると、不安になるとわかったのでぼくは引き揚げることにした。ぼくが帰るちょうど前の日のこと、あとで重要なことだとわかる、あるできごとがおこった。

その時、ぼくたち三人は、芝生で庭椅子に腰かけて、湖沼地帯の景色を眺めながら日光浴をしていた。そこへ、メイドが来て、トレヴァー氏に会いたいという男が玄関へ来ている、と言った。

『何という名前だったかね』と、屋敷の主人は尋ねた。

『何も、おっしゃらないのでございます』

『用件は、何だというんだい』

『なんでも、だんな様がご存じの方だそうで、お目にかかってちょっとお話しなさりたい、とおっしゃいます』

『ここへ、通しなさい』まもなく、ひからびたような小がらな男が、ぺこぺこしながら足をひきずって現われた。(76)男は袖口にタールのしみがついている上着に、赤と黒のチェックのシャツ、ダンガリーのズボン、ひどくいたんだ長靴、という姿だった。顔はやせて茶色く、ずるがしこそうなうす笑いを絶えず浮かべ、歯ならびの悪い黄色い歯が見えていた。しわの多い手を半分握ったようにしているのは、船乗りに見られる独特のしぐさだった。男が芝生を横切ってゆっくりと近づいてくる時に、ぼくは、トレヴァー氏が、喉の奥で、ハッと叫ぶのを聞いた。彼は椅子からとびあがり、屋敷へ

駆けこんでしまった。彼はすぐに戻ってきたけれど、ぼくの前を通った時に、強いブランデーのにおいがした。

『さて、お客人』と彼は言った。『なんのご用ですかな』

船乗りは目を細め、あいも変わらぬしまりのない笑いを顔に浮かべて言った。

『あっしをお忘れですかい』彼は尋ねた。

『おや、なんだ、ハドスンじゃないか！』トレヴァー氏は、驚きの声をあげた。

『そのハドスンでさあ』船乗りは言った。『なんてったって、あんたと別れてから、三十年もたっているからなあ。あんたは、こんな屋敷でのうのうと暮らしているが、あっしときたら、樽(77)から塩漬けの肉を食っているしがねえ船乗りよ』

『何を言っているんだ。わしが昔のことを忘れたとでも思っているのか』トレヴァー氏は叫び、船乗りに歩み寄ると、何やら小声でつぶやいた。『台所に行きなさい』彼は大声でつづけた。『食べ物も酒もある。いい仕事も、きっと見つけてやる』

『そいつは、ありがてえこった』船乗りは、前髪に手をやって言った。『八ノットの不定期便の船の、二年契約の口が切れちまって、帰ってきたばかりなんでねえ。おまけに、仕事中は人手不足でこき使われりゃあ、休みたくもなろうってえもんだ。それで、おまえさんのところか、ベドーズさんのところへ行きゃあ、何とかしてくれるだろうってことで、やって来たってわけでさあ』

『おお』と、トレヴァー氏は叫んだ。『ベドーズさんの居所も知っているというわけか』

『あたりめえよ。昔のなじみの居所を、知らねえわきゃありませんぜ』男は、気味の悪い笑いを浮かべると、メイドのあとについて、のそのそと台所の方へ立ち去った。トレヴァー氏は、あの男は金鉱掘りに戻ったとき、同じ船に乗っていた仲間だったのだ、というようなことをつぶやくと、ぼくたちを芝生に残したまま屋敷の中へ入っていった。一時間ほどして、ぼくたちも屋敷に入ると、彼は食堂のソファの上でぐでんぐでんに酔っぱらって寝ていた。こんなできごとがあって、ぼくは、本当にいやになってしまったから、次の日にドニソープを引き揚げるのは少しも残念ではなかった。ぼくがいると、友人に迷惑をかけてしまうと思ったからね。

　このことは、長い休暇の初めの一ヶ月におこったことなのだ。ぼくはロンドンの部屋に戻って、有機化学の二、三の実験をしながら、七週間を過ごした。秋も深まってきて、そろそろ休暇も終わろうとしていたある日のこと、友人から、ドニソープへ戻ってきてくれ、君の忠告と助けが必要だ、という電報を受け取った。もちろん、ぼくはすべてを投げだして、もう一度北へ向かった。

　彼は二輪馬車[78]で駅まで出迎えてくれた。ぼくには、ひと目見ただけで、友人がこの二ヶ月間、どれほど苦しんでいたかがすぐにわかった。彼は心配のあまり、すっかりやつれ果ててしまい、声が大きくて明るいいつもの彼らしさは、影をひそめてしまっていた。

『おやじが、今にも死にそうなのだ』ひとことめに、彼は言った。

『ええっ、そんな。どうして！』ぼくは叫んだ。

『脳卒中（のうそっちゅう）さ。心理的ショックによるものなのだ。ずっと、危ない状態が続いている。ぼくたち、おやじの死に目に、まにあわないかもしれない』

　この突然の消息（しょうそく）に、ぼくがどんなにびっくりしたか、ワトスン、君ならわかってくれるね。

『どうして、こんなことになったのだろうか』ぼくは尋ねた。

『それが問題なのだよ。まあ、とにかく馬車に乗って。話は、走らせている間にできる。ねえ、君が帰る前日の夕方にやって来た男を、憶えているだろう』

『はっきり憶えているとも』

『あの日、うちの屋敷に入れてやったあの男は、誰だったと思う?』

『さあ』

『あいつは悪魔さ、ホームズ!』友人は叫んだ。

びっくりして、ぼくは彼の顔を見た。

『そう、あいつはね、悪魔そのものさ。あれからというもの、ぼくたちには平和な時など、ほんのいっときだってなかった。おやじは、あの日の夕方以来ずっと落ちこんで、身も心も、あの憎いハドスンのおかげで、ずたずただよ』

『どうして、ハドスンにそんなことができるのかね?』

『そこだよ。そこをぼくは知りたいのだ。やさしくて、情け深いあのおやじが、どうして、あんな悪党のえじきになるようになったのかをね。ホームズ、君がすぐに来てくれたので、本当にうれしいよ。ぼくは、君が下す判断を全面的に信頼しているし、君なら、どうするのがぼくにとって一番いいか忠告をしてくれるだろうと思っている』

馬車は、まっすぐで白い平らないなかの道を、スピードをあげて走り抜けた。夕日の赤い光に、行く手の湖沼地帯がきらきらと輝いていた。左手の木立の上からは、彼の屋敷の目じるしの、高い煙突と旗用ポールが見えてきた。

『父はあの男を庭師として雇った』と、友人が言った。『けれども、それではあの男は満足しないので、今度は執事にした。屋敷は、あいつの思いどおりさ。そこらじゅう、ほっつき歩いては、好き勝手なことをした。酒癖は悪いし、口も悪いので、メイドは文句を言うし。おやじは、みんなの給料を上げて、その埋め合わせをしたのだ。あいつときたら舟を出して、おやじの一番上等な銃で、狩猟パーティーをして楽しむしまつさ。しかも、嘲笑的で、いやらしい目つきのうえに、おうへいな顔つきをして、そんなことをするのさ。奴が、ぼくと同じ年頃の男だったら、二十回以上は殴り倒していただろうね。ホームズ、ぼくはずっとがまんしてきた。けれども、もしかしたら、もう少し我慢しないで、自分の思いどおりに行動していたほうがよかったのではないかと、今になって気づいたのだよ。

とにかく、事情は悪くなるばかりだった。あの、人でなしのハドスンの奴ときたら、なまいきになる一方だった。ある日、ぼくの前で、奴が父に無礼な口のきき方をしたので、ぼくは奴の肩をひっつかんで部屋の外へたたき出してやった。奴は青くなって、こそこそと部屋を出て行ったのだが、その悪意に満ちた目ときたら、どんな脅し文句よりもすごいものだった。そのあと、あいつと気の毒なおやじとの間に何があったのかはわからないのだけれど、次の日になったら、おやじがぼくのところに来て、ハドスンに謝ってくれないかって言うのさ。そんなこと、できるわけないだろう。ぼくは断ったさ。そして、父に、あんな奴に屋敷で勝手なまねをさせているのは、どうしてかって尋ねたのさ。

「まあ、息子よ」父が答えた。「おまえがそう言うのは、無理もない。だがな、わしの置かれている立場は、わからないだろう。ヴィクター、どんなことがあっても、必ずそのうちに教えてやるよ。どんなことがあっても教えてやるさ。おまえは、年とったあわれな父親が、どんな目にあっていたか、わからないだろうさ」とにかく、父はひどく気が動転しているようで、一日じゅう、書斎に入ったきりだった。ぼくが窓からのぞいてみると、忙しそうに書き物をしていた。

その日の夕方のこと、ひと安心できそうなことがおこった。ハドスンが、ここから出て行くと言いだしたのだ。夕食後、食堂でくつろいでいたわれわれのところへやって来て、半分酔った人のようなかすれ声で、このことを告げた。

「ノーフォークには、もうあきあきだ」彼は言った。「さて、お次は、ハンプシァのベドーズさんのところへ行くことにするぜ。あいつだって、おめえさんといっしょで、おれが行きゃあ、喜ぶってえもんさ」

「そうか、何か気にさわって出て行くんでなければいいがね、ハドスン」と、父がいくじなく言ったので、ぼくの血は煮えくりかえる思いだった。

「あっしゃ、まだ謝ってもらっちゃあいねえよ」彼は、ぼくの方を不きげんそうにちらっと見た。
「ヴィクター、おまえ、このりっぱな方に乱暴なことをしたということは、認めてくれるだろうね」おやじは、ぼくの方を見て言った。
「とんでもない。ぼくたちは、この男のやることに、がまんしすぎたと思いますよ」と、ぼくは答えた。
「おお、そうかいそうかい」彼はどなりつけるように言った。「それならいいんだぜ。あとで泣きを見るぜ」奴は前かがみに部屋を出て行った。そして三十分もしないうちに、みじめなくらい神経質になっているおやじを残して、屋敷から出て行ったのだ。それからというもの、毎晩、おやじは、自分の部屋を歩きまわっているようだった。そして、自信が回復しかけた時に、あのショックが襲ってきたのだ』

『それは、どんなふうにかい』ぼくは、せきこむようにして尋ねた。

『まったく、異常な事がおきてね。きのうの夕方、父のところへ一通の手紙が届いた。フォーディンブリッジの消印だった。父はそれを読むと、両手で頭をたたきながら、突然、部屋の中を気が狂ったようにくるくると走りまわりだしたんだ。ぼくは、やっとのことで父をつかまえて、ソファに落ち着かせた。口もまぶたも、みんな片側に引きつっていたので、脳卒中がおこったのだと、ぼくにもわかった。で、フォーダム先生にすぐに来てもらって、ベッドに寝かせたのだ。けれども、麻痺(まひ)は広がっていて、意識は戻りそうもない。ぼくたちが着くまで、もつかどうかというところなのだ』

『なんていうことだ、トレヴァー!』ぼくは叫んだ。『そんな恐ろしいことがおこるなんて。手紙には、何が書いてあったのかね?』

『何もないのさ。そこがまた、わからないところなんだ。内容は、全くくだらない、つまらないものなんだよ。ああ、どうしよう。心配していたとおりだ!』

彼がこう叫んだ時、馬車は並木の曲がり角にさしかかった。うす暗い光の中で、屋敷の鎧戸(よろいど)という鎧戸はみな閉められているのがわかった。ぼくたちが戸口に急いだ時、友人は悲しみに顔をひきつらせた。黒い服に身を包んだ紳士が中から出てきた。

『先生、いつでしたか』トレヴァーは尋ねた。

『あなたがお出かけになった、すぐあとです』

『意識は戻りましたか』

『亡くなられる前に、ほんの少しですが』

『わたしに、何か遺言はありませんでしたか』

『日本製のタンスの引き出しの奥に書類がある、とだけおっしゃいました』

友人は医者と一緒に、死体を安置してある部屋へ上がっていった。ぼくは書斎に残って、この事件の全体のようすを、繰り返し繰り返し考えていた。すると、今までにない暗い気分になった。

ボクサーで、旅行家で、金鉱掘りだったこのトレヴァーの過去に、何があったのか。なんで、あのずうずうしい船乗りの言いなりになっていたのか。腕の入れ墨の頭文字が半分消えていると言ったら、気絶するほど驚いたのは、どうしてか。また、フォーディンブリッジから手紙が来たら、恐ろしさのあまり死んでしまうとは、どうしたことか。そうするうちに、ぼくは、フォーディンブリッジというのは、ハンプシァにあることを思い出した。そうだ、あの船乗りが訪ねて行くと言っていた、おそらくは、ゆすりに行ったのだろうが、あのベドーズ氏は、ハンプシァに住んでいるのだ。とすれば、あの手紙は船乗りのハドスンからのもので、トレヴァー氏がもっている罪深い秘密をばらしたぞ、という内容か、昔の仲間だったベドーズ氏からの、秘密がばれそうだ、という警告だったに違いない。ここまでは、はっきりとわかってきたようだ。けれども、もしそうならば、どうしてその手紙は、友人が言っているような、つまらない奇妙な内容なのだろうか。彼が読み違えたのではないか。とすれば、その手紙は、あることを書いておいて、別の意味をもたせる、巧みな暗号の一種になっているに違いない。ぼくは、その手紙を見る必要がある。そこに、隠された意味があるのなら、絶対に見つけ出す自信はある。一時間ほど、薄暗い中でこんなことを考えながら座っていると、メイドが泣きながらランプを持ってきた。彼女のすぐあとで、トレヴァーが、青ざめてはいたけれど、だいぶ落ち着いたようすで入ってきた。——ぼくの膝の上にある、この書類を握りしめてきたのだ。

彼は、ぼくと向かいあわせに座って、テーブルの端にランプを引き寄せ、今、君が見ている、その灰色がかった一枚の紙に走り書きされている短いメモを渡してくれた。

The supply of game for London is going steadily up. Head-keeper Hudson, we believe, has been now told to receive all orders for fly paper and for preservation of your

hen pheasant's life.
（ロンドン向けの猟鳥の供給はどんどん増加している。猟場主任ハドスンは、ハエ取り紙とあなたの雌キジの生命を守るための注文を受注するように命令を受けてしまっている、とわれわれは信じている。）

ぼくがこれを初めて読んだ時は、たった今の君のような、困った顔だったろうね。それからぼくは、非常に注意ぶかく、その手紙を読み返してみたのだ。すると、明らかにぼくが思ったとおりだった。この変な単語を組み合わせた文の中に、何か別の、意味のあることが、隠されているのに違いないのだ。それとも『ハエ取り紙』とか『雌キジ』に、初めから特別の意味を持たせておいたのだろうか。とすれば、その意味は、かってに決めてあるものだから、どう考えたって推理しようもない。しかしそれでも、ぼくはこれがそうだとは思いたくなかった。『ハドスン』という言葉があるところを見ると、この手紙の内容は、ぼくが推理したとおりで、あの船乗りからではなく、ベドーズからのようだ。ぼくは、後ろから読んでみた。けれど、"life pheasant's hen……"では、さっぱり何の意味にもならない。次に、一字おきに読んでみた。"The of for"とか、"supply game London"では何もわからない。でも、次の瞬間にひらめいた。今度は二字おきに読んでみた。すると、トレヴァー老人が絶望したのも当然な手紙になったのだ。これが、ぼくが友人に読んでやった、簡潔(かんけつ)な警告文だ。

'The game is up. Hudson has told all. Fly for your life.'
(もうだめだ。ハドスンがすべてをばらした。命が惜しければすぐ逃げろ。)

ヴィクター・トレヴァーは、ふるえる手の中に顔を埋めていた。『間違いない』と彼は言った。『きっとこれは、死よりも悪い、不名誉なことなのだ。でも、"Head-keeper"(猟場主任)とか"hen pheasant's"(雌キジ)とかは、何を指しているのかな』
『内容には、何も関係ないけれど、手紙の送り主を知る他の手段がない場合には、おおいに役立つだろうね。ほら、見てごらん。初めに"The……game……is……"というふうに、あいだを空けて書いておいて、あとからあらかじめ打ち合わせておいた暗号文になるように、空いたところへ、適当に二字ずつ入れたのだ。だから、真っ先に思いついた言葉で穴を埋めるだろうから、その言葉が狩猟に関係するものが多ければ、差出人は狩猟好きか、鳥を飼うことに関心のある者と考えて、間違いないね。君、ベドーズという人物について、何か聞いているかい？』

『そうだ、そういえば』と彼は言った。『亡くなった父はいつも秋になると、彼の猟場に狩りに来ないかと招待を受けていたよ』

『そうすると、この手紙が彼から来たことは、間違いないね』と、ぼくは言った。『だけど、まだ一つ、問題は残っている。社会的地位もあり、財産もある、この二人の人物の頭を上がらなくしてしまうほどの、どんな秘密を、船乗りのハドスンが握っていたのだろう』

『そう、ホームズ、それはおそらく、罪深く不名誉なことなのだ。けれど、ぼくは君には、何も隠さないつもりさ』と、友人は叫んだ。『ここにあるのは、父がハドスンに秘密をあばかれる危険がさし迫っているのを感じた時に書き残した書類なのだ。おやじが医者に言いのこしたとおり、日本製のタンスの引き出しの中にあったものだ。ねえ、君、これを読んで聞かせてくれないか。ぼくには自分で読むなどという力も勇気もないよ』

ワトスン、これが、その時トレヴァーがぼくに手渡してくれたその書類だ。あの夜、古ぼけた書斎で彼に読んでやったように、今から君にも読んであげよう。ほら、表紙には、こういうふうに書いてある。

『三檣帆船(さんしょうはんせん)[79]グロリア・スコット号の航海記録、一八五五年、十月八日、ファルマス港出港から、十一月六日、北緯十五度二十分、西経二十五度十四分の地点での破滅まで』内容は手紙の形式になっていて、こういうふうなのだ。

『いとしい、息子へ。

恥ずかしいことがあばかれそうになって、わたしの晩年は暗いものとなりそうだが、ここに、本当のことを正直に書くことにする。わたしの心を切り裂くのは、法の裁きを恐れているからでも、この地での公職を失うからでもなく、また、わたしをよく知り、尊敬してくれていた人たちに、落ちぶれた姿を見られるからでもない。心配するのは、ただ一つ、おまえがわたしのことを恥ずかしく思うのではないか、ということだけだ。この父を愛し、尊敬してほしい、とわたしが望んでいるおまえのことだ。わたしがかねがね心配している不幸なことがおきたら、これを読み、わたしがどれだけ責めを負うべきであったかを、この手紙で直接に知ってほしいのだ。また、万一、すべてがうまくいき（そうなることを神に願っているのだが）、しかも、この手紙がなにかの折りに、処分されずにおまえの手に渡ったとしたら、わたしはおまえに心から願う。おまえのやさしかった母さんの思い出と、わたしとおまえとの間にある愛とにかけて、どうか、これを火の中で燃やし、二度と再び思い出さないでほしいと。

　であるから、もしおまえの目が、ここまで読み進んでいるのならば、すでに秘密があばかれて、わたしはこの屋敷から警察へ連行されているか、あるいは、おまえも知っているとおり心臓が弱っているから、こちらの可能性のほうが大きいのだが——永遠に口を閉ざして死の床に横たわっているか、事態はそのいずれかということになる。こういう状態になることのほうが可能性が高いだろうと思うが。とにかく、いずれにしても、秘密を隠しておく時は過ぎている。これからわたしが語ることは、一字一句のこらず、まぎれもない真実なのだ。このことは、神にかけて誓う。

　息子よ、わたしの名前はトレヴァーではない。実は、わたしは若い時分は、ジェイムズ・アーミテージといった。今になれば、おまえの学校の友達が数週間前に、わたしの秘密を見抜きかけたようなことを言った時の、わたしのショックも理解できるだろう。わたしはアーミテージという名で、ロンドンの銀行に就職した。そこで、国の法律を破り、アーミテージの名で流刑を受けたのだ。息子よ、どうかわたしを、あまり強くとがめないでほしい。わたしにはいわゆる名誉の借金といわれている道義上どうしても返済しなければならない借金があったのだ。わたしは金を横領して、それに当てた。けれども、わたしは、それを気づかれないうちに穴埋めできると思っていた。

ところが、なんと不幸なことだろうか。当てにしていた金は手に入らないし、そのうえに、会計監査が思ったよりも早くあり、使い込みがわかってしまったのだ。処罰はもうすこし軽くてもよいのでは、と思われたが、三十年前の法律は今よりずっときびしくて、わたしは二十三歳の誕生日には、三十七人の囚人たちと一緒に、オーストラリア行きの三檣帆船「グロリア・スコット号」の中甲板に鎖でつながれていたのだった。

それは一八五五年、クリミア戦争の真っ最中だった(80)。本来の囚人輸送船は、黒海で軍の輸送用に使われていた。だから、政府は囚人輸送用にはあまり適切でない、小型で設備の悪い船を使わねばならなかった。「グロリア・スコット号」も、かつては中国茶の貿易に使われていたこともあったのだが、型が古くなってしまい、船首が重く船の幅が広いので、新式のクリッパー型の帆船(81)に、とって代わられてしまっていた。五〇〇トンの船で、三十八人の囚人のほかに二十六人の乗組員と十八名の兵士、船長、航海士三名、医師、教戒師と看守四名などが乗っていた。つまり、百名近くが乗船して、ファルマスから出港したというわけだ。

ふつうの囚人輸送船だと、独房は厚いカシの板で仕切られているのだが、この船の仕切りは、全く薄くて、やわなものだった。船尾側の隣にある独房の若い男は、船乗り場に連れてこられた時から、わたしが特に目をつけていた男だった。彼は、清潔で、ひげのない顔で、長く薄い鼻、角ばったあごをしていた。頭をぴんと上げ、肩で風を切るような歩きぶりだったし、なによりも目立つのは、彼が人なみはずれて背が高かったことだ。たぶん、彼の身長は六フィート半（約一九八センチ）より低いことはなかっただろう。おそらく、誰も彼の肩までもなかったと思う。悲しげで疲れている多くの顔の中で、彼のエネルギーと意志の強そうな顔は、ちょっと不思議な感じだった。その顔を見ていると、希望がわいてくるのだ。彼が隣にいるとわかって、わたしはとてもうれしかった。さらには、真夜中に、彼のささやき声が耳のすぐそばに聞こえ、彼が、うまく二人の間の仕切り板に穴をあけたことを知ると、いっそううれしさも増したものだった。

「おい、おまえさんよ！」彼は言った。

「おまえさん、名前は？　なんだってここへ来たんでえ」

わたしはこの質問に答えると、次に、相手が何者かを尋ねた。

「おれは、ジャック・プレンダーガストさ」と彼は言った。「おまえさんは、近いうちに、おれさまの名前をおがむようになるぜ」

わたしは、彼の事件について聞いたことがあるのを思い出した。わたしが逮捕されるちょっと前に、国じゅうを大騒ぎさせた事件なのだ。彼は家がらもよく、能力もある男だったのに、悪い癖がどうしても抜けなくて、うまい手口で、ロンドンの大商人たちから多額の金をまきあげてしまったのだ。

「なあ、おれさまの事件を憶えているだろう？」彼は、得意そうに言った。

「ああ、よく憶えているよ」

「ていうと、あの事件が、なんかおかしいってえことも憶えているだろう？」

「というと、どういうことかな」

「おれは、二十五万ポンド（約六〇億円）に近い金を持っていた、そうだろうが」

「そう、確かにそう言われていた」

「しかも、びた一文、取り戻されちゃあいないんだぜ」

「そうか」

「それじゃ、おまえさん、その金はどこにあるか、わかるけえ？」彼は尋ねた。

「さあ、わからんね」と、わたしは答えた。

「ちゃんと、この手に握ってるってえわけよ！」彼は叫んだ。「全くよ。おまえの頭に生えている毛よりもたくさんの金を、おれは持っているんだぜ。お若いの、金を持っていて、その使いかたと分けかたさえわかってりゃあ、人間、こわいもんなんてありゃしねえ。おまえさん、そういうこわいもんなしの男が、ネズミやゴキブリと一緒になって、かびくせえ中国航路のボロ船で、ズボンのけつがすりきれるまで、笑っているだけだとでも思ってるのかい。おあいにくさんだぜ。こういう男はな、自分のことだけでなく、仲間の面倒までみてやろうってもんさ。絶対さ。こういう奴にこそ、おすがりするのがいいのさ、そうすりゃ、おまえさんも必ずお助け願える。お聖書様にキスするがいいさ」

　彼の話したことは、こんなふうで、初めのうちは、ただ口先だけだろうと思った。けれども、しばらくして彼はわたしをいろいろとテストして、このうえもなくおごそかに誓わせたうえで、この船を乗っ取る計画を進めていることを知らせてくれた。すでに、十人ほどの囚人たちは、この計画を船に乗る前からたくらんでいた。プレンダーガストは主謀者で、彼の金が原動力だった。

「おれには相棒がいるんだ」と、彼は言った。「ぴったりと、銃身と銃床のようにウマが合う奴なのさ。まあ、すげえいい奴で、そいつが金を持ってるのさ。今、どこにいると思うかい。なんと、奴は、この船付きの牧師(チャプレン)なのさ。牧師様ってえわけだ。牧師の黒服を着て、牧師の証明書を持って、この船の船底からメイン・マストの先っぽまでまるごと買えるほどの大金を、箱に詰めて乗りこんできたんだ。船乗りたちゃ、みんなもうすっかり、奴の思いのままだ。まとめて現金払いで、安く買い取っちまった。しかも、奴らが船に乗る契約の前にだぜ。看守二人と、二等航海士のマーサーも、仲間に入れてある。抱きこむ必要がありゃ、船長だって抱きこめるんだ」

「われわれは、どうしたらいいんだね」わたしは尋ねた。

「どうすると思うかい」と彼は言った。「ま、兵隊たちの胸ぐらを、仕立てた時のもとの赤より、もっと真っ赤に染めちまおうってわけさ」

「でも、相手は武器を持っています」と、わたしが言った。

「おれたちも、そうするってえことよ。こっちは、一人一人に二丁のピストルがある。乗組員たちを仲間にしといて、この船が乗っ取れないなんてえことになりゃ、みんな若い女の寄宿学校へでも入るだけさ。今晩、おめえさんの左隣の奴に話すんだ。ただし、そいつが信用できるかどうか、見てくれ」

わたしは、言われるままにした。左隣の独房にいるのは、わたしによく似た運命をたどった、文書偽造罪(ぎぞうざい)に問われた青年だとわかった。彼はエヴァンスといったが、わたしと同様に後に名を変えて、南イングランド地方で、金持ちの成功者として暮らしている。彼は、これしか、助かる見こみはないので、すぐにこの陰謀に加わった。湾(82)を通過するまでに、この秘密を知らされていない囚人は、わずかに二名だった。一人は気が弱くて、われわれが信用する気にならなかったし、また、もう一人は黄疸にかかっていて、とても使いものにならなかった。

初めから、船の乗っ取り計画をじゃまするものは、何もなかった。船乗りたちは、この仕事のために、特別に選ばれて乗ってきた悪党たちだ。にせ教戒師は、説教用のパンフレット(83)が入っているはずの黒いかばんをさげて、熱心に説教するためにわれわれの独房に来た。彼はしばしば訪れて来たので、われわれめいめいが三日めには、ベッドの下に、やすり、ピストル二丁、火薬一ポンド、二十発のピストルの弾を隠し持っていた。看守のうちの二人は、プレンダーガストの手下で、二等航海士は、彼の一番の手下だ。船長、航海士二名、マーティン隊長と、彼の部下の十八名の兵士、船医、それだけが、われわれの敵にまわっているのだ。事は安全に運ぶと思われたが、警戒は怠らないようにし、不意をねらって、夜中に攻撃をかけることに決めた。しかし、その時期は、思ったより早く、こんなふうに行なわれたのだ。

出港して三週間ほどたった、ある日の夕方のことだった。囚人の一人を診察しに、船医がやって来て、狭いベッドの下へ手をやると、ピストルらしきものにさわった。もし、この時、彼が何くわぬ顔でいたならば、われわれの計画のすべてを、台なしにしてしまうこともできただろう。ところが、彼は小心な男で、驚きの叫び声をあげ、真っ青になった。何がおきたのかは、すぐにわかったから、病人はただちに医者を取り押さえた。助けを求めるまもなく、医者はさるぐつわをはめられて、ベッドにくくりつけられてしまった。彼は、デッキに通じるドアの鍵を締めてこなかったので、われわれは外へなだれ出た。二人の兵士が射殺され、なにごとかと飛び出してきた伍長も、同じ運命をたどった。特別室の戸口に、さらに、二人の兵士がいたが、彼らのマスケット銃には弾が入っていなかったようで、彼らは、われわれを銃撃してこなかった。そして、銃剣をとりつけようとしている間に、撃たれてしまった。それから、われわれは船長室へ急いだ。ドアを開けると、銃声がした。船長は、テーブルに広げられた大西洋の海図の上に頭をのせて倒れていて、すぐそばには、煙が出ているピストルを手に、教戒師が立っていた。二人の航海士は、船乗りにつかまえられて、すべてが片づいたように思われた。

特別室は、船室の隣にあった。われわれは、そこになだれこみ、ソファに横になった。そして、再び自由の身になれた喜びにひたりながら、互いにしゃべりだした。周りは、戸棚にかこまれていた。にせ教戒師のウィルスンは、その一つをたたき破り、茶色のシェリー酒を一ダース引っぱり出した。われわれは、瓶の口をたたき割り、コップにそそいだ。ちょうど一杯やろうか、というその瞬間に、なんの前ぶれもなく、

マスケット銃の銃声が耳もとを襲ってきた。部屋の中は煙につつまれ、机の向こうも見えないほどだった。その場がもう一度はっきり見えた時、あたりはまるで血の海だった。ウィルスンとほかの八人が、床に重なってのたうちまわっていた。あのテーブルの上の血の色と茶色のシェリー酒のことは、いま思い出しても気分が悪くなる。わたしたちは、このありさまにふるえあがっていた。プレンダーガストがいなかったら、計画を投げ出してしまっていたのではないかと思う。彼は、雄牛のように大声で号令をかけ、生き残った者全員を従え、戸口に向かって突進した。外に出ると、船の後ろの甲板に、隊長と彼の部下十名がいた。テーブル

が置いてある広間の天窓が少し開けてあり、その隙間から、彼らはわたしたちを撃ってきたのだ。わたしたちは、弾をこめる間を与えずとびかかった。彼らもそれなりに立ち向かってきたが、こちらのほうが強かった。五分後にはすべてが終わった。ああ、なんということだ。あの船のような修羅場が今までにあっただろうか。プレンダーガストは、まるで悪魔だ。兵隊を子どものようにつまみあげ、生きていようが死んでいようが、海の中へほうり投げてしまったのだ。中に重傷を負っている軍曹がいたが、誰かが憐れに思って頭を撃ち抜いてやるまで、ずいぶん長いこと泳いでいた。この戦いが終わった時、敵側で生き残ったのは、看守たち、航海士ら、それに船医一人だけだった。そして、彼らのあつかいのことで、激論になった。

自由の身になれて、とてもうれしいが、そうかといって、このほかに気がとがめる殺人は犯したくないと思う者が多かった。マスケット銃を構えている兵士を倒すことと、人間が冷酷にも殺されるのを何もしないで見ているのとは、全く別のことだ。仲間のうち、わたしたち八人――五人の囚人と三人の船乗りは、そんなことはできないと言った。しかし、プレンダーガストと彼の手下は、動じるふうもなかった。われわれが安全であるには、仕事は最後まで片づけなければいけない。だから、あとで証人席でしゃべる力を持っている舌は、一枚も残さないのだ、と彼は言った。わたしたち反対論者も、あとちょっとのところで、とらえられた者たちと同じ運命をたどるところだったが、しまいに彼は、わたしたちがそうしたいと言うのなら、ボートを出して行ってしまってもいいと言った。わたしたちは、この申し出にすぐとびついた。こんな血なまぐさいことには、うんざりしていたし、血なまぐさいことがもう一度行なわれる前に、もっとひどいことがおきるかもしれないからだ。わたしたちは、水兵の服と一バーレル(84)の水、塩漬け肉(85)とビスケットの樽を、それぞれ一つ、それに羅針盤（らしんばん）を与えられた。プレンダーガストは、わたしたちに海図も一枚投げてよこし、北緯十五度、西経二十五度の地点で難破した船の船員だと言え、と言って、ボートをつないであるもやい綱（つな）(86)を切り、行かせてくれた。

さあ、息子よ、ここからが、わたしが語る、最も驚くべきことなのだ。船乗りたちは、暴動の間じゅう、前部マストの帆（ほ）げたをまくり上げていたのだが、わたしたちが船から離れると、再びそれを元にもどした。そして、北東の弱い風にのって、船はゆっくりと遠ざかっていった。わたしたちのボートは、長いなだらかなうねりに、上がったり下がったりした。仲間うちでは、一番教養のあるのがエヴァンスとわたしだった。わたしたちは、ボートの端に座って、今いる位置を考えて、どこの海岸に向かったらいいかを話し合った。ヴェルドゥ岬（みさき）(87)までは、北へおよそ五百マイル（約八〇〇キロメートル）の位置で、アフリカ海岸へは、東へ七百マイル（約一一二〇キロメートル）のところだったから、なかなか難しい問題だった。結局、風が北向きに吹いていていたので、シエラレオネに向かうのが一番いいということになり、方向を変えようとした時、三檣帆船はボートの右手後方に姿を消そうとしていた。見ると、突然に船から黒い煙が立ちのぼり、水平線に怪獣のような木がにょっきり突き出たようだった。数秒後、雷のような爆発音がした。煙が薄らいだ時には、「グロリア・スコット号」の影も形も消えていた。わたしたちは、ただちにボートの方向を変えると、まだ煙が立ちのぼっている悲劇の場所へと、力いっぱいに漕ぎだした。

そこに着くまでには、長い時間がかかった。初めは、誰も助け出せないのではないかと思った。ボートの破片、たくさんの輸送用の木箱、マストや帆げたの破片が浮いていて、船の沈んだ位置だとわかった。しかし、そこには生きもののきざしはなかった。がっかりして、ボートを戻そうとすると、助けを求める声が聞こえた。見ると、少し離れたところで、船材の破片に一人の男がしがみついていた。ボートに引き揚げると、彼は若い船乗りで、ハドスンという名だとわかった。彼は大やけどをしていて疲れ切っており、次の日の朝になってようやく、船の上で何がおこったかを、わたしたちに語ることができたのだった。

わたしたちが船を降りて、すぐのことだったらしい。プレンダーガストと彼の一味は、残っていた五人の捕虜の殺しにとりかかったのだ。看守二名と三等航海士は、撃たれて海に投げこまれた。プレンダーガストは中甲板に降りて行き、気の毒な船医の

喉をかき切った。残るのはただ一人、一等航海士だった。彼は、大胆で活発な男だった。プレンダーガストが血に染まったナイフを持って、近づいてくるのを見ると、どうやってゆるめたのか、縄を抜けだし、甲板を駆けぬけて、後部の船倉にとびこんだ。

　十人ほどの囚人たちがピストルを手に、彼を探しに降りて行くと、百樽ほど積んである火薬樽のうち、ふたの開いた一つの近くに、マッチの箱を持って座りこみ、少しでも自分に手出しする者があれば、みんなを吹き飛ばしてやる、とおどかした。そのすぐあとで爆発がおきたのだが、ハドスンが思うには、それは一等航海士のマッチが原因というよりは、囚人のうちの誰かのピストルの流れ弾によるものだったそうだ。原因が何によるとしても、これが、「グロリア・スコット号」と、それを乗っ取った悪党たちの最期だった。

息子よ、簡単に言うと、これがわたしの巻きこまれた、恐ろしい事件のすべてなのだ。次の日、わたしたちは、オーストラリア行きの二檣帆船「ホットスパー号」に救われた。船長は、わたしたちを、難破した客船の生き残りだと、簡単に信じてくれた。四人輸送船「グロリア・スコット号」は、行方不明になったと海軍本部は認め、のちになっても、この船の本当の運命についてはひとことも聞こえてこなかった。「ホットスパー号」での快適な船旅を終えると、わたしたちは、オーストラリアのシドニーに上陸した。そこで、エヴァンスもわたしも名前を変えて、金鉱掘りに行くことにした。そこは、あらゆる国から人が集まっているので、過去を隠すのは、たやすいことだった。

そのあとの話は、もうすることもないだろう。わたしたちは成功し、あちこち旅したあとで、イングランドへ、金持ちの植民地開拓者として戻ってきた。そして、わたしは、ここの土地を買ったというわけだ。二十年以上のあいだ、わたしたちは平和に暮らせたし、また、有意義な人生を過ごすことができた。そして、過去が永久に埋もれてしまうことを願った。だから、わたしたちのところへ来たあの船乗りが、海で材木にしがみついていた男だと、すぐにわかった時の気もちを、どうか察(さっ)してほしい。

あの男は、わたしたちの行方をどうにかして突き止め、わたしたちをゆすって生活しようとしていたのだ。どうしてわたしがあいつと争わないようにしようと努めていたのかを、今ならわかってくれるだろうと思う。おどかしの言葉を残して、あの男が、もう一人の犠牲者のところへ立ち去った今、わたしは恐れでいっぱいだ。こんなわたしに、おまえも少しは同情してくれるのではないだろうか』

あとのほうに、ほとんど読めないほど、ふるえた字で、『ベドーズが暗号で、Hがすべてをばらしたと言ってきた。神よ、救いたまえ』と書かれていた。

これが、あの夜、ぼくがトレヴァー青年に読んだ物語なのだ。ねえ、ワトスン、ああいう状況で聞いたら、さぞかしドラマティックだっただろうね。(88)ぼくの友人は、そのとき以来、すっかり落ちこんでしまい、インドのテライへ茶の大規模栽培(さいばい)をしに行ってしまったのさ。うまくやっているという話だがね。例の船乗りとベドーズについては、あの警告の手紙が書かれた日以来、どちらも消息は途絶(とだ)えている。二人とも、完全に姿を消してしまったのだ。警察には、トレヴァーとベドーズを脱獄囚だと告発する訴えをハドスンがしていなかったというから、ベドーズは脅迫(きょうはく)を、本当にばらされたという実際の行為ととり違えたのだろう。ハドスンがうろうろしているところが目撃されている。警察では、ハドスンがベドーズを殺して高飛びした、と考えているようだ。けれども、ぼくは、真実は全く逆だと信じている。追いつめられたベドーズは、すでにハドスンが秘密をばらしたと思いこんで復讐した。そして、有り金全部を持って、この国から逃げ出したのだ。そういう可能性が最も高いとぼくは思うね。これが、この事件の事実関係というわけさ、ワトスン。この話が、君の記録集めに役立つというなら、ぼくとしては心底うれしいと思うよ」

マスグレーヴ家の儀式

わが友シャーロック・ホームズの性格が変わっていることといったら、このうえなく、彼の、ものを考える方法について言えば、ほとんど人類のなかで最も簡潔で整然としていると言っていいくらいだし、服装もきちんとしていて、趣味がよい。ところが、日常生活となると、一緒に住む者が耐えられないくらい、世界一だらしない男だった。わたしは、しばしばそれに悩まされたものだった。この点に関しては、わたし自身、ほとんど世間に適合していなかったものの、まだましだった。アフガニスタンで荒っぽくて乱れた生活を送っていた[89]うえに、もともとものごとにこだわらないボヘミアン的性格だったので、わたしもだらしがないという点では、医者にはふさわしくない人間となっていた。しかし、わたしのだらしなさには、限度がある。石炭入れの中に葉巻をしまったり、ペルシャ・スリッパの指先の部分にパイプ・タバコを入れ、返事の必要な手紙を暖炉の木わくの真ん中にジャックナイフで突き刺している男がいるのを見ると、自分はずいぶん行儀がよいほうだと思ってしまう。それに、わたしは、ピストルの射撃練習などというものは、どう考えても屋外で行なうべきものだと思っていた。ところが、奇妙な性癖から、ホームズは、安楽椅子に座ったまま、微力発射装置[90]付きピストルと、ボクサー弾[91]一〇〇発を持って、前にある壁に愛国的なV・R[92]という女王のサインを、ピストルの弾で撃ち抜いて書いてしまうのだ。これでは、部屋の雰囲気も見ばえもよくなるどころではないと、強く感じたものだった。

それに、わたしたちの部屋の中は、いつでも、化学実験の道具と犯罪の記念品でいっぱいだった。しかも、そういうものが、ありそうもないところにまぎれこみ、バター皿の中とか、もっと思いがけない場所から出てきたりするのだ。しかし、なんといっても、ホームズの書類がいちばんの困りものだ。彼ときたら、書類、なかでも過去に自分が扱った事件に関する資料はいっさい捨てたがらないのだ。しかも、一年にたった一回か二回しか、その書類を荷札をつけて片づけようとする元気を出さないのだからたまらない。このまとまりのない、わたしの『回想録』のどこか[93]ですでに書いたとは思うのだが、ホームズは、自分の名がついてまわるような有名な事件を解決するために、活動的エネルギーを使い果たしてしまう。だから、その反動で、ほかのことには全くやる気をなくして、ソファからテーブルのところへ行く以外は、朝からほとんどずっと、ヴァイオリンと本を片手に横たわっているのだ。そんなふうだから、毎月毎月、書類はたまる一方だった。あげくのはてに、部屋のどこの隅も、燃やすこともできなければ、その持ち主以外には、手をつけることもできない、という書類の山で埋まってしまうのだった。

ある冬の夜のこと、暖炉のそばに二人で座っている時、わたしは思いきって、彼の記録ファイルへの切り抜きの貼り込みも済んだようだから、わたしたちの部屋をもう少し住みごこちのよいものに整理するために二時間ほど費やしてみる気はないか、と提案してみた。わたしの申し出は、もっともなことだったから、彼はしかたなく、やる気のない顔で寝室に入り、大きなブリキ箱を引きずって戻ってきた。それを床の真ん中に置くと、その前に椅子をすえて座り、ふたを開けた。わたしが見たところによると、中は三分の一くらいの高さまで、それぞれ赤い平打ち紐でしばってある書類の束で埋まっていた。

「ここには、事件がいっぱい詰まっているのだ、ワトスン」と、いたずらっぽくわたしを見て、彼は言った。「もしも、この箱の中にぼくが入れているものが何だか全部わかったら、君は書類をこの中に片づけろなんて言わないで、もっと引っぱり出して見せてほしいって、ぼくに頼むだろうね」

「すると、そこには、君の初めの頃の事件の記録が入っているのかね?」わたしは尋ねた。「ぼくはずっと、それを見たいと思っていたのさ」

「そう、そのとおり。ここにあるのは、みな、ぼくの伝記作家である君が、ぼくのことを賛えてくれるよりも前に解決したものばかりだ」彼は、やさしく、さするように、その事件記録を次から次へと持ち上げた。「みながみな、うまくいったとは言えないのだがね、ワトスン。でも、なかには、なかなかおもしろい事件もある。ここにあるのは、タールトン[94]殺人事件の記録、ワイン商人のヴァンベリーの事件、ロシアの老婦人の冒険、アルミニウム製松葉杖（まつばづえ）の奇妙なできごと、内反足（ないはんそく）のリコレッティと悪妻の事件の全記録もすっかり入っている。そして、これ、これ、これなのだが。これはほんとうに、たぐいまれなものさ」

彼は、箱の底に手をつっこむと、子どものおもちゃ箱のような、すべらせて開けるふた付きの小さな木の箱を取り出した。その中からは、くしゃくしゃになった紙きれ一枚、古風な真鍮（しんちゅう）の鍵（かぎ）一個、糸の玉がついている木の釘（くぎ）、そして、さびついた金属製の古い三枚の円盤（えんばん）が出てきた。

「ねえ、君、このガラクタは何だと思う？」彼は、わたしの顔をのぞきこみながら、笑って尋ねた。

「ずいぶん変わったコレクションだね」

「そう、ほんとうに変わっている。そして、これにまつわる話を知れば、このほうがさらに変わっていると、君は思うだろうね」

「すると、この品物には、何かいわれがあると言うのかい？」

「そうさ、全くそのとおり。これらが歴史そのものなのさ」

「というと、どういうことなのかな？」

シャーロック・ホームズは、その品物を一つずつ取り上げると、テーブルの端に沿って並べた。それから、椅子に座りなおして、満足そうにそれらを眺めた。

「これはね」と、彼は言った。「どれも《マスグレーヴ家の儀式》にまつわる事件の記念として、残しておいたものなのだ」

彼が、この事件について口にしたことは、一、二度あったけれども、わたしはまだ、その詳細を聞いたことがなかった。

「もし、君がぼくにその内容を教えてくれるとうれしいのだがね」と、わたしは言った。

「では、散らかしたもののほうはそのままでいいのだね！」彼は、ちゃめっけたっぷりに叫んだ。「ワトスン、君のきれい好きも、たいしたことはないようだね。でも、この事件が、君の記録に加わればずいぶんうれしいよ。これは、この国の、いや、ほかの国の犯罪史上でも例がないほど、実に珍しい事件だとぼくは思うね。この全く奇怪な事件の記録を加えなかったら、ぼくの、ささやかな功績を集めた記録集も、不完全になるというものさ。

　君にも話したことのある、《グロリア・スコット号》の事件で、不幸な人物と交わした会話がきっかけで、ぼくは現在では天職と思っているこの仕事のほうに初めて注意を向けることになった、と話したのを憶えているだろう。君も知っているように、ぼくの名前も、今やかなり知られるようになってきた。一般の人からも、公的な権力筋からも、難しい事件の最終法廷と思われている。君が、ぼくを初めて知って、《緋色の習作》という題で事件を記録した頃にも、ぼくの名声はかなり高まり、もうかる話はなかったけれど依頼人はあった。けれども、そうなるまでがどんなに困難で、それに仕事が成功して順調にはかどるようになるまでが、いかに長くかかったか、君にはちょっとわからないだろうね。

　初めてロンドンに来た時は、ちょっと角を曲がれば大英博物館があるというモンタギュー街に間借り[95]して、依頼を待っていたのだ。そのあいだの、退屈な余った時間を、将来役に立ちそうな学問を学ぶために使っていたというわけさ。時々は、事件の依頼があった。おもに、昔の学生時代の仲間の紹介によるものだったがね。どうしてかというと、大学での最後の学年の頃になると、ぼくのことと、ぼくの思考方法については、噂が絶えなかったからさ。そんな事件のうちの三番めが、《マスグレーヴ家の儀式》と言われているものなのだ。この一連の事件は、ずいぶん世間を騒がせたけれども、ぼくはその大問題をうまく解決できたおかげで、いま維持している探偵の地位への第一歩を踏み出すことができたというわけだ。

　レジナルド・マスグレーヴは、ぼくと同じカレッジだったので、知らない仲ではなかった。でも、彼は学生の間では、さして人気のある人物ではなかった。むしろ、みんなに、高慢だと嫌われていたくらいだった。でも、ほんとうは、極端に内気な性格を、そうやって隠そうとしていたらしいのだがね。彼は、いかにも貴族らしいタイプの外観だった。鼻はすんなりと高く、目が大きいし、動作はものうげだったが気品があった。それもそのはずで、この王国でもいちばん古い歴史をもつ一族の子孫である彼の家系は、十六世紀初めに、有力な、北方マスグレーヴ家から分かれて、西サセックス州に落ち着いた分家なのだそうだ。それに、マスグレーヴ家の領主館ハールストンは、人が住んでいるものとしては、おそらくその地方でいちばん古いものだろうね。生まれ故郷の雰囲気が、彼にはいつもただよっていた。その青白い顔や、鋭い表情、頭の動かし方などを見ると、古風な灰色のアーチのある通路や、縦に仕切りの入った窓や、封建時代の城砦の由緒ある残骸などを、つい思いうかべてしまいそうだった。時々、ぼくたちはとりとめのない話をしたこともあった。そうしたときには、彼は何度も、ぼくの観察や思考方法に関心を抱いていると言っていたことを憶えている。

それから四年というもの、つき合いはなかったのだが、ある朝、彼がモンタギュー街のぼくの部屋を訪ねてきたのだ。彼はすこしも変わっていなくて、流行を追う若者のような服装で――そう、いつも彼はすこしばかりダンディだったからね、昔と同じように落ち着いていて、人あたりのよい態度だった。

『その後、元気だったかい、マスグレーヴ』と、ていねいに握手を交わしたあとで、ぼくは尋ねた。

『ぼくの父が亡くなったことは、君もおそらく聞いているとは思うが、父は二年ほど前に他界したのだ。それからというものは、当然のことだが、ぼくが(96)ハールストンの領地を管理している。それに、ぼくは地区選出の下院議員もしているから、結構忙しいというわけさ。ところでホームズ、君は、昔ぼくたちを驚かせていたあの力を、今は実用的な目的に使っているそうではないか』

『そう』と、ぼくは言った。『そのとおり。知恵を生かして生活しているのだよ』

『そう聞いて安心した。ぼくは今、君の助言がもらえると、ほんとうにありがたいのだ。実は、ハールストンでいくつかの異変がおきたのだよ。しかも、警察ときたら、この事件に関して、何のめども立ててはくれない。ほんとうに世にもまれな、おかしなできごとなのだ』

　ワトスン、君なら、ぼくがどんなに一生懸命に彼の話に耳を傾けたか、わかってくれるだろうね。なんといったって、ぼくが活動しなかったここ数ヶ月の間、じっと待ち望んでいたチャンスが、すぐそこに、手のとどくところにぶら下がったように思えたのだからね。ほかの人が失敗したことだって、ぼくなら成功させてみせると心から確信していた。そして、今こそ自分自身をためすチャンスが来たのだ。

『では、詳しく話してみてくれたまえ』と、ぼくは叫んだ。

レジナルド・マスグレーヴは、ぼくの前に座ると、ぼくが差し出した紙巻きタバコに火をつけた。

『君に知っておいてもらいたいのは』と彼は言った。『ぼくはまだ独身だけれども、ハールストンでは、かなりの使用人を使わなければならない。屋敷は、むやみに増築した古いものなので、とても手間がかかるのだ。そのうえ、禁猟区の管理もするし、キジ狩りの季節[97]には、屋敷に泊まりがけのお客を招くので、人手不足にしておくわけにもいかないしね。それで、メイド八人とコック、執事、下働き二人、給仕一人が、使用人というわけだ。もちろん、庭と馬小屋には、別の使用人が当たっている。

このなかで、いちばん古くからいるのは、執事のブラントンだ。ぼくの父が初めて彼を採用した時には、失業中の若い教師だったのだが、彼は、たいした才能としっかりした性格を持つ男で、すぐに、わが家にはなくてはならない人間になった。彼は体格もいいし、ひたいが広いハンサムな男だった。彼がぼくのところへ来て二十年になるけれど、四十歳より上ということはないだろうね。容姿もいいし、非常に才能に恵まれていて、数ヶ国語を話せるし、ほとんど、どんな楽器も弾きこなす。うちの執事などを長く勤めていて、満足しているのが不思議なくらいだった。きっと、居心地がよくて、ほかに変わる気にならないのだろうと思うよ。ハールストンの執事といえば、訪れてきたどの客でも、憶えている名人物だからね。

けれども、この執事の鑑（かがみ）のような男にも、一つ欠点があるのだ。彼はちょっとしたドン・ファン[98]なのだ。こういうのどかな田園地方では、彼のような男が女たらしを演じるのは難しくはないと、君にも想像できるだろう。

彼が結婚していた時にはまだよかったのだが、奥さんに死なれてからは、彼に関するトラブルにわれわれは悩まされ続けてきた。二、三ヶ月前のこと、彼は、うちのメイドの二番頭（がしら）のレイチェル・ハウェルズと婚約したので、もう一度身を固めてくれるだろうと、期待していたのだがね。すぐに彼女を捨てて、今度は猟場番人頭の娘、ジャネット・トレジェリスといい仲になったのだよ。レイチェルは、非常にいい子だけど、ウェイルズ生まれの興奮（こうふん）しやすい気性で、ひどい脳熱（ブレイン・フィーヴァー）（心因反応）におかされたようだった。生ける幽霊のように絶えず屋敷の中を、うろうろとさまよっている。まあ、それも昨日までと言ったほうが正しいかな。これが、ハールストンでの第一の劇的事件、というわけさ。しかし、第二の事件がおこると、みんな、第一の事件など、ほとんど忘れてしまっていた。そもそもの始まりは、執事のブラントンを、不始末のために辞めさせると決めたことにあった。

まあ、こういうわけさ。あの男は頭がいいと言ったねえ。この、頭のよさで、彼は身をほろぼしたのだ。彼は、自分に全く関係のないことがらについてまでも、異常なほどに関心を持つのだ。ちょっとしたできごとがおきるまでは、実は、ぼくは彼の好奇心がどれほど強いのか、気がついていなかった。

ぼくの屋敷は、増築してある、と初めに言ったね。先週のある夜のこと——もっと正確に言うと、木曜日の夜、ということになる。夕食のあとに、うっかりカフェ・ノワール[99]を飲んだものだから、眠れなくなってしまった。夜中の二時頃まで、眠ろうとしていたけれども、もうだめだと思って起きてきて、読みかけの小説のつづきでも読もうかと、ろうそくに火をつけた。その本を、ビリヤード室に置き忘れてきたので、ガウンをはおって取りに出かけたというわけだ。

ビリヤード室に行くためには、階段を降りて、図書室と銃器室に続いている廊下の先の方を、横切らなければいけないのだ。その廊下を見ると、図書室の開いたドアから、かすかな明りが見えた。その時の驚きといったらなかったよ。君にもわかってもらえるだろう。ぼくは、寝室に行く前に、自分でランプの明りを消して、ドアを閉めたから、初めは泥棒(どろぼう)だと思ったのも、あたりまえさ。ハールストンの廊下の壁には、古い武器が飾ってあるのだ。ぼくは、そのなかの一つ、戦闘用のまさかりを取ると、ろうそくを後に残して、ぬき足さし足で通路を歩き、ドアのところからのぞきこんだ。

図書室にいたのは執事のブラントンだった。彼はきっちり洋服を着たまま、安楽椅子に腰かけて、地図のような紙切れを膝(ひざ)に広げ、片手をひたいにあてて、深く考えこんでいるようすだった。ぼくは、驚いて声も出せず、暗闇の中から彼を眺めて立ちつ

くしていた。テーブルの端に立っている、小型ろうそくの火のか細い光でも、彼がきちんとした身なりでいることがわかった。見ていると、突然、彼は椅子から立ちあがり、横の机に歩いて行き、鍵を開けて引き出しの一つを引いた。そこから一枚の書類を取り出すと、また席に戻り、ろうそくのそばにそれを広げて、細心の注意を払って調べ始めたのだ。わが家に受け継がれている古文書を冷静に調べているのを見て、ぼくは思わずかっとなり、一歩前へ踏み出した。ブラントンは目を上げて、ドアのところに立っているぼくを見た。彼はとびあがった。その顔は、恐れで血の気がなくなっていた。そして、初めに見ていた地図のような書類を、あわてて胸の中

に隠したのだ。

「おや」とぼくは言った。「おまえは、今までの恩を、このような形で返すのか。明日には、わたしのところから出て行ってもらおう」

彼はほんとうに、負け犬のようにすごすごと、ひとことも言わずにぼくの横をすり抜けて行った。小型ろうそくはテーブルの上にあったから、ぼくにはブラントンが机の引き出しから出して見ていた書類が、ちらりと見えた。意外なことに、それは少しも値打ちのあるものではなくて、マスグレーヴ家の儀式と呼ばれている、奇妙な古い儀式の問答集の写しにすぎなかったのだ。それは、数百年にわたってぼくの家系にだけ伝わっている、ある種の儀式で、マスグレーヴ家では代々、誰でも成人に達すると、この儀式書を受け継ぐのだ。身内の者だけには関心があるかもしれないが、わが家の紋章(もんしょう)の図形のようなもので、考古学者にとっては多少は役に立つとしても、実用的にはなんの役にも立たないものなのだ』

『その書類については、あとで、もっと詳しく聞きたいね』と、ぼくは言った。

『もし君が、それが、ほんとうに必要だと言うならね』と、彼は、ちょっととまどったように答えた。『まあ、とにかく、話を続けよう。ブラントンが置いていった鍵を使って、もう一度机に鍵をかけ、戻ろうとすると、彼がまたやって来て、ぼくの前に立っているのには、驚いてしまった。

「マスグレーヴ様」と、彼は感情が昂ぶった声で叫んだ。「わたくしは、不名誉には耐えられないのでございます。わたくしは、今の地位を誇りにして生きてまいりました。不名誉なことになるくらいなら、死んだほうがましでございます。もしも、わたくしを絶望させるようなことがあって、それでわたくしが死ぬようなことがあれば、マスグレーヴ様の責任でございますよ。これは全くの本気でございます。今夜のようなことがありましては、ここに置いていただくのは無理でしょう。どうぞ、情けで、一ヶ月のうちにやめると予告して、自分の都合でやめたように見せかけていただきとうぞんじます。マスグレーヴ様、それならがまんできますが、みなの前で、たたき出されるようなことには、耐えられません」

「ブラントン、おまえに、そんな情けをかける必要はない」と、ぼくは答えた。「おまえは、最も恥ずべきことをしたのではないか。しかし、おまえも、長くわが家にいたのだから、このことを表ざたにしようとは思っていない。だが、一ヶ月は少し長い。一週間のうちに、出ていってもらおう。出ていく理由は、なんでも好きにするがいい」

「たった一週間でございますか、マスグレーヴ様！」彼は、情けない声で叫んだ。

「二週間、なんとか二週間にしていただけませんでしょうか」

「一週間だ」と、ぼくは繰り返した。「それでも寛大だと思ってもらわねば困る」

彼はがっくりして首をうなだれ、ひっそりと出て行き、ぼくは明りを持って、自分の部屋へ戻った。

この後、二日間というもの、ブラントンは、とても熱心に自分の仕事を片づけていた。ぼくは、過ぎたことについては何も言わなかった。彼がどんな言いわけをしてやめるか、ちょっとした興味をもって眺めていた。三日めの朝、朝食のあとに、いつも一日の命令を聞きにやってくる決まりになっているのに、彼は来なかった。ぼくが食堂から出て行こうとすると、メイドのレイチェル・ハウェルズにちょうど会った。君にも言ったとおり、彼女は、病気が治ったばかりで、顔色がひどく悪いので、ぼくは、今しばらく仕事を休むように注意したのだ。

「休んでいなさい」と、ぼくは言った。「もっと元気になってから、仕事に戻ればいいよ」

彼女が、あまり奇妙な表情でぼくを見つめるので、彼女の脳がやられてしまったのかと、ぼくは疑った。

「もうすっかり元気です、マスグレーヴ様」と、彼女は言った。

「医者の意見を聞いてからにしよう」とぼくは答えた。「でも、おまえは今日は、働かないほうがいい。下へ行って、ブラントンに、わたしが呼んでいるとだけ言ってきておくれ」

「執事は行っちゃったです」彼女は答えた。

「行ったって、どこへ？」

「彼は行っちゃった。誰も知らない。部屋にもいない。ほんと。彼は行っちゃった。行っちゃった！」彼女は壁によりかかると、カン高い大声でゲラゲラと笑い続けた。ぼくは、この突然のヒステリーの発作に恐ろしくなって、あわてて呼びりんを鳴らして助けを求めた。レイチェルは金切り声をあげて、泣きじゃくりながら自室へと連れて行かれた。ぼくは、ブラントンの行方を確かめた。彼の失踪は、あきらかだった。彼のベッドは寝たようすがなく、昨夜、ブラントンが自分の部屋へ戻ったあとに、彼を見かけた者は一人もいなかった。今朝は、窓もドアも、しっかり閉まっていたのに、どうやって彼は屋敷を出て行ったのか、ふしぎだった。それに、洋服も、時計も、お金さえも、部屋に残っていたのだ。彼がいつも着ていた黒いスーツとスリッパだけが、なくなっていた。けれど、ブーツは残っていた。夜のうちに、執事のブラントンは、どこへ行くことができるというのだ。今は、いったいどこでどうしているのか。

もちろん、ぼくたちは屋敷と離れを探したけれど、彼の影も形もない。前にも言ったように、古い建物だから、迷路みたいになっていて、特に、今は誰も使っていない、昔からあるほうの棟はそうなっている。ぼくたちは、どの部屋も、屋根裏部屋まで探しまわったけれども、失踪したブラントンの手がかりを発見できなかった。彼が、自分の持ち物をすべて置いたままにして出て行くことができたとは、ぼくには信じられなかった。それにしても、どこにいるというのだ。ぼくは、この地方の警察を呼んだけれど、なんの手がかりも見つからなかった。あの前夜は雨が降っていたので、ぼくたちは屋敷の周りの芝生や小路をすべて調べてはみたが、むだだった。こんな事態になっている時に、全く新しい次の事件がおきたので、ぼくたちはこの前のふしぎな事件から、しばらく注意をそらしてしまったのだ。

ここ二日間というもの、レイチェル・ハウエルズの病気は非常に悪くなり、あるときは、うわごとを言い、また、あるときは、ヒステリー状態なので、夜中は看護婦を雇(やと)って、付き添わせていた。ブラントンが失踪して、三日めの夜のことだった。患者がよく眠っているので、看護婦も安心して、肘掛(ひじか)け椅子で居眠りをしていた。ところが、看護婦が朝早く目覚めてみると、窓は開いているし、ベッドもからで、どこにもレイチェルの姿が見えなくなっていたのだ。ぼくもすぐに起こされて、さっそく二人の使用人と一緒に、いなくなった女を探しはじめた。彼女がどっちの方角へ行ったかを見つけるのは、難しくはなかった。彼女の部屋の窓の下に足跡が残っていたのだ。たどって行くと、その足跡は芝生を横切り、池の端へと出て、屋敷の外へ通じるじゃり道のところで消えていた。そのあたりの池の深さは八フィート（約二メートル半）もある。あの気の毒な気の狂った女の足跡が、池の端で終わっているのを見た時のぼくたちの気もちは、君にも想像できるだろうね。
もちろん、池の底をさらうための網をすぐに用意して、遺体を探しにかかったのだが、いっこうに見つからない。ところが、ぼくたちは、全く予想もしていなかった品を引き上げた。それは、なんと布の袋に詰められた、かなりの量の、古くさびついて変色した金属と、いくつかの、鈍い色の小石や、ガラスのかけらなのだ。この奇妙な品が、ぼくたちが池から手に入れることのできたすべてだった。そして、さらにぼくたちは、ありとあらゆるところを探し、調べ尽くした。だけど、レイチェル・ハウェルズについても、リチャード・ブラントンについても、いっこうに何もわからない。地元の警察も、もうお手上げだと言うし、最後の頼みに、君のところへ来たというわけだよ』
ワトスン、ぼくが、どんなに熱心にこの異常な一連の事件について聞いていたか、君ならわかるだろうね。一つ一つをつなぎあわせて、そのなかで、何か共通したものを引き出そうと、努力したのだ。
執事がいなくなった。メイドもいなくなった。メイドは、執事に愛されていたことがあったが、のちには、彼を憎む理由ができた。彼女は、ウェイルズ生まれで、気性が炎のように激しく、情熱的だ。執事が失踪した直後に、彼女は非常に興奮した状態になった。そして、いくつかの奇妙な品を詰めた袋を、池の中へ投げこんでいる。これらは全部、考えに入れなければならない要素だ。けれども、どれも、事件の本当の中心部分には触れていないようだ。今までおきた、すべての事件の出発点は、何なのだ？　そこにこそ、このもつれた糸をほどく、糸口があるだろう。

『マスグレーヴ、その書類を見せてもらわなければならないね。君のところの執事が、自分の職を失ってしまうかもしれない危険を冒してまで、調べてみたいと思ったものなのだから』

『わが家の儀式書なんて、ほんとうにくだらないものだけどね』と、彼は答えた。『少なくとも、古いということでは、まあ、何か参考になるかもしれないね。ここに、その問答集の写しを持ってきている。目を通したいのだったらどうぞ』

彼は、ぼくにその書類を渡してくれた。今、ここに持っている、これだ、ワトスン。これは、変な問答でね、マスグレーヴ家の代々の相続人が、成人になった時に受け継ぐものなのだ。その質問と答を、書いてあるとおりに読んでみるよ。

それは、誰のものだったのか
それは、行ってしまった人のもの
それは、誰のものになるべきか
これから来る人のものに

何月だったのか
初めのより六番め
太陽はどこにあったか
カシの木の上に
影はどこだったのか
ニレの木の下に
何歩だったのか
北へ十歩、また十歩、東へ五歩、また五歩、南へ二歩、また二歩、西へ一歩、また一歩、そして下へ
われわれは、そのために、何を与えるべきか
われわれのもの、すべてを
なぜ、われわれは、それを与えなければいけないのか
それは、信じて託（たく）しているから

『原文には日付が入っていないけれど、ことばのつづり方を見ると十七世紀の中頃だね』と、マスグレーヴはつけ加えた。『でも、こういうものが、この謎を解くための役にたつのだろうか』

『少なくとも』とぼくは答えた。『これは、ぼくたちに、もう一つの謎を与えてくれているよ。それに、こちらのほうが、最初のものよりも、はるかにおもしろそうだ。そして、こちらの謎が解けるということは、もう一つの謎も解ける、ということになるかもしれない。まあ、こんなことを言うと悪いけれど、君の執事は、十代も続いた歴代の当主[100]よりも、鋭い推理力を持った、非常に頭のいい男だったようだね』

『ぼくには、よくわからない』と、マスグレーヴは言った。『その書類は、なんの実用的価値もないように見えるよ』

『しかし、ぼくには、特別に値打ちがあるように思えるね。きっと、ブラントンもそう考えたのだろう。彼はおそらく、君が見とがめた夜よりもっと前にも、これを見ていたのだろうね』

『それはありうることだ。ぼくたちは、書類を隠したりはしていない』

『とすると、彼は自分の記憶を確認したかっただけ、ということになるね。彼は、地図か図面のようなものを持っていて、この書類と比べて、君が現われた時にあわててそれを胸にしまいこんだ、という話だったね』

『そう、そのとおりだよ。わが家の古い伝承を、彼はどうしようとしたのだろう。こんなくだらない文書に、何か意味があるのかね』

『その意味を知るのは、たいして難しいことだとは思わないよ』と、ぼくは答えた。

『君さえよければ、次のサセックス行きの下り列車で行って、この事件を現場で、もう少しよく調べてみることにしよう』

その日の午後には、ぼくたちはハールストンにいた。たぶん、君はあの有名な、古い館の絵とか説明を見たことがあるだろうと思うよ。だから今は、簡単に話しておくことにしよう。屋敷は、細長いL字型に建てられて、その長く延びたほうが、増築された新しい部分で、短いほうは昔からある古い中核部分なのだ。この古い部分の中央には、低く重い横木の入ったドアの上に、一六〇七年という日付が彫り込んであった。しかし、専門家は梁(はり)や石造りの部分については、この年号よりもっと古いという意見に同意していた。この部分は、壁が厚すぎて、窓が小さいので、前世紀の時代に新しい棟を建てて移り住み、古い棟のほうは、今は使われているとしても倉庫とワイン貯蔵室として使われているだけなのだ。屋敷のまわりには、古い、大きな樹木の茂る庭園があり、ぼくの依頼人が話していたあの池は、建物からおよそ二百ヤード（約一八〇メートル）ほど離れた、並木道の近くにあった。

そのときに、すでに、ぼくにははっきりとわかっていたのだ、ワトスン。ここにあるのは、三つの個別の謎ではないってね。それは一つなのだ。そして、もし、ぼくがマスグレーヴ家の儀式書を解読できたら、執事のブラントンの件も、メイドのレイチェルの件も、両方の真相がわかるはずだ。だから、ぼくは、この点にすべての力を傾けてみた。あの執事が、儀式書を解読したがったのはなぜか。儀式書の中に、歴代の当主たちが見すごしていた何かを見つけたからだ。これははっきりしている。しかも、自分がそこから何かを得られる、と思ったからに違いない。とすれば、それは何なのか。それが彼の運命に、何をもたらしたのだろうか。

ぼくは、あの儀式書を読んで、すぐに、何歩というのはある地点のことを指していて、儀式書の残りの部分は、その地点のことを言っているに違いないと思った。だからもし、その地点はどこかがわかれば、謎を解く鍵が得られるだろう。マスグレーヴ家の先祖が、非常に変わった方法を使ってまで、保存する必要があると考えた秘密の鍵をね。儀式書には、真っ先に手がかりになる二つの目標が示されている。一つは、カシの木、そしてもう一つは、ニレの木だ。カシの木については、なんの問題もない。屋敷の真正面の車寄せの左側に、ぼくが今まで見たこともないような、堂々とした一本の木が立っていた。

『あの木は、君の儀式書がつくられた時から、あったものだろうかね』そこを通りがかった時に、ぼくは尋ねた。

『あれは、おそらくノルマン人による英国征服の頃からあったと思うね』

『胴(どう)まわりが二十三フィート（約七メートル）はあるね』彼が答えた。

この木で、一つの基準点が確立した。

『古いニレの木はないかね』ぼくは、尋ねた。

『むこうに、非常に古いニレの木があったのだけれども、十年前に雷が落ちたので、幹を切り倒してしまった』

『どこにあったかは、わかるかね』

『それは、もちろんさ』

『ほかには、ニレの木はないのかな』

『古いものはないけど、ブナの木の古いものなら、たくさんある』

『ニレの木が、どこに植わっていたか、見たいね』

ぼくたちは二輪馬車（ドッグカート）で来たのだが、友人は屋敷にも入らず、すぐに、芝生の中のニレの木の切り株がある所へぼくを案内してくれた。

そこは、カシの木と屋敷との、ほ

とんど真ん中に当たった。ぼくの推理は、進んでいるように思えた。

『何か、このニレの木の高さを知る方法はないだろうか』と、ぼくは尋ねた。

『それは、すぐにわかる。六十四フィート（約一九・五メートル）さ』

『どうして知っているのかね？』ぼくは、驚いて尋ねた。

『ぼくの老家庭教師に、三角法で高さを求める練習を、しばしばさせられたものさ。だから、ぼくは少年時代に、この屋敷のあらゆる木と建物について学んだのだ』

これは、ぼくが予期していなかった幸運だった。ぼくの情報は、初めの予想以上に早く集まってきた。

『ねえ』と、ぼくは尋ねた。『君の家の執事も、君に、今のような質問をしたことはなかったかい』

マスグレーヴは、驚いてぼくを見つめた。『そういえば、思い出したよ』と答えた。『数ヶ月前、ブラントンも、あの木の高さについて、ぼくにたしかに聞いてきたよ。馬扱い人と、ちょっとした言い争いをしているから、とかなんとか言ってね』と、彼は答えた。

ねえ、ワトスン、これはすばらしい情報だったよ。このことを教えられたおかげで、ぼくが、正しい方向に進んでいる、ということがはっきりしたのだから。ぼくは太陽を見上げた。太陽は、かなり低くに位置しており、一時間もしないうちに、古いカシの木のいちばん上の枝に、ちょうどさしかかるだろう。これで儀式書に書かれている、一つの状況がみたされる、ということになるのだ。そして、ニレの木の影とは、影の最も遠くの地点に違いない。そうでなければ、目じるしとしては、幹が選ばれていただろう。ぼくは、それから、太陽がカシの木の真上にある時、影のいちばん遠い部分の尖端がどこになるか、調べてみなければならなかった」

「ホームズ、それは難しかっただろう。ニレの木は、もうそこにはないのだもの」

「けれども、少なくとも、ブラントンにできたということは、ぼくにもできるということだとわかっていた。それに、格別難しいことではないのだ。ぼくは、マスグレーヴと彼の書斎に行って、この木製の釘を自分で削って、長い糸を結びつけたのさ。一ヤード（九一・四センチ）ごとに、結び目を作った。そして、二本つなぐとぴったり六フィート（一八三センチ）になるような釣り竿を持って、友人と一緒に、ニレの木があったところまで戻ってきたのだ。太陽は、ちょうどカシの木の頂上を照らしていた。ぼくは釣り竿を直立させて、影の方向と長さを記録した。九フィート（二七四センチ）だった。

もちろん、ここまですれば、あとの計算は簡単さ。もし、六フィートの釣り竿が九フィートの影を落とすのだったら、六十四フィートの木は九十六フィートの影をつくるはずだ。そして、影の方向は、もちろん同じ方向になるわけだ。ぼくがその距離を測ると、そこは屋敷の壁の、すぐ近くになった。それで、ぼくはここへ木釘を打ち込んだ。そして、ぼくの木釘と二インチ（五センチ）も離れていないところの地面に円錐形の穴を見つけた時、ぼくがどんなにうれしかったか、ワトスン、君ならわかってくれるだろうね。それは、ブラントンが自分で測量した時につけたしるしだとわかった。だから、ぼくは、彼のあとをたどってきた、ということになる。

ぼくは携帯用の磁石で方角を確かめて、屋敷の壁と並行に進むことになった。そこでもそれぞれ十歩ずつ北へ行くと、出発点から歩測を始めた。そして、左右の足で、そう一度、ぼくは木製の釘でしるしをつけた。そこから東へ五歩ずつ進み、そして、南へ二歩ずつ行った。ぼくがたどり着いたのは、古い棟の玄関口のちょうど入り口だった。ここからさらに二歩西へ進むということは、石だたみの通路を二歩進むということだ。そして、ここここそが、マスグレーヴ家の儀式書に示されている場所なのだ。

ワトスン、ぼくは今までに、こんなに冷え冷えとした失望を感じたことはなかったよ。その時は、ぼくの計算に、根本的な何かの間違いがあったに違いない、と思ったのだ。沈みかけた太陽が通路を照らし出し、古い、すり減った灰色の石がいくつも見えた。それは敷石になっていて、それが互いにしっかりとくっついているので、おそらく、何年間も動かされたことがないだろうと思われた。ブラントンはここでは作業をしていない。ぼくは床をたたいたけれども、どこもみな同じ音だった。そして、隙間や継ぎ目の気配もないのだ。しかし、幸いにもマスグレーヴは、この頃になって、ようやくぼくのやっていることの意味がわかりだして、ぼくと同じように、興奮していた。彼は儀式書を取り出すと、ぼくの計算と照らし合わせてくれた。

『そして下へだ！』彼は叫んだ。『君はこの〝そして下へ〟を抜かしているのだよ』

　ぼくは、それを、下へ掘るという意味だと思っていたけれど、今はもちろん、それが間違っていたと、すぐにわかった。『この下に、地下室があるのかい？』ぼくは叫んだ。

『そうさ。屋敷と同じくらい、古いものなのだ。このドアを通って、下へ行くのだよ』

　ぼくたちは、石の曲がり階段を降りていった。友人はマッチをすると、隅の樽の上に立ててあった大きなランタンに火をつけた。ぼくたちが、ついにまさしく、その場所にたどり着いたこと、そして、ここを最近訪れたのが、ぼくたちだけではないこともわかった。

この地下室は、薪をしまっておく場所として使われていたが、たしかに、床じゅうに散らばっていたらしい木切れは、中央の空間がよく見えるように、片隅に寄せられていた。中央にさびた鉄の輪がついている、大きく重い敷石がそこにあらわれ、その輪には、厚手のチェックのマフラーが結んであった。

『ああ、これは』と依頼人は叫んだ。『ブラントンのマフラーだ。ぼくはこれを、彼がしているところを見たことがある。間違いはない。あの悪党め、ここで何をしていたのだろう』

ぼくが提案して、この地方の警官二名を呼びにやって、立ち会ってもらうことにした。ぼくはマフラーを引っぱって、敷石を持ち上げようとしたけれど、ほんの少ししか動かせなかった。それで、巡査の一人に助けてもらって、やっとのことで敷石を片側に持っていくことができたというわけだ。黒いぽっかりとした穴が現われた。ぼくたちはみんなで中をのぞき、マスグレーヴは膝をついて、ランタンを下へ降ろした。

およそ深さが七フィート（約二・一メートル）で、四フィート（約一・二メートル）四方の、小部屋が見えた。その秘密部屋の一角に、真鍮帯で周りを囲んである木箱があり、ちょうつがいでつながったふたが開いていて、この変わった、古い型の鍵が、鍵穴に差し込まれたままになっていた。箱の外側には、厚くほこりがかぶさり、木は湿気を含んで、虫にすっかり食いあらされてしまっている。中には、茶色のきのこが生えているようなありさまだった。古い硬貨とも思われる、いくつかの金属板、ほら、ここに今、ぼくが持っているようなもの――これが、箱の底から出てきたのだが、ほかには何もなかった。

でも、その時は、箱のことなど全く考えてもみなかったよ。ぼくたちの目は、その横にうずくまっているものに、釘づけさ。それは男の姿だった。黒のスーツを着ていて、しゃがみこみ、箱のふちにひたいを伏せて、両腕で箱を抱いていた。こういう姿勢だったせいか、よどんだ血がみな顔へいってしまい、誰だかわからなくなるほど赤茶けてしまっていた。死体を引き揚げてみると、身長、服装、髪の毛から、マスグレーヴは、それが失踪した執事のブラントンであると言った。彼は、数日前に死んだのだが、傷や打ち身の跡もなく、どうして、このようなみじめな死に方をしたのかわからなかった。地下室から死体が運び去られた時、ぼくたちはまだ、出発した時と同じくらい難しい問題に直面しているのだと思ったよ。

はっきり言ってね、ワトスン、ここまでで、ぼくは自分の調査にがっかりしたのだ。儀式書に書かれている場所がどこだかわかりさえすれば、事件の謎は解けるものと思い込んでいたのだ。ところが、今、その場所にいるのに、彼の先祖がこんなにも一生懸命に考えて隠しておいたものが、いったい何なのかさえ、まだはっきりとしていないありさまだ。ブラントンの運命については、解決できた。しかし、彼がどうしてこのような運命をたどったかは、まだわかっていないし、失踪した女が、この事件にどのような役割を果たしていたかについても、はっきりしていないのだよ。ぼくは隅にある小さな樽に腰かけて、この奇妙な事件全体を注意深く考え直してみることにしたのだ。

君は、こういう場合にぼくが取る方法を知っているね、ワトスン。ぼくは自分を相手の立場に置いて、相手の知能をまず計算してみて、次にそういう状況に置かれたら、相手ならどうするだろうか、と想像してみる。今度の事件の場合は、ブラントンの知能がきわめて高かったから、事は簡単だ。天文学者が言っているところの、個人差は全く考える必要がなかったからね。彼は、何か値打ちのあるものが、秘密の場所に隠されていると知っていたのだ。そして、その場所を突き止めたが、その敷石が重すぎて誰かの助けなしには、一人で持ち上げられないとわかった。とすれば、ブラントンは次にどうしただろうか。外部に信用できるような人間がいたとしても、ドアの戸締りを開けたりすれば、人に見とがめられる恐れもでてくるから、彼は、屋敷外の人に助けを求めることはできなかった。だから、できれば屋敷の中で、手助けをする人間を見つけるほうがいいわけだ。そこで、誰にそれを頼むことができるかだ。あのメイドは彼を好きだった。男というものはね、女性が自分への愛を失ってしまっていることに、なかなか気づかないものなのさ。自分がどんなにひどいことを彼女にしておいてもだよ。彼はあのメイドのハウェルズと、仲直りしようと努力したのだろう。彼女にちょっとしたお世辞をつかって、共犯者にしたてようとしたらしい。二人で一緒に、夜中に地下倉庫に来て、力を合わせてあの石を持ち上げた。ここまでは、ぼくがほんとうに彼らを見ていたように、たどることができた。

二人のうちの一人が女では、あの石を持ち上げるのは大変だったろうね。ぼくは力のあるサセック

ス州の警官と一緒に持ったけれど、容易な仕事ではなかったよ。それから、彼らはいったいどうしたと思うかね。きっと、ぼくだったら同じことをするだろうね。ぼくは立ちあがって、床に散らばっているいろいろな薪を注意深く調べてみた。ぼくが思っていたとおりのものが、ほとんど一瞬のうちに見つかったのさ。三フィート（約一メートル）ばかりの長さで、片方の端が凹んだ一本の薪があった。また、かなり重いもので押しつぶされたように、側面が平たくなっている薪が何本かあった。明らかに、彼らは、石を持ち上げながら、その隙間に材木を次々に差し込んで、人が入れるくらいに隙間が大きくなったところで、一本の薪を立てて、突っかい棒にしたのだ。石の全部の重さを別の石に押しつけたのだから、この一本の薪の端がへこむのもあたりまえだね。ここまでのところは間違いない。

さて、これからぼくがこの真夜中におこったドラマをどう再現するかだ。はっきりしているのは、その穴の中には一人しか入ることはできなくて、その一人は、ブラントンだったということだね。メイドは上で待っていたに違いない。ブラントンは箱の鍵をはずして、中に入っていたものを上へ手渡したのだろう、おそらくね。中の品物がなくなっているのだから――そして、次に何がおこったかだ。

あの男を、自分の思いのままにできると見てとった時、このカッとなりやすいケルト人かたぎの女の心に、くすぶっていた復讐の火種が突然炎をあげて燃えあがった。

男は、きっとぼくたちが思っているよりも、もっとひどい仕打ちを女にしたことがあったのだろう。それとも、あの木が滑(すべ)って、敷石が落ちて、ブラントンが閉じこめられ、そこが彼の墓場になってしまったという、偶然のできごとだったのだろうか。とすれば、女はブラントンのことを誰にも知らせなかったというだけの罪になる。もしかしたら、女の手が、突然、支えていた木にぶつかってしまって、支えがはずれて、ふたが閉まってしまったのかもしれない。いずれにしても、発見された宝物をかかえて、らせん階段を駆(か)け上がっていく女の姿が、ぼくの目に浮かんだ。たぶん、彼女の耳もとでは、こもったような叫び声と、不誠実な恋人の命を奪おうとしている敷石を、彼が死にもの狂いでたたいている音が、背中から響(ひび)きわたっていただろうね。

次の朝、彼女の顔が真っ青だったこと、神経がやられていたこと、ヒステリーのように笑っていたことの秘密は、これだったのだ。それでは、箱の中には、何が入っていたのだろうか。彼女は、それをどうしたのだろうか。もちろん、ぼくの依頼人が池から引き揚げた、あの古い金属と石ころが、それに違いない。彼女は自分の犯罪の最後の形跡を消すために、できるだけ早くに、それらを池の中へ投げ込んだのだ。

ぼくは二十分間というもの、この事件について、じっと座って考えつくした。マスグレーヴはひどく青ざめた顔で、ランタンを揺らしながら穴の中をのぞいていた。『ここにチャールズ一世の肖像(しょうぞう)が入っているコイン[101]があるよ』と、箱の中に残っていたいくつかのものをつまんで、彼は言った。『儀式書が作られた年代の推定は、正しかったということになるね』

『チャールズ一世に関するものが、ほかに何かあるかもしれない！』と、ぼくは叫んだ。儀式書の初めの二行が示す意味が、突然、ぼくの頭にひらめいた。『池から引き揚げたという、袋の中身を見せてくれたまえ』

ぼくたちは、彼の書斎に上がって行った。そして彼は、ぼくの前に、例のがらくたを広げてくれた。ぼくはそれを見て、彼が、それをくだらないものだと見なしたのも無理はないと思った。金属はほとんど真っ黒だし、小石は輝いているどころか、冴えない色だったからね。ぼくは、そのうちの一つを服の袖で磨いてみた。すると、ぼくの手の暗いくぼみの中で、きらりと光った。金属の塊のほうは二重の輪の形だったようだが、曲がったり、ねじれたりしてしまって、元の形はすっかりわからなくなってしまっていた。

『思い出してほしい』ぼくは言った。『国王派は、チャールズ一世が処刑されたあとでも、イングランドでがんばっていた。彼らは、とうとう国外へ逃げ出さなければならなくなった時に、彼らのいちばん大切な財宝を隠しておいて、もっと平和な時が来たら取りに戻ってくるつもりだったのだ』

『ぼくの先祖の、サー・ラルフ・マスグレーヴは、王党派[102]の中心人物で、亡命時代のチャールズ二世の右腕だったのだよ』と、友人は言った。

『ああ、そうか』ぼくは答えた。『これで、ぼくたちが探していた、謎の鎖の最後の輪も解けたというわけだ。なにはともあれ、おめでとう、と言わなければいけないね。悲劇的な経過をたどったけれども、それ自体でも非常に価値があるものを、君は手に入れたというわけだが、歴史的興味という点で重要な遺物だから、さらに値打ちがあるというわけだ』

『というと、それは何なのかね』彼は、驚いたように叫んだ。

『これは、イングランド王の古い王冠(103)にほかならないね』

『王冠だって！』

『そう、そのとおり。ねえ、儀式書になんて書いてあったか、思い出してみたまえ。「それは誰のものだったのか」「それは、行ってしまった人のもの」つまりチャールズ一世の、処刑のあとのことだった。「それは、誰のものになるべきか」「これから来る人のものに」これは、チャールズ二世のことを示していて、王政復古を予測していた(104)、というわけだね。この、元の形もわからないほどゆがんでしまった王冠が、スチュアート王朝の代々の王のひたいに戴せられていた、ということは間違いない』

『それが、どうして池の中から出てきたのだろう』

『その質問に答えるのは、ちょっと時間がかかるよ』と言って、ぼくは推測と証明によって組みたてた、長い解決の道筋を話して聞かせた。ぼくの話が終わった時には、あたりはすっかり夕闇におおわれて、月が輝いていた。

『それでは、あのチャールズ二世が戻ってきた時に、なぜ、この王冠を取り戻さなかったのかね』マスグレーヴは、布袋に宝をしまいながら尋ねた。

『その点だけは、おそらく、永遠の謎となるだろうね。おそらくは、戻ってくるあいだに、その秘密を知っているマスグレーヴ家の当主が死んでしまって、何かの手違いでその意味を説明しないままに、儀式文だけが伝えられてしまった、ということだろうね。その日から今まで、父から息子へと伝えられてきたものが、一人の男によって秘密をあばかれたのだが、結局そのために、彼は命を失ってしまった、というわけだ』

ワトスン、これが、マスグレーヴ家の儀式書にまつわる物語だよ。こんなわけで、ハールストンの屋敷に王冠があるのだ。もっとも、ちょっとした法律的な問題があって、所有を許されるためには、かなりの金額を払わなければいけなかったけれどもね。もし君が、ぼくの名前を言って頼めば、喜んで見せてもらえるはずだよ。女のほうの消息は、わからないままだ。おそらくは、イングランドから出て、自分の犯した罪の思いをいだいて、海のかなたのどこかの国へでも、行ってしまったのだろうね」

ライゲイトの大地主

一八八七年の春、わが友シャーロック・ホームズが、働き過ぎで倒れてしまい、まだ充分に健康を取り戻していない時のことであった。オランダ領スマトラ会社事件や、モーペルテュイ男爵[105]の大陰謀事件の内容は、世の中の人たちがそのことを、まだなまなましく記憶しているうえに、政界や経済界とも深くかかわっているので、わたしの事件記録の題材としてはふさわしくない。しかし、これらの事件がきっかけとなって、奇妙で複雑な事件に出会うことになったのだ。そこでホームズは、生涯にわたる犯罪との戦いにおいて用いてきた多くの武器に加えて、新しい武器の価値を世に問う好機を得たのだった。

ノートを見て確かめてみると、ホームズがホテル・デュロンで病床にあるというリヨン[106]からの電報を受け取ったのは、四月十四日のことであった。二十四時間もしないうちに、わたしは彼の病室へ駆けつけた。病状を診るとたいしたことはないので、わたしは安心した。しかし、鉄のように丈夫なホームズの体も、二ヶ月以上も続いた激しい調査活動ですっかり疲れはてて、健康をそこねてしまっていた。その事件を調査している間じゅう、彼は毎日十五時間以上も働き通しであったという。また、五日間全く休まずに仕事をしたことも、一度や二度ではなかったらしい。その努力のおかげで、事件を解決することはできた。しかし、ひどい疲れの後でみまわれる、後遺症から逃れることはできなかった。ヨーロッパ中にホームズの名声はとどろき、彼の部屋は祝電の山で、まさに足首まで埋まろうというのに、本人ときたら、最悪のうつ状態に陥ってしまっていた。ヨーロッパ三ヶ国の警察が失敗した事件を解決するのに成功し、ヨーロッパ一といわれる詐欺師をすべての点で出し抜いたということも、彼の精神の痛手を癒すのには、あまり役だたなかった。

三日後に、わたしたちはベイカー街に一緒に戻って来た。ホームズを転地させて、どこかで静養するほうがよいことははっきりしていたし、わたしも春の一週間を田園で過ごすのは、なかなかよいアイディアだと思った。わたしの古くからの友人のヘイター大佐が、今ではサリー州のライゲイト[107]の近くに屋敷を構えていて、一度訪ねて来てほしいと、しばしば便りをくれていた。ヘイター大佐は、アフガニスタンの戦地で、わたしが治療をしたことのある人物なのだ。そして、最近も、もしホームズが一緒に来てくれれば、非常にうれしいという便りが来ていた。ホームズをうんと言わせるには、多少の駆け引きが必要であった。大佐が独身で、遠慮は全く要らないとわかると、ホームズもやっと、わたしの計画に賛成した。このようなわけで、わたしたちは、リヨンから帰って一週間後には、ヘイター大佐の家の客となっていた。ヘイターは年をとっている軍人だが元気で、見聞の広い人物だった。そして、わたしが思ったとおり、ホームズとはよく話が合った。

　大佐の家に着いたその夜、夕食の後で、わたしたちは銃器室でくつろいでいた。ホームズはソファの上に横たわり、わたしはヘイターと、彼のちょっとした武器のコレクションを眺めていた。

「さて、危険に備えて」と、大佐が突然言った。「この辺のピストルを一丁、上へ持って行くとしようか」

「危険に備えてですと！」と、わたしは言った。

「そう、最近この近くで、ひと騒ぎありましてね。この前の月曜日に、この州の有力者であるアクトン老人の屋敷に、泥棒が押し入ったのですよ。被害はたいしたことはなかったのですが、犯人はまだつかまっていないものですから」

「何か手がかりになるものは？」と、目を上げて大佐をじっと見つめ、ホームズは尋ねた。

「今のところ、何もないのです。しかし、ホームズさん、これはいなかでの、つまらない事件ですから、国際的に、あのように大がかりな事件を解決された後では、物足りなくて、興味もお持ちにはならないでしょう」

ホームズは手を振って、このお世辞(せじ)を打ち消したが、まんざらでもなかったようで、うれしそうにほほ笑みを浮かべた。

「何か、興味をひく特徴でもありませんでしたか？」

「ありませんな。泥棒連中は書斎(しょさい)を荒らしたのですが、苦労のわりに獲物は少なかったようです。引き出しは開き、書棚は引っかきまわされ、部屋はもう、めちゃめちゃに荒らされていましたが、盗まれたものは、ポープが訳した『ホメロス』(108)のはんぱな本一冊と、めっきのろうそく台が二個、象牙(ぞうげ)でできた文鎮(ぶんちん)一個、カシの木でできた小さい晴雨計一つ、それに麻糸(まし)の玉が一つ、それだけなのですからね」

「なんとも、奇妙な組み合わせですね！」と、わたしは叫んだ。

「そう、犯人連中はどうやら、手当たりしだいに盗み出していったようなのです」

ホームズが、ソファの上から、不満げなうめき声で言った。

「州警察は、そこを重視しなければいけませんでしたね。なんといっても、これは明らかに……」

そこで、指を一本出して、わたしはホームズに注意した。

「ねえ、君はここへ、静養(せいよう)に来ているのではなかったのかね。そんなに神経がぼろぼろになっている時に、頼むから、新しい事件になど首をつっこまないでほしいね」

ホームズは肩をすくめて、諦めたというふうに、少しおどけた目で大佐をちらっと

見た。その後の話題はまた、事件とは無関係なものとなった。

　しかし、医者としてのわたしの注意は、全くむだになる運命にあった。というのは、次の日の朝、どうしても黙って済ますわけにはいかない形となって、わたしたちのところへ事件が飛び込んできたのだ。おかげで、この田園での静養は、ホームズとわたしにとって、全く予期しない方向へと進んだのである。朝食のさなかに、日頃の礼儀作法も忘れて大佐の執事が、慌てふためいて走り込んできた。

「ご主人様、お聞きになりましたか？」息を切らせて、彼は言った。「カニンガム様のところで」

「強盗か！」と、大佐はコーヒー・カップを持ったまま叫んだ。

「人殺しです!」

大佐はひゅうと口笛を鳴らして、叫んだ。「なんだって! 殺されたのは誰だ? 治安判事[109]か、それとも息子のほうか?」

「どちらでもありません、ご主人様。やられたのは、馭者のウィリアムです。心臓を撃たれて、ひとことも言わずに、即死だったようです」

「で、誰に殺されたというのだ?」

「強盗にです。鉄砲玉みたいに、あっというまに、たちまち消えてしまったそうです。犯人が食器室の窓から、ちょうど忍び込んだところを、ウィリアムが発見して、主人の財産を守ろうとしたばかりに、気の毒な最期をとげたというわけです」

「いつのことだ?」

「昨日の夜中、十二時近くだったそうでございます」

「そうか。では、あとで行ってみよう」大佐はそう言うと、再び静かに朝食を食べ始めた。「いや、とんでもないことになりましたな」と、執事が出て行くと、大佐が言った。「このあたりでは、カニンガム老人は有力者ですし、なかなかりっぱな人物です。こういう事件がおこって、さぞ気落ちしているでしょう。なにしろ、あの馭者というのも、長いあいだ彼のところで働いていたいい使用人でしたからね。これは、どう考えても、アクトンの屋敷へ忍び込んだ者と、同じ奴らの仕業に違いないですな」

「あの、はんぱなものばかりを盗んで行った連中のことですね」と、ホームズは考え込みながら言った。

「そうです」

「そう、これは、全く単純きわまる事件かもしれません。しかし、ちょっと考えてみても、何か奇妙ではありませんか。いなかを狙う強盗の一味というのなら、押し入り先を次々に変えたらよさそうなものです。二、三日のうちに、同じ地区で、二軒の屋敷に押し入るとはとても考えられません。それに、昨日の夜、あなたが強盗の用心にとピストルをお持ちになった時、このあたりはイングランドでも、泥棒は一人でも組みになってもいちばん狙わない地域だという気が、わたしにはしました。とするとこれは、わたしには、まだ学ぶことがたくさんあるということですね」

「おそらく、この土地の人間の仕業でしょう。それなら、アクトンとカニンガムの屋敷を狙ったのも、あたりまえというものです。両方とも、ここらあたりでは、並みはずれた大邸宅ですから」

「そして、金持ちでもあるというわけですか?」

「まあ、そういうわけですが、この二人は数年前から訴訟をおこしていまして、両家ともその支払いで大変でしょう。アクトン老人はカニンガムの土地の半分を、自分の所有地だと言っているのですが、どちらも弁護士がそれにかかわって争っているのです」

「この土地の者が犯人というのなら、つかまえるのもたいした手間じゃないでしょう」と、ホームズはあくびをしながら言った。「だいじょうぶだよ、ワトスン。ぼくは余計な手出しはしないさ」

「フォレスター警部がおみえでございます」ドアを開けて、執事が入ってくるなりそう言った。

「おはようございます。大佐、おじゃましてすみませんが、ベイカー街のホームズさんがこちらだと、うかがったもので」部屋に入ってきた警官は、賢(かしこ)そうで、鋭い顔の若者だった。

大佐がわが友を手でさすと、警部はおじぎをした。

「ホームズさん、あなたにおいでいただけないかと思い、お願いにまいりました」

「ワトスン、運命はどうも、君に逆らうようだね」と、笑いながら彼は言った。「警部さん、今ちょうど事件のことを話していました。少々詳しく、お話を聞かせてもらうことにしましょうか」いつものように、ソファの背にホームズが寄りかかったので、わたしも、もうしかたがないと思った。

「アクトン事件では、何も手がかりをつかむことはできませんでしたが、今回は、いくらでもあります。どちらも、同じ者の犯行だということは確かです。犯人は目撃されています」

「ほう！」

「はい、そうです。しかし、犯人は気の毒なウィリアム・カーウァンを射殺すると、シカのようなすばやさで逃げています。逃げる犯人の姿を、寝室の窓からカニンガム氏が見ていますし、息子のアレック・カニンガム氏のほうも、裏手から犯人を目撃したそうです。事件がおこったのは、十二時十五分前でした。カニンガム氏はちょうど寝ようとしたところで、アレック氏はガウンを着てパイプをふかしていたところでした。二人とも、駆者のウィリアムの助けを求める声を聞いていますす。何ごとかとアレック氏が下へ駆け降りて行きますと、

裏手のドアは開いたままで、階段の下まで来た時に、二人の男が外で格闘しているのが見えたそうです。そのうちの一人が銃を撃つと、もう一人が倒れ、犯人は庭を走り、生け垣（がき）を越えて逃げて行きました。カニンガム氏は寝室の窓から外を眺めていて、ちょうど犯人が道路に出たところを目撃したそうですが、すぐに見えなくなったということです。アレック氏は、死にそうなウィリアムを助けられるかどうかと思って立ち止まったので、その間に犯人は姿をくらましてしまいました。中肉中背で、黒っぽい服を着ていた男ということのほかには、犯人の手がかりはありませんが、われわれは全力を尽くして捜査中です。犯人がよその土地から入って来た者なら、すぐに発見できるでしょう」

「ウィリアムは、そこでいったい何をしていたのですか。死ぬ前に、何か言い残したことはありませんでしたかね」

「いえ、ひとことも。彼は母親と番小屋で暮らしていましたが、きわめてまじめな男でしたから、何か異常がないかと、見回りをするつもりで屋敷のほうへ来たのでしょう。なんといっても、あのアクトン家の事件以来、誰もが警戒するようになっていますから。強盗がドアをこじあけたちょうどそこへ、ウィリアムがやって来たのでしょう。錠（じょう）が壊されていましたからね」

「ウィリアムは外へ出かける時に、母親に何か言っていませんでしたか」

「母親はかなりの年齢で、そのうえ耳が聞こえないものですから、何も聞き出せないありさまです。それに、ショックで頭も半分おかしくなっています。まあ、もともと、あまり頭が切れるほうではなかったらしいですがね。しかし、きわめて重要な手がかりが一つあります。これです、ご覧ください」

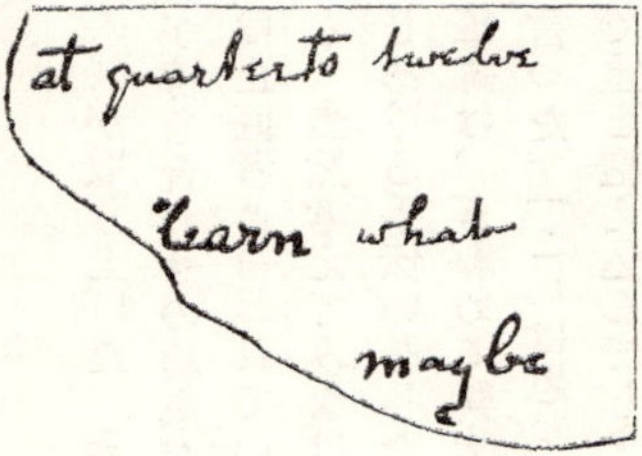

12時　15分前　に
ことを　教えて
おそらく

彼はメモを破ったような小さな紙きれを取り出し、自分の膝（ひざ）の上に広げた。

「これは、殺された男が、親指と人さし指ではさんでいたものです。大きな紙から引きちぎった、切れ端のように思えます。ここに書いてある時刻が、被害者が殺された時刻と、ぴったり一致しているのがおわかりでしょう。犯人が、残りの部分をウィリアムの手から引きちぎったのか、あるいはウィリアムが、犯人からこれをちぎり取ったのか、おそらくそのどちらかでしょう。文面からすると、待ち合わせの約束が書いてあったようです」

ホームズが取り上げた、その紙きれの写しをここに載せておこう。

「これが待ち合わせの約束だとしますと」と警部は続けた。「このウィリアム・カーヴァンは正直者と言われていましたが、実のところは、泥棒の仲間だったかもしれないことも、当然考えてみなければいけません。ウィリアムは犯人とそこで会って、ドアをこじあける手伝いをした後で、仲間割れをしたのかもしれません」

「この筆跡は、きわめて興味深いものですね」紙きれを非常に熱心に調べていたホームズが言った。「これは思っていたよりも、はるかに難しい事件のようだ」彼は、両方の手で頭を抱え込んでしまった。警部は自分の持ち込んだ今回の事件が、かの有名なロンドンの専門家をうならせたのを見て、ほほ笑んだ。

「あなたが最後におっしゃったことですが」とホームズはほどなく言った。「強盗と馭者がぐるで、この紙きれは、その待ち合わせのために、どちらかが相手に渡した約束の手紙らしい、というあなたの推理は、なかなかおみごとです。ありえないことではありませんが、筆跡からわかることは……」彼は再び頭を抱えると、そのまま数分間、深く考え込んでしまった。やがてホームズの上げた顔を見ると、その頰は赤く染まり、目は生き生きと、病気になる前のように輝いていたので、わたしは驚いた。ホームズは病気になる前と変わらぬ活気をみせて、さっと立ち上がって言った。

「いいですか」彼は言った。「この事件についての詳細を、少し落ち着いて調べてみたいのです。この事件には、非常にひきつけられる何かがあります。大佐、よろしければ、ワトスンとあなたはここにお残り願って、わたしは、警部と一緒に出かけたいのです。二、三、思いついたことを、確かめておきたいのでね。三十分もすれば戻って来ます」

一時間半も過ぎた頃に、警部一人だけが戻って来て言った。

「ホームズさんは、あちらの野原を歩きまわっておられます。われわれ四人一緒に、あの屋敷へ行こうとおっしゃっています」

「カニンガムさんのところへかね」

「はい、そうです」

「なんでまた？」

「わたしには全くわかりませんよ。ここだけの話にしてほしいのですが、ホームズさんは、どうもまだ、ご病気が完全に治っていらっしゃらないようです。ひどく奇妙な行動をなさるし、それに、変に興奮しておいでですよ」と、警部は肩をすくめて答えた。

ら」

「ご心配は要りません」わたしは言った。「頭がおかしいように見えても、彼なりに、筋の通った方法で推理しているということを、わたしは今までも見てきていますから」

「しかし、筋道が通っているようでも、ほんとうは、気が変になっているということはありませんか？」と、警部は小さい声で言った。「とにかく、大佐、ホームズさんは、今すぐにでも出かけようと、張りきっておられますので、よろしければさっそく出発することにしましょう」

わたしたちが行ってみると、ホームズはうつむき、両手をズボンのポケットに入れて、野原を歩いていた。

「事件は、次第におもしろい方向に進んでいるね」と彼は言った。「ワトスン、今回、君が提案した、田園への旅行は大成功だ。今朝は、実にすがすがしい気分だよ」

「犯行現場へは、もうお行きになったのですね」大佐が言った。

「そう、警部さんとご一緒して、まあ、ちょっとした検分をしました」

「何か成果は？」

「ぼくたちは、きわめて興味のある点をいくつか発見しました。あとは、歩きながらお話しします。まず初めに、ぼくたちはあの不幸な被害者の死体を見ました。お話のとおりで、確かにピストルで撃ち殺されていました」

「と言いますと、そのような点まで、疑っておられたのですか？」

「そうです。どんなことでも、確かめてみるのが一番です。ぼくたちの捜査も、むだではありませんでした。そのあとで、カニンガム氏とその息子に事情を聞きました。犯人は逃げる時に庭の生け垣を飛び越したそうですが、その位置を正確に教えてくれました。これは、とても興味のある点です」

「そうですとも」

「次に、亡くなった被害者の母親にも会いました。かなりの齢で弱っていましたので、何も聞き出すことはできませんでした」

「それで、あなたの調査の結果はどうなりましたか？」

「この犯罪が、非常に変わっていることは確かです。おそらく、これからあの屋敷へ行けば、さらにはっきりするでしょう。警部さん、あなたも同じ意見をお持ちだと思いますが、被害者が殺された時刻の書いてある紙きれを手に握（にぎ）っていたということは非常に重要なことです」

「それは、手がかりになりますね、ホームズさん」

「確かに、手がかりを与えてくれています。あのメモを書いたのが誰にしても、その男がウィリアム・カーウァンを、あの時刻に寝室から誘い出したということです。あのメモの残りの部分は、いったいどこにあるのですかね？」

「それを見つけ出そうと、地面をずいぶん調べましたがね」と、警部は言った。

「それは、被害者の手から引きちぎられたものです。とすれば、なぜそうまでして、そのメモを取り戻したかったのか？　それが彼にとって、犯罪の証拠となるからです。では、そのメモはどうしたかです。おそらくポケットに入れ、その切れ端が死体の手に残ってしまったことには犯人は気づいていなかったでしょう。ですから、あのメモの残りの部分を見つければ、この事件は解決に向けて、大きく前進します」

「それはそうですが、犯人もつかまえられないのに、どうやって、犯人のポケットに手を入れることができるのですか？」

「それは、ごもっともです。よく考えてみなければなりません。ところで、もう一点、はっきりしていることがあります。メモは、ウィリアムへ届けられたものです。しかし、それを書いた人間が、直接自分で持って行ったはずはありません。自分で行ったのなら、口で伝えればいいわけですから。とすれば、メモを届けたのは、誰か？　郵便で送られてきたのか？」

「それは、もう調べました」と警部は言った。「昨日の午後の配達で、ウィリアムは手紙を一通受け取っています。封筒は、本人が捨ててしまっています」

「すばらしいね！」ホームズは、警部の背中をぽんと叩いて叫んだ。「配達人を調べたのですね。あなたとご一緒に仕事ができて、実に愉快です。さあ、これが番小屋です。大佐、どうぞこちらへ。犯行現場をご覧にいれます」

わたしたちは、被害者が住んでいた、小ざっぱりとした小屋の前を通り、カシの並木道を歩いていった。すると、玄関の扉の上の横木に、マルプラケ戦勝記念の日付を彫り込んである、アン王女様式の古めかしいりっぱな屋敷の前へ出た。ホームズと警部の案内でわたしたちは屋敷の角をまわり、横手の通用門のところへ行った。通用門と、道路に沿って続いている生け垣との間は、広い庭園になっていた。勝手口に警官が一人立っていた。

「ドアを開けてもらおうかな」と、ホームズは言った。「さあ、あの階段のところから、カニンガム氏の息子は今わたしたちがいるところで、二人の男が格闘しているのを見たのです。父親のカニンガム氏は、あの左から二番めの窓のところから、犯人が茂みのちょうど左側へ逃げるのを目撃しています。それは、息子のアレック氏も見ています。二人とも、茂みがあるので間違いない、と証言しています。それからアレック氏は外へ飛び出し、傷ついた男のそばにひざまずいたのです。地面がこのように固いので、手がかりになるような足跡は残っておりません」

彼が話していると、屋敷の角をまわり、二人の男が庭の小道をこちらへ向かって来た。一人は気が強そうで、厚ぼったいまぶたをして、深くしわがよった顔の老人であった。もう一人のほうは、元気がよさそうな青年で、彼の明るく笑顔をたやさない表情と、はでな服装は、わたしたちがここへ来た用件にはいかにもふさわしくなかった。

「おや、まだ調べていたのですか」と、青年がホームズに言った。「あなた方みたいなロンドンっ子は、失敗などしないものと思ってましたよ。それにしても、たいして手まわしがいいというわけでもなさそうですな」

「まあ、もう少し時間をいただきたいですね」と、ホームズは愛想よく答えた。

「それはそうでしょう」と、若いアレック・カニンガムが言った。「見たところ、手がかりは何もないようですからね」

「一つだけありますよ」と、警部が答えた。「もし、それを見つけられればと、今も考えていたところですよ。それはね……たいへんだ！　ホームズさん！　だいじょうぶですか？」

気の毒にもわが友の顔つきが、突然恐ろしいものとなったのだ。目は吊り上がり、顔は苦しさにゆがんだかと思うと、押しつぶされたようなうめき声をあげ、うつぶせに床の上へ倒れてしまった。突然におきた、この激しい発作に驚いて、わたしたちは、ホームズを台所へ運び入れた。大きな椅子にぐったりともたれて、ホームズは、しばらくのあいだ重苦しい息をしていたが、やがて、倒れたことをきまりわるそうに詫びると、また起き上がった。

「ワトスンがご説明するかとは思いますが、わたしは重い病気が治ったばかりでして」と、彼は説明した。「ときたま、このような急性の神経発作がおこるのです」

「わたしの馬車で、お送りしましょうか？」と、カニンガム老人は尋ねた。

「いえ、せっかくここまで来ましたから、一つ確かめておきたいことがあります。すぐに調べられることなのですが」

「どのようなことでしょうか？」
「あの気の毒なことになったウィリアムが、ここにやって来たのは、強盗が屋敷へ忍び込む前ではなく、そのあとだった可能性が強いと、わたしには思えるのです。ドアがこじ開けられているのに、犯人は屋敷の中へは忍び込まなかった、と決めてかかっておられるようですね」
「それは、はっきりしてい

る」と、カニンガム氏は重々しく口を開いた。「なんといったって、息子のアレックはまだ寝ていなかったのですから。誰かが屋敷の中で動きまわれば、もの音が聞こえるはずです」

「息子さんは、どちらにおいででしたか？」

「わたしは、化粧室でタバコを吸っていました」

「その部屋の窓は、どのあたりになりますか？」

「左側の一番端の窓で、父の部屋の隣になります」

「もちろん、お二人は明りをつけておいででしたね？」

「そう、そのとおり」

「どうもこの事件は、非常におかしな点がいくつかあります」と、ホームズは笑いながら言った。「いいですか、強盗をしようという男で、しかも前にもこういう経験がある者がですよ、明りがついているのを見れば、家の者がまだ二人起きているとわかるはずです。わかっていながら押し入るなどとは、普通では考えられないではありませんか」

「よほど大胆な男だったのでしょう」

「もちろん、この事件がごくあたりまえのものでしたら、ホームズさんに調査をお願いすることもありません」アレック氏が言った。「それにしても、犯人がウィリアムに見つかる前に、屋敷に忍び込んでいたというホームズさんのお考えですと、きわめておかしなことになります。それなら、屋敷の中がかきまわされた跡があるとか、何か盗まれたものがあるはずですよ」

「盗まれたものにもよります」とホームズは言った。「この強盗は、きわめて変わった男で、手口も独得だということを忘れてはいけません。例えば、アクトン家から盗まれた、奇妙な品々を思い出してください。――何でしたか？――糸玉、文鎮など、そのほかのがらくたは何でしたかね」

「とにかく、あなたにすべてお任せしていますので、ホームズさん。あなたや警部さんのおっしゃるとおりに、なんでもご協力いたします」と、カニンガム老人は言った。

「それでは、まず手始めに」とホームズは言った。「ご自身で賞金をお出し願いたいのです。なにぶん、公のところから出すとなると、金額を決めて決裁をおろすまでに、時間がかかります。こういうことは、早ければそれにこしたことはありませんからね。ここに、その文章を書いておきましたから、よろしければサインをしてください。金額は、五十ポンド（約一二〇万円）で充分だと思います」

「五〇〇ポンドでも、喜んでお出しします」治安判事はそう言うと、ホームズのさし出した紙と鉛筆を受け取った。「しかし、これは正確とはいえませんね」治安判事は、書類を見ながら、付け加えた。

「なにしろ、急いで書いたものですから」

「『ところが、火曜日の午前一時十五分前に、犯人は侵入を企て……』とありますが、実際は十二時十五分前です」

この種の失敗を、ホームズがひどく気にすることをわたしは知っているので、この間違いを見て、心が痛んだ。事実に関しては、いつも正確というのが彼の特徴（とくちょう）なのに、最近の病気のためにだめになってしまったのだ。この小さいできごと一つを見ても、ホームズがまだ本調子でないことが、手にとるようにわかった。ホームズは、いかにも困ったという表情をちらっと見せた。警部は驚いて眉を吊り上げ、アレック・カニンガムは吹き出した。カニンガム老人は、自分で間違いを訂正すると、書類をホームズに返した。

「できるだけ早く刷（す）らせてください」彼は言った。「すばらしい考えだと思いますよ」

ホームズは、その紙きれをていねいに紙入れの中にしまった。

「それでは」彼は言った。「みなで屋敷の中をよく調べて、この変な泥棒が、結局は何も盗み出さなかったということを、確認したほうがいいと思います」

屋敷へ入る前に、ホームズはこじあけられたドアを調べていた。ノミか、丈夫なナイフを差し込み、鍵（かぎ）をこじあけたのは明らかだった。ドアの木の部分に、差し込んだ時の跡が残っているのが見えた。

「かんぬきは、使っておられないのですね？」と、彼は尋ねた。

「その必要があると思ったことは一度もないものでね」

「犬を飼っていないですか」

「いえ、飼っているのですが、いつも屋敷の反対側のほうにつないでおきます」

「使用人たちは、いつ寝ますか」

「おおむね十時です」

「ウィリアムも、いつもその時刻には、寝ているというわけですね」

「そうです」

「とすると、あの事件の夜に限って、彼が起きていたのは、おかしいですね。それではカニンガムさん、お屋敷をご案内いただきましょうか」

石畳の廊下を、横に入ると台所があり、まっすぐに行くと木造の階段があって、二階へと通じていた。そこを上がると、玄関ホールからの、別のもっと飾りのついた階段と向き合った踊り場になっていた。そして、この踊り場から、客間とカニンガム氏と息子の寝室を含めた、いくつかの寝室が並んでいた。ホームズは、屋敷の構造を鋭く観察しながら、ゆっくりと歩いてまわった。彼が何かを嗅ぎつけていることは、その表情から読み取れたが、どの方角へ推理を進めているのかは、全くわからなかった。

「まあ、ちょっと」と、カニンガム氏がいらだたしげに言った。「こんなにまでする必要がありますかな。階段の端のところにあるのがわたしの部屋で、その向こうが息子の部屋になっています。犯人が、わたしたちに気づかれずに、ここまで来られるかどうかは、あなたのご判断に任せますがね」

「せいぜい探しまわって、新しい手がかりでも探されればよろしいでしょう」と息子もうす笑いを浮かべて言った。

「しかし、もう少し、おつき合いいただかなければなりません。たとえば、寝室の窓から、外がどのくらい見通せるかなどを知りたいのです。これが、息子さん、あなたの部屋ですね」ホームズは、ドアを押し開けた。「叫び声が聞こえた時に、タバコを吸っていたという化粧室はあれですね。その窓からは、どこが見えるのですか?」彼は寝室を横切り、ドアを開けて、化粧室の中を見渡した。

「もう充分でしょう?」カニンガム氏は、強く言った。

「ありがとうございました。見たいところは、これで全部だと思います」

「もし、ほんとうに必要ということなら、わたしの部屋へもご案内しますがね」

「ご迷惑でなければ、そう願いたいですね」

治安判事は肩をすくめて先に立ち、自分の部屋へと案内してくれた。質素で、飾りもごく平凡な部屋であった。一同が部屋を横切り、窓の方へ行くうちに、ホームズはゆっくりと歩いたので、わたしたち二人が一番最後になってしまった。ベッドの近くに小さな四角いテーブルがあり、その上に、オレンジをのせた皿とガラス製の水差しが置いてあった。そのそばを通った時に、ホームズがわたしの前でよろめいたかと思うと、わざとテーブルごと引っくり返してしまったのだ。わたしは、全く驚いてしまった。ガラスは粉々に飛び散り、オレンジが部屋じゅうにころがった。

「ワトスン、やってくれたね。カーペットが台無しじゃあないか」と、ホームズは冷ややかに言った。

何か理由があって、わたしに罪をなすりつけようとしていることがわかったので、わたしはうろたえながらも身をかがめると、オレンジを拾い始めた。ほかの人たちもそれを手伝ったり、テーブルを元どおりに立てたりした。

「おや!」と、警部が叫んだ。「どこへ行ってしまったのかな?」

ホームズの姿が見えなくなっていたのだ。

「ちょっと待っていてくださいよ」若いアレック・カニンガムが言った。「あの人の頭は、どうもおかしいようですね。父さん、一緒に来てください。あの人がどこへ行ったか、探してみましょう!」

二人が部屋から飛び出して行くと、残された警部と大佐とわたしの三人は、互いに顔を見合わせた。

「そうですよ。わたしだって、アレックさんと同じ意見に傾いています」と、警部は言った。「まあ、病気のせいなんでしょうが、わたしにはどうもね……」

そのとき突然、「助けてくれ! 助けてくれ! 人殺しだ!」という悲鳴が聞こえてきて、警部は言葉をとぎれさせた。その悲鳴は、聞きおぼえのあるホームズの声なので、わたしはゾッとした。いちもくさんに部屋を飛び出して、わたしは踊り場へと急いだ。悲鳴は次第に弱まり、言葉にならぬかすれた叫び声に変わっていた。それは、わたしたちが初めに入った部屋から聞こえてきた。

わたしはそこへ飛びこみ、奥の化粧室へ走りこんだ。すると、そこで、カニンガム親子が二人で、シャーロック・ホームズを床に押さえつけているのだった。息子は両手でホームズの喉を締めあげ、父親は片方の手首をねじ曲げているようだった。わたしたち三人は、すぐに親子をホームズから引き離した。ホームズは顔を真っ青にして、疲れきったようによろよろと立ち上がった。

「警部、ここにいる奴らを逮捕してください」と、彼はあえぎながら言った。

「いったい、なんの容疑ですか？」

「馭者ウィリアム・カーウァン殺しの容疑です」

　警部は困ったように、あたりを見まわした。

「まあ、ホームズさん、それは、本気でおっしゃったわけではありませんよね」

に叫んだ。
「とんでもない。二人の顔を見れば、わかるはずだ！」と、ホームズはぶっきらぼう
罪を犯したことが、このようにはっきりと表われている人間の顔を、わたしは今まで
でに見たことがなかった。父親は、その特徴のある顔に、暗く、重苦しい表情を浮か
べて、感覚を失ったかのように呆然としていた。息子のほうも、あの、先ほどまでの
陽気で、元気のよいようすは全くなくなり、黒い目は恐ろしい野獣のように残酷に光
り輝き、整った顔だちは、醜くゆがんでしまっていた。警部は何も言わずドアの方へ
行き、呼び子を鳴らすと、それに応えて、警官が二人上がって来た。
「カニンガムさん、やむをえません」と、警部は言った。「きっと、とんでもない間
違いだったということになるのでしょうが、とにかく、今は……。何をするんだ。そ
れを捨てろ！」息子が撃鉄をおこそうとしていたピストルを警部が片手で払いのける
と、それは床に音を立てて落ちた。
「保管しておくといいですよ。裁判の時に役に立つでしょう。しかし、わたしたちが
ほしがっていたものは、これです」ホームズは、す早くピストルを踏みつけながら、
小さなしわだらけになった紙きれを出して見せた。
「あのメモの残りの部分ですね！」と、警部は叫んだ。
「そうです」

「どこにあったのですか？」

「きっとあるだろうと思ったところにですよ。今しばらくしたら、事件のすべてをご説明しましょう。大佐、あなたはワトスンと一緒にひと足先にお引き揚げください。一時間もしたら、わたしも帰ります。警部さんと一緒に、犯人たちと少し話をしなければなりませんので。昼食までには、必ず戻ります」

シャーロック・ホームズは、約束どおり一時頃、わたしたちが大佐の屋敷の喫煙室にいるところに、帰って来た。かなり年配の、小がらな紳士と一緒だった。ホームズは、その人物は、最初に強盗に入られた屋敷の主人、アクトン氏だとわたしに紹介してくれた。

「この、ちょっとした事件についてお話しするには、アクトンさんにもご同席していただいたほうがいいと思いましたので」と、ホームズは言った。「アクトンさんも、もちろん事件の細かい点については、たいへん興味をお持ちのはずですから。ところで大佐、わたしのような、嵐を呼ぶ男を招待して、とんだ暇つぶしをしたと、悔やんでおられるのではありませんか」(三)

「いや、とんでもない」と大佐はあたたかく答えた。「あなたのお仕事ぶりを間近に見せていただけて、このうえない光栄だと思っております。実を申しますと、あなたの方法は、わたしの想像をはるかに超えるものでして、どうやって、ああいう結論が出てきたのか、まるでわかりません。わたしには、今でも何一つ、手がかりもつかめていません」

「説明を聞いたら、きっとがっかりなさいますよ。しかし、わたしはいつでも、ワトスンや、わたしの捜査方法に知的な関心を持っておられる方には誰にでも、すべてを包み隠さず説明することにしています。その前に、大佐、先ほどあの化粧室でかなりひどい目にあって、少々参っていますので、ブランデーを一口いただけるとうれしいですね。近頃は、どうも体力が弱っていますので」

「あの神経発作は、それ以後はおこされなかったでしょうね」

シャーロック・ホームズは、実に愉快そうに笑った。「そのことにつきましては、いずれ後からお話しします。それでは、わたしがあの結論に達した決め手となった、いろいろな点について説明しながら、この事件の真相を順番にお話しします。もし、わたしの説明でわかりにくいことがあれば、途中でも、遠慮なく質問してくださってかまいません。

探偵の技術のうちで一番大切なものは、数多くの事実のなかから、どれは見過ごしてもよくて、どれは重要なことであるかを、見分けることなのです。これができないと、精力も注意力もむだに使うばかりで、集中できません。そこで、今回の事件では、わたしは初めから、すべての謎を握っている鍵は、殺された男が握りしめていた紙きれにあるに違いないと、確信していました。
この紙きれの説明の前に、ちょっと、次の事実についてお考え願いたいと思います。

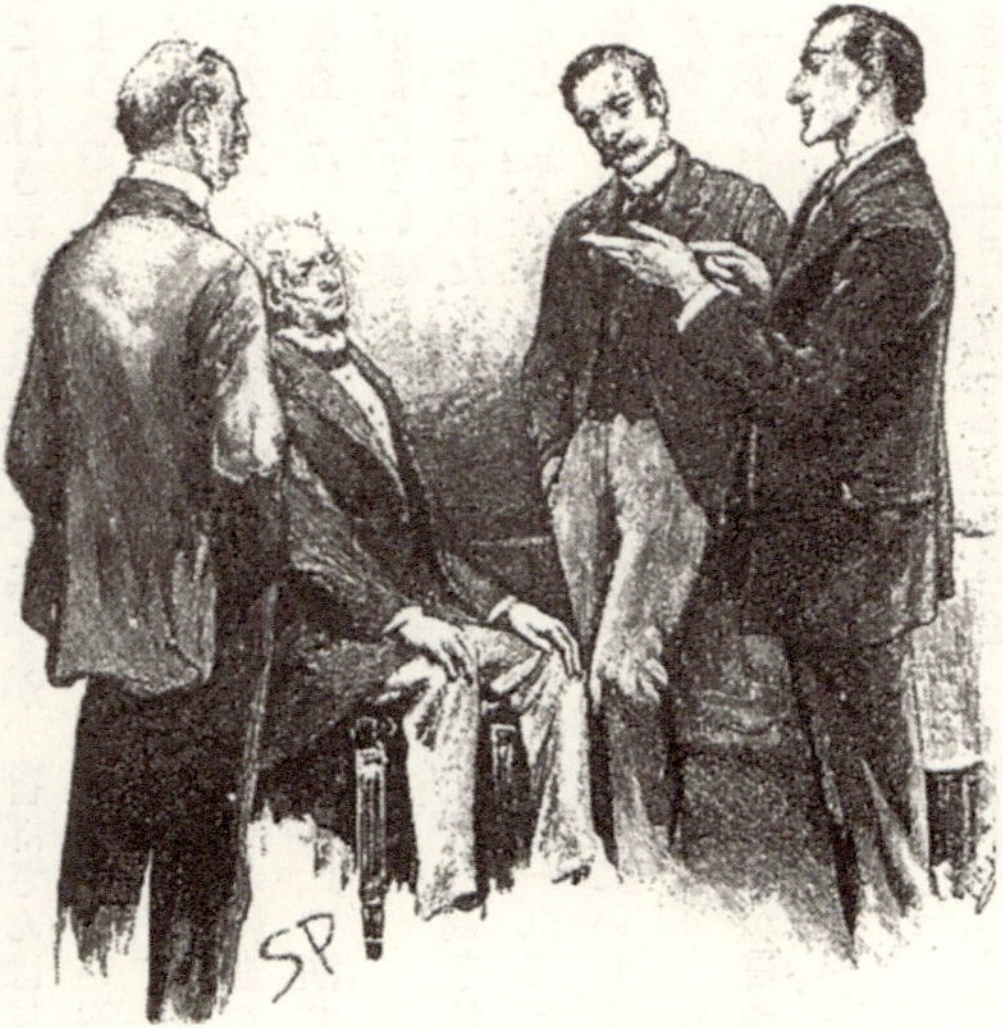

つまりです。もしアレック・カニンガムの証言が正しくて、彼の言ったように、犯人がウィリアム・カーウァンを射殺したあと、すぐに逃げて行ったとします。とすれば、死人の手から紙をちぎり取ったのは、犯人と同じ人物ではありえません。また、射殺した犯人ではないとすれば、アレック・カニンガムがちぎり取った人物に間違いないということになるのです。なぜかと言いますと、父親が下りてきた時には、すでに、何人もの使用人がその現場に来ていたからです。

これはきわめて単純なことですが、警部さんは見落とされました。というのは、あのような州の有力者が、この事件にかかわっているはずがないと思い込んで、捜査を始めたからです。しかし、わたしはいつでも、どのような先入観も持たないで、どういう方向へでも、事実が示すままに、すなおに進んで行くことにしています。ですから、捜査を始めると、アレック・カニンガム氏の演じた役割が、少しおかしいと、すぐに不審に思いました。

そこでわたしは、警部さんが持って来た紙きれを、ていねいに調べてみました。すると、それはきわめて注目すべきメモの一部であることが、すぐにわかりました。ご覧ください、これがそのメモです。非常にいわくありげな字の外観に気がつかれましたか?」

「字がずいぶん不ぞろいですね」と、大佐が言った。

「そう、そこです」とホームズは言った。「この文章は、二人の人間がひとことずつ交代で書いたのに違いありません。この『at』や『to』のtには力を入れて書いていますが、『quarter』と『twelve』のtには力が入っていないことに注目してください。そこで、これは、二人で書いたということがすぐにわかります。次に、この四つの単語を、ちょっと分析して調べてみれば、『learn』と『maybe』が、力を入れて書くほうの人物の字で、『what』は、力を入れないで書く人物のものだということも、はっきりしてきます」

「それは驚きだ。明快そのものだ！」と、大佐は叫んだ。「しかし、いったいなぜ、二人がかりでこんな手紙を書いたのですかね？」

「この仕事が悪いことだと、はっきりしていたからです。二人の人間のうちの一人が、相手を信用しないで、何ごとも、お互いに同じだけ罪を犯すべきだと決めたからです。そして、この二人のうちで、『at』と『to』を書いたほうが主犯だということも、はっきりしています」

「おや、どうしてそこまでわかるのですか？」

「二人の筆跡を比べてみれば、すぐにわかります。しかし、わたしのこの推理は、そのこと以上に、はっきりした根拠があるのです。このメモを注意深く調べてみると、力を入れて書くほうの人間が、初めに自分の分担のところだけ書き、もう一人があとで書き込めるように、一語ずつ空間を空けておいた、という結論になるでしょう。ところが、そのスペースが必ずしも充分ではなかったので、あとから書き入れたほうの人は、このとおり『at』と『to』のあいだに、『quarter』を書き入れるのに苦労しています。ですから、『at』や『to』が先に書かれたことは、はっきりしています。そこで、初めに書いたほうの男が、間違いなく、この事件の主犯と考えたわけです」

「すばらしい！」と、アクトン氏が叫んだ。

「しかし、それはほんの表面上のことです」とホームズは言った。「ここからが重要な問題なのです。筆跡から年齢を推定するという方法は、(112)専門家の間では、かなり精密に行なわれていますが、ご存じでしょうね。普通は、その人が何十歳代かというところまで、ほぼ正確に推定できるのです。普通はと言いましたのは、病気だったり、体力的に弱まっている時には、若者でも、高齢者と同じような筆跡の特徴が、現われることがあるからです。このメモの筆跡は、一つは大胆で力強い文字、もう一つは、『t』の文字の横棒が見えなくなり始めてはいるものの、どうにか読める、という弱々しい文字になっています。ですから、一つは若者が書いたもので、もう一つは、よぼよぼとは言わないけれど、ずいぶん年のいった人物の筆跡だということがわかります」

「すばらしい!」と、アクトン氏が再び叫んだ。

「そして、もう一点、もっと細かい、興味のある問題点があります。この二人の筆跡には、共通のところがあるのです。これは、血縁関係がある二人の文字です。このメモの筆跡をよく見れば、あなた方にもよくおわかりになるのがギリシャ語風のｅの書き方でしょう。細かいところで、似ている点がたくさんあります。とにかく、この二つの筆跡の見本から、ある家系に特に見られる書き方の癖を、発見できることは確かです。わたしは今は、このメモを調査してわかった主な結果だけをお話ししているのです。ほかにも、専門家にとっては興味のある推理が、二十三もできましたよ。そのいずれもが、このメモを書いたのは、カニンガム家の父と子に間違いない、という確信を深める材料ばかりでした。

ここまでわかってくれれば、次にすることは、犯行の手口を調べて、それが解決に、どのくらい役に立つかを調べることでした。そこで、警部さんと一緒にあの屋敷へ行き、隅から隅まで調べました。これは自信を持って言えることですが、死体の傷は、四ヤード（約三・六メートル）以上離れたところから、連発のピストルで撃たれたものです。ですから衣服には、ピストルの火薬による焦げ跡がついていません。したがって、二人の男が争っているうちにピストルが発射されたと、アレック・カニンガムが言ったのは嘘だということになります。それから、犯人が道路へ逃げて行ったという場所ですが、それについては、父親も息子も同じように証言しましたが、その地点には少し幅の広い、底がぬかるんだ溝になっています。ところが、あいにく、その溝には、足跡らしいものは全く見つからなかったのです。そこで、カニンガム親子はここでも嘘をついているだけでなく、事件の現場へ外から忍び込んで来た人物は一人もいなかったのだと、わたしは確信したのです。

さて次に、この、世にも珍しい犯罪の動機について、考えてみなければなりませんでした。これを突きとめるために、わたしは初めに、アクトン家で強盗事件がなぜおこったかを解明しようと思いました。大佐からうかがった話から、アクトン氏とカニンガム家との間では、訴訟が行なわれていることを知りました。それで、カニンガム親子は、何か訴訟にとって重要だという書類を盗み出そうと、アクトン氏の書斎へ忍び込んだのだろうという考えに、すぐに達しました」

「そう、そのとおり」とアクトン氏が言った。「それが、奴らの狙いだったのです。絶対に間違いありません。カニンガムが現在所有している土地の半分は、明らかにわたしに所有権があるのです。さいわい、事務弁護士の金庫に保管していましたから、助かりましたが、もし、ある一通の書類が彼らの手に入っていれば[113]、わたしたちの言い分は、間違いなくだめになってしまうところでした」

「それですよ」とホームズはほほ笑んで言った。「これは全く物騒で、危険なことです。どうやら、若いほうのアレックが主犯のようですね。彼らは、狙っていた物を見つけられなかったので、普通の物盗りの仕業に見せかけて、自分たちに疑いがかからないようにと、手当たりしだいに、そこらじゅうの物を持ち帰ったのです。これで、事件はかなりはっきりしてきましたが、まだはっきりしないところも、かなりありました。わたしが特に突きとめたかった点は、あのメモのなくなっている部分を見つけることでした。死体の手からそれをもぎ取ったのは、アレックだとわたしは確信していました。また、彼がそれをガウンのポケットに入れたのも、間違いないだろうと思いました。それ以外には、隠し場所はありませんから。残る問題は、それが、まだガウンのポケットにそのままになっているかどうかです。探してみる価値がありましたので、みなさんと一緒に、あの屋敷へ出かけたのです。

わたしたちがあの屋敷の台所の戸口で、カニンガム親子に会ったのを憶えておいでですか。この場合、一番大切なのは、彼らにあのメモのことを思い出させないということでした。思い出せば、きっとすぐに処分してしまいますからね。そして、そのメモをわたしたちが重く見ていることを、危うく警部さんが話しそうになった時、幸運にもわたしが急に発作をおこして倒れたので、うまく話がそれたのです」

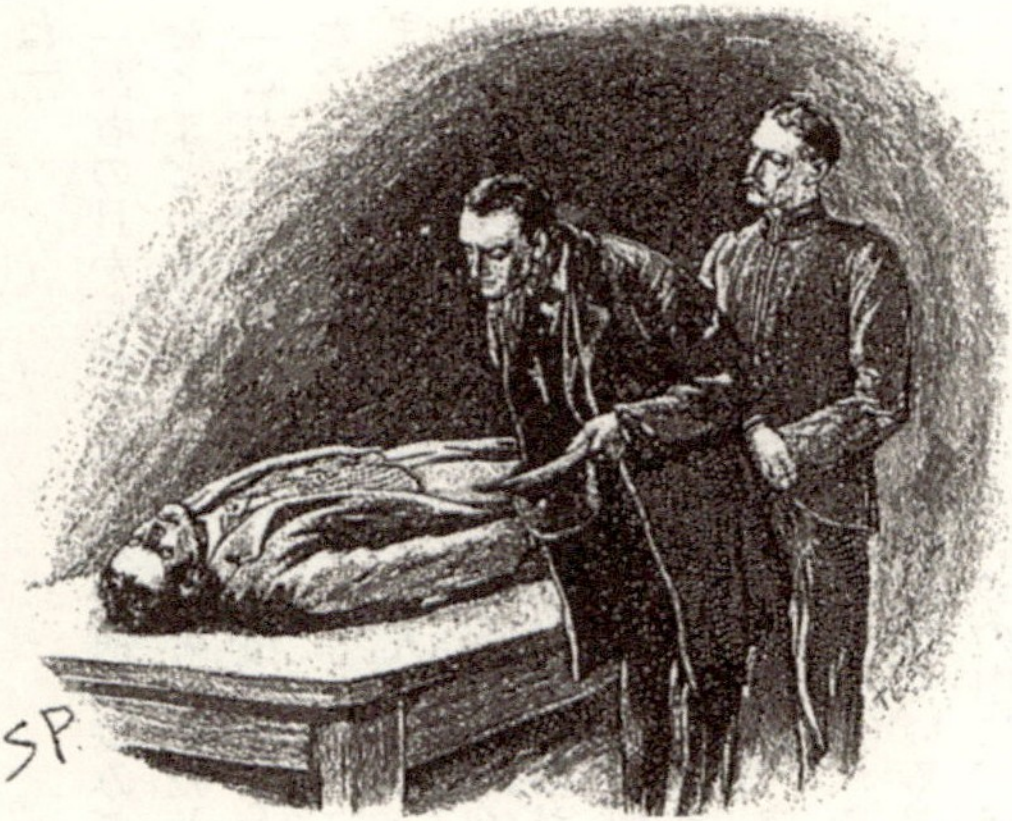

「これは、どうも！」と、大佐が笑いながら叫んだ。「あの発作が仮病とは、わたしたちは要らぬ心配をしたというわけです

ね」

「医者の目から見ても、君の演技はみごとだったね」いつでも新しい手段で、わたしをとまどわせるホームズの顔を、わたしは、なかばあきれて眺めながら言った。

「これは、なかなか役に立つ技術ですよ」と彼は言った。「発作がおさまってから、わたしはある策略を使いました——。この策略も、なかなか巧みに仕組まれたと思いますよ。つまりカニンガム老人に、うまく『twelve』という文字を書かせて、あのメモの『twelve』と、比べることができるようにしたのです」

「ああ、ぼくはなんと間抜けだったのだ!」と、わたしは叫んだ。

「ぼくの調子が変だと思って、君が同情してくれていたのは、わかっていたよ」と、ホームズは笑いながら言った。「気をもませてしまって、ほんとうにすまなかったね。次に、みなで二階へ上がりましたね。息子のアレックの部屋へ入った時、ドアの後ろにガウンがかけてあるのを見ました。そこで父親の部屋でテーブルをひっくりかえして、ちょっと彼らの注意がそれている間に、そっと戻って、ガウンのポケットを調べてみました。ポケットの一つの中に、予想どおりにメモが残っていたので、それをつかんだとたん、カニンガム親子に襲われてしまったのです。あのとき、すばやくみなさんが助けに来てくださらなかったら、わたしはあの時にあの場で、殺されていたに違いありません。今でも、あの若者の手が、喉を締めつけている感じが残っています。

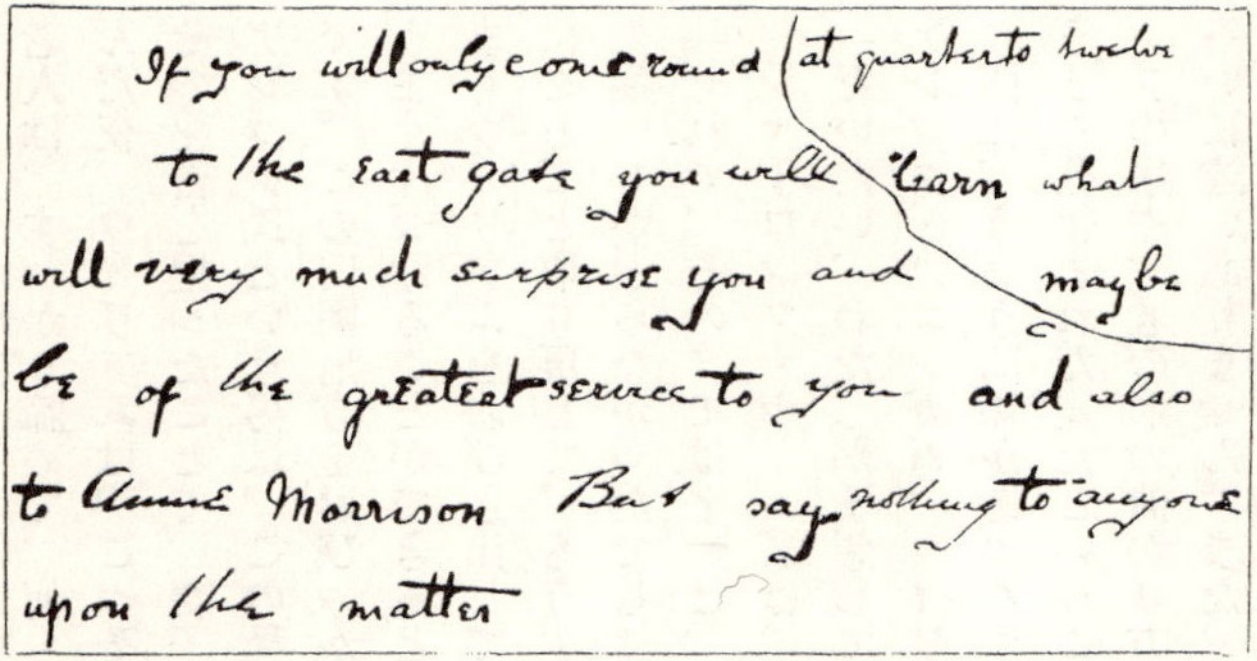
If you will only come round at quarter to twelve
to the east gate you will learn what
will very much surprise you and maybe
be of the greatest service to you and also
to Annie Morrison But say nothing to anyone
upon the matter

もし　お前が　一人で　東門へ　12時　15分前　に
来れば　すごく　驚く　ことを　教えて
やるぞ　お前にもアニー・モリスンにも　おそらく
とても　役に立つことだ。　しかしこのことは
誰にも　話すな。

父親のほうは、メモを取り戻そうと、わたしの手首をねじりあげました。彼らは、すべてをわたしに知られたと気づき、絶対安全と思っていた立場が、急に、逆に絶体絶命に変わってしまったのですから、必死だったのでしょうね。

その後で、犯罪の動機について、カニンガム老人と少し話しました。父親はとても神妙でしたが、息子のほうは全く悪党でして、ピストルさえ持てば、自分の頭も他人の頭も見さかいなく、たちまちのうちに撃ってしまうような勢いでした。形勢が全く不利だと悟ったカニンガム老人は、すっかり諦めて、何もかも白状しました。親子がアクトン氏の屋敷に忍び込んだ夜、ウィリアムは、こっそりと二人のあとをつけていたらしいのです。そして、その秘密を握ったことで、親子をゆすって、金を取ろうとし始めたのです。ところが、アレック氏という男は、この種の仕事の相手にするには、危険な男だったというわけです。この田園地方をおびやかしている強盗騒ぎを利用すれば、ゆすっている男を、うまく片づけることができると考えたのは、天才的なひらめきでしたね。そして、うまくウィリアムをおびき出して、射殺したのです。もし彼らが、あのメモをちぎらずにまるごと取り戻して、もう少し細かい点に注意を払っていれば、おそらくは、なんの疑いもかからなかったでしょうね」

「それで、そのメモは？」と、わたしは尋ねた。

シャーロック・ホームズは、残りの部分を補ったメモを、わたしたちの前に置いた。「だいたい、わたしが予想していたとおりのものでした」と彼は言った。「もちろん、アレック・カニンガム、ウィリアム・カーウァン、それにアニー・モリスンという女の間にどういう関係があったかは、まだわかっていませんが、とにかく、このメモがうまく仕組まれた罠（わな）だということは、結果から見てはっきりしています。

pの字や、gの形の曲がり方に、遺伝の癖があるのをご覧になれば、絶対におもしろいに違いありません。また、父親の書いた部分は、iの字に点がないのも、非常に大きい特徴ですね。さてと、ワトスン、われわれの田園での静養は、まさしく成功したようだ。明日はおそらく、もっと気分がさわやかになって、ベイカー街へ戻れるだろうね」

曲がった男

わたしの結婚から数ヶ月たったある夏の夜のことだった。わたしは暖炉のそばに腰かけ、寝る前の最後のパイプの一服を吸いながら、その日は仕事が忙しくて疲れ果てていたので、読みかけの小説の上で居眠りをしてしまった。妻はもう二階に上がっていたし、少し前に玄関の戸に鍵をかける音が聞こえたから、使用人たちも自室に引きあげたに違いない。わたしが椅子から立ち上がり、パイプをたたいて灰を落としていると、思いがけず、玄関の呼びりんが鳴った。

時計を見ると、あと十五分で十二時だった。こんな夜ふけに訪問客が来るわけはない。きっと患者で、たぶん一晩じゅう看病することになるだろう。わたしは渋い顔をして玄関に出て、扉を開けた。すると、驚いたことに、戸口に立っていたのはシャーロック・ホームズだったのである。

「やあ、ワトスン」と彼は言った。「まだ起きていればいいがと思っていたよ」

「よく来たね、まあ中へどうぞ」

「驚いたようだが、むりもないね。同時に、患者ではなかったからホッとしただろう！　ふーん！　まだ独身時代に引き続いてアルカディア・タバコを吸ってるんだね！　ふわふわした灰が上着に落ちているのを見れば、まちがいないさ。ワトスン、君が軍服を着慣れた人間だったということもたやすくわかるよ。袖口(そでぐち)にハンカチをさしこむ癖(くせ)[114]をやめない限り、根っからの民間人だとは思われないね。今夜一泊させてもらえるだろうか」

「喜んで」

「君は独身者が一人泊まれる部屋があると言っていたが、今のところ誰も泊まっていないようだね。帽子(ぼうし)かけを見ればすぐにわかる」

「君が泊まってくれれば、ぼくもうれしいよ」

「ありがとう。それでは、あいている帽子かけを使うよ。気の毒に、英国人の職人を家に入れたようだね。彼らときたら最低だよ。まさか排水関係ではないだろうね？」

「いや、ガスだよ」

「ほら！　ちょうど明りが当たっているリノリウムの床に、靴の鋲(びょう)の跡が二つついている。食事はいいよ。ウォータールー駅で済ませてきたから。けれどもパイプなら喜んでご一緒するよ」

　わたしがパイプ・タバコ入れを手渡すと、ホームズはわたしの向かいに座って、しばらく黙ってパイプをふかした。こんな時間にわたしを訪れるからには、さぞかし重要な用件なのだろうとわたしには充分わかっていたので、彼が話を切り出すまで辛抱強く待つことにした。

「最近、診療が忙しいようだね」と、彼はわたしの方をちらっと見ながら言った。

「そう、今日は忙しかった」と、わたしは答えた。「君の目にはまぬけにみえるだろうが」と、わたしはつけ加えた。「どうやって推理したのか、全くわからないな」

　ホームズは一人でくすりと笑った。

「ぼくの強みは、君の習慣を知っていることさ、ワトスン」と、彼は言った。「君は往診のとき、近ければ歩く[115]し、遠いと二輪馬車を使う。君の靴を見ると、はいた形跡はあるのに、全然泥がついていない。つまり、二輪馬車を使わざるをえないほどに、目下暇なしということだね」

「すばらしいね！」と、わたしは叫んだ。

「初歩的なことだよ」と、彼は言った。「推理家が自分の身近にいる人に、見事だと感じられるような効果を与えるのは、身近な人が推理のもとになる、一つの細かい点をとらえそこねているからで、これがいい見本だね。君が書く小さな物語がもたらす効果についても、ワトスン、同じことが言えると思うよ。問題のいくつかの要素を読者には決して語らずにおいて、君の手中に隠しておくことで効果が出ているのだから、全く見えすいた効果というわけだ。さてと、今ぼくはこの読者と全く同じ立場にいる。これほどまでに人の頭を悩ませた事件はなかろう、というほど奇妙な事件の解決の糸口をいくつかつかんではいるのだが、自分の推理を完成させるためにはどうしても要る手がかりが、もう一つか二つ足りない。けれど、ワトスン、ぼくは見つける！　どうしても見つけてみせる！」彼の目は燃えるように光り、やせた頬がかすかに赤くなった。一瞬、その鋭く、激しい性格を覆い隠していたヴェールがはずれたが、それもつかのまのことだった。次に見た時には、その顔は、アメリカ・インディアンのような表情に乏しい沈着さを取り戻していた。その表情のせいで、多くの人々が彼を人間というより機械のようだと称してきたのである。

「この事件には興味深い特徴がある」と、彼は言った。「それは、たぐいまれな興味深い特徴と言ってもいいだろうね。事件についてはすでに調べて、解決もあと一歩というところまで来たと思っている。この最終段階に君が来てくれると、大助かりなのだがね」

「喜んで行くよ」

「明日、ちょっと遠いがオールダショットまで出かけられるかな」

「ジャクスンが代診を引き受けてくれるはずだ」

「それはぐあいがいい。ウォータールー駅発十一時十分の列車で行きたいと思っている」

「それならあわてなくてもいい」

「それでは、もう眠くてしかたないというのでなければ、事件の大筋と今後の予定を話しておこう」

「君が来る前には眠かった。でも、今はすっかり目が覚めてしまった」

「事件の重要な点を省かずにおいて、できるだけ手短かに話すことにしよう。君も、この事件については新聞で読んでいくらか知っているだろう。オールダショットのロイヤル・マロウズ連隊[116]のバークリ大佐が殺害されたと思われている事件だ。これを今調べている」

「全然聞いたことのない事件だが」

「まだ地元を除けば、たいして注意を引いていないようだ。事件がおきたのはたった二日前で、簡単に説明するとこういうことになる。

ロイヤル・マロウズ連隊は、君も知ってのとおり、英国陸軍では最も有名なアイルランド連隊の一つだ。クリミア戦争とインド大反乱[117]の両方で驚異的な働きをして、それ以来、ことあるごとに名声を博している。月曜日の夜まで、この連隊はりっぱな老将ジェイムズ・バークリ大佐の指揮下にあった。この人物は一兵卒からたたきあげて、インド大反乱の際の勇敢な働きで将校に出世し、かつて自分自身が銃をかついでいた連隊を指揮するまでになった。

バークリ大佐は軍曹時代に結婚しているが、夫人の結婚前の姓はナンシー・デヴォイ[118]嬢といって、同じ部隊の元軍旗護衛軍曹の娘だった。そのため、想像がつくと思うが、この若夫婦（その頃はまだ若かった）が新しい環境に入った時には、社交上で多少の摩擦があった。しかし、二人はすぐに新しい生活にも慣れ、バークリ夫人は常に連隊の下士官や将校の夫人たちの人気を得て、夫のほうも仲間の評判はよかったと聞いている。ひとこと付け加えると、彼女は非常に美しい女性で、結婚して三十年以上たった今でも、目をみはるような容姿の持ち主だ。

バークリ大佐の家庭生活はずっと幸せだったようだ。マーフィー少佐というのが、今回ぼくが知った事実の大部分を教えてくれた人物であり、この夫婦の間に不和が生じたことなど一度も耳にしたことはないと断言している。彼に言わせると、全体的には、大佐の妻への愛情のほうが、妻の夫への愛情より強かったようだ。大佐は一日でも妻がいないと不安になる。ところが、夫人のほうは、献身的で貞節ではあるが、愛情が目立つほどではなかった。しかし、連隊では、この二人は中年夫婦の理想像のように思われていた。二人の関係には、あとでおきることになった悲劇を予測させるようなものは何一つなかったのだ。

　バークリ大佐自身の性格には、いくつか奇妙な特徴があったらしい。普段は快活で陽気な老軍人なのだが、時として、そうとう暴力的で執念深い性格を見せることがあったようだ。といっても、こういった面が夫人に向けられたことは一度もなかったらしい。このほかに、マーフィー少佐や、ぼくが話をした他の将校の五人中三人が驚いたのは、時々、大佐が妙にふさぎこむことだった。マーフィー少佐の表現によると、食堂のテーブルで仲間と陽気にくだらぬ話をしている時でも、まるで何か見えない手が口をふさぐかのように、笑いが口もとからさっと消えることがしばしばあった。こういう気分に襲われると、何日も続けてずっと深いうつ状態に沈み込んだ。彼の性格で、将校仲間が感じていた特別な点といえば、これと少々迷信深いところだけだった。迷信というのは、特に暗くなってから独りでいるのをいやがることだった。人並みはずれて男らしい性格なのに、こんな幼稚なところがあるため、あれこれ言われたり、推測されたりもした。

ロイヤル・マロウズ連隊の第一大隊（つまり旧第一一七大隊）は、このところ数年間は、オールダショットに駐屯（ちゅうとん）していた。結婚している将校は兵舎の外に住むことになっていて、大佐もこの間ずっと北兵舎から半マイル（約八〇〇メートル）ほど離れたラシーン荘と呼ばれる一戸建ての住宅で生活していた。家には庭がついており、西側は街道から三十ヤード（約二七メートル）ほどしか離れていなかった。馭者（ぎょしゃ）一人とメイド二人が使用人で、バークリ家に子どもはいなかったし、普段は家に泊まる客もなかったので、ラシーン荘の住人はこの三人と主人の大佐夫婦だけだった。

さあ、ここからが、先週の月曜日の夜、九時から十時の間にラシーン荘でおこった事件だ。

バークリ夫人はローマ・カトリックの信者だったようで、セント・ジョージ協会(119)の活動にたいへん興味を持っていた。これは、ワット・ストリート礼拝所（チャペル）と協力して、貧しい人たちに古着を配る目的で創られた団体だよ。その夜八時に協会の会合があったので、バークリ夫人はそれに出席するために急いで夕食を済ませた。家を出る時、普段どおり夫に言葉をかけて、すぐに帰りますからと言っているのを馭者が聞いている。夫人はそれから、隣に住んでいるモリスン嬢を迎えに寄り、二人して会合に出かけた。会合は四十分で閉会となり、夫人はモリスン嬢の家のドアのところで彼女と別れて、九時十五分過ぎに自宅へ戻った。

ラシーン荘には午前中の居間（モーニング・ルーム）として使われている部屋があった。その部屋は道に面していて、両開きの大きなガラス戸を開けて芝生に出ることができた。芝生は三十ヤード（約二七メートル）ほどの幅で、上に鉄の横棒のついた低い塀（へい）だけが街道との間を仕切っていた。バークリ夫人が帰宅して入ったのは、この部屋だった。部屋は夕刻に使われることはほとんどなかったので、ブラインドは下りていなかったが、夫人は自分でランプに灯をともして呼びりんを鳴らし、メイドのジェイン・スチュアートにお茶を持ってくるように頼んだ。これはいつもの夫人にはないことだった。大佐は食堂に座っていたが、夫人が帰宅したのを知ってモーニング・ルームに来て一緒になった。彼が玄関ホールを横切ってそこへ入るのを、馭者が見ている。大佐の生きた姿が見られたのは、これが最後だった。

メイドは命じられたお茶を運んで十分後に部屋に行ったが、ドアに近づくと、ご主人と奥さんが激しく言い争う声が聞こえるので驚いてしまった。ドアをノックしても、返事がなく、取っ手を回してみて、ドアには中からしっかりと鍵がかかっているのがわかった。当然のことながら、彼女は階下へ急ぐと料理女にそのことを告げた。二人の女と馭者は玄関ホールに入って、まだ続いている激しい口論に耳を傾けた。三人とも、聞こえてきたのはバークリ大佐と夫人の二人の声だけだった、と言っている。バークリ大佐の言葉は声をひそめていて切れ切れだったので、何を言っているのかわからなかった。しかし、夫人のほうは厳しい口調で、声が高まると、よく聞こえた。彼女は、「ひきょう者！」と何度も何度も言っていた。「今さらどうすればいいの？　わたしの人生を返してください。あなたと同じ空気など二度と吸いたくないわ！　ひきょう者！　ひきょう者！」こんなふうに夫人の言葉が断片的に続いたかと思うと、突然すさまじい男の叫び声、ガチャンという音がして、あたりをつんざくような女性の悲鳴が聞こえた。何かとんでもないことがおきたに違いないと思った馭者は、ドアへ突進して、なんとかドアをこじ開けようとしたが、この間も中の悲鳴はおさまらない。けれども、ドアから中に入ることができず、メイドはといえば、恐怖で気も違わんばかりで、何の役にも立たなかった。しかし、突然ある考えがひらめいて、馭者は玄関のドアから走り出て、長いフランス窓がある芝生にまわった。夏のことで、ごく当然のことだったと思うが、窓の片側が開いていた。彼はこの窓から簡単に部屋に入った。夫人はもう叫ぶこともせず、気を失って長いす（カウチ）に横たわっていた。一方、この不運な軍人は、肘掛け（ひじか）椅子の片側に両足をかけ、頭を炉格子（ろごうし）の角に近い床に横たえて、自らの血の海の中で完全にこときれていた。

当然ながら、主人はもう手遅れだとわかった馭者が最初に考えたのは、入口のドア

を開けることだった。しかし、ここで予期せぬ奇妙な困難が生じたのだ。鍵はドアの内側にも差しこんでなかったし、部屋のどこにも置いてなかった。そこで、また、先ほどの窓から抜け出した馭者は、警官と医者を連れて戻ってきた。当然真っ先に疑いをかけられた夫人は、気を失った状態のまま自室へと移された。その後、大佐の遺体はソファに安置され、悲劇の現場が入念に捜査された。

　不運な老軍人がこうむった傷は、後頭部に負った長さ二インチ（約五センチ）におよぶ裂傷(れっしょう)で、明らかに鈍器(どんき)で強く打たれたことが原因だった。凶器が何であったかを推測するのも難しくなかった。遺体近くの床に、骨の柄(え)がついた、奇妙な形の、固い、彫刻が施された木製の棍棒が落ちていたからだ。大佐は従軍地だったさまざまな国から持ち帰った多種多様な武器のコレクションを所有しており、警察は、この棍棒も彼の戦勝記念品の一つだろうと推測した。使用人たちはそのような棍棒は見たことがないと述べたが、屋敷にはおびただしい数の珍しい品々があったので、これが目にとまらなかった可能性もあった。警察は、部屋の中ではそれ以上重要な物は見つけなかったが、一つだけ不可解なことがあった。バークリ夫人の体からも、犠牲者の体からも、また、部屋のどこからも、行方不明の鍵が見つからなかったのだ。結局、ドアはオールダショットから錠前屋を呼んで開けてもらうはめになった。

ワトスン、火曜日の朝マーフィー少佐の頼みで、ぼくが警察の奮闘に力を貸すためオールダショットまで出かけた時には、状況はこういうぐあいだった。ここまででも、たいへん興味深い事件だと思うだろうが、いろいろ調べていくうちに、これは最初の見かけより、実際にずっと奇妙な事件だということに気づいたのだ。

部屋を調べる前に、使用人に話を聞いたのだが、すでにぼくが述べた以上の事実は聞き出せなかった。そのほかには細かなことだが、一つだけ、メイドのジェイン・スチュアートがおもしろいことを思い出している。言い争う声を聞いた彼女が、階下に下りて、他の二人の使用人を連れて戻ってきたのを憶えているね。最初、彼女が一人で聞いた時にはご主人と奥さんはほとんど聞き取れないほど低い声で話していて、しやべっている言葉というより声の調子から、二人が言い争っていると思ったと言っている。しかし、ぼくがしつこく聞くと、夫人が二度ほど「デイヴィッド」という言葉を口にしたのを彼女が思い出してくれた。これは、なぜ突然口論になったのか、その理由を知るうえでたいへん重要な手がかりだ。憶えているだろうけれど、大佐の名はジェイムズだからね。

この事件で、一つ、使用人と警察の両方に強い印象を与えたことがある。大佐の顔がひきつっていたことだ。彼らの説明によると、人間の顔がこうまで変わるかと思うほど、身の毛もよだつような恐怖の表情が浮かんでいたということだ。目にしただけで一人ならず失神したというほど、大佐の死に顔は恐ろしかった。大佐が自分の運命を知って、それで極度の恐怖を抱いたことは確かだ。これは、もちろん、自分を殺そうとして襲ってくる夫人の姿を、大佐が目にしたのかもしれないという、警察の説とも一致する。傷が後頭部にあるという事実も決定的な反証とはならないだろう。攻撃を避けようとして、頭をそらしたとも考えられるからだ。夫人は急性の脳熱（ブレイン・フィーヴァー）（心因反応）で一時的に精神に異常をきたしているので、夫人からは何の情報も得られなかった。

警察から得た情報によると、あの晩、バークリ夫人と一緒に外出した、君も知っているあのモリスン嬢は、夫人が家に戻ってなぜ怒りっぽくなったのか、その理由には心当たりがないと言っているそうだ。

ワトスン、これらの事実を考えに入れて、ぼくはパイプをたて続けにふかしながら、重大な事実と単なる偶発的なできごととをより分けてみたのだ。疑問の余地はないだろうが、この事件でいちばん明白で暗示的な点は、ドアの鍵が妙なことに消えてしまったことだ。隅から隅まで調べたが、部屋の中には見あたらなかった。ということは、鍵は部屋から持ち出されたに違いない。けれども、大佐も夫人も持ち出せたはずはない。これは完全にはっきりしている。となれば、誰か第三者が部屋に入ったに違いない。そして、その人物は窓から部屋に入った以外には考えられない。部屋と芝生とを注意深く調査すれば、この謎の人物の痕跡がわかるかもしれない。君はぼくの方法を知っているね、ワトスン。ぼくは持てるあらゆる方法を当てはめて調査してみた。そして、最後には痕跡を見つけたのだが、それは予想とはずいぶん異なるものだった。部屋には男が一人いて、彼は街道の方から来て、芝生を横切っていた。かなりはっきりした足跡が五つ見つかった。一つは低い壁をよじ登った地点の道路上で、二つは芝生で、そしてもう二つはかすかな跡だが、その男が侵入した窓近くの汚れた板の上だ。足跡はつま先のほうがかかとより深かったから、男は明らかに走って芝生を横切ったのだろう。けれども、ぼくが驚いたのは、この男のことではないのさ。仲間のほうだった」

「仲間だって！」

ホームズはポケットから一枚の大きな薄い紙を取り出し、それを自分の膝の上に注意深く広げた。

「これは何だと思うかね？」彼が聞いた。

紙には何か小さな動物の足跡の写しがいくつかついていた。そこにははっきりと五本の指と長い爪の跡があったが、全体としてその跡はデザート用のスプーンほどの大きさだった。

「犬だね」と、わたしは言った。

「犬がカーテンを駆け登るなどと聞いたことがあるかい？　カーテンに、そうした痕跡がくっきり残っていたのだ」

「とすると、サルかな？」

「いや、サルの足跡ではない」

「それでは、いったい何なのかい？」

「犬でもネコでも、サルでもないし、ぼくたちがよく知っているどんな生き物とも違うんだ。寸法を測ってその生物を再現してみた。ここにその動物が動かずに立っているときの足跡が四つある。前足から後足まで十五インチ（約三八センチ）以上もあることがわかるだろう。それに首と頭の長さを加えれば少なくとも二フィート（約六一センチ）は下らない、いや尻尾があれば、たぶんもっと大きな動物だということになる。だが、今度はもう一つこっちの寸法を見てみよう。その動物が動いているときのだが、歩幅がわかる。どれも三インチ（約七・五センチ）ほどしかない。長い体に短い足が付いていることがわかるね。そいつが毛を一本も残してくれなかったのは冷酷というものだ。しかし、全体的な形は今言ったようなものに違いあるまい。そして、カーテンが登れて、肉食だということだ」

「そんなことをどうして推理したのだい？」

「そいつがカーテンを登ったからさ。窓辺にはカナリアのかごが吊ってあったから、その鳥を狙ったのだろう」

「そうなると、いったいどういう動物だろう？」

「ああ、その名前がわかったら、ずいぶんと事件の解決に近づくのだがね。全体から見て、たぶんイタチとかオコジョの類だろうが、これほど大きなものは今までお目にかかったことがないよ」

「だが、それが犯罪とどんな関係があるのかなあ？」

「それもまだはっきりしない。けれども、ずいぶんいろんなことがわかったね。男が一人、街道に立って、バークリ夫妻の口げんかを眺めていたことがわかっている……よろい戸が上がっており、部屋には明りがついていたからね。その男が、奇妙な動物

を連れて芝生を走りぬけ、部屋に入って、大佐に殴りかかったか、あるいは大佐が男を見てひどい恐怖に駆られて卒倒し、暖炉の炉格子の角で頭を打ったこともわかっている。最後に、奇妙な事実だが、その侵入者は現場を去る際に鍵を持って行ったのだ」

「君の発見のおかげで、事件は前よりいっそうわからなくなったように思えるよ」と、わたしは言った。

「全くそのとおりなのだ。たしかに、事件は最初に思ったのより、ずっとわかりにくいものだということが明らかになってきた。よく考えてみて、ぼくは今回はほかの考え方で事件を捜査すべきだという結論に達した。

けれどもワトスン、君が寝に行くのをじゃましてしまったようだね。これからのことは、明日、オールダショットへ向かう道中で話してもいいよ」

「ありがとう。でも、ここまで聞いたらもう最後まで行かなくては」

「バークリ夫人が七時半に家を出た時、夫との仲がよかったことは確実だ。前にも言ったと思うが、夫人はこれ見よがしに愛情を示す人ではないが、大佐と仲よさそうにしゃべっているのを、馭者が耳にしている。さて、これも同じように確かなのだが、彼女は家に戻ったとたんに、夫といちばん出会いそうにもない部屋に行って、興奮した女性がよくするように急いでお茶を運ばせ、夫がその部屋に入ってくると、激しいやりとりが始まった。つまり、七時半から九時までの間に、夫人の夫に対する気もちを完全に変えてしまった何かがおきたのだ。だが、モリスン嬢がこの一時間半のあいだ、ずっと夫人と一緒だったね。そこで、何も知らないと言ってはいるものの、彼女が事件について何かを知っていることは間違いあるまい。

　ぼくが最初に推測したのは、たぶん、この若い女性と老軍人の間に何らかの関係があって、彼女がそれを夫人に打ち明けたのではないかということだった。それなら、夫人が怒って帰宅したことも、モリスン嬢が何もおきなかった、と言い張ったわけも説明できる。使用人たちが耳にした言葉の大部分とも、完全にくい違いがないだろう。だが、デイヴィッドという男の名が出たこと、それに誰もが知るように大佐が妻を愛していたことは、この説に反する。さらにもう一人、別の男が侵入したことは、説明がつかないことになる。もちろん、言うまでもないが、前のできごととは全く無関係のできごとだったのかもしれないけれどね。どこから手をつけるかは決めにくいところだが、全体から見て、大佐とモリスン嬢の間に何かあった、という考えは捨ててもいいだろうと思った。けれども、バークリ夫人が夫を憎むように心変わりした原因に関しては、モリスン嬢が鍵を握っていると、ますます確信するようになったのだ。だから、ぼくは当然のなりゆきでモリスン嬢を訪ね、何か事実を隠していることはわかっている、事件が明らかにならなければ、あなたのお友達のバークリ夫人は、殺人罪で被告席に立つことになるんですよと説明した。

モリスン嬢は、ブロンドの髪と内気そうな眼差しの、小がらでほっそりした娘だったが、決して賢明さや常識に欠ける人物ではなかった。ぼくの話を聞いたあと、しばらく腰をかけたまま考えていたが、突然意を決したようにこちらを向くと、驚くべきことを話し始めたのだ。君のために話の要点をまとめてみよう。

『わたしはこの件については口外しないと夫人にお約束しましたし、約束は約束です』と、彼女は言った。『でも、夫人がそれほどの重罪に問われ、しかも、お気の毒に病気のためにお話しになれないというときに、わたしがお力になれるのでしたら、約束を破ってもいいかと考えました。月曜日の夜のできごとを正確にお話しします。

九時十五分前でしたか、ワット街の伝道所（ミッション）から帰る途中のことでした。ハドソン街(120)を通ることになったのですが、あそこは人気（ひとけ）のない通りで、街灯が左側に一つだけ立っています。その街灯に近づいたとき、背の曲がった男が一人、片方の肩に箱のようなものを背負いながら、近づいて来ました。体が不自由なようで、頭を深くたれ、膝を曲げて歩いていました。通り過ぎる時、男が顔を上げて、街灯の光の環（わ）の中にわたくしたちを見た、その時です。男は立ち止まって、恐ろしい叫び声をあげたのです。

「なんということだ、ナンシーではないか！」バークリ夫人は死人のように青ざめ、そのおぞましい姿をした男が抱きとめなければ、地面に倒れこんだところです。わたしは警官を呼ぼうとしましたが、驚いたことに、夫人はその男に向かってたいへん礼儀正しく話しかけたのです。

「この三十年の間、あなたはお亡くなりになったものと思っておりましたわ、ヘンリー」彼女は震える声で言いました。

「そう、死んでいたのだよ」と言った男の声は、聞くだけでゾッとするようなものでした。真っ黒い恐ろしい顔と、光る目は、今でも夢に出てきます。髪の毛と頬ひげは白髪混じりで、顔は干からびたりんごのように一面しわだらけでした。

「ちょっと先に行っていてくださいませんかしら」と、バークリ夫人はわたしに言いました。「この方とひとことお話ししたいの。心配しなくてもいいのよ」元気よく話そうとされたのですが、顔色はまだ真っ青で、唇が震えてなかなか言葉が出てこないようでした。

　わたしは夫人に言われたように歩き出し、二人は数分のあいだ話をしていました。やがて夫人が来ましたが、目がギラギラ輝いていました。体が不自由な気の毒な男は街灯の脇に立って、怒りで気でも違ったかのように、こぶしを宙で振りまわしています。夫人は黙ったままでしたが、わたしの家の前まで来ると、わたしの手を取り、このことは誰にも言わないでくだ

さいねと頼みました。「今は落ちぶれてしまわれたけど、古い知り合いなの」と、夫人は言いました。わたしが他言(たごん)はしないとお約束すると、夫人はわたしにキスしてくださいましたが、それが彼女に会った最後でした。真実はすべてお話ししました。このことを警察に言わなかったのは、その時、わたしの友人がこのような危険な立場に立っているとは思ってもみなかったからでございます。今ではすべてを知っていただくのが、夫人のためだと思っております』

ワトスン、これがモリスン嬢の話さ。君にはわかってもらえると思うが、ぼくにとってこれは闇夜の灯台だ。これまでバラバラだったことがらすべてに、突如、関連が出始めて、かすかながら一連の事件の全体像が見えてきたのだ。次の仕事は、もちろん、バークリ夫人にあれほど強い印象を与えた男を探し出すことだった。その男がまだオールダショットにいるとすれば、探すのもそう難しくはないだろう。軍人でない民間人の数はそれほど多くないし、体が不自由な男ということならきっと人目を引いたに違いない。一日かけて探しまわった結果、夜には、そう、それがこの夕刻(ゆうこく)なのだけれどね、ワトスン、男の居場所を突きとめた。男の名はヘンリー・ウッドといって、あの二人の女性が彼に会った、その同じ通りの下宿に住んでいた。彼がそこに来たのはほんの五日前のことだった。ぼくは選挙権有資格者登録係(121)のふりをして、そこの下宿のおかみと非常に面白い世間ばなしを楽しんだよ。男の商売は奇術師兼動物使いで、夜になると酒保（兵士の娯楽所）をまわって、先々でささやかな芸を見せているということだ。男は箱の中に何か動物を入れてかついでまわるそうだが、あの種の動物は見たことがないと言って、おかみはかなり怖がっているように見えた。おかみの説明では、その動物をトリックに使うということだった。おかみはこれだけ教えてくれて、続けて、ああいうねじ曲がった体でよく生きていけますね、時々、奇妙な言葉をしゃべっていますが、ここ二晩ほどは部屋でうめき声をあげて泣いていましたよ、と言うのだ。金はちゃんと払っていたが、前払い金としてもらったのはにせ物のフロリン金貨らしいと言って、おかみが見せてくれた金貨を見るとね、ワトスン、それはインド・ルピーだった。

これで、今どんな状況にあって、なぜぼくが君を必要としているのか、よくわかってくれただろうね。確かなのは、あの婦人たちがこの男と別れた後、男が少し離れて二人のあとをつけ、窓越しに夫妻の口げんかを目にするや、部屋に飛び込んでいき、その時、彼がかついでいた箱から、動物が逃げ出したということだ。これはすべてはっきりしている。けれども、あの部屋で何がおこったのかを、正確に話すことができるのは、世界中でこの男しかいないというわけさ」

「それでは、その男に聞いてみたいと思ったのかね」

「もちろん。けれども証人の前でね」

「ぼくがその証人というわけかい」

「君さえよければだが。彼が事件について、はっきり語ってくれればそれでいい。もし、いやだと言ったら、逮捕状を請求するしかなくなる」

「でも、ぼくたちが明日行って、男がまだそこにいるかどうか、どうしてわかるのだね？」

「予防策をとってあるから大丈夫だよ。ベイカー街遊撃隊の少年に、男がどこに行こうが、スッポンのようにくいついて見張るよう言ってある。明日、ハドスン街で見つかるさ、ワトスン。もうこれ以上長いあいだ君を寝かせずにいたら、今度は、ぼくが犯罪者になってしまうね」

わたしたちが悲劇の現場に着いた頃には昼になっており、ホームズの案内でただちにハドスン街へと向かった。ホームズは感情を押し殺すのがうまいのだが、わたしには、彼が興奮を抑えているのが手にとるようにわかった。一方わたし自身は、彼の調査に同行する場合につねに感じる、あの半ば狩りの気分、半分は知的な遊びといった気分でうずうずしていた。

「ここがハドスン街だ」と言うと、彼は質素なれんが造りの二階家が並ぶ短い通りへと曲がった。「ほら！　シンプスンが報告に来た」

「ホームズさん、まだ彼はいますよ」小さなストリート・チャイルドがわたしたちの

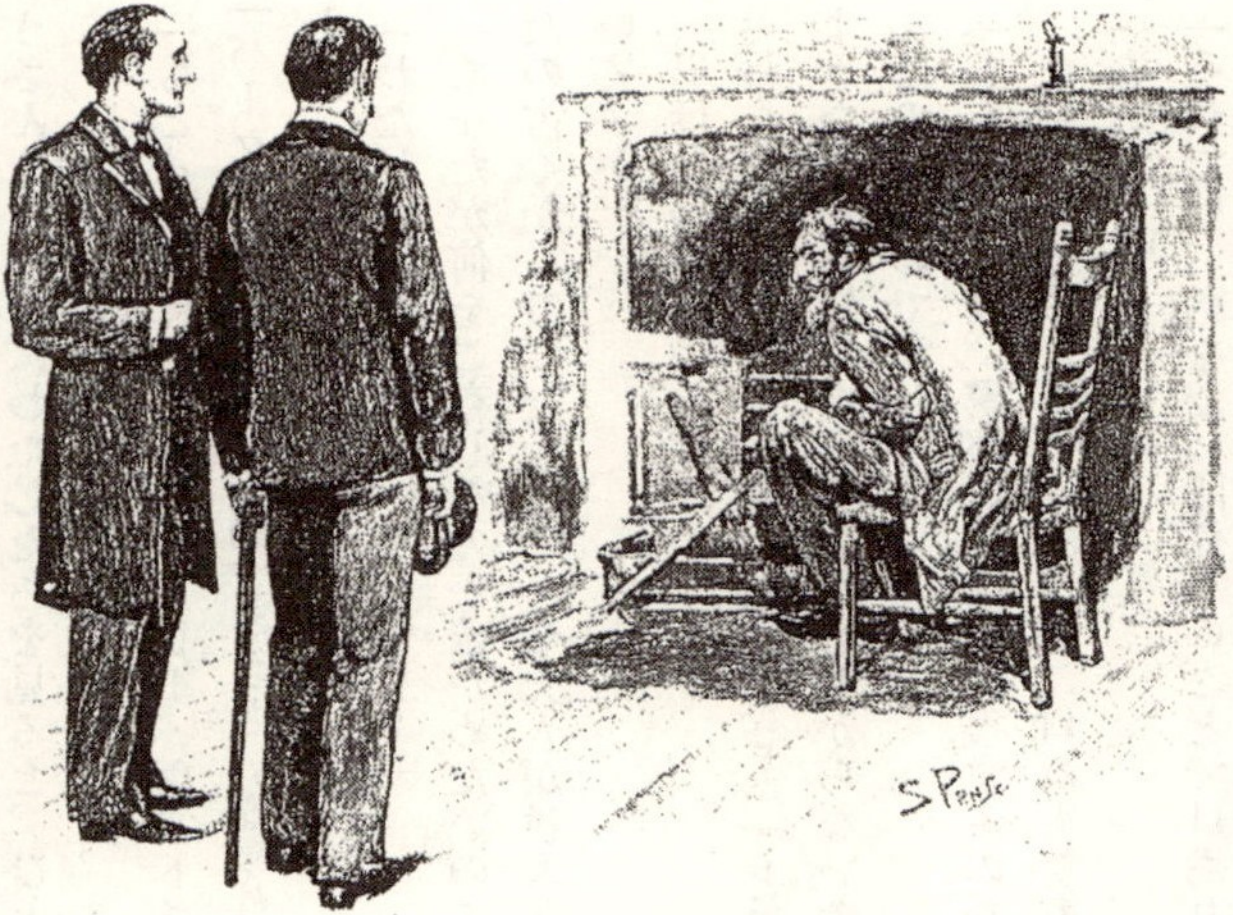

方に走り寄って叫んだ。
「よくやったぞ、シンプスン！」ホームズは少年の頭をなでながら言った。
「行こう、ワトスン、これがその家だ」大切な用があって来ましたという伝言を書いた名刺を渡し、わたしたちはすぐに目的の男と直接会うことができた。暖かい天候にもかかわらず、彼は暖炉の前にかがみ込んでいて、小さな部屋はオーヴンの中にいるようだった。体全体を丸め込むようにして椅子に座った姿は、言葉にいいあらわせないほどぶかっこうであった。しかし、こちらに向けた顔は、黒ずんで疲れ果ててはいたものの、かつては大変な美貌であったろうと思わせた。男は黄色く濁った、非常に気難しそうな目で、うさんくさそうにわたしたちを見ると、ひとことも話さないまま、立ち上がりもせずに、二つある椅子に座るよう手招きした。

「もとインドにいらしたヘンリー・ウッドさんですね」ホームズは愛想よく言った。「バークリ大佐の死亡に関するささいな事件のことでおうかがいしたくてまいりました」

「わたしが何か知っているとでも?」

「あなたが何をご存じなのか確かめたいのです。この事件が解明されなければ、あなたの古くからのご友人バークリ夫人が殺人罪に問われるだろうことは、ご存じかと思いますが」

男ははっと驚いた。

「わたしはあなたが誰だか知りません」と男は大声で言った。「また、どうしてそのようなことを知っているのかもわからないのですが、今おっしゃったことは誓ってほんとの話なのですね」

「もちろんです。警察は夫人が回復するのを待って逮捕するでしょう」

「なんということだ! あなたご自身も警察の方でしょうか」

「違います」

「それでは、あなたに関係ないことではありませんか」

「正義がいかに行なわれるかを知ることは、誰にとっても大切なことがらです」

「夫人が無実であることは、わたしが誓って申し上げられます」

「それではあなたが犯人だとでも?」

「いいえ、わたしではありません」

「それでは、誰がジェイムズ・バークリ大佐を殺害したとおっしゃるのです?」

「彼を殺したのは神の摂理（せつり）です。いいですか、わたしは確かに奴の頭を叩き割ってやりたいと思っていました。ですから、たとえ、実際にわたしがそうしたとしても、わたしの手から当然の報（むく）いを受けたにすぎないのです。もし奴が罪の呵責（かしやく）で倒れなかったら、きっと、わたしが彼を殺すことになっていたでしょう。ことの一部始終をお聞きになりたいでしょうね?　そう、わたしが話さないわけなどありません。わたしには恥じる理由など全くありません。

　話はこういうことなのです。今や、背中はラクダのように曲がり、肋骨（ろっこつ）もゆがみきっていますが、このヘンリー・ウッド伍長（ごちょう）が第一一七歩兵連隊きってのハンサムな男だった時代もあったのです。当時われわれはインドにいまして、駐屯地はバーティーとでも呼んでおきましょう。このあいだ死んだバークリは、わたしと同じ中隊の軍曹で、連隊きっての美女、そう、この世に生をうけた誰よりも美しい娘が、軍旗護衛軍曹の娘ナンシー・デヴォイだったのです。彼女を愛する男は二人いましたが、彼女が愛した男はただ一人でした。暖炉の前にうずくまるわたしの哀れな姿をご覧になっては、彼女がわたしを愛したのは、わたしが美男子だったからだなどと聞いて、お笑いになるでしょうが。

さて、彼女の心を射止めたのはわたしですが、彼女の父親は娘をバークリと結婚させる心づもりだったのです。わたしは軽率で無謀な若者でしたが、バークリは教育もあり、将来は将校の地位を約束されていました。けれども、ナンシーは心変わりするようなこともなく、一緒になれるだろうと思っていた矢先のこと、セポイの反乱がおこり、地獄の悪魔たちがインド中に解き放たれたのです。

わが連隊は、砲兵隊半個中隊とシーク教徒一個中隊、それに多くの民間人や女たちとともに、バーティーで包囲されてしまったのです。われわれを囲む反乱軍の数は一万、ネズミかごを囲むテリアの群のようにいきり立っていました。囲まれて二週目頃には水が底をついてしまい、内陸部に向かって移動していたニール将軍[122]の隊と連絡が取れるかどうかということが、死活問題でした。女や子どもを連れていては、戦いながら道を切り開くこともできませんから、それしかチャンスがなかったのです。そこで、わたしは囲みを突破して、ニール将軍にこちらの危険な状態を知らせる役を志願しました。この申し出が受け入れられて、わたしはこのことをバークリ軍曹に話すと、彼は誰よりもこの辺の地理に詳しいといわれており、反乱軍の包囲線を突破できそう

なルートを書き記してくれたのです。その夜十時に、わたしはその冒険に出発しました。救うべき命は千人でしたが、その夜に城壁を越えて飛びおりた時、わたしが考えていたのは、その中のただ一人のことでした。

わたしが通ったのは水のない川床でした。そこなら敵の斥候(せっこう)の目をくらませることができる、とわたしたちは思ったのですが、這(は)うようにして角を曲がった時、六人の敵の斥候にぶつかってしまったのです。闇の中に身をかがめて、わたしを待ち伏せしていたのです。あっというまに、わたしは殴られて失神し、手足を縛られてしまいました。しかし、本当の打撃をこうむったのは頭ではなく心でした。というのも、意識を取り戻して、彼らの話をわかる範囲で聞いていたところ、わたしの友人で、わたしがとるべき道を教えてくれたその本人が、インド人の使用人を使って、わたしを敵の手に売ったというではありませんか。

さて、このことについては、これ以上お話しする必要はないでしょう。もう、ジェイムズ・バークリがどんなことのできる人間なのかおわかりだと思います。バーティーは、次の日、ニール将軍によって救われましたが、後退する反乱軍に連行されたわたしが、再び同胞に会えたのはずいぶん後のことでした。わたしは拷問され、逃げようとしては、またつかまって、拷問されました。その結果、見てのとおり、こんな姿になったというわけです。反乱軍の一部がわたしを連れてネパールに逃げ、その後、わたしはダージリン(123)を越えて高地に出ました。そこに住む原住民が、わたしをとらえていた反乱兵を殺したため、わたしはしばらく彼らの奴隷となっていましたが、やがてそこを逃げ出したのです。しかし、南には行けなかったので北へ行くしかなく、気がつくとアフガニスタンに入っていました。そこでわたしは何年ものあいだ放浪生活を送った後、やっとのことでパンジャブ(124)に帰り着き、そこでほとんど原住民と一緒に暮らし、習い覚えた奇術で生活費を稼いでいました。こんな情けない格好のわたしが、イングランドに帰り、昔の戦友の前に姿を現わしたからといって、いったい何の役にたつでしょう？　復讐したい気もちはあっても、それを実行する気になれませんでした。ナンシーや昔の戦友たちに、杖にすがってチンパンジーのようによたよたと歩く姿を見られるよりは、あの愛すべきハリー・ウッドは堂々と死んでいったと思ってもらったほうがましだったのです。誰もわたしが死んだことを疑う者はいませんでしたし、ずっと疑わないでほしいと思っていました。バークリがナンシーと結婚して、連隊で急速に出世しているということは、風の便りに聞いていましたが、わたしは名乗り出るつもりはありませんでした。

けれども、人間、年をとると、ふるさとに引かれるものですね。ここ何年も、イングランドの緑の草原や生け垣の夢を見てきました。そしてついに、死ぬ前にもうひと目見たいと決心したのです。船の旅費を貯め、兵隊のいるここへやって来ました。兵隊の暮らしぶりや、彼らを楽しませる方法は心得ていたので、それで生活できると考えたからです」

「たいへん興味深いお話でした」と、シャーロック・ホームズは言った。「あなたがバークリ夫人とお会いになった時、互いに誰だかわかったという話は、聞いております。その後、あなたは夫人のあとをつけ、窓越しに夫婦の激論するところをご覧になった。激論のなかで、夫人はきっとあなたへの仕打ちをなじったのでしょう。それを見て、あなたは自分の感情を抑えきれずに、走って芝生を横切り、二人の前に姿を現わした」

「そのとおりです。わたしの姿を見ると、彼は人間とはとても思えない顔をして、頭から炉格子の上に倒れ込みました。けれども、倒れる前にすでに死んでいたのです。彼の顔には死相が見てとれました。今、暖炉の火を前に読んでいる、この聖書のことばと同じくらい、はっきりとです。わたしの姿を見ただけで、それが弾丸となって、罪深い彼の心臓を射抜いたというわけです」

「それで？」

「その時に、ナンシーが気を失いました。わたしは彼女の手からドアの鍵を取ると、鍵をあけて助けを呼ぼうとしました。しかし、そうしようとして、ふと何もせずに逃げるほうがいいと思ったのです。状況はわたしに不利のようでしたし、どのみち、つかまれば秘密が知られてしまうので。わたしは急いで鍵をポケットにおしこみ、テディがカーテンに駆け登ったので、追いかけているうちに、杖を落としてしまったのです。奴を逃げ出した箱の中に戻し、わたしはできるだけ急いでその場を離れました」

「テディというのは？」とホームズが尋ねた。

男はかがみ込んで、部屋の隅に置かれた檻のようなものの正面の板をあげた。すると、中から走り出たのは赤茶色の美しい動物だった。しなやかな細い体にイタチのような足、鼻は細長く、動物の頭部には今まで見たこともないほど美しい赤い目がついていた。

「マングースだ！」と、わたしは叫んだ。

「そう、そう呼ぶ人もいれば、イクニューモンと呼ぶ人もいます」と、男は言った。「わたしはスネイク・キャッチャーと呼びますが。わたしは毒牙を抜いたコブラを一匹持っていて、テディは驚くほどすばやくコブラをつかまえるのです。テディは毎晩そいつをつかまえて、酒保でみなを楽しませています。このほか、何かお聞きになりたいことはありませんか」

「そう、万一バークリ夫人に嫌疑がかかるようなことになったら、また伺うことになるかもしれません」

「そうなったら、もちろん、名乗り出ますよ」

「しかし、そうならなかったら、いかに悪いことをした男だったにせよ、死人のスキャンダルをあばき出してもしかたがない。この三十年の間、大佐が自分の不正な行ないについて良心の呵責を感じていたことはわかったわけですから、多少はご満足がいったでしょう。おや、マーフィー少佐が通りの反対側を歩いている。それでは失礼しますよ、ウッドさん。昨日から、どうなったかを彼に聞いてみたいのでね」

少佐が角を曲がる前にわたしたちは追いつくことができた。

「やあ、ホームズ」と、彼は言った。「聞いたとは思うが、あれはみな無用なから騒ぎだったよ」

「何のことですか？」

「検死審問がちょうど今終わったところです。医学的な証拠から、死因は脳出血という結論が出ました。つまり、全く単純きわまりない事件だったということです」

「なるほど、深い意味は何もない事件だったというわけですね」と、ホームズは笑いながら言った。「さあ行こうよ、ワトスン。オールダショットにもう用はなさそうだからね」

「一点わからないことがあるのだが」と駅への道すがら、わたしは言った。「夫の名がジェイムズで、もう一人の男がヘンリーだとすると、デイヴィッドというのは何だろうか？」

「ねえ、ワトスン、その一語ですべてがわかっていたはずなのだ。もしも、ぼくが、君が好んで描写してくれるような理想の推理家だったらね。あれは明らかに叱責する言葉だったのだよ」

「叱責だって？」

「そう、デイヴィッドは時々、正道を踏みはずした行ないをした、というのは知っているね。一度などはジェイムズ・バークリ軍曹と同じようなことをした。ウリヤとバテシバのちょっとしたできごと[125]を憶えているだろう？　ぼくの聖書の知識は、少々さびついてはいるかもしれないが、『サムエル記　上』か『下』にこの物語が載っているはずだよ」

入院患者

わたしは、わが友シャーロック・ホームズ氏のいくつかの知的な特質を証明するためにこの事件記録を書きすすめてきた。多少とりとめのないそれらの記録を読み返してみると、すべての点でこの目的にかなった事件を選ぶのは非常に難しいことだとあらためて思った。なぜかというと、ホームズがすばらしい分析的推理の神わざを発揮して、彼独特の調査方法が優れていることを示しているような事件であっても、事件そのものが、ひどくつまらないものだったり、ありきたりだったりすることがしばしばあるからだ。そういう事件は、今さら世間に発表するに値(あたい)しないと思える。そうかといって、ずいぶん印象的で、珍しい事件にかかわっていても、今度は、ホームズの果たす役割が、彼の伝記作者のわたしから見て、期待するほどのものではない、ということもたびたびあるからだ。わたしが《緋色(ひいろ)の習作》と題した事件記録と、その後に発表した《グロリア・スコット号事件》という二つは、彼の伝記作家を永久に悩ませる、怪物のシラとカリブディス[126]のようなもので、事件は珍しくても、ホームズの役割が不充分だった。これから書こうと思っている事件も、わが友は、あまり大きな役割を演じているとは言えない。けれども、事件そのものがいちじるしく変わっているので、どうしても、この事件記録から省く気になれなかったのだ。

この事件がおきた正確な日付については、定かではない。というのは、この件に関するいくつかのメモをどこかへ置き忘れてしまったからだ。けれども、ホームズとわたしがベイカー街で暮らし始めた最初の年がそろそろ終わりに近づいていた頃であることに間違いはない。それは、風が荒れ狂う十月の天候の日のことで、わたしたち二人は一日じゅう部屋にとじこもっていた。というのは、わたしはきびしい秋風にさらされると、健康にさしさわりが出ることを恐れていたからだった。ホームズといえば、それにとりかかってからずっと完全に熱中していた、難解な化学実験のとりこになっていた。けれども、夕方になって、試験管が壊れてしまい、実験結果が出ないままになったので、彼は突然叫び声をあげると、浮かぬ表情をしながら実験机の前の椅子から立ちあがった。

「一日の仕事がむだになってしまったよ、ワトスン」と彼は言うと、窓の方に向かった。「ああ、星が出たし、風もおさまった。ロンドンをぶらついてみようと思うけど、君はどうするかい」

わたしは、小さな居間にとじこもっていることに飽き飽きしていたので、喜んでこれに応じることにして、きびしい夜気を避けるために鼻までしっかりマフラーを巻い

た。三時間ほど、わたしたち二人は、町をぶらついた。フリート街からストランドにかけての道を、行ったり来たりしている人たちの、まるで万華鏡（まんげきょう）を見ているような、さまざまな生き方を眺めながら歩いた。そのあいだ、ホームズは先ほどの一時的な不きげんさを払いおとして、細かいことまで見逃さない鋭い観察力とすばらしい推理力とをともなった彼特有の話しぶりで、わたしをすっかり楽しませてくれた。わたしたちがベイカー街へ戻った時には、すでに十時を回っていたが、戸口の前に四輪馬車が停まっていた。

「おや、医者の馬車だね。一般の開業医だ」とホームズは言った。「しかも、開業してまもないのに、ずいぶんはやっているようだ。何か相談があって、訪ねて来たに違いない！　ちょうどいいところへ戻って来たようだな」

わたしは、ホームズ流の推理にはずいぶん慣れていたので、彼がそう言った根拠は、すぐにわかった。ランプの明りがついた馬車の中に吊るされている、柳細工のバスケットの中に入っている、さまざまな医療器具の種類や状態を見て、彼はすばやくこう推理したのだ。二階のわたしたちの部屋の窓には明りがついていたので、この夜の訪問者がわたしたちのところへ来たのは確かだった。何の用があって、この遅い時刻に、わたしと同じ職業の人物が訪ねて来たのかと、好奇心いっぱいで、ホームズのあとから部屋へ入った。

青白く、面長で、薄茶色の頬ひげをはやした男が、暖炉のそばの椅子から立ち上がった。男は三十三、四歳を越えてはいないようだったが、やつれた表情と、不健康そうな顔色からすると、かなり活気がなく、若さを奪われた生活を送っているように思えた。神経質な男のようで、そわそわしており、内気そうで、立ち上がった時に、暖炉にかけた細い白い手は、医者というよりは芸術家の手のようだった。服装は地味で落ち着いており、黒のフロックコートに黒ずんだ色のズボンをはき、ネクタイだけがわずかに彩りを添えていた。

「こんばんは、先生」と、ホームズは明るく声をかけた。「ほんの二、三分お待ちになっただけで済んで、なによりでした」

「では、馭者とお話をなさったのですか？」

「いえ、そこにある、サイド・テーブルのろうそくを見ればわかりますよ。まあどうぞ、おかけください。ところで、早速ですが、お訪ねのご用件をうかがいましょうか」

「わたしはパーシ・トレヴェリアンという医者です」と客は言った。「ブルック街の四〇三番に住んでおります」

「と言いますと、原因のわかっていない神経障害についての論文の執筆者ではありませんか？」わたしが尋ねた。

自分の論文が知られていたのがうれしかったのか、男の青白い頬が、さっと赤くなった。

「あの論文は、ほとんど反響がなかったので、もう、すっかり忘れられたとばかり思っていました」と彼は言った。「出版社からも、売れ行きがすこぶる悪いと言われていましたからね。とすると、あなたご自身も医学方面の方ですか？」

「退役の軍医です」

「わたしは、昔から、神経病に関心がありましてね。そちらを専門にしていきたいのですが、初めは何でも、できることからしなければいけないと思いまして。ところで、ホームズさん、この問題にかかわっている場合ではありませんでした。貴重なお時間をさいていただいているのですから。最近、ブルック街のわたしの家で、とても奇妙なことがたて続けにおきました。そこで、とうとう今晩、一刻も早く助けていただきたいと、相談にあがりました」

シャーロック・ホームズは、腰をおろすと、パイプに火をつけた。「喜んで、わたしたち二人はご相談に応じます」と彼は言った。「あなたの、お困りになっていらっしゃるという事情を、どうぞ詳しくお話しください」

「なかには、一つや二つ、お話しするのもはばかられる、全くつまらないこともあります」こう言って、トレヴェリアン医師は、話し始めた。「しかし、どう考えてもおかしな事件で、最近はそれが、いっそうややこしくなってきましたので、すべてをあなたに打ち明けてしまうことにいたします。そのなかでどれが重要か、どれがそうでないかは、あなたのご判断にお任せします。

最初にまず、わたしの大学時代の経歴をお話ししておかなければなりません。わたしはロンドン大学の出身です。わたしが、決して大げさな自慢話をするつもりではないことは、おわかりいただけると思いますが、当時、教授たちからは、前途有望な学生だと思われていました。卒業後もキングズ・カレッジの付属病院(127)でささやかな地位を得て、研究に専念していました。そして運がいいことに、カタレプシー（強硬症）

の病理研究でかなり注目をあびて、あなたのご友人が今おっしゃった神経障害に関する論文で、ついにブルース・ピンカートン賞と、メダルを頂くまでになりました。その時は、わたしの将来は輝かしい成功が約束されていると、誰もが思ったと言っても、言い過ぎではありませんでした。ところが、わたしにとって、ただ一つの大きな障害は、資金がないことでした。おわかりいただけると思いますが、専門医として成功しようとすれば、キャヴェンディッシュ・スクェア地区[128]にある、十二本の通りのどれかに沿って、なんとしてでも開業しなければいけませんし、家賃や設備にしても、たいへんな金がいります。さらにこの莫大な開業費用のほかにも、数年は収入なしでも食べていかれるぐらいの準備がいりますし、どこに出しても恥ずかしくない、りっぱな馬車や馬も用意しなければなりません。こうなりますと、とうてい、わたしにはむりです。せっせと倹約して、十年もたてば、どうやら開業できるぐらいの金が貯められるだろう、というのがわたしの考えでした。ところが、突然、思いもよらないことになって、全く新しい希望が出てきたのです。

それは、ブレシントンと名乗る、見ず知らずの紳士の訪問から始まったのです。彼はある朝、わたしのところへ来るなり、すぐに用件を話し出しました。

『あなたは、あのりっぱな研究で、最近すばらしい賞を受けられたパーシ・トレヴェリアンにまちがいありませんね』と、彼が言ったので、わたしはうなずきました。

『では、わたしの質問に、率直に答えていただきましょう』客は続けました。『そのほうが、あなたのためになりますからね。とにかく、あなたは成功者になる頭脳は、持っておいでのようだ。それでは、世渡りの才はどうですかな？』

突然、こういう質問をされたので、わたしは思わず笑い出してしまいました。

『まあ、そこそこだとは思いますが』と、わたしは答えました。

『何か悪い癖は？　大酒飲みじゃないでしょうね？』

『なんということをおっしゃるのですか！』わたしは大声を出してしまいました。

『だいじょうぶですね。それなら、けっこう！　どうしても聞いておきたかったもので。ところで、これだけの才能があって、なぜ開業しないんですか？』

わたしは肩をすくめました。

『さてさて、と』と彼は言いました。『こういうことは、昔からよくある話ですよ。頭はいっぱい、ポケットはからっぽ、というわけだ。そこで、もしわたしが、あなたをブルック街で開業させてあげましょう、と言ったら、どうしますかね？』

わたしは驚いて、相手をじっと見つめ返しました。

『いや、これはあなたのためではなく、わたしのためなんです。いっさいがっさい、包み隠さずに話しましょう。これが、あなたにもってこいの話なら、わたしにとっても、このうえもなくつごうがいいんですよ。実は、わたしには、投資したい金が二、三千ポンド（約四八〇〇～七二〇〇万円）ありましてね。それをあなたに投資しようと考えたんです』

『しかし、なんでまた……』わたしは驚いて息がつまりました。

『それは、何か他のものへ投機(とうき)するのと、全く同じです。おおかたのものに比べて、安全だと言えるでしょう』

『それで、わたしはどうするのですか？』

『今から話しましょう。わたしが家を手に入れて、家具調度も整(ととの)え、メイドたちへの給料も払い、すべての運営を行ないます。あなたは、ただ診察室で、患者を診(み)るだけでいい。小遣いもその他の費用も全部、わたしがめんどうをみます。そして、あなたの稼(かせ)ぎの中から、四分の三をわたしがもらい、残りの四分の一は、あなたが取ります』

ホームズさん、これがブレシントンと名乗る男が持ちかけてきた、不思議な提案なのです。わたしたちが、それからどういう交渉をして話がまとまったかは、たいくつでしょうから省きます。とにかく、わたしは次の〝聖母マリアのお告げの祝日〟(129)に、今の家に引っ越して、ほとんど彼の提案どおりの条件で開業しました。彼も入院患者という形で、同じ家に住むことになりました。なんでも、心臓が悪いので、いつでも医師の助けが受けられるようにしていたいと言うのです。彼は、二階の一番いい部屋(130)を二つ、居間と寝室として占領しました。変わった性格で、人と交際もせず、外出もめったにしないのです。生活は不規則なのですが、一点だけ、びっくりするほど規則正しいところがありました。毎晩、同じ時刻になると、診察室に来て、帳簿類を調べると、その日のわたしの稼ぎのうちから、一ギニー（約二万五二〇〇円）につき、五シリング三ペンス（約六三〇〇円）ずつを残すと、あとは全部、自分の部屋の金庫へ持って行ってしまうのです。

次の点については、確信を持って言えます。彼が自分の投機を後悔したことは、一度だってなかったでしょう。初めから大成功でした。上流階級の患者も二、三いましたし、大学病院に勤めていた頃の評判もあって、わたしはすぐに一流と言われるようになり、ここ一、二年で、彼をすっかり金持ちにさせました。

ホームズさん、これがわたしの経歴と、ブレシントン氏との関係です。あとは、今夜、わたしがこちらへ伺うようになった事情をお話しすれば、それで全部です。

数週間ほど前になりますが、ブレシントン氏は、ずいぶん取り乱したようすで、わたしのところへまいりました。なんでも、このウェスト・エンド[131]に、強盗が押し入ったとかで、彼は必要以上に興奮（こうふん）して、わたしの家の窓やドアに、もっとしっかりした錠（じょう）をつけなければ、安心して一日も過ごせないと言うのです。それから一週間ほど、彼は変に落ち着きがなく、しじゅう窓から外をのぞいていて、今まででしたら夕食前にそこらあたりを散歩していたのに、それもやめてしまいました。このようすから、ブレシントン氏が、何かあるいは何者かを、死ぬほど恐れているのではないかと、察（さつ）することができました。でも、それを尋ねると、ひどく不きげんになるので、こっちがむりに話題を変えなければならない、というぐあいでした。それでも、日がたつと、次第に恐怖も薄らぐらしく、前のような生活ぶりになりました。そこへ、新しい事件がおきたものですから、彼は、すっかり打ちひしがれて、今もひどく落ち込んでいるのです。

事件というのは、こういうものでした。二日前のこと、わたしは一通の手紙を受け取りました。それには、日付も差出し人の名前も、住所もないのです。ちょっと、読んでみましょう。

今、イングランドに在住の、ロシアの貴族の方が、ぜひともパーシ・トレヴェリアン先生に、ご診察をお願いしたいと思っておられます。実は、その方は数年来、カタレプシーの発作に悩まされておられるのです。トレヴェリアン先生は、この病気の権威者として、有名な方とうけたまわっておりますので、お願いするしだいです。明日の夕方、六時十五分頃お伺いしたいと思いますので、ご都合がよければご在宅下さい。

カタレプシーの研究で、何が大変かと言いますと、患者の数が非常に少ないことなのです。ですから、この手紙を読んで、わたしは大喜びでした。ですから、翌日、予約の時刻に、期待に胸をふくらませて診察室で待っていたのは言うまでもありません。給仕(きゅうじ)が患者を案内してまいりました。

患者は、かなり年をとっていて、やせて、上品そうな顔をした、平凡な男でした。ロシアの貴族という感じは、全くありませんでした。それよりは、連れの男のほうが、ずっと印象的でした。こちらは、きわだってハンサムな背の高い青年で、浅黒く、りりしい顔立ちで、ヘラクレスを思わせるような、たくましい手足と厚い胸をしていました。青年は、もう一人の男の腕を支えながら入って来ると、その体つきからは想像もできないほどの優しいしぐさで、患者を椅子に座らせるのでした。

『先生、おじゃまして、申しわけありません』と、青年は、少し舌たらずの英語で言いました。『これはわたしの父親です。わたしにとって、父の健康は、何よりも大切なのです』

わたしは、青年の親を思う気もちに、感動して言いました。『では、わたしが診察している間も、ここにおいでになりたいでしょう?』

『いいえ、とんでもありません!』と、青年は、恐ろしげな身ぶりをして叫ぶのです。『それは、わたしにとって、言いようもないほどつらいことです。あの恐ろしい発作が、父を襲うのを見ようものなら、わたしはきっと死んでしまいます。わたし自身、神経が非常に細いのです。診察のあいだ、どうぞ待合室で待たせてください』

もちろん、わたしはそれに同意しましたので、青年は出て行きました。それから、患者とわたしは、いろいろと病状について話し合い、わたしはそれをカルテに書き記しました。患者は、どうも頭がいいとは言えない人で、何回もいいかげんな返事をしました。でも、これは英語がよくわからないためだろうと思いました。ところが、質問しながらカルテに書き込んでいるうちに、急に何も返事をしなくなったので、患者の方を見ますと、なんと、彼は椅子に座ったまま、棒のように固くなっているのです。そして、表情の全くない、こわばった顔で、わたしを見つめていました。彼は、あの不思議な病気の発作を、また、おこしたのです。

初めに感じたのは、なんといっても同情と恐怖でした。でも、それは次に、医者としての満足感に変わりました。わたしは、患者の脈拍と体温を計り、筋肉がこわばっているかどうかを調べ、腱反射を確かめました。ですが、どこにも特筆するところはありません。わたしが今までに診察したものと、全く同じです。この発作には、亜硝酸アミル[132]の吸入がよく効くとわかっていましたので、今回も、この薬の効力を試すよい機会だと思いました。薬のビンは、下のわたしの研究室に置いてあるので、椅子に座っている患者をそのままにして、薬を取りに走って降りて行きました。ビンを見つけるのには、ちょっと手間取りました。といっても、五分ぐらいですがね。戻って来ますと、まあ、驚きましたよ。診察室はからで、患者がいなくなっているのですから。

もちろん、わたしは、真っ先に待合室に駆けつけました。あの息子の姿もありません。玄関のドアは閉まっていましたが、鍵はかけてありませんでした。患者の案内係の給仕は、最近やとったばかりであまり気がききません。いつも下にいて、わたしが診察室の呼びりんを鳴らすと駆け上がって来て、患者を送り出していたのです。彼も、音は何も聞こえなかったと言うので、このできごとは、完全に謎に包まれてしまったわけです。このあとすぐに、ブレシントン氏が散歩から帰って来たのですが、わたしは何も話しませんでした。実を言うと、わたしは近頃、彼とはなるべく、かかわりあいをもたないようにしているのです。

まあ、このロシア人の親子には、もう二度と会うことはないだろうと思っていました。ところがです、今日の夕方、昨日と全く同じ時刻に、あの二人が診察室に現われた時の、わたしの驚きがどれほどだったかは、ご想像いただけると思います。

『先生、昨日は急に帰りまして、まことに申しわけないことをいたしました』と、患者は言いました。

『いや、わたしも、本当に驚きましたよ』

『実のところ』と彼は言いました。『わたしは発作がおさまりますと、いつも頭がぼんやりして、今までのことが、さっぱりわからなくなるのです。気がついたら、見憶えのない部屋にいると思ったので、先生がおられない間に、ぼうっと外へ出てしまったのです』

『わたしのほうは』と、息子が言いました。『父が待合室のドアを通って行くのを見て、もちろん、診察は終わったものと思いました。家へ帰って、やっと、本当のことがわかったのです』

『まあ、ともかく』と、わたしは笑いながら言いました。『わたしがひどく困ったほかには、何の被害もありませんでしたから。では、あなたは待合室へ行っていただきましょうか。昨日、途中になってしまった診察を続けますので』

それから三十分ほど、わたしは老紳士の病状を聞いて、薬を処方し、患者が息子の腕につかまって出て行くのを見送りました。さきほどお話ししましたが、ブレシントン氏は、いつでも、この時刻には散歩に出かけています。このあと、すぐに彼が帰って来て、二階へ上がって行きました。ところが、駆けおりてくる音が聞こえたかと思うと、血相を変えて、診察室に飛び込んで来たのです。

『誰が、わたしの部屋に入ったのだ!』と、彼は叫びました。

『誰も入りませんよ』と、わたしは言いました。

『嘘をつくな！』彼はわめきました。『来てみろ！』

　恐ろしさのあまり、正気を失っているようなので、わたしは、彼の乱暴な言葉も聞き流しました。二階へ一緒に上がって行くと、彼は、薄い色のじゅうたんの上に残されたいくつかの足跡を、指さして叫ぶのです。『これが、わたしの足跡だとでも言うのか！』

　そう言われれば、彼の足跡にしては大きすぎますし、今しがたついたばかりだということも、はっきりしています。それに、今日は午後は、ご存じのような大雨でしたから、この家を訪ねて来たのは、わたしのところへ来た患者しかいませんでした。とすれば、わたしが父親を診察している間に、待合室の息子が、なぜかは知らないが、わたしの入院患者の部屋へ、上がって行ったに違いありません。何かに手を触れたり、持ち去ったりした跡は、何一つありませんが、足跡が残っているのですから、誰かが忍び込んだということは確かです。

　こんなことがおこれば、不安になるのはあたりまえですが、ブレシントン氏の興奮ぶりときたら、それはもう、とうてい考えられないほどのものでした。彼は、肘掛け椅子に座ると、とうとう泣き出してしまい、まとまった話を聞くどころではありません。ここへお伺いすることも、彼の提案です。わたしも、もちろんそうしようと思いました。たしかに、これは、非常に奇妙な事件ではありますが、彼はいくぶん、大騒ぎしすぎているようです。よろしければ、わたしの馬車[133]でご一緒願えないでしょうか。この、とんでもない事件の説明が、すぐにつくとは思いませんが、少なくとも、ブレシントン氏の気を鎮めていただくことはできると思います」

　シャーロック・ホームズは、この長い話を熱心に聞いて、大きな関心を持ったようだった。表面上は、いつもどおりに平静にしていたが、トレヴェリアン医師の話が珍しいことがらに触れると、それにうなずくように、まぶたが重く垂れ下がり、パイプからは、ひときわ濃い煙を、もうもうと立ちのぼらせるのだった。依頼人の話が終わるとすぐ、ホームズは、何も言わずにすっと立ちあがり、わたしに帽子を渡した。そして、自分の帽子をテーブルから取ると、トレヴェリアン医師について、外へ出た。

十五分もたたないうちに、わたしたちは、ブルック街にある医者の家の前で、馬車から降りた。ウェスト・エンドの開業医といえば、すぐに思い浮かぶような、くすんだ、のっぺりした建物だった。背の低い給仕が迎えてくれたので、わたしたちはすぐに、上等なじゅうたんを敷いてある、広い階段を上がり始めた。

しかし、思わぬじゃまが入り、わたしたちは立ちすくんでしまった。階段の上の明りが急に消え、暗闇の中から、突然、かん高く、震えたような叫び声が聞こえてきたのだ。

「ピストルを持っているぞ」その声は叫んだ。「それ以上近づいたら、撃ってやるからそう思え！」

「ブレシントンさん、そんなことをしてはいけませんよ！」と、トレヴェリアン医師が叫んだ。

「先生、あなたでしたか」その声は、いかにも安心したというふうだった。「けれど、お連れの人たちは、怪しい人じゃないのでしょうね？」

暗闇の中から、わたしたちは、じっと見つめられていることがわかった。

「よろしい、だいじょうぶらしい」と、彼はやっとのことで言った。「上がって来てください。わたしの用心のために、迷惑をおかけして申しわけありませんでした」

男はそう言いながら、階段のガス灯に、再び火をつけた。すると、明りの中に、異様な男の姿が現われた。その顔と声は、神経がひどくいらだっていることを物語っていた。男は、たいそう太っていた。しかし、以前は、今よりももっと太っていたらしく、顔の周りの皮膚はブラッドハウンド犬の頬のように袋状に垂れ下がっていた。顔色は病的で、薄茶色で少なくなった髪は異常な興奮のためにさかだっているようだった。彼はピストルを握っていたが、わたしたちが近づくと、ポケットにしまいこんだ。

「こんばんは、ホームズさん」と彼は言った。「おいでいただきまして、ほんとうにありがとうございます。今のわたしほど、あなたに助けてもらいたいと思っている者は、ほかにはいないでしょう。全くもってけしからんことだが、わたしの部屋へ入り込んだ奴がいることは、トレヴェリアン先生がもうお話ししたでしょうね」

「はい、うかがいましたよ」とホームズは言った。「ところでブレシントンさん、その二人の男は、いったい何者ですか？　どうして、あなたを悩ますのですか？」

「そう、その点は」と入院患者はいらいらしながら言った。「もちろんわかりませんな。そんなこと、答えられるわけがありませんよ、ホームズさん」

「それでは、あなたは、わからないとおっしゃるのですね」

「とにかく、中へどうぞ。こちらの部屋へ、入ってください」

彼はわたしたちを、居心地のよさそうな家具調度の整った、広い寝室へ案内した。

「あれを見てください」と、ベッドの端に置かれている大きな黒い金庫を指さしなが

ら、彼は言った。「ホームズさん、わたしは決して大金持ちじゃありません。トレヴエリアン先生が話したでしょうが、投資だって、生まれて初めてのことですよ。わたしは、銀行家を信用しません。ホームズさん、銀行なんて全くあてになりませんよ。ここだけの話にしていただきたいのですが、わたしはわずかですが、あり金をみんな、あの金庫の中に入れているのです。ですから、知らないやつらが、わたしの部屋に忍び込むということは、わたしにとってはどんなに大変なことか、よくおわかりいただけると思います」

ホームズは、不審そうにブレシントンを見ながら、頭を振った。そして口を開いた。

「わたしをだますおつもりでしたら、とても、助言はできません」

「いいえ、もう、みんなお話ししましたよ」

ホームズは、うんざりというように、さっとうしろ向きになって言った。「では、おやすみなさい、トレヴェリアン先生」

「それじゃ、わたしのためには何もしてはもらえないんですか！」ブレシントンは、今にも泣きそうな声で叫んだ。

「そう。あなたへの助言は、まず、真実をお話しなさい、ということです」

一分ののちには、わたしたちは通りへ出て、歩いて家へと向かっていた。オックスフォード街を横切って、ハーリ街[134]を半分来るまで、わが友は何も話さなかった。

「ワトスン、こんなばかげたことに、君を引っ張り出してすまなかったね」やっと彼は言った。「けれども、この裏には、おもしろい事件がありそうだよ」

「どうもよくわからないね」と、わたしは白状した。

「いいかね、はっきりしていることといえば、何かの理由で、あのブレシントンという男を狙(ねら)っている二人の男がいる――いや、もっと多いかもしれないが、少なくとも二人だ。そして、一度めも、二度めも、仲間がうまい手口で、医者を引き止めて、そのあいだに青年のほうが、ブレシントンの部屋に忍び込んだことは、間違いないね」

「でも、カタレプシーだったじゃないか」

「仮病(けびょう)だったのさ、ワトスン。専門家のトレヴェリアン先生に、そんなことは言いにくいけどね。あれは、とてもまねしやすい病気さ。ぼくだってまねたことがある」

「で、それから？」

「ブレシントンが、二回とも外出していたのは、全くの偶然だった。診察を受けるにしては、変な時間帯を選んだのも、ほかの患者が待合室にいない時を選んだからに違いないよ。ところがだ、この時間帯は、ブレシントンが散歩に出かける時刻と、たまたまぶつかっていた。ということは、彼らはブレシントンの日常生活を、あまり知らないということだ。もし、彼らがたんなる物盗(ものと)りだったら、もちろん、少なくとも、何かを探すぐらいはしたはずだ。それに、人間はね、自分の命が危険にさらされているときは、目を見ればわかるよ。あれほどに執念深(しゅうねんぶか)い敵が二人もいるのに、あの男が敵のことについて知らないとはとても考えられない。だから、ブレシントンは、この二人が何者なのかを完全に知っているのにもかかわらず、自分のつごうで、それを隠しているのに違いない。まあ、明日にでもなれば、もう少し、なんでも話そうという気になっているかもしれないがね」

「ほかに、こう考えるのはどうだろうか」わたしは口をはさんだ。「ちょっとありそうもない、変な考えだとは思うけれど、こういうこともある。つまり、カタレプシーのロシア人とその息子という話は、みんなトレヴェリアン先生のつくり話で、何かの目的で彼がブレシントンの部屋に入ったとは考えられないかなあ」

わたしの天才的な新説を聞いて、ホームズがにこっと笑ったのが、ガス灯の明りに照らし出された。

「そう、君」彼は言った。「それはぼくも、真っ先に考えた答えの一つだ。しかし、すぐに、あの先生の話はほんとうだとわかったのさ。若いほうの男は、階段のカーペットの上に足跡を残している。だから、ぼくは部屋の中の足跡は、見せてもらう必要がなくなってしまったくらいだ。先のとがったブレシントンの靴とは違って、その男のものはつま先が四角いし、先生の靴よりも一インチと三分の一（約四センチ）は大きかった。とすれば、そういう男がいたということは確かだ。まあ、この問題はこれくらいにして、寝ることにしよう。明日の朝になれば、ブルック街から、また、何か言ってくるに違いないさ」

シャーロック・ホームズの予言は、すぐに、きわめて劇的に当たってしまった。次の日の朝、七時半、ほの白い明け方の光が射しはじめた頃、気がついてみると、ホームズがガウンのまま、わたしのベッドの横に立っていた。

「ワトスン、馬車のお迎えだよ」と、彼は言った。

「何だろう」

「ブルック街の件だ」

「何か、新しいニュースがあったのかね？」

「悲劇のようだが、はっきりしていない」彼はブラインドを巻きあげながら言った。「これを見たまえ。ノートをちぎった紙に、『至急おいで願いたい。P・T』と、えんぴつで走り書きしてあるのだ。トレヴェリアン先生は、やっとこれだけ書いたのだね。さあ、君、急いで来てくれ。これは緊急呼び出しだ」

十五分そこそこで、わたしたちは再び開業医の家に着いた。医者は、わたしどもに会おうとして恐怖いっぱいの顔で走り出て来た。

「ああ、なんということでしょう！」と、彼は両手をこめかみに当てて叫んだ。

「何がおこったのですか？」

「ブレシントンが自殺しました！」

ホームズは口笛を鳴らした。

「夜のうちに、首を吊りました」

わたしたちは家の中へ入ると、医者のあとから待合室らしい部屋へ行った。

「何と言っていいか、何がなんだか、さっぱりわかりませんよ！」彼は叫んだ。「警察官が、もう、二階へ上がっています。とにかく、恐ろしくてふるえあがってしまいます」

「いつ、発見したのですか？」

「彼は、毎朝早い時間に、メイドにお茶を運ばせておりました。今朝、七時頃にメイドが入っていきましたら、気の毒なことに、部屋の真ん中で首を吊っていたのです。重いランプを吊るしてあったフックにロープを結んで、わたしたちに昨日見せた、あの金庫の上から飛び降りたのです」

ホームズは、しばらくじっと考え込んでいた。

「もし、おゆるし願えるなら」やっと彼は口を開いた。「二階へ上がって、調べてみたいのですが」わたしたち二人が階段を上がると、トレヴェリアンも、あとからついてきた。

寝室に入ったとたんに、なんとも恐ろしい光景がそこに繰り広げられていた。このブレシントンという男については、ぶよぶよとたるんでいる感じだ、とわたしは前にも述べたつもりだ。今、こうして、フックからぶら下がっている姿は、それがいっそう強調されて、とても人間には見えないぶざまなものだった。首は、羽をむしられたニワトリの首のように、だらりと長く伸びており、逆に、体は不自然なまでに太って見えた。男は、長い寝巻だけを着ていて、その裾からは、むくんだくるぶしと、ぶかっこうな足が、硬くなって突き出ていた。その横に、抜け目がなさそうな警部が立っていて、手帳になにやら書きつけていた。

「ああ、ホームズさん」ホームズが入っていくと、彼は心を込めて言った。「よくおいでくださいました」

「おはよう、ラナー」と、ホームズは答えた。「おじゃまではありませんか？　今までの、事件の経過は聞きましたか？」

「はい、おおよそのところは」

「それで、あなたのご意見は？」

「わたしの見たところでは、この男は恐怖のために、気がふれたのですね。見てください、ベッドできちんと寝ていたようです。体の跡が、くっきりついています。自殺をするのは、朝の五時頃が多いんだそうですね。彼が首を吊ったのも、きっとその頃でしょう。じっくり考えた末でのことのようです」

「筋肉の硬直（こうちょく）ぐあいから見て、おおよそ死後三時間ぐらいですね」と、わたしが言った。

「部屋の中に、何か変わったことはなかったですか？」と、ホームズが尋ねた。

「ねじまわしと、ねじが何本か、洗面台の上にありました。夜中にかなりタバコを吸ったようです。暖炉から拾い出した葉巻の吸い殻を、四つここに並べておきました」

「そう」と、ホームズは言った。「葉巻用の小さなパイプを見つけましたか？」

「いいえ、そんなものはなかったですよ」

「それでは、葉巻ケースは？」

「はい、それは上着のポケットに入っていました」

ホームズはケースを開けると、一本だけ残っていた葉巻のにおいを嗅いだ。

「おや、これはハバナだね。こちらの吸い殻のほうは、東インドの植民地からオランダ人が輸入している、特別の種類でね。これは、普通は麦わらでくるんであるので、ほかの種類の葉巻よりも長さの割りに細いのだ」彼は、四つの吸い殻をつまみあげて、携帯用のルーペで調べた。

「二つは、パイプを使った吸い殻だけれど、残り二つは直接に吸っている」と彼は言った。「それに、二つはあまりよく切れないナイフで端を切っているのに、ほかの二つは、丈夫な歯で嚙み切っている。ラナーさん、これは自殺などではありませんよ。これは、非常にうまく仕組まれた、血も凍りつくような殺人事件です」

「そんなことはありえませんよ！」と、警部は叫んだ。

「どうしてですか？」

「なんだって、人を殺すのに、首吊りなどという、手間のかかる方法をとらなければならないんです？」

「ですから、それを突きとめなければならないのです」

「犯人は、どうやって侵入したのですか？」

「玄関口からです」

「朝、玄関口には、かんぬきがかけてありました」

「それは、犯人たちが出た後でかけたのです」

「どうして、それがわかるんです？」

「足跡を見たのです。ちょっと待ってください。これから、もう少し詳しくお知らせできると思います」

ドアのところへ行くと、錠を回しながら、彼はいつもの方法に従って調べ始めた。次に、ドアの内側に差してある鍵を抜くと、これについても同じように調査した。それから、ベッド、じゅうたん、椅子、暖炉、死体、ロープと、次々に調べていった。彼は、ようやくこれで充分、と言って、わたしと警部に手伝わせて、ロープを切って死体を下ろし、ていねいにその上にシーツをかぶせた。

「このロープはどうしたのでしょうか？」と、彼は尋ねた。
「これを切ったのでしょう」トレヴェリアン先生は、ベッドの下にある、

大きなロープのかたまりを引き出して言った。「彼は、火事にはとても神経質で、階段が燃えていても窓から逃げ出せるようにと、いつでもこれを用意していました」

「それでは、犯人たちも、手間が一つ省けましたね」と、ホームズは考え深げに言った。「そう、これでもう、事実ははっきりしてきました。動機についても、必ず午後までにお知らせできますから。ちょっと、ここの暖炉の上の、ブレシントンの写真を借りていきます。わたしの調査の助けになりそうなので」

「しかし、あなたはまだ、何も話してくださっていないではないですか！」と、トレヴェリアンは叫んだ。

「そう、事件の経過は、すでに明らかになっています」ホームズは言った。「犯行には三人が関与しています。あの青年と年とった男、そしてもう一人です。しかし、三人めが何者かは、手がかりがないのです。初めの二人は、もう説明する必要もないでしょうが、ロシアの貴族と、その息子になりすました連中です。彼らの人相は、はっきりしています。彼らは、内部の協力者の手引きで家に侵入したのです。警部さん、わたしが助言することを、許してもらえるのなら、あの給仕を逮捕なさったほうがいい、と申しあげますよ。彼は、最近やとわれたばかりでしたね、先生」

「ところが、あの若僧は、いなくなったのですよ」と、トレヴェリアン医師は言った。

「メイドとコックが、さっきから、ずっと探しているのです」

ホームズは肩をすくめた。

「あの給仕はこのドラマでは、けっこう隅にはおけない、大切な役割をつとめたのです」と言った。「そして、侵入した三人の男は、つま先立って、そっと階段を上がった。年とった男が先頭で、若い男がその次、そして、まだ何者かわからない男が最後でした」

「ちょっと、ホームズ！」と、わたしは思わず叫んだ。

「いや、足跡の重なりぐあいを見れば、はっきりわかる。昨日の夜、どの足跡が誰のものか、きちんと突きとめておいたのだ。そして、三人でブレシントンの部屋まで上がったのだが、ドアには鍵がかかっていた。そこで、針金で錠をこじあけたんだ。鍵穴の中の突出部分に引っかき傷がついているのが、ルーペを使わなくても、はっきりと見えるだろう。彼らは部屋に入るなり、ブレシントンに、さるぐつわをはめたに違いない。彼は、眠っていたか、恐ろしさのあまり叫び声もあげられなかったか、だろうね。もし、ひと声ぐらい叫んだとしても、この壁の厚さでは、とてもその声は届かなかった。

そして、ブレシントンが逃げないようにしてから、三人は、何か相談ごとをしたことは、はっきりしている。たぶん、裁判の手はずをまねたものだったろうね。これには、ずいぶん時間がかかったようだ。葉巻はこの時に吸ったものさ。年とったほうの男は、あの柳細工の椅子に座った。パイプで葉巻を吸ったのは、彼だ。若い男は向こうに座り、葉巻の灰を、タンスにこすりつけて落としていたのだ。そして、三人めの男は、あちらこちらと歩きまわっていた。ブレシントンは、きっと、ベッドの上で起きていたと思うが、これは、はっきりした確証がない。

そこで、相談の結果、ブレシントンを絞首刑にすることになった。しかし、前もってそれを予定していただろうから、何か絞首台になるような台木か滑車のようなものを持って来ていたに違いない。あそこにある、ねじまわしとねじは、きっと、それを取りつけるためのものだったのだ。ところが、フックを見つけたので、当然のことながら、その手間を省けたというわけさ。仕事を終えると、彼らは急いで逃げて行き、その後で、彼らと共謀した給仕がかんぬきをかけたというわけです」

わたしたちはみなひどく感心して、昨夜の事件のなりゆきを聞いた。しかし、なんといっても、ホームズが、ほんのわずかな、小さな手がかりから導き出した話なので、実際に、それを目の前に示してもらっても、彼の行なった推理についていくのは大変だった。その後、警部は飛び出して給仕を調べに行き、ホームズとわたしは朝食をとりに、ベイカー街へ戻ることにした。

「三時には帰るよ」食事が終わると、ホームズは言った。「その頃に、警部とトレヴェリアン先生がここへ来るから、それまでに、この事件でまだ残っている、多少はっ

きりしていない点を、明らかにさせておきたいのでね」

客たちは、約束の時刻に現われたが、わが友のほうは、あと十五分で四時という頃になって、やっと姿を現わした。彼が入ってきた時の顔つきを見て、わたしには、すべてがうまくいったことがすぐにわかった。

「警部さん、何かニュースはありませんか？」

「あの給仕をつかまえました」

「それはよかった。ぼくも、あの男たちをつかまえました」

「つかまえた⁉」わたしたちは、三人同時に叫んだ。

「まあ、少なくとも、彼らの正体はつかみました。ブレシントンと名乗る男は、ぼくが思ったとおりで、警視庁では名の通っていた男だったし、彼を殺した仲間も同様です。三人は、ビドル、ヘイワード、モファットという名前です」

「ワージンドン銀行の強盗たちだ！」警部が叫んだ。

「そう、そのとおりです」と、ホームズは言った。

「とすれば、ブレシントンは、サットンに違いない」

「おっしゃるとおり」と、ホームズは言った。

「そうですか。これでみんな、はっきりした」と、警部が言った。

トレヴェリアンとわたしは、何がなんだかわからず、互いに顔を見合わせた。

「あの有名なワージンドン銀行の一件を、憶えておいでのことと思います」ホームズが言った。「あの事件には、五人の男がかかわっていました。今、名前をあげた四人と、五人めは、カートライトという男です。彼らは守衛（しゅえい）のトビンを殺し、七〇〇〇ポンド（約一億六八〇〇万円）を盗んで逃亡したのです。一八七五年の事件です。犯人たちは、五人とも逮捕されましたが、決定的な証拠がどうしても見つからなかった。その時、ブレシントン――またの名をサットンというのですが、彼は一味のなかでも一番の悪党で、彼が仲間を裏切ったというわけです。彼の証言のおかげで、カートライトは絞首刑、ほかの三人も、十五年の刑を言い渡された。そして、つい最近、刑期が数年短縮されて[135]出獄を許された三人が、裏切り者を探し出し、死んだ仲間の復讐を したというわけです。二回は裏切り者をつかまえそこねましたが、こうやって三度めに目的を果たしたのです。トレヴェリアン先生、ほかに何か説明してほしいことがありますか?」

「ありがとうございました。とてもよくわかりました」と、先生は言った。「ブレシントンがひどくうろたえていたという日、彼は、きっと新聞で、三人の釈放を知ったのでしょうね」

「そう、そのとおりです。泥棒のことばかり言っていたのは、ごまかしです」

「でも、どうしてあなたに、このことを打ち明けなかったのでしょうかね?」

「そう、それです。昔の仲間が執念深いことは、自分が一番よく知っていたので、できれば、自分の正体を誰にも知らせないでおこうと思ったのでしょう。彼の秘密は、ずいぶん恥ずかしいものだったから、自分からは、とても言い出せなかったのでしょうね。しかし、こんな悪党でも、とにかく、英国の法律の盾のもとで生きていたのです。警部さん、その盾が守りきれないことはあっても、正義の刃はなおそこにあり、しかるべき復讐が行なわれる、ということがやがてわかると断言できます」

　これが、ブルック街の医師と、入院患者とにまつわる、奇怪な事件のあらましである。あの夜以来、警察は三人の殺人者の姿を、全く見つけられなかった。数年前に、ポルトガル沿岸のオポルトの北、数リーグ（一リーグは約五キロメートル）のところで難破して、[136]乗組員全員とともに行方不明になるという、不運に見舞われた蒸気船ノラ・クレイナ号の乗客に、三人が含まれていたと、スコットランド・ヤードでは考えているようである。給仕のほうは、証拠不充分で起訴されなかった。そして、「ブルック街の謎」と呼ばれた、この事件の記録が印刷物になって、世間に発表されるのは、今回が初めてである。

ギリシャ語通訳

わたしはシャーロック・ホームズと、長いあいだ親しくつき合っていたけれども、その間に彼は自分の身内や親戚について一度も語らなかった。また、彼自身の幼年時代についても、ほとんど触れなかった。そうしたことを話したがらないので、彼が少々人間味に欠けるのではないかというわたしの印象が、いっそう強くなった。そしてとうとう、彼の存在は文明から隔絶(かくぜつ)された現象であり、知能は抜きん出ているが、人情味のない、つまり感情のない理性だけの人間だと思い込んでしまっていた。彼の女性嫌いと、新しい友人をつくる気がないことのどちらもが、感情に動かされにくい性格をよく示している。自分の身内について、全く語らないのもそういう性格の表われだ。だから、彼は身寄りのない孤児(こじ)だったに違いないと、わたしは信じるようになった。ところが、非常に驚いたのは、ある日、彼が自分の兄弟について、わたしに話し始めたからだった。

ある夏の夕方、お茶の後で、わたしたちはゴルフ・クラブにはじまり、黄道傾斜度[137]の変化の原因に至るまで、とりとめのない行きあたりばったりの雑談を交わしていた。

そのうちに話題はめぐりめぐって、隔世遺伝と遺伝する能力についての問題にまで発展し、議論の中心は、個人の特殊な能力は、どこまでが遺伝によるもので、またどこからが早期の訓練によるものか、ということになった。

「君の場合は」とわたしは言った。「今までの話からして、あの観察力や特殊な推理能力は、明らかに、君自身が規則にのっとって訓練を積み重ねたからのようだね」

「ある程度はね」と、彼は考えながら答えた。「ぼくの先祖は、代々地方の地主だけれども、みなそれぞれが、この階級によく見られるような生活を送っていたようだ。しかし、なんといっても、ぼくの特殊な能力は、血筋だろうね。フランスの画家、ヴェルネ[138]の妹だった祖母から受け継いだものらしい。とかく芸術家の家系からは、非常に変わった人間が出やすいものだからね」

「しかし、それが遺伝によるものということが、君にはどうしてわかるのかね？」

「ぼくの兄弟のマイクロフトは、ぼくよりもはるかにたくさん、この才能を受け継いでいるからさ」

　これは、わたしにとって全くの初耳であった。このイングランドに、ホームズほどの特殊な才能を持った男がもう一人いるというのに、今まで警察や世の中に、そのことが知られていないというのは、なんとしたことだろうか。ホームズは兄弟のほうが自分より能力が優れていると言っているが、それは謙遜ではないかと、わたしはさり

げなく尋ねてみた。ホームズは、わたしの疑問を笑いとばした。

「いいかね、ワトスン、ぼくは、謙遜が美徳の一つだなどと考えるやからには、賛成できないね。論理家というのは、あらゆることがらを、あるがままに正確に見なければならないのだ。だから、自分をへりくだってみせることは、自分の能力を実際以上に評価するのと同じくらい、真実にそむくことになる。だから、マイクロフトのほうがぼくより優れた観察能力を持っている、と言うときには、それは正確に言葉どおりの事実だと思ってくれたまえ」

「弟なのかね？」

「七つ年上の兄だ」

「彼が有名でないのは、なぜだ

ろう」

「いや、彼は仲間の間では、非常によく知られている」

「というと、どういうところで？」

「そう、例えばディオゲネス・クラブで[139]」

そういうクラブ名を、わたしは今まで聞いたこともなかった。そして、そういう思いがわたしの表情に表われたらしく、シャーロック・ホームズは、懐中時計を引き出しながら言った。

「ディオゲネス・クラブというのは、ロンドン中で最も風変わりなクラブで、マイクロフトも、きわめて風変わりな人間の一人だよ。彼は常に、夕方の五時十五分前から八時二十分前まで、このクラブにいる。今、六時だ。この気もちよい夕方の散歩に出かける気があれば、ぼくは喜んで、その奇妙なクラブと、奇妙な男の両方を紹介するよ」

五分ののち、わたしたちは外に出ると、リージェント・サーカス[140]に向かって歩き始めた。

「マイクロフトに、それほどの才能があるのに、なぜ探偵の仕事をしないのか、君は不思議に思っているだろうね」と、友は言った。「彼にはそれができないのだよ」

「しかし、君は先ほどそう言った——と思ったけれど」

「そう、ぼくは、彼の観察力と推理力が、ぼくより優れていると言っただけさ。もし、探偵の仕事が肘掛け椅子に座ったまま、推理をしているだけでつとまるというのなら、ぼくの兄は、この世に今まで存在したこともないような、犯罪捜査官になれるだろうね。しかし、彼には、野心もエネルギーもない。自分で出した解答を、実際に証明しようとさえしないし、自分の解答の正しさを証明するために、手間暇をかけるよりは、間違っていると思わせておくほうが、まだましだという性格なのだ。ぼくが兄に事件の相談を持ちかけ、説明してもらい、それが後で正解だとわかったことが何回もある。それなのに兄は、事件を、判事や陪審員に任す前に、調査しておかなければならない、実際的な問題をかたづけることなど、全くできない人間なのだ」

「それでは、探偵を仕事にはしていないのかね？」

「もちろんさ。ぼくにとっては生活の糧だが、兄にとっては、もの好きの趣味にすぎない。兄は計数にも非常な能力があるので、いくつかの政府の省庁の会計検査の仕事を引き受けている。ペル・メルに間借りしていて、毎朝、角を曲がって、ホワイトホールまで歩いて行き、毎夕その道を戻ってくる。年の初めから終わりまで、このほかには、いっさい運動もしないし、ほかのどこででも、彼を見かけることはない。ただ一つの例外は、自分の部屋のまむかいにある、ディオゲネス・クラブで見かけるだけさ」

「聞いたことのないクラブだね」

「おそらくそうだろうね。ロンドンには、内気や、人間嫌いのせいで、世の中の人とのつき合いはごめんだという人間が多いのさ。ところが、彼らも、座り心地の良い椅子や、新刊の雑誌が嫌いというわけではない。ディオゲネス・クラブは、こういう人たちに便利なようにとつくられたもので、ロンドンで最も社交が嫌いで、最もクラブ嫌いな人たちが集まっている。ここの会員は、ほんの少しでもほかの会員のことについて、関心を払ってはいけない。訪問客用の部屋以外では、話すことも絶対に禁止されていて、それに三回違反したことが運営委員会にでも見つかれば、話した者は退会させられてしまう。兄はこのクラブの創立者の一人だ。そこへはぼくも行ったことがあるけれど、非常に落ち着いた雰囲気だった」

話をしているうちに、わたしたちはペル・メルへと出て、この通りをセント・ジェイムズ・パレスの側から歩いて行った。シャーロック・ホームズは、カールトン・クラブ(141)からちょっと行ったところの、ある玄関口で立ち止まり、わたしに話をしないようにと注意してから、先に立って中へ入って行った。ガラスの仕切り越しに、広い豪華な部屋が見え、そこにはかなりの数の人たちが、各自それぞれの隅に腰かけて、新聞などを読んでいた。ホームズは、ペル・メルに面した小さい部屋にわたしを導き入れると、わたしを残して出て行き、すぐにひと目で彼の兄とわかる人物を伴って、戻って来た。

マイクロフト・ホームズは、シャーロックよりかなり大がらで、体格もよかった。体は肥満していたが、大きい顔の中に、弟に特有の、あの鋭い顔つきを思わせるものがあった。奇妙に明るい、うす灰色の目は、持てる力をすべて使いきって捜査をしているときの、シャーロックの目の中でしか見たことがない、もの思いにふけりつつ遠くを見つめている、内省的な目つきとよく似ていた。

「初めまして。お目にかかれて光栄です」マイクロフトは、アザラシのひれ足のように大きく、平たい手を差し出して言った。「あなたがシャーロックの伝記作家となられてからというもの、どこへ行っても、彼の噂を耳にします。それはそうと、シャーロック、あのマナー・ハウス事件のことで、わたしのところへ先週相談に来ると思っていたがね。

おまえが、少々もてあましているかと思っていたのだが」

「いや、あれは解決したよ」と、わたしの友人はほほえんで言った。

「もちろん、アダムスの仕わざだったろう」

「そう、アダムスだった」

「それは、初めからはっきりしていたね」兄弟は、クラブの張り出し窓のところに、並んで腰をおろした。「人間の研究をしようと志す者にとって、ここはうってつけの場所だ」と、マイクロフトは言った。

「ほら、典型的な人物がいるのを見てごらん。例えば、われわれの方へ歩いて来る、あの二人の男を見よう」

「ビリヤードの得点記録係と、もう一人だね？」

「そのとおり。もう一人のほうは、何だと思う？」

その二人連れは、窓の向かい側で立ち止まっていた。そのうちの一人が、ビリヤードに関係があると、わたしにもわかったのは、チョッキの上にチョークがついているだけのことであった。もう一人の男はかなり小がらで、浅黒い顔をして、帽子をあみだにかぶり、いくつかの包みを小脇に抱えていた。

「元軍人のように思えるが[142]」と、シャーロックが言った。

「ごく最近、除隊（じょたい）になった」と、兄がつけ加えた。

「インドで勤務していたようだね」

「それも、下士官としてだ」

「王立砲兵隊だったらしいね」と、シャーロックが言った。

「それで、男やもめだ」

「でも、子どもが一人いる」

「いや、二人以上だよ。子どもは複数だ」

「いやいや」と、わたしは笑いながら言った。「それにはちょっとついていきかねますね」

「確かなことさ」と、ホームズは答えた。「あの男の態度と、あのいかめしい顔つきからみて、また日焼けした皮膚を見れば、彼が軍人で、しかも一兵卒よりは上級、インドから帰ってまもないことは、簡単にわかるよ」

「除隊してまもないということは、まだ軍隊用の靴をはいていることでわかる」と、マイクロフトがつけ加えた。

「歩き方からは騎兵でないことがわかるし、帽子をいつも横に傾けてかぶっていたことは、彼のひたいの片側だけが、日焼けが薄くなっているからわかる。体重からみて、工兵ではない。となると、どうしても砲兵隊ということになる」

「そして、完全に喪服を着用していることから、ごく身近な人間を亡くしたばかりとわかった。自分で買い物をしていることから、亡くしたのは、どうやら細君のようだ。見てのとおり、子どもたちの物を買って来たところだ。ガラガラがあるから、子どもの一人はまだ乳飲み児だろう。おそらく細君は、出産の折りに亡くなったのだろうね。それに絵本も抱えているから、子どもはもう一人いると考えられる」

わが友が、兄は自分よりさらにすばらしい才能を持っていると、わたしに語った意味が、どうやらわかり始めてきた。彼はわたしの方に目を向けて、ほほえんだ。マイクロフトは、べっ甲製の小さい箱の中から、嗅ぎタバコをひとつまみ出してかぐと、大判の赤い絹のハンカチで、上着にこぼれた粉を払いのけた。

「ところで、シャーロック」と、彼は言った。「おまえにおあつらえ向きの事件が、ぼくのところに持ち込まれているのだが、実に奇怪な事件だ。実際問題として、ぼくには活動する気力がないので、きわめて不完全な方法でしか追跡しなかったが、それでもなおかつ、それはなかなか楽しい推理の種を提供してくれたよ。もしおまえが、その事件の話を聞きたいようならば……」

「それはありがたい。マイクロフト、ぜひとも聞かせてほしいね」

マイクロフトは、手帳に走り書きしたものを一枚引きちぎると、ベルを鳴らし、それを給仕人[143]に渡した。

「メラスさんに、こちらへ出向いてくれるよう、頼んだのさ」と、彼は言った。「彼はぼくの上の階の住人だ。ちょっとした知り合いなので、悩みごとを持ち込んできたというわけだ。たしかギリシャ系の人で、語学の達人だそうだ。裁判所で通訳をしたり、ノーサンバランド通り(アヴェニュー)付近(144)のホテルに来る、金持ち東洋人のガイドをしたりして生活している。彼の全く驚くべき体験を、彼本人からじかに話してもらおうではないか」

二、三分もすると、背が低く太っていて、オリーヴ色の顔にまっ黒な髪の毛からして南国の生まれであることがわかる男が入って来た。しかし、彼の話しぶりは、教養のあるイングランド人そのものであった。彼は、シャーロック・ホームズと固く握手(あくしゅ)を交わした。そして、この探偵が、自分の体験を聞きたがっていることがわかると、喜びに黒い目を輝(かがや)かせた。

「警察がわたしの話を信じてくれるとは――わたしにはとても思えません」と、彼は悲しそうな声を出して言った。「こういう話は、今までに聞いたこともない、だからおこるはずはない、という理由からです。しかし、顔にばんそう膏(こう)を貼られたあの気の毒な男が、どうなったかがわからない限り、わたしはどうしても気が落ち着きません」

「しっかり承(うけたまわ)ります」と、シャーロック・ホームズは言った。

「今日は水曜日の夕方ですね」と、メラス氏は言った。「そう、事件がおきたのは、月曜日の夜――ほんの二日前のことです。こちらにおられる方から、すでにお聞き及びでしょうが、わたしは通訳をしております。あらゆる言語、いやほとんどすべての言葉を通訳しますが、ギリシャ生まれで、名前もギリシャ名前がついていますから、ギリシャ語関係の仕事が主となっています。そして、もう何年も前から、ロンドンでは一番のギリシャ語通訳と言われるようになり、わたしの名は、どこのホテルでも有名になっています。

こういう仕事がら、何か厄介なことになってしまった外国人や、夜遅くに到着して仕事を依頼する旅行者もあり、とっぴな時刻に呼び出されることは、決して珍しいことではありません。ですから、月曜日の夜に、ラティマー氏と名乗る、最近はやりの服装をした若い男がわたしの部屋に来て、表に辻馬車を待たせてあるので、一緒に来てほしいと言われた時も、格別に驚いたりはしませんでした。ギリシャの友人が商用で会いに来たが、ギリシャ語しか話せないので、どうしても通訳が必要なのだと、その男は言いました。彼の家は、いくぶん遠いケンジントンにあるということで、しかも非常に急いでいるようすで、玄関から通りへ降りると、彼はわたしをせき立てるように辻馬車に押し込みました。

今、辻馬車と申しましたが、わたしは乗るとすぐに、これは辻馬車ではないのではと疑い始めました。と申しますのは、たしかに、ロンドンの恥とも言えるような普通の四輪の辻馬車より、ずっとゆったりしていましたし、内装もすり切れてはいるものの、上等でした。ラティマー氏は、わたしと向かい合って座り、馬車はチャリング・クロスを走り抜けると、シャフツベリ通り（アヴェニュー）を行きました。それからオックスフォード街へ出ましたので、これではケンジントンへ行くには、まわり道ではないのかと、思いきって話しかけますと、ラティマー氏はびっくりするような行動で、わたしの言葉をさえぎったのです。

　彼はポケットから、見るからにぶっそうな感じのする、鉛（なまり）入りの棍棒（こんぼう）を取り出し、その重さや強さを試しているような素振りで、前後に数回振りまわしました。そして、次にひとことも口をきかず、その棍棒を、彼の近くの座席の上に置くのです。そしてその次に、彼は両脇の窓を閉めました。さらに驚いたことには、その窓ガラスには紙が貼りつけてあり、外が見えないようになっていたのです。

『メラスさん、外を見えなくしてしまい、すみませんね』と、彼は言いました。『と言いますのも、これからわれわれが行く先を、あなたに知られたくないものですから。道を憶（おぼ）えられて、後でまたおいでになったりされると、こちらもいささかめいわくでしてね』

　察（さっ）していただけるとは思いますが、こう言われますと、わたしはすっかり驚いてしまいました。相手は力も強そうで、肩幅の広い若者です。棍棒があってもなくても、格闘にでもなれば、とても勝てるはずはありません。

『ラティマーさん、これはひどい扱いです』と、わたしは口ごもりながら言いました。『自分のなさっていることが、法に反する行為だということは、もちろん、ご承知のうえでしょうね』

『おっしゃるとおり、少々勝手ではありますが』と、彼は言いました。『埋め合わせはさせていただきます。しかし、メラスさん、あらかじめ言っておきますが、今夜いつにしても、大声で助けを呼んだり、わたしが不利益になるようなことをなされば、ただではおきません。あなたが今どこにいるかは、誰も知りません。あなたがこの馬車の中にいても、わたしの家にいても、わたしの思いのままだということを、お忘れになりませんように』

言葉こそ穏やかではありましたが、とげのある、いやな言いかたでした。わたしは、座ったまま黙り込み、こういう、とっぴょうしもない方法で、わたしを誘拐(ゆうかい)する目的は何なのだろうかと、考えてみました。しかし、何の目的にしても、はっきりしているのは、どういう抵抗もむだだということと、これから先どうなるのかは、ひたすら待つほかはないということでした。

二時間近くの間、どこへ行くのか、わけもわからぬまま、馬車はひたすら走り続けました。ときおり車輪がガタガタと音を立てるので、敷石の上を走っていることがわ

かりました。また、時にはなめらかで静かな走り方なので、アスファルトで舗装された道を走っているとわかったりしました。しかし、こうした音の変化以外に、馬車がどこを走っているのかは、全く見当がつきませんでした。両側の窓に貼ってある紙は光を通さないし、前面のガラス仕切りにも青いカーテンが引いてあるのです。わたしたちがペル・メルを出たのは、七時十五分過ぎでした。馬車がようやく停まった時、わたしの時計は九時十分前をさしていました。同席の男が窓を開けたので、上部に明りがついている低いアーチ形の戸口が、ちらりとわたしに見てとれました。急がされながら馬車を降りると、その戸がさっと開き、わたしは中に入りました。ただ、家の中に入る時に、両側に芝生と木立があったように、うっすらと感じられたことを憶えています。しかし、それ

がその家の庭なのか、それともそのあたりが野原だったのかは、はっきりいたしません。

屋敷の中には、色付きガラスのガス灯がともっていましたが、炎を小さくしぼってありましたので、玄関のホールがかなり広いことと、絵があちこちにかかっていたことのほかは、ほとんど何もわかりませんでした。それでも、その薄暗い明りの中で、ドアを開けたのが、背が低く、下品な感じのする、背が丸くなっている中年男だということが見てとれました。そして、男がこちらを振り向いた時に、きらりと光りましたから、眼鏡をかけていることもわかりました。

『こちらがメラスさんかい、ハロルド?』と、彼は言いました。

『そうです』

『よし、うまくやった、うまくやった。悪く思わないでくださいよ、メラスさん。なにしろ、あなたにおいで願わなくては、どうにもならないのでね。こちらの言うとおりにさえやってくだされば、悪いようにはしません。しかし、もし、ごまかすようなことをしようものなら、どうなるかわかっているでしょうな』

男は、神経質に切れぎれの口調で話し、時折りクスクス笑いを間にはさみましたが、なぜかもう一人の男よりも、いっそう恐ろしく感じられました。

『いったい、わたしに何をお望みですか?』と、わたしは尋ねました。

『今、わたしを訪ねて来ているギリシャ人の紳士に二、三の質問をして、その答えを、われわれに教えてくれさえすればいい。しかし、こっちが言えと指示したこと以外は、話してもらっては困る。さもないと――』男はここでまた、あの神経質なクスクス笑いをさしはさみました。『この世に生まれてこなかったほうがまし、ということになります』

こう言いながら、男はドアを開けると、非常にぜいたくに家具調度の整った部屋へと案内しました。けれども、ここも、照明の炎を小さくしぼったランプが、一つあるだけでした。部屋はかなり大きく、じゅうたんの上を歩いた時の足の沈みぐあいでも、その豪華さがよくわかりました。また、ビロードを張った椅子や、高い白大理石の暖炉、そしてその片側に、日本の鎧・兜らしいものが一組置かれているのが目に入りました。ランプの真下には椅子が一つあり、その中年の男は、わたしに座るようにと、身ぶりで示しました。若い男のほうは、どこかへ行っていましたが、突然、別のドアから、ゆったりとしたガウンのようなものをはおった紳士を連れて、戻って来ました。紳士はゆっくりとわたしたちの方へ近づいて来ました。薄暗い光の輪の中で、その姿がはっきり見えるようになった時、わたしはその姿に恐怖を感じて、ぞっとしました。その男は死人のようにまっさおな顔で、ひどくやせ衰え、ぎょろぎょろの目だけが飛び出している、まるで体力より気力で生きている人間のようでした。

しかし、体がひどく衰弱(すいじゃく)しているようす以上にわたしを驚かせたのは、彼の顔には、ばんそう膏がグロテスクなまでにべたべたと貼られ、口の上にも、大きなものが一枚べったり貼りつけられていることでした。

『ハロルド、石盤を持って来たか?』この奇妙な人物が、座るというよりは、むしろ倒れこむと言ったほうがよいようすで腰かけると、中年の男が叫びました。『手をゆるめてやったか? それなら、石筆を渡してやれ。メラスさん、あなたは質問をしてください。彼が答えを書きますから。初めに、書類にサインする気があるかどうかを聞いてもらいたい』

その男の目は、火のように燃え上がりました。

『いやだ!』と、彼は石盤にギリシャ語で書き記しました。

『どうしてもか?』わたしは、暴君の命令どおりに尋ねました。

『わたしが知っているギリシャ人聖職者による結婚式を、彼女が、わたしも同席のうえで挙げるのが条件だ』

中年男は、憎々しげな調子で、クスクスと笑いました。

『それでは、自分がどうなるか、わかっているのだろうな?』

『わたし自身は、どうなろうともかまわない』

これは一例ですが、口で質問しては、文字で答えを書くという、奇妙な会話が続き

ました。わたしは何回も繰り返し、諦めて書類にサインをする気はないかと、質問しなければなりませんでした。そして、そのつど、怒りにみちた同じ答えが返ってきました。しかしそのうちに、わたしは、うまいことを思いついたのです。一つの質問をするごとに、わたし自身の短い文句をつけ加えるのです。初めのうちは、当たりさわりのない言葉をはさみ、そばの二人が気づくかどうか、試してみました。ところが二人は、何の反応も示しませんでしたので、わたしは、さらに危険なことを始めました。わたしとギリシャ人は、こういうぐあいに会話を続けました。

『そう強情をはっていても、何のためにもならないぞ。〈あなたは誰ですか?〉』

『かまわない。〈ロンドンに、初めて来た者です〉』
『おまえがどうなるかは、おまえの返答しだいだ。〈いつからここに？〉』
『ほっといてもらおう。〈三週間前から〉』
『財産はおまえのものにはならないぞ。〈何か困っていますか？〉』
『悪党たちには渡せない。〈わたしを餓死させるつもりです〉』
『サインさえすれば、自由の身にしてやろう。〈この家は何ですか？〉』
『サインは絶対にしない。〈わかりません〉』
『そんなことをしても、彼女のためにもならないぞ。〈あなたのお名前は？〉』
『彼女がそういうことを言うはずがない。〈クラティディス〉』
『サインをすれば、彼女にも会わせてやろう。〈どこから来たのですか？〉』
『それでは、絶対に彼女には会わないことにしよう。〈アテネ〉』

あと五分もあれば、ホームズさん、わたしは彼らのついその鼻先で、この事件をすべて聞き出していたのですが。ほんとうに、あと一問で、事件の真相はわかったかもしれなかったのです。ところが、ちょうどその時ドアが開き、一人の女性が部屋に入って来ました。彼女をはっきり見ることはできませんでしたが、黒い髪をした、背の高い上品な人で、ゆったりした白いガウンらしきものを、はおっていることがわかりました。

『ハロルド』と、彼女はたどたどしい英語で言い始めました。『ワタシ、コレイジョウイラレナイワ。アソコハ、スゴクサミシイカラ。――あれっ、あなたはポールじゃないこと！』この最後の言葉はギリシャ語でした。

それを聞くと男は、必死に力を振りしぼって、ばんそう膏を口からはがすと、『ソフィ！ソフィ！』と叫びながら、女の腕の中にとび込みました。しかし、二人が抱き合っていられたのは、ほんのひとときでした。たちまち、若い男のほうが女をつかまえて、部屋の外へ押し出し、中年の男は、衰弱している犠牲者を、いとも簡単に押さえつけると、別の戸口から引きずり出してしまったのです。しばらくのあいだ、わたしは部屋に

一人、置き去りにされました。今、自分がいるのはどういう家なのか、手がかりを何かつかもうと思いつき、わたしはぱっと立ち上がりました。しかし、何もしないでよかったです。ふと顔を上げると、あの中年のほうの男が、戸口に立って、わたしをじっと見つめていたのです。

『もう結構です、メラスさん』と、彼は言いました。『ご承知のように、あなたには、われわれのきわめて内々の仕事についての秘密を打ち明けたことになります。本来なら、あなたをわずらわすこともなかったのですが、われわれの友人で、この交渉を始めたギリシャ語を話せる男が、急に東洋へ戻らなければならなくなったものですから、どうしても、代わりの人間を見つける必要に迫られたわけです。さいわい、あなたのすばらしい評判を聞いていましたのでね』

　わたしはおじぎをしました。

『ここに五ソヴリン（約一二万円）あります』と、彼はわたしの前へ近づいてきて、言いました。『料金は、これで充分だと思います。しかし、これは決して忘れないでもらいたい』彼はわたしの胸を軽くたたき、クスクス笑いながら、つけ加えました。『もし、このことを他の人に言ったら、いいかな、もしただの一人にでも言えば、君がどういうことになるかは、保証しないぞ！』

　このつまらない風体(ふうてい)の男がわたしに与えた嫌悪と恐怖の念は、何ともいえないものでした。彼はランプの明りを直接あびていたので、姿は前よりはっきり見えました。顔はやせて血色が悪く、小さくとがったあごひげはぼさぼさで、手入れもしていないようです。しゃべりながら顔を前に突き出し、唇とまぶたは、セント・ヴィトゥス舞踏病(とうぶびょう)患者のように、絶えまなくぴくぴく動いていました。あの奇妙なクスクス笑いを時折りするのも、ある種の神経の病気ではないかと思わずにはいられませんでした。しかし、なんといっても、彼の顔で恐ろしいのは目でした。その奥に敵意のある情け無用の残忍さをたたえた、冷たく光る、鉄のような灰色の目でした。

『あなたがこのことを誰かに話せば、われわれにはすぐにわかります』と、彼は言いました。『われわれには、独自の情報手段があるのです。さあ、外で馬車が待っています。仲間にあなたを、お送りさせましょう』

せかされながら玄関ホールを通り抜けると、再び木立や庭をちらっと見て、馬車に乗りました。ラティマー氏がすぐに乗ってきて、無言で向かい側の席に座りました。わたしたちは再び、なんの言葉も交わさず、窓を閉めたままの馬車で、果てしがないと思えるほどの道のりを走り続けましたが、ちょうど夜中の十二時を回った頃、馬車はやっと停まりました。

『ここで降りていただきましょう、メラスさん』と、男は言いました。『あなたのお宅から、ずいぶん遠い場所でお降ろしするのは申しわけないのですが、いたしかたありません。馬車のあとをつけようなどとなさっても、あなたがひどい目にあうだけです』

彼はこう言うと、扉を開けました。わたしが馬車から飛び出すやいなや、馭者（ぎょしゃ）は馬にむちを入れ、馬車は走り去ってしまいました。わたしは驚いて、あたりを見まわしました。そこは、ヒースが繁（しげ）った公有地のようなところで、ハリエニシダのやぶが、黒く点々と見えました。はるか遠くには家並みがあり、ところどころの階上の窓には、明りがともっておりました。また反対の方角には、鉄道用の赤い信号が見えました。わたしを運んで来た馬車の姿は、すっかり見えなくなっていました。あたりをよく見まわし、ここはどこなのだろうかと考えていますと、暗闇の中に、誰かが近づいて来るのが見えました。近くまで来ると、彼は、鉄道の赤帽でした。

『ここはどこでしょうか？』と、わたしは尋ねました。

『ウォンズワース公有地（コモン）です』と、彼は言いました。

『町まで列車で行かれますか？』

『一マイル（一・六キロメートル）かそこら歩くと、クラパム・ジャンクション駅です』[145]と彼は言いました。『たぶんヴィクトリア駅行きの最終にまにあうでしょう』

ホームズさん、これでわたしの冒険は終わりです。自分がどこまで行ったのか、また、誰と話をしたのかは、今お話しした以外のことは、全くわかりません。しかし、

悪事が行なわれていることだけは確かです。わたしは、あの気の毒な男を、できることなら助けてあげたいのです。次の朝、マイクロフト・ホームズさんにすべてをお話ししましたし、あとで警察にも話しておきました」

この奇怪な話を聞き終わっても、しばらくの間、みなは沈黙を続けた。しばらくして、シャーロックが兄の方を見て尋ねた。

「手は打った？」と、彼は言った。

マイクロフトは、サイドテーブルの上の「デイリー・ニューズ」紙を取り上げた。

「『アテネから来た、英語を話せない、ポール・クラティディスと名乗るギリシャ人紳士の居所について、何か情報を提供された方には、謝礼進呈。また、名がソフィというギリシャ女性についての情報の提供者にも、同様に謝礼進呈。X二四七三』――これをすべての日刊紙に出したが、反応はない」

「ギリシャ公使館のほうは？」

「当たってはみた。しかし、何も知らないようだ」

「では、アテネ警察署長へ電報は？」

「わが家系の活動力は、みんなシャーロックがもらってしまったのだ」と、マイクロフトは、わたしの方に向かって言った。「それでは、どうしてもこの事件を引き受けてもらおう。そして、何かよい結論が出たら、知らせてほしい」

「もちろんです」と、ホームズは、椅子から立ち上がりながら答えた。「メラスさんにもお知らせいたしましょう。ところでメラスさん、わたしがもしあなたの立場でしたら、身辺を絶対に警戒しますね。この広告を見れば、あなたが裏切ったことを彼らが知るのは、間違いありません」

二人で歩いて、家路につく途中、ホームズは電報局に立ち寄り、数本の電報を打った。

「ねえ、ワトスン」と、彼は言った。「今晩はなかなか有意義にすごせたね。ぼくの手がけた事件のうち、最もおもしろいもののいくつかは、こういうふうに、兄のマイクロフトから持ち込まれた事件なのさ。今聞いた事件も、説明はたった一つしかありえないけれども、いくつかの特色はあるだろう」

「解決の見通しが立っているのだね」

「そう、これだけ事実がわかっているのだから、残りが突き止められないとしたら、それこそ全くおかしな話さ。君は、今聞いたいろいろな事実にもとづいて、なんらかの説明を考えているだろう」

「まあ、漠然(ばくぜん)とだけれどね」

「とすると、君の考えはどういうものかな」

「そのギリシャ娘は、ハロルド・ラティマーと名乗る、若いイングランド人に誘拐されて来たことは、はっきりしているように思えるね」

「どこから誘拐されてきたのだろうか？」

「おそらく、アテネからだろうね」

シャーロック・ホームズは、首を横に振った。「その若い男は、ギリシャ語をひとこともしゃべれないのに、その娘は、英語がかなり話せる。ということは、彼女はかなり前からイングランドにいるが、男はギリシャには行ったことがない、という推理ができる」

「なるほどね。では彼女は、イングランドを訪ねていて、ハロルドが駆(か)け落ちしようと口説いた、というのはどうだろうか」

「そのほうが納得がいくね」

「そして、そこへ彼女の兄が——ぼくは兄に違いないと思うよ——ギリシャからやって来て、二人の間のじゃまをした。ところが、彼はうかつなことに、その青年と年上の相棒の手中に落ちてしまった。二人は兄をつかまえ、暴力でなんらかの書類にサインさせようとする。たぶん娘の財産、おそらく兄が管理責任者になっているのだろうね、その財産を、二人に譲るといった内容の書類だろう。ところが兄は、サインすることを断る。そこで彼らは、話の決着をつけるために、通訳が必要となり、誰か他の人間をしばらく使った後で、メラス氏を頼んだのだ。娘には、兄が来ていることは知らされていなかったが、全く偶然に、そのことを知ったというわけさ」

「すばらしいよ、ワトスン！」と、ホームズは叫んだ。「真相はおそらく、そういうところだろう。とにかく、こちらには切り札は全部そろっている。問題は、彼らが急に暴力に訴えないかということで、それだけが心配だ、もし、時間さえあれば、つかまえねばならぬ」

「けれども、その家の場所は、どうやって突き止めるのかね？」

「まあ、ぼくたちの推理が正しいとすれば、その女性はソフィ・クラティディスと名のっているか、名のっていたのだから、彼女の足取りをたどるのは、そう難しいことではない。これが、最も期待ができる。けれど兄のほうは、言うまでもないことだが、こちらへ来たばかりのおのぼりさんだからね。ハロルドという男が、その娘とそういう関係になってから、かなりの時間、おそらく、少なくとも何週間かはたっているはずだ。ギリシャに住む兄が、このことを耳にして、ここまで出かけてくるだけの時間があったのだからね。この間、もし彼らが一つところで暮らしていたとすれば、マイクロフトの出した広告に、何か答えが返ってくるはずさ」

話し合っているうちに、われわれはベイカー街の家に着いた。ホームズが先に立ち、階段を上がって行き、部屋のドアを開けると、驚いて立ち止まった。彼の肩越しにのぞき込んだわたしも、同様に驚いた。なんと、ホームズの兄マイクロフトが、肘掛け椅子に座り、タバコをふかしているのだ。

「おかえり、シャーロック！　さあ、どうぞ」と、彼はわたしたちの驚いた顔を見て、笑いながら、穏やかに言った。「わたしにこういう行動力があったとは、思えまい、シャーロック。どういうわけだか、わたしにはこの事件が気になってね」

「どうやってここまで来たのですか」

「馬車で君たちを追い越したのさ」

「何か新しい展開があったのですね」

「わたしの広告に、反応があった」

「おお！」

「そう、君たちが帰った二、三分後だったね」

「それで、どうでしたか」

マイクロフト・ホームズは、一枚の紙を取り出した。

「これだ」と、彼は言った。「ロイヤル判のクリーム色の紙に、体の弱そうな中年男が、Ｊペンで書いたものさ。『拝啓』とある。『本日付けの新聞広告を拝見しました。その若い女性について、よく知っていますので、お知らせするしだいです。こちらまでおいでいただければ、彼女の痛ましい境遇につきまして、詳しくお話しいたします。彼女は今、ベクナムのマートルズ屋敷に住んでいます。敬具。Ｊ・ダヴェンポート』

「ロウアー・ブリクストンから投函している」と、マイクロフト・ホームズは言った。

「シャーロック、今からこの男のところへ馬車を飛ばして、詳しい話を聞いたらいいのではないかな？」

「いえ、マイクロフト兄さん、妹の身の上話より、兄の命のほうがかんじんですよ。早速スコットランド・ヤードのグレグスン警部を訪ね、ベクナムへ直行したほうがよさそうだ。一人の男が死に直面しているのだから。もう、ひとときの猶予（ゆうよ）もできない」

「途中で寄って、メラスさんを連れて行ったほうがいいだろう。通訳が必要になるかもしれない」と、わたしが提案した。

「さすがだ！」と、シャーロック・ホームズは言った。「給仕に四輪馬車を呼ばせよう。そして、われわれはすぐに出発だ」彼がそう言いながらテーブルの引き出しをあけて、連発ピストルをポケットへすべり込ませているのを、わたしは見た。「そう」と、わたしの視線に気づいて、ホームズは言った。「話のようすからすると、相手はとりわけ危険な連中のようだからね」

ペル・メルのメラス氏の部屋に着く頃には、あたりはすでに暗くなりかけていた。彼はたった今、一人の紳士が迎えに来て、出かけたところだった。

「どこへ行ったか、おわかりですか？」と、マイクロフト・ホームズが尋ねた。

「わかりませんね」と、ドアを開けてくれた女性が答えた。「馬車で紳士とお出かけということしかわかりません」

「その紳士は、名前を名乗っていましたか?」

「いいえ」

「では、彼は背が高くて、ハンサムで、色の黒い若い男だった?」

「いいえ、そうではなく、眼鏡をかけていて、やせ顔でした。でも、とても陽気な方で、話をしている間、笑いどおしでした」

「出かけよう!」と、シャーロック・ホームズは突然叫んだ。「これは、大変なことになりそうだ」スコットランド・ヤードへ向かう道々、彼は続けた。「連中は、再びメラス氏をつかまえた。この前の夜の経験で、メラス氏が臆病な男だということは、連中にはよくわかっている。あの悪党が、メラス氏の前に姿を現わしただけで、彼をふるえ上がらせるには充分だ。もちろん、また通訳をやらせるつもりだろうが、仕事が済めば、裏切ったということで、彼に罰を加えようとするかもしれない」

列車を使えば、馬車と同じか、それより早く、ベクナムへ着けるだろうと思った。ところが、スコットランド・ヤードへ行き、グレグスン警部をつかまえて、例の家へ踏み込むための法律上の手続きに、たっぷり一時間余りもかかってしまった。ロンドン・ブリッジ駅に着いたのは十時十五分前、そしてわたしたち四人がベクナム駅のプラットホームにたどり着いた時は、すでに十時半をまわっていた。それから馬車で、半マイル（約八〇〇メートル）ほども行くと、マートルズ屋敷に着いた。大きく暗い家が、庭の道からずっと奥まったところに建っていた。ここで辻馬車を帰したわたしたちは、玄関に通じる小道を進んだ。

「すべての窓は真っ暗だ」と、警部が言った。「人の気配はない」

「わたしたちの鳥たちは飛び去って、巣の中はからか」と、ホームズが言った。

「なぜそんなことを言うのですか？」

「ここ一時間のあいだに、荷物を積んで重くなった馬車が通っています」

警部は笑った。「門灯の明りで、道に車輪の跡があるのは、わたしも見ましたがね、しかし、荷物を積んでいるなんて、なぜわかるのです？」

「同じ車輪が、行ったり来たりしているのを見たでしょう。ところが、外に向かっている跡は、ずっと深くついてます。ということは、馬車にはかなりの重さがかかっていたと言えます」

「あなたのおっしゃることは、わたしの読みよりちょっと先に行っていますね」と、警部は肩をすくめて言った。「このドアを力ずくで開けるのは、思うほど簡単ではなさそうだ。しかし、誰かが聞きつけて、出てくるかどうか試してみましょうか」

警部は玄関のノッカーを強く叩き、呼びりんの紐（ひも）を引っ張ってみたが、何の応えもなかった。そのあいだに、ホームズはどこかへ抜け出していたが、すぐ戻って来た。

「窓を一つ開けてきました」と、彼は言った。

「あなたが警察の敵ではなく、味方だということは、ありがたいですな、ホームズさん」わが友が、窓の掛け金をうまくはずした手際のよさに感心しながら、警部が言った。「ともかく、こういう状況ですから、お入りくださいと言われなくても、入ってもかまわないですな」

わたしたちは一人ずつ、大きな部屋の中へとすべり込んだ。そこは明らかに、メラス氏が連れ込まれた部屋のようであった。警部が自分のランタンに火をともすと、メラス氏が話したとおりに、二つのドアと、カーテン、ランプ、そして、日本の鎧一式が見えた。テーブルの上には、コップが二つと、ブランデーの空きビン、食事の残りが、そのままになっている。

「あれは何だ？」ホームズが、突然言った。

わたしたちは立ち止まり、耳をすましました。すると頭の上のあたりから、低い、うめき声が聞こえた。ホームズはドアへまっしぐらに走ると、ホールへ飛び出して行った。その気味悪い声は、階上からのものだった。ホームズは階段を駆け上がり、わたしも警部も、彼のすぐあとに従った。そしてマイクロフトも、太った体で、精いっぱい急いでついて来た。

三階に上がると、ドアが三つ並んでいた。そして、中央のドアから、気味悪い声が、低いつぶやきになったり、かん高い泣き声になったりしながら、聞こえてきた。ドアには錠がかかっていたが、鍵は外側から差し込んだままになっていた。ホームズは、さっとドアを開けて、部屋の中に突進したが、すぐに片手でのどをおさえて、飛び出して来た。

「木炭だ」と、彼は叫んだ。「少し待とう。そうすれば空気がきれいになる」

　のぞいてみると、部屋に明りはなく、中央に置いてある小さな真鍮製の三脚壺から、くすんだ青い炎が出ているのが見えた。そして、その炎が、床の上に鉛色の異様な光の輪を投げかけていた。その向こうの暗やみの中に、壁に寄りかかり、うずくまっている二つの人影が、うっすらと浮き上がって見えた。開かれたドアから、恐ろしい毒ガスが流れ出してきたので、わたしたちはせき込み、あえいだ。ホームズは、階段の一番上まで走って行って新鮮な空気を吸うと、次に部屋に駆け込み、窓を開け放って、真鍮の壺を庭へ投げ捨てた。

「じきに中に入れるようになります」彼は再び飛び出して来ると、ハアハアしながら言った。「ろうそくはどこだ? しかし、あの空気では、マッチもすれないかもしれない。マイクロフト、ドアのところで、明りをかざしてくれないか。ぼくたちは、二人を運び出そう。さあ!」

わたしたちは、中毒をおこしている二人のところへ駆け寄ると、ドアの外へ引きずり出した。二人は、唇が紫色になっていて、意識がなかった。そして、顔は充血し、はれて、目がとび出ていた。二人の顔はひどく変形していたので、そのうちの一人が、黒いあごひげと太った体をしていなかったら、わずか二、三時間前に、ディオゲネス・クラブで別れたばかりのギリシャ語通訳だということさえ、わからないほどであった。彼の手足は固く縛られており、片側の目の上は強く殴られた跡が残っていた。同じように縛られているもう一人は、衰弱しきった背の高い男で、ばんそう膏が顔じゅうに何枚も、グロテスクなほどべたべたと貼りつけられていた。この男は床に寝かせた時、すでにうめき声をあげなくなってしまっていた。わたしには、彼をひと目見ただけで、わたしたちの救援が手遅れであったことがわかった。しかしながら、メラス氏はまだ生きていた。気付け用のアンモニアとブランデーで手当てをすると、(146)一時間もしないうちに、彼は目を開いた。人が、誰でも一度は通らねばならぬ死の淵から、寸前のところで、彼をわたしの力で引き戻すことができたので大いに満足した。

メラス氏が語ったことは、全く簡単な話で、わたしたちの推理が正しかったことを証明したにすぎなかった。今夕、彼を訪ねて来た男は、部屋に入るとすぐ、袖から護身棒を出して、逆らえばその瞬間に絶対に命はないとおどしたうえで、もう一度彼を誘拐したのだった。事実、このクスクスとやたらに笑う悪党が、不運な通訳に与えた効果は、ほとんど催眠術をかけたと言ってもいいくらいで、彼は悪党のことを話す時には、手はふるえ、頬も青白くなった。彼はすぐにベクナムに連れて来られて、二回めの交渉の通訳をさせられた。この交渉は、一回めよりいっそう劇的なものとなり、二人のイングランド人は、要求に応じないのならすぐに殺すぞと捕虜をおどした。ところが、最終的に相手がどんなおどしにも屈しないと知ると、彼をまた監禁室に戻した。その次には、新聞広告を見て裏切ったことがわかったと言って、メラス氏をとがめ、棍棒で殴って気絶させてしまったのだった。メラス氏は、そのあとのことは憶えておらず、次に気がついた時には、わたしたちが上からのぞき込んでいたのだ。

これが、ギリシャ語通訳に関する、特異な事件である。まだ謎に包まれていて、説明のつかない部分もいくらか残っている。わたしたちは、新聞広告に応じてきた紳士と連絡を取った結果、知ることができたのだが、あの不運な若い婦人は、ギリシャの資産家の娘で、イングランドにいる友人たち数人を訪ねて来たのだった。そして、滞在中に、ハロルド・ラティマーと名乗る青年と知り合った。彼は娘の心をつかみ、自分と駆け落ちするように説得した。彼女の友人たちは、この事実に驚いたが、アテネにいる彼女の兄にこのことを知らせただけで、かかわりあいになるのを避けて手を引いてしまった。その兄は、イングランドに着くとすぐに、うかつにも、ラティマーとその相棒のウィルスン・ケンプという名の、ひどい悪事を働いた前科者の手に落ちてしまった。二人は、このギリシャ人が英語がわからないことから、自分たちがつかまえておけば、どうすることもできないだろうと見くびって、彼を監禁して、暴力を加えた。そのうえ、食べ物も与えないで追いつめ、彼自身と妹の財産を譲るという書類に、署名させようとした。二人は、娘には知られないように、兄を家の中に閉じ込めていた。顔にばんそう膏を貼っておいたのは、もし万一、彼女が兄をちらりと見ても、すぐにはわからないようにするためだった。しかし、一回めに通訳が来た時、彼女は初めて兄を見たのだが、女性独特の勘のよさで、すぐにこの変装を見破ってしまった。しかし、気の毒なことには、彼女自身もまた、監禁されていたのだった。この家のまわりには、悪党の手先にされていた馭者夫妻以外には、誰もいなかったからだ。二人の悪党は、自分たちの秘密があばかれたことを知り、捕虜も思いどおりにならないと悟って、家具調度付きで借りていた家を、ほんの二、三時間前に予告しただけで、娘を連れて逃げ出したのだった。そして、彼らにとってみれば、自分たちの言うとおりにならなかった男と、秘密をもらした男とに、復讐をしたと思いこんで逃走したというわけだ。

何ヶ月かたって、わたしたちのところへ、ブダペストから奇妙な新聞の切り抜きが送られてきた。そこには、一人の女性を連れて旅行中の二人のイングランド人が、悲劇的な死に遭ったという記事が出ていた。二人とも刺し殺されたようで、ハンガリー警察では、二人がけんかをして、互いに致命的な傷を負わせたものとしていた。しかしながら、わたしが思うには、ホームズは別の考えのようであった。もし、誰かが、あのギリシャの娘を見つけることができれば、彼女と彼女の兄への悪事に対する恨みが、どのような形で晴らされたかわかるはずだ、とホームズは今でも信じているのだ。

海軍条約文書事件

わたしが結婚した直後の七月は、興味深い事件が三件もあって、忘れがたい月となった。これらの事件で、わたしはシャーロック・ホームズと一緒に行動して、彼の手法を研究する機会に恵まれたのであった。この三件は、わたしのノートには、《第二のしみ》[147]《海軍条約文書事件》《疲れた船長の事件》という表題で記録されている。しかし、第一の事件は、非常に重大な利害関係を扱った、英国の上流家庭に幅広くかかわる事件であるため、今後長い年月を経なければ、公表は不可能であろう。けれども、ホームズがかかわった事件で、これほどみごとに彼の分析的方法の真価が示され、彼を取り巻く人々を深く感銘させた事件はほかにはなかった。パリ警察のデュビュック氏とダンツィッヒの有名な探偵フリッツ・フォン・ヴァルトバウム氏を前に、ホームズが事件の真相を明かしていった会見の模様をほとんど言葉どおりに書き留めた記録を、わたしは今でも保存している。この二人とも、事件の枝葉末節にすぎないことに全力を浪費していたのである。しかし、事件について、危険を冒さずに話せるようになるには、次の世紀を待たなくてはなるまい。そこで、次の事件に話を移すが、これも一時は国家の重大事ともなりかねなかったもので、それは非常にユニークないくつかのエピソードに彩られることによって、目を引いた事件であった。

学生時代に、わたしはパーシ・フェルプスという名の男と親しくつき合っていた。彼は、わたしとそう変わらぬ年頃だったが、二年上の学年にいた。ずば抜けて頭のよい学生で、学校が設けた賞を総なめにして、最後の仕上げとして奨学金を獲得して、ケンブリッジで華々しい経歴を続けることとなった。彼はたいへんな有力者と縁続きで、わたしたちがまだほんの子どもだった頃でさえ、彼の母の兄弟が保守派の大物政治家、ホールドハースト卿[148]であることを知らない者は誰もいなかった。しかし、この華麗な縁故関係も学校ではあまり役に立たなかった。逆に、わたしたちは校庭で彼を追いまわしたり、クリケットの棒で向こうずねを叩いたりするのが楽しみだったように思う。しかし、世の中に出れば、話はまた別である。その持ち前の能力と縁故関係で、外務省で高い地位についているということを風の便りに聞いた憶えがあるが、それ以来、彼のことは完全に忘れてしまっていた。そこへ、次のような手紙が届いて、彼のことを思い出すことになったのである。

ウォウキング、ブリアーブレ邸にて

親愛なるワトスン

君が三年生のとき五年生のクラスにいた、「オタマジャクシ」のフェルプスのことを憶えていますか。ぼくが、伯父の力添え（ちからぞ）で外務省のいい地位についたことも、おそらくお聞きおよびでしょう。また、そこで信頼と名誉を得てきたぼくが、突然おそろしい不運に見舞われ、経歴も危うくなっていることも知っているかもしれません。あのいやなできごとを、ここで詳しく述べてみてもしかたありません。君がぼくの依頼に応じてくれるのなら、その時に君に話さねばならないでしょうから。ぼくは九週間続いた脳熱（ブレイン・フィーヴァー）（心因反応）から回復したばかりで、まだ極度に体が弱っています。君の友人のホームズ氏をこちらへ連れてきてもらえませんか。警察はこれ以上打つ手はないと言っていますが、ぼくとしては事件についてのホームズ氏の意見を聞きたいのです。どうかあの方をお連れしてください。できるだけ早くお願いします。こんなにひどい不安な状態が続くと、一分が一時間のようです。これだけはぜひ伝えてほしいのですが、もっと早くにホームズ氏に相談しなかったのは、才能を認めなかったからではなくて、不運に見舞われて以来、すっかり錯乱（さくらん）していたからです。今は頭のほうはふつうに戻ったのですが、再発がこわくて、事件についてはなるべく考えないようにしているのです。まだ体が弱っているため、こんなぐあいに口述でこの手紙を書かせています。どうぞ、彼を連れてきてください。

君の昔の同窓生

ここには、手紙を読むわたしを感動させる何かがあった。ホームズを連れてきてくれと何度も懇願する調子に、何か哀れを感じたのである。ひどく心を揺さぶられたので、それが難しいことだとしても、できるだけ力を貸そうとしたに違いない。むろん、ホームズが自分の探偵術を愛していて、依頼人から頼まれれば、喜んで力を貸すことも知っていた。妻もわたし同様、時を移さずホームズに事情を打ち明けるべきだと言うので、朝食を終えて一時間もしないうちに、ベイカー街のあの古巣を再び訪れていた。

ホームズは丈の長いガウンを着てサイド・テーブルに向かって腰を下ろし、化学の研究に熱中していた。先の曲がった大きな蒸溜器が、ブンゼン・バーナーの青い炎の上で激しく沸騰して、蒸溜液が二リットル目盛り付きのビンの中にしたたり落ちている。ホームズは、わたしが部屋に入ってもこちらも見ないので、きっとよほど大事な研究なのだろうと思った。わたしは、肘掛け椅子に腰を下ろして実験が終わるのを待っていた。彼は、ガラスのピペットをビンからビンへと入れては液体を数滴ずつ吸い上げていたが、やがて、溶液の入った試験管をテーブルの方に運んできた。右手には一枚のリトマス試験紙をつかんでいた。

「いちばん大事な瞬間に入ってきたね、ワトスン」と、彼は言った。「この紙が青のままなら、すべて問題はない。もし赤くなれば、人間一人の命が危険にさらされるというわけだ」彼が試験管にその紙を浸すと、紙はとたんに鈍く、濁った深紅色へと変わった。「うーん！思ったとおりだ！」ホームズは大声で叫んだ。「あと少しで終わらせるよ、ワトスン。そのペルシャ・スリッパの中にタバコが入っているから」彼は自分の机に向かうと電報を何通か走り書きし、給仕を呼んで手渡した。それからわたしの向かいの椅子に身を投げ、膝を引き寄せると、両手の指

でその長く細い向こうずねを抱え込んだ。

「どこにでもある、くだらない殺人事件さ」と、彼は言った。「君はもっとましな事件を、持ってきてくれたのだろうね。君はいつも物騒（ぶっそう）な犯罪を運んで来るウミツバメだからね、ワトスン。今度は何かな？」

例の手紙を渡すと、彼はそれを非常に熱心に読んでいた。

「これでは、全く見当がつかないね、そうじゃないかい」と言いながら、彼は手紙をわたしに戻した。

「ほとんどわからない、と言ってもいいよ」

「それにしても、筆跡は興味深いがね」

「しかし、書いたのは本人ではないよ」

「そう、これは女文字だ」

「男の字のはずだよ」わたしは叫んだ。

「いや、女性のものだね。それもめったにない性格の女性だ。君、いいにしろ悪いにしろ、とにかく変わった性格の人物と依頼人が親しい関係にあることがわかるとは、捜査の滑り出しとしてはなかなかだね。この事件に興味を引かれてきたよ。君のつごうさえつけば、今すぐウォウキングへ出かけて、この苦境に陥（おちい）った外交官と、彼の手紙を代筆した女性に会ってみようではないか」

運のいいことに、わたしたちはウォータールー駅(149)で朝の列車に乗ることができ、一時間もしないうちに、ウォウキングのモミの林やヒースの茂みを歩いていた。ブリアーブレ邸は、駅から歩いて数分もしないところにある広大な敷地の中に建っている大きな一軒家だった。名刺を渡すと、優雅に整えられた客間に通された。それから数分後に、どちらかといえば太った男が姿を見せ、わたしたちを大歓迎してくれた。年は三十というより四十に近いようだが、血色がよく、楽しげな目をした人物で、いまだに丸々としたいたずらっ子の面影が残っていた。

「よくおいでくださいました」と言いながら、男は感情のこもった握手をした。「朝からずっと、パーシは今か今かと待っていました。ほんとに、気の毒に。彼は藁にもすがりたい気もちなのです。彼のご両親からあなた方にお会いするように頼まれました。ご両親はこの件については、話すのもつらいということですので」

「まだ詳しいことはお聞きしていないのですが」と、ホームズがじっと見つめて言った。「お見受けしたところ、あなたはご家族の方ではありませんね」

その人物は驚いたふうだったが、やがてちらりと目を落とすと、笑い出した。

「あなたは、わたしのロケットに彫ってある、このJ・Hという頭文字をご覧になったのでしょう」と、彼は言った。「一瞬、何かもっと巧妙な手をお使いになったのかと思いましたよ。わたしはジョセフ・ハリスンといいます。パーシが私の妹のアニーと結婚することになっているので、そうなれば少なくとも、彼とは親戚になるわけです。妹はパーシの部屋におります。ここ二ヶ月はずっとそばにいて看病していますので。すぐに部屋においでになったほうがいいでしょう。パーシがじりじりしているでしょうからね」

わたしたちが通された部屋は、客間と同じ階にあった。居間と寝室が一緒になった家具調度の整った造りで、部屋のすべての隅々には花が美しく飾られていた。青白い顔のやつれはてた面もちの青年が開け放たれた窓辺に置かれたソファに横たわっていた。窓からは、庭の草花の豊かな香りとさわやかな夏の空気が入ってきた。女性が一人、彼のそばに座っていたが、わたしたちが部屋に入ると立ち上がった。

「失礼しましょうか？　パーシ」と、彼女は尋ねた。

彼は引き止めようとしてその手をつかんだ。「やあ元気かね、ワトスン」彼は心を込めて言った。「そんな口ひげを生やしていると、見まちがえてしまうね。けど、君だって、すぐにぼくだとはわからなかったろう。こちらが、君のすばらしいご友人のシャーロック・ホームズさんだね？」

わたしがホームズを簡単に紹介したあと、わたしたちは腰をかけた。太った青年は部屋を出て行ったが、妹のほうは病人に手を握られたまま、その場に残った。彼女は印象的な顔立ちの女性で、少々小がら、背丈のわりにはずんぐりしていたが、美しい

オリーヴ色の顔に、大きくてイタリア人のような黒い目、そして豊かな黒髪の持ち主だった。彼女の健康そうな顔色と対照的に、彼女の連れの白い顔はますますやつれはてて見えた。

「お忙しいでしょうから」と、彼はソファに身を起こしながら言った。「これ以上の前置きは抜きにして、本題に入りましょう。ホームズさん、わたしは幸せ者で出世した男でした。が、結婚を目前にして、突然に、恐ろしい不幸に見舞われて将来が絶望的になってしまいました。

ワトスンからお聞きおよびでしょうが、わたしは外務省に勤めていました。伯父のホールドハースト卿の後押しもあって、ずいぶんと早く責任ある地位を得たのです。伯父が今の内閣で外務大臣に就任すると、責任ある任務をいくつか与えられたのですが、どれも首尾よくなしとげたので、伯父はわたしの能力や機転にこのうえない信頼を置くようになりました。

十週ほど前――正確には五月二十三日のことですが、伯父はわたしを自分用の私室に呼んで、これまでよくやってきたなと誉めたあと、また新たに、重要な任務があるのだがと話し始めました。

『これは』と言いながら、伯父は大型机の引き出しから灰色(150)の巻紙を取り出しました。『イングランドとイタリアの間に交わされた、あの秘密条約の原本だ。残念なことに、この条約のうわさが新聞に流れてしまった。けれども、これ以上外部にもらさないことが何より重要だ。フランスやロシアの大使館は、この文書の中身を知るためなら、莫大な金を払うことだろう。本来なら、わたしの机にしまっておくべきなのだが、どうしても写しを取っておく必要ができた。おまえは事務室に自分の机を持っているかな？』

『はい』

『それではこの条約文書を持って行って、机に鍵をかけて保管してくれ。ほかの者が帰っても、おまえは残れるように指示しておく。そうすれば誰にも見られることなく、つごうのいい時間に写すことができるだろう。写し終えたら、原本と写しの両方を引き出しにしまって元のように鍵をかけ、明日の朝わたしに直接手渡してほしい』
そこで、わたしは書類を受け取って――」
「ちょっと失礼」と、ホームズが言った。「この話の最中には、あなた方お二人しかいなかったのですか？」

「全く二人きりでした」

「そこは大きな部屋でしたか？」

「三十フィート（約九メートル）四方はありました」

「その部屋の真ん中で？」

「はい、だいたい真ん中でした」

「小さな声で話されましたか？」

「伯父はいつもたいへん低い声で話します。わたしはほとんど何も話しませんでした」

「ありがとうございます」ホー

ムズはそう言って、目を閉じた。「その先をどうぞ」

「わたしは、伯父に言われたように、ほかの職員が帰宅するのを待ちました。わたしと同室にはチャールズ・ゴローという人物が、やり残した仕事があって一人だけ残業していましたので、わたしは彼を部屋に残して食事に出ました。部屋に戻ると、彼はもういませんでした。わたしは早く仕事を終えねばと思っていました。というのも、ジョセフ、先ほどお会いになったハリスンさんのことですが、彼がロンドンに来ていて、十一時の列車でウォウキングへ戻るということだったので、できればわたしもその列車に乗りたいと思ったからなのです。

その条約は、よく読んでみると大変に重要なもので、伯父の言ったことが決して大げさではないことがすぐにわかりました。細かなことを省いて言えば、三国同盟[151]に対する大英帝国の立場を明らかにするもので、地中海でフランス海軍がイタリア海軍より完全に優位に立った場合、英国がとる政策を予告していました。その中で扱われている問題は、純粋に海軍についてのものでした。文末には、条約に調印した政府高官たちの署名がありました。わたしはひととおり目を通すと、文書を写す仕事にかかりました。

条約は、フランス語で書かれた[152]二十六条からなる長い文書でした。わたしはできる限り手早く写したのですが、九時になっても写し終えたのはたったの九条にすぎず、

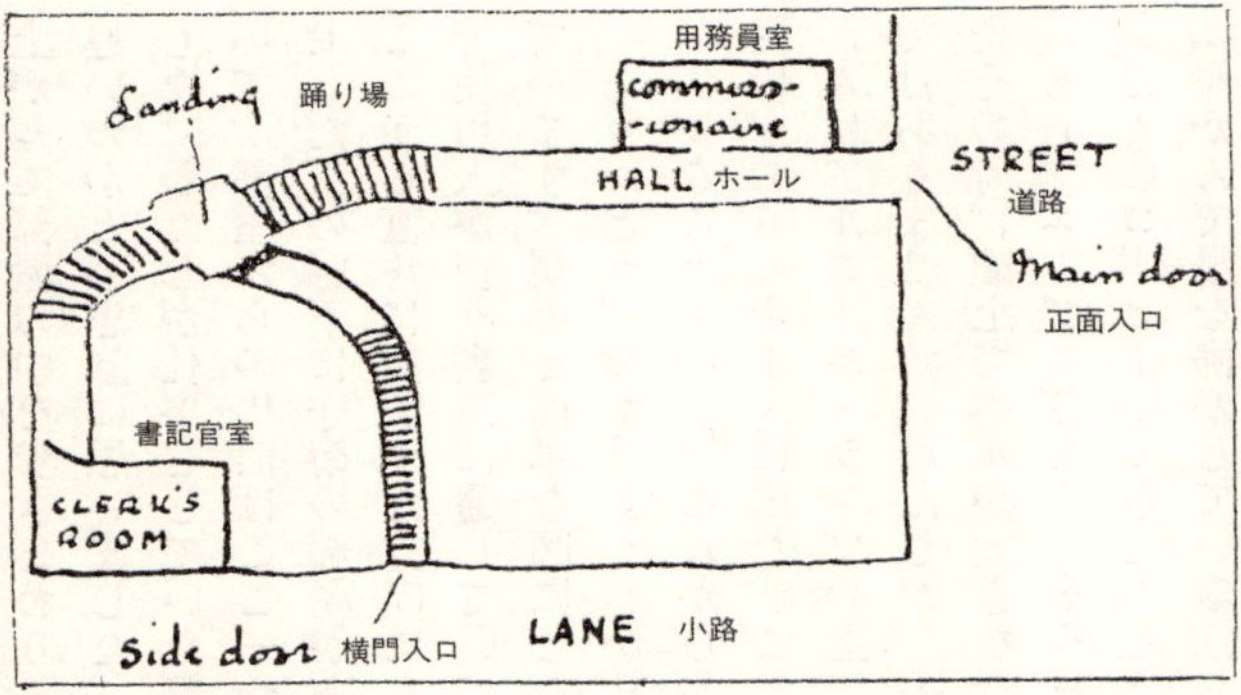

列車の時刻にはとうていまにあいそうにありませんでした。食後ということや、一日じゅう仕事をし続けたあとでもあったので、わたしは睡魔におそわれ、頭の回転が悪くなりました。そこでコーヒーでも一杯飲めば、頭もすっきりするだろうと思ったのです。いつも階段下の小部屋に夜通し守衛が詰めていて、残業する職員のためにアルコール・ランプで、コーヒーを沸かしてくれることになっていました。それで、わたしは彼を呼ぶためにベルを鳴らしました。

驚いたことに、呼び出しに応えて上がってきたのは大がらで下品な顔つきをした、エプロン姿の年配の女でした。その女は守衛の妻で雑用をしているのだと言うので、わたしはコーヒーを頼みました。

さらに二条ほど写すと、前にもまして眠くなってきたので、わたしは足を伸ばすために立ち上がって部屋の中を歩きまわりました。しかし、コーヒーはまだ来ず、なぜそんなに遅いのかと不思議に思いました。様子を見ようと、ドアを開けて廊下を歩いていきました。わたしが仕事をしていた部屋からは薄暗く照明された廊下がまっすぐに延びていて、部屋からの出口はここ一つだけです。廊下は曲がった階段につながり、これをおりた下の廊下に守衛の部屋があるのです。階段の途中には小さな踊り場があって、ここから直角に曲がった方向にもう一つ別の廊下があります。この廊下は小さな階段で使用人が使う裏口に通じていて、チャールズ街から来る職員にも近道として使われています。現場を簡単な図にしたのがこれです」

「ありがとう。お話はよくわかります」と、シャーロック・ホームズは言った。

「大切なことなので、これからお話しすることを注意してお聞きください。わたしが階段をおりてホールに出たところ、守衛は自分の詰め所で深く眠っていたのです。やかんはアルコール・ランプの上でぐらぐらと沸騰し、湯が床一面にふきこぼれているではありませんか。わたしが、手を伸ばして眠りこけている守衛を揺り起こそうとしたその時、頭上でベルが大きな音を立て、彼は驚いて目を覚ましました。

『ああフェルプスさん！』そう言って、守衛はうろたえてわたしを見ました。

『ぼくのコーヒーができたかどうかを見に来たのだ』

『やかんで湯を沸かしているうちに、うっかり眠ってしまったようです』彼はわたしの方を見てから、今度はまだ振動しているベルを見上げてますます驚いた表情になりました。

『あなたがここにいらっしゃるのなら、誰がベルを鳴らしたのでしょう?』と、彼は尋ねました。

『ベルだって?』と、わたしは言いました。『何のベルのことだい?』

『あなたがお仕事をしていらっしゃる部屋のベルですよ』

　冷たい手がわたしの心臓を、ぐっと握ったような気がしました。それなら、わたしが大切な条約を机の上にひろげてあるあの部屋に、誰かいることになります。わたしは狂ったように階段を駆け上がり、廊下を走りました。廊下には誰もいませんでした、ホームズさん。部屋にも誰もいませんでした。部屋はすべてわたしが出て行った時のままでしたが、わたしの手にゆだねられていた条約文書だけが、ひろげてあった机の上から消えていました。写しを残して、原本がなくなっていたのです」

ホームズは腰かけたまま背を伸ばすと、両手をこすりあわせた。彼がこの事件にひきつけられたことが見てとれた。「それから何をしましたか？」と、ホームズは小声で尋ねた。

「わたしはすぐに、泥棒（どろぼう）は裏口から階段を上がってきたに違いない、と思いました。もちろん、そうでなければ、絶対に途中ですれ違ったはずです」

「部屋にずっと隠れていたとか、さっき薄暗く照明されているとおっしゃった廊下に隠れていたとか、考えられないというわけですか？」

「それは全く不可能です。部屋にも廊下にも、ネズミ一匹隠れることはできないでしょう。身を隠すところなど全然ありませんから」

「そうですか。では、先をお話しください」

「守衛はわたしの真っ青な顔を見て、何か恐ろしいことがおきたのかと思って、わたしのあとについて二階に来ていました。それで、わたしたち二人は廊下を駆け抜け、チャールズ街へと向かう急な階段を走りおりました。階下の扉はしまったままでしたが、鍵はかかっていませんでした。わたしたちは扉を押しあけると、外へ飛び出しました。ちょうどその時、近くの教会の鐘が三つ鳴る音が聞こえたことを今でもはっきり憶えています。十時十五分前だったわけです」

「それはたいへん重要なことです」とホームズは言いながら、シャツのカフスに何やらメモを記した。

「その夜は非常に暗くて、おまけになまぬるい雨がかすかに降っていました。チャールズ街には人っ子一人いませんでしたが、そのつきあたりのホワイトホールはいつもながらの雑踏ぶりでした。二人とも無帽のままで、歩道を急いで行くと、ずっと先の角に警官が立っているのが目に入りました。

『泥棒が入りました』と、わたしは息を切らせて言いました。『外務省からたいへん重要な書類が盗まれたのです。誰かこの道を通りませんでしたか?』

『十五分前からここに立っていますが』と、警官は言いました。『そのあいだに通ったのは一人だけです。初老の女性で、背が高く、ペイズリー織り(153)のショールをはおっていました』

『ああ、そりゃああっしの女房に違いない』と、守衛が叫びました。『ほかには誰も通りませんでしたか?』

『いいえ、誰も』

『そんなら、泥棒が行ったのは反対方向に違いない』守衛はわたしの袖を引いて、大声で言いました。

しかし、わたしにはいま一つ納得がいきませんでした。それに、守衛がわたしを別の方向につれていこうとするのも、いっそう疑わしく思えました。

『その女はどっちへ行きましたか?』と、わたしは大声で聞きました。

『わかりませんよ。通り過ぎるのは見かけましたが、ずっと見る理由は特にありませんでしたからねえ。急いではいたようですよ』

『どれくらい前のことでしたか?』

『いや、まだ何分もたっていませんよ』

『ここ五分くらいのことでしたか?』

『そうですねえ、五分以上はたっていません』

『時間のむだですよ、今はちょっとでもむだにはできないのですから』と、守衛は叫びました。『信じてくださいよ。女房は事件に何のかかわりもないんですから、逆方向へ行きましょうよ。そう、おいやなら、わたしは行きます』と言うが早いか、彼は反対方向に走り去りました。

が、わたしもすぐにそのあとを追って、彼の袖をつかみました。

『君はどこに住んでいるのかい?』と、わたしは言いました。

『ブリクストンのアイヴィー小路（レイン）十六番です』と、彼は答えました。『でも、間違った手がかりにまどわされちゃいけませんよ、フェルプスさん。道路の反対の端まで行って、何か話が聞けないかやってみましょうよ』

彼の助言のとおりにしたとしても、何も損はなかったので、わたしたちは警官を伴って駆け出しました。しかし、通りは混み合っており、雨が降る晩ということもあって、早く安心できる場所にたどり着こうとみんな急いでいました。誰が通ったかなどという質問に答えられるような、悠長（ゆうちょう）な暇人（ひまじん）は見つかりませんでした。

そこで、わたしたちは役所に戻って、階段や通路を調べてみましたが、徒労（とろう）でした。部屋に通じる廊下にはクリーム色のリノリウムのようなものが敷いてあるので、足跡が残っていればすぐにわかります。たいそう念入りに調べたのですが、足跡の類（たぐい）はなに一つ見つかりませんでした」

「その晩はずっと雨が降っていたのですか」

「七時前後からずっとです」

「すると、九時頃部屋に入ったその女性が泥靴の足跡を残していないのは、どうしてでしょう？」

「たいへんいいご指摘ですね。わたしもそのとき同じことを考えました。ですが、雑役婦は、守衛室で靴を脱いで、織物の端（は）ぎれで作ったスリッパをはくことになっているのです」

「それでわかりました。だから、雨が降っていた晩なのに足跡が一つもなかったのですね。そう、この一連のできごとは、本当に、驚くほど興味深い。それから、どうなさいましたか」

「わたしたちは部屋の中も調べました。隠し扉などあるわけはないし、窓も地面からゆうに三十フィート（約九メートル）は離れています。二つの窓はどちらも内側から閉じてありました。じゅうたんが敷いてあるので、落とし戸があるとは考えられないし、天井はよくある白の水しっくい仕上げです。命を賭けてもいいですが、わたしの書類を盗み出したのが誰であれ、部屋の入り口のドアから入るしかなかったと思います」

「暖炉はどうでしょうか」

「暖炉はありません。ストーブを使っていますから。ベルの紐は、わたしの机のすぐ右側で、上にある針金から下がっていますから、誰がベルを鳴らしたにしろ、そうするにはまっすぐに机のところまで来たに違いありません。しかし、犯人がベルを鳴らそうと思ったのは、なぜでしょう？ それが一番の謎です」

「たしかに、普通では考えられませんね。次にどうされましたか。部屋を調べて、侵入者が何か手がかりを残していないか、探そうとなさったのでしょう。葉巻の吸い殻とか、手袋の片方とか、ヘアピンとか、ちょっとしたものを落としていきませんでしたか」

「そういうものはなに一つありませんでした」

「においも残っていませんでしたか」

「さあ、においなどは考えませんでした」

「そうですか、タバコのにおいでも、この種の捜査ではずいぶんと役に立ちますよ」

「わたし自身は吸いませんから、タバコのにおいが残っていればわかったはずです。手がかりと言えるものは、全く一つもありませんでした。ただ、はっきりした事実が一つだけあります。守衛の妻が――ミセス・タンギーというのですが――現場から急いで立ち去っているのです。守衛に尋ねても、それはいつも彼女が家に帰る時間だったからだ、という説明しか返ってきません。女が書類を持っているとしたら、それを手放してしまう前に逮捕するのが先決だというのが、警官とわたしの一致した意見でした。

その頃までにはスコットランド・ヤードにも通報が届いており、フォーブズという刑事がさっそく駆けつけて、全力を傾けて事件の捜査に乗り出しました。わたしたちは二輪馬車をつかまえ、三十分以内で、教えられた住所に着きました。若い女性がドアを開けたのですが、彼女はミセス・タンギーの長女でした。母親はまだ帰宅していなかったため、わたしたちは道に面した部屋に通されて、そこで待つことになりました。

　十分ほどしてドアにノックがあったのですが、ここで、わたしたち——といっても、わたしのせいなのですが——の失敗で、重大な過ちを犯してしまったのです。自分たちでドアを開けないで、娘に開けさせたのです。娘が『おかあさん、家で男の人が二人会いたいと言って待っているわよ』と言うのが聞こえるとすぐ、廊下をばたばたと走って行く足音が聞こえました。フォーブズ刑事がドアを開け放って、わたしたち二人が台所になっている裏の部屋に駆け込むと、女はすでにそこにいました。彼女は挑戦的な眼差しでわたしたちをにらんだかと思うと、突然わたしに気づいて、顔一面に驚きの表情が広がりました。

『まあどうしたんです、役所のフェルプスさんじゃありませんか！』と彼女は叫びました。

『おい、おい、われわれを誰だと思って逃げたんだい？』わたしの連れが聞きました。

『差し押さえ屋だと思ったんですよ』と、彼女は言いました。『ある小売商とごたごたしているもんだからね』

『そんな言いわけですむと思うのか』と、フォーブズが答えました。『あんたが外務省から大事な書類を持ち出して、処分するためにここへ逃げ込んだことはわかってい

るのだ。スコットランド・ヤードまで同行して、調べを受けてもらおう』

彼女は抗議したり、抵抗したりしましたが、むだでした。四輪馬車がさし向けられ、わたしたち三人はそれに乗り込んで戻りました。戻る前に、わたしたちはまず台所、特にかまどを調べて、彼女が一人でいられたあの瞬間に書類を処分してしまわなかったかどうかを、確かめました。しかし、灰や紙きれらしいものはありませんでした。スコットランド・ヤードへ着くとすぐに、彼女を婦人警官に引き渡しました。わたしは、婦人警官が報告を携えて戻ってくるのをいらいらして待ちましたが、書類は見つかりませんでした。

その時になって初めて、自分が陥った立場の恐ろしさが重くのしかかってきたのです。それまでは行動が先に立ち、そのことが考えを麻痺させていたのです。条約文書をすぐにも取り戻せるとばかり信じていたので、取り戻せなければどうなるのかなどは、考えもしませんでした。しかし、もうこれ以上打つ手がなくなってみると、自分の立場をはっきりと理解する暇ができたのです。恐ろしいことでした！　ここにいるワトスンが知っているように、わたしは学校時代、神経質で敏感な少年でした。生まれつきそうなのです。わたしは、伯父や内閣の各大臣のこと、それに伯父とわたし自身、さらにはわたしと関係がある人々すべての上に、わたしが及ぼした屈辱について考えました。わたし自身、異常な事故の犠牲者だと言ってみても、それでどうなるものでもありません。外交上の利害関係がからむことですから、この失敗に関しては、どんな言いわけも通用しません。破滅です。恥辱にまみれた、絶望的な身の破滅です。それからどうしたかは憶えていません。たぶん、とり乱したのでしょう。警官たちがわたしの周りを取り囲むようにして、懸命に慰めてくれたのを、おぼろげに思い出せるだけです。そのうちに一人がウォータールー駅まで馬車でわたしを送り届け、わたしがウォウキング行きの列車に乗るのを見送ってくれました。近所に住むフェリア医師がちょうどその列車に乗り合わせていなかったら、その警官はきっとウォウキングまでずっとわたしに付き添ってくれたことでしょう。先生は非常に親切に世話してくれたので、助かったのです。というのも、わたしは駅で興奮し、家へ着くまでには、まったくの狂乱状態になっていたからです。

先生が鳴らしたベルで、寝ているところを起こされた家の者たちが、そんな状態のわたしを目にしたときの大騒ぎがいったいどんなものだったか、ご想像いただけるでしょう。ここにいる気の毒なアニーとわたしの母は、悲しみに打ちひしがれました。フェリア医師は駅で刑事から事のあらましを聞いていて、何がおきたかを家の者に一応説明してくれたのですが、説明が事態を改善したわけではありません。わたしの病状が長引くだろうことは、誰の目にも明らかだったので、ジョセフをこの居心地のよい寝室から追い出して、そこがわたしの病室に変えられました。ホームズさん、わたしは九週間以上もここで意識不明のまま、脳熱（心因反応）にうなされながら、床についていたのです。ここにいるハリスン嬢とフェリア医師の看護がなかったら、こうしてあなた方と話すこともできなかったことでしょう。昼間はハリスン嬢が看病してくれ、夜は派出看護婦が面倒を見てくれています。というのも、正気でなくなる発作に襲われると、わたしが何をするかわからないからです。少しずつ頭のほうもはっきりしてきましたが、記憶が完全に回復したのは、ここ三日ばかりのことです。時々、記憶など戻らないほうがよかったのにと思ったりします。まずは真っ先に、この事件担当のフォーブズ刑事に電報を打ちました。彼はここまで出向いてくれ、すべて手は尽くしたが、手がかりの痕跡（こんせき）のようなものは何も見つかっていないと言いました。守衛とその妻を徹底的に調べても、事件解明に光を投げかけるようなものは、見つかりませんでした。警察は、次に、ゴロー青年に疑いの目を向けました。憶えておいでと思いますが、あの夜、役所で残業をしていた男です。残業していたことと、フランス系の名前だという、この二点だけが怪しい点でしたが、実際には、彼が帰った後でわたしが仕事を始めたのですし、彼の家系がユグノーの血をひく一族[154]だとしても、気もちや習慣の点では、あなた方やわたしと変わらぬイングランド人でした。どう調べてみても、彼を事件と関係づけるものは何もなく、事件はここで行きづまってしまいました。ホームズさん、ほんとうに最後の望みとして、あなたに頼るわけです。もし、あなたでもだめでしたら、わたしは名誉も地位も永久に失ってしまいます」

この長い物語に疲れはてて、病人がクッションに身を沈めると、看病に当たるアニーがコップ一杯の気付け薬を飲ませた。ホームズは、頭を後ろにそらして目を閉じ、無言のまま座っていた。彼を知らない人には、無関心のように見える態度だが、わたしには、それが極度の集中を示すことがわかっていた。

「あなたのお話はきわめてはっきりしていますね」彼はやっと口を開いた。「したがって、質問はほとんどありませんが、一つだけたいへん大事なことをお尋ねしたい。

例の特別な任務を与えられたことを、どなたかに話しましたか？」

「いいえ、誰にも話していません」

「ここにいらっしゃるハリスン嬢にもですか？」

「はい。命令されてから仕事をするまでの間には、ウォウキングへは戻っておりません」

「ご家族の誰かが、偶然に会いに来られたようなこともなかったのですね」

「はい」

「ご家族のなかに、役所の内部をよく知っている方はいらっしゃいますか」

「ええ、それは。みなに案内して見せていますから」

「ですが、もちろん、条約文書の件を誰にもおっしゃらなかったとすれば、この質問は無意味ですね」

「誰にも話してはおりません」

「守衛に関しては、何かご存じですか？」

「以前は兵隊だったということのほかは何も」

「どこの連隊でしたか？」

「えーと、コールドストリーム近衛連隊[155]だったと聞いています」

「ありがとうございます。フォーブズ刑事から詳しいことを聞くことができるに違いありません。警察当局は事実の収集にはたけていますからね。もっとも、いつもそれを活用するとは限りませんがね。バラはなんと美しいのだろう！」

彼は、寝椅子のそばを通って開いている窓へと歩み寄り、うなだれているモス・ローズの茎を手に取ると、深紅と緑に美しく綾なされたこの植物を見下ろした。今まで彼が自然の事物にこれほど強い関心を示したのを見たことがなかったので、これは、わたしが知らない新たなホームズの性格だった。

「宗教ほど推理が必要とされるものはありません」と、彼はよろい戸に背をもたせて言った。「推理家の手にかかれば、宗教は厳密な科学にも高められうるのです。神の最高の摂理は、花の中に現われているような気がします。その他すべてのもの、わたしたちの力とか、欲望とか、食物とかは、わたしたちが生存するために、まずどうしても必要なものです。しかし、このバラは余分なものです。バラの香りや色は、生活に潤いを与えるものではあっても、必要不可欠な条件とは言えません。この余分なものを創るのが、まさに神であって、だからこそ、繰り返して言いますが、わたしたちは花々から多くの希望を得るのです」

パーシ・フェルプスとアニーは、ホームズがこう述べているあいだ、驚いて彼を眺めていたが、その顔には失望が色濃く現われていた。ホームズは指の間にモス・ローズをはさんで、瞑想にふけっていた。そうした状態は数分間続いたが、アニーがその沈黙を破った。

「ホームズ様、この事件の謎を解く見込みはおありなのでしょうか？」と、どことなくとげとげしい声で彼女は尋ねた。

「ああ、事件の謎ね！」ホームズははっと現実の世界に戻って、答えた。「そうですね、この事件が難しくて複雑だということは、決して否定できないでしょう。しかし、これから事件を調べてみて、わたしが知りうることはすべて、お話しすることをお約束しますよ」

「何か手がかりがおありなのですか？」

「お話の中で七つほど見つかりましたが、むろん、それが価値のあるものかどうかは、よく調べてからでないとお話しできません」
「どなたかを疑ってらっしゃるのですか？」
「自分を疑っています

――」

「何ですって？」

「あまりにも早く結論に達してしまったことにですよ」

「では、ロンドンにお戻りになって、その結論をよく吟味(ぎんみ)なさってください」

「すばらしいご忠告ですね、ハリスンさん」ホームズは腰を上げながら言った。「ワトスン、そうするのが一番いいようだ。間違った期待を抱いてはいけませんよ、フェルプスさん。この事件は非常に複雑なのですからね」

「次にお目にかかるまで、また脳熱(ブレイン・フィーヴァー)にとりつかれていることでしょう」外交官のフェルプスは叫んだ。

「では、また明日、同じ列車で伺います。もっとも、たいしたことはご報告できないでしょうがね」

「もう一度おいでくださる約束は、ありがたい」と、依頼人は大声で言った。「何かが行なわれている、とわかるだけでも、生き返ったような気分です。ところで、ホールドハースト卿から手紙をいただきました」

「え！ それで何と言ってきましたか」

「冷たい調子ですが、厳しいというほどのことはありません。わたしの病状が深刻なので、厳しいことが言えなかったのでしょう。伯父は、事の重大さを繰り返して述べ、

わたしの将来に関しては、健康が回復して自分の失態を償う機会が来るまで、何の措置も——これはもちろん免職のことですが——行なわないとつけ加えています」

「うん、道理をわきまえた、思いやりがある手紙ですね」と、ホームズは言った。「さあ、行くとしよう、ワトスン。ロンドンで、たっぷり一日はかかる仕事が待っているからね」

ジョセフ・ハリスン氏は駅まで馬車を走らせて送ってくれ、わたしたちはまもなくポーツマス線の列車でロンドンへと急いでいた。ホームズは深く考えこんでいたが、クラッパム・ジャンクション駅を通過する頃、ようやく話し始めた。

「高架線の一つに乗って高いところからこのような家々を見下ろしながら、ロンドンに入っていくのは実に愉快だね」

その景色は、どう見ても、うす汚れたものだったから、彼が冗談を言っているのだろうとわたしは思った。が、すぐに、ホームズは説明してくれた。

「スレート葺きの屋根の波の中から、一つだけすっと伸びたあの大きなビルの塊を見てみたまえ。まるで鉛色の海に浮かぶれんがの島のようだ」

「公立小学校だね(156)」

「君、灯台だよ！　未来を照らすかがり火だよ！　あれは、輝かしい小さな種がたくさん入っているサヤで、それが割れると未来のもっと賢く、もっと良いイングランドが芽を出すのさ。あのフェルプスって男は、酒は飲むのだったかな」

「飲まないと思うが」

「ぼくもそう思う。しかし、すべての可能性を考えておく必要がある。かわいそうに、彼は非常に深い水に引きずりこまれているが、問題は、ぼくたちが彼を岸に引き揚げることができるかどうかだ。君は、ハリスン嬢のことをどう思う？」

「精神力の強い娘だね」

「そう、けれども、ぼくの思い違いでなければ、気だてはいい。彼女と兄はノーサンバランド州あたりの製鉄業者の子で、きょうだいは二人だけだ。フェルプスは、この冬の旅行中に彼女と婚約をした。そして今回はフェルプスの家族に紹介されるために、兄に付き添われて来たわけだ。そこへ、この事件がおきた。そこでハリスン嬢はそのまま恋人の看病に当たり、兄のジョセフも、居心地がいいので、そのまま居座っている。ぼくは独自に少しばかり調べているのさ。けれども、今日は一日じゅう、調査に当たることになりそうだね」

「ぼくの診療は――」と、わたしは口を開いた。

「ああ、君の診療のほうがぼくの事件よりおもしろいと言うのなら――」と、ホームズは少しつっけんどんに言った。

「ぼくの診療だったら、一日か二日くらい何とかなると言おうとしたのだよ。この季節は一年で一番暇だからね」

「それはいい」と言って、彼はまたきげんがよくなった。「それでは、一緒に事件を調べてみよう。まず、フォーブズに会う必要がある。たぶん、彼なら、事件の細かな点でわたしたちが聞きたいことを、すべて話してくれるだろう。そうすれば、事件のどの方面から調査を進めればいいかがわかる」

「君は、手がかりをとらえたと言っていたね」

「そう、いくつかはね。けれども、それがどれほど値打ちのあるものかは、もっとよく調べてみなくては、わからない。いちばん解決が難しい犯罪というのは、目的のない犯罪なのだ。が、今度の事件には、目的がないとは言えない。この事件によって得をするのは誰か？　フランス大使も、ロシア大使もそうだし、そのどちらかに条約文書を売る可能性のあるあらゆる人間もそうだ。そして、ホールドハースト卿もね」

「ホールドハースト卿だって！」

「そうさ。政治家には、あの種の文書がたまたま紛失しても、いっこうに困らない場合がありうるのさ」

「ホールドハースト卿のような名誉ある経歴の政治家がそのようなことは、ないだろう」

「可能性はあるから、それを無視することはできない。今日、その閣下に会って、何か話してもらえるかもしれない。ところで、すでに調べ始めていることがあるのだ」

「もう始めているのかい？」

「そうさ。ウォウキングの駅からロンドンの各新聞社宛てに電報を打っておいた。この広告が夕刊に載ることになる」

ホームズは手帳から紙を一枚破って手渡してくれた。そこには鉛筆でこんな走り書きがしてあった。

「賞金十ポンド（約二四万円）。――五月二十三日の夕刻、十時十五分前にチャールズ街の外務省入り口、あるいはその付近で客を降ろした馬車の番号を知りたし。ベイカー街二二一Bまでご連絡ください」

「では、泥棒は馬車で乗りつけたと信じているわけかね？」

「そうでないとしても、困らないさ。けれども、フェルプス氏の言うとおり、部屋にも廊下にも身を隠すところがないとしたら、泥棒は外から入ったに違いない。しかも、あれほどの雨降りの夜に、外から来たにしては、数分後に調べたのに、リノリウムの廊下に泥跡一つ残っていなかった。そうなると、馬車で来た可能性がぐっと高いということに

なる。馬車だと推理しても大丈夫だろう」

「もっともだね」

「これは、ぼくがさっき言った手がかりの一つだ。このことから何かがわかるかもしれない。そして次に、もちろん、あのベルの一件がある。これが、この事件のいちばんの特徴だ。いったいなぜ、ベルを鳴らしたのか。泥棒が、虚勢を張って鳴らしたのだろうか。あるいは、泥棒と一緒にいた人物が、犯罪を防ぐために鳴らしたのだろうか。それとも、たまたま壊れたのか？　それとも――」ホームズは、再び元のようにむっつりとして考えに沈んでしまった。しかし、彼のあらゆる気分に慣れているわたしは、ホームズの頭に突然、何か新しい可能性が浮かんだのだろうと思った。

終着駅に着いたのは三時二十分過ぎだった。わたしたちは軽食堂であわただしく昼食をとると、すぐにスコットランド・ヤードへと急いだ。ホームズがすでにフォーブズ刑事宛てに電報を打ってあったため、刑事はわたしたちを出迎えようと入り口で待っていてくれた。彼はキツネのような感じの小男で、顔つきは鋭く、愛想が悪かった。わたしたちに対する態度も明らかに冷たく、特にこちらの用件を聞いたときなど、けんもほろろだった。

「以前からあなたのやり方は耳にしてますよ、ホームズさん」と、彼は手きびしい口調で言った。「警察が教えるあらゆる情報を勝手に利用して、一人で事件を解決しようとして、警察の信用を落とさせるのですね」

「逆ですよ」と、ホームズは言った。「これまでわたしが扱った五十三の事件のうち、わたしの名前が表に出たのは四件だけで、残りの四十九件は警察の手がらになっていますよ。あなたはお若いし、まだ経験も少ないのだから、そのことをご存じなくてもしかたない。だが、今度の新しい任務を果たしたいとお思いなら、わたしを敵にまわしたりせず、協力することですね」

「一つか二つヒントをくださると、ありがたいのですが」と、フォーブズは態度をころりと変えて言った。「今までのところ、この事件では何の功績もあげていないのです」

「どんな布石をしましたか？」

「守衛のタンギーを尾行させています。タンギーは、近衛連隊を退役する際にもりっぱな人物証明書をもらっていますし、彼に不利なことは何も見つかっていません。しかし、かみさんのほうはかなりのワルですよ。涼しい顔をしていますが、きっと何か知っていると思いますね」

「彼女にも尾行をつけたのですか？」

「婦人警官を一人つけました。タンギーのかみさんは酒飲みなので、二度ほど、ほろ酔い加減のときがあったのですが、何も聞き出せなかったようです」

「あの夫婦の家には取り立て屋が来ていたようですね」

「ええ、でも金はすっかり返していますよ」

「金の出所は？」

「それはだいじょうぶです。亭主の年金が支払われたのです。蓄(たくわ)えがあるようには見えません」

「フェルプス氏がコーヒーを頼もうとベルを鳴らした時、あの女は自分が来たわけをどう話していましたか？」

「夫が極度に疲れていたので、楽をさせてやりたかったと言っていました」

「そうですか、そうなると亭主のほうが、すこしあとで、椅子に腰かけたまま眠っていたのを見られたのと、確かに一致しますね。すると、女の性格を除けば、二人に疑わしい点はなに一つないわけだ。あの夜、なぜ急いで立ち去ったか、あの女に尋ねましたか。巡査の注意を引くほど、あわてていたようですが」

「いつもより遅れたので、早く家に着きたかったということです」

「あなたとフェルプス氏が、少なくみても二十分はあとから出たのに、彼女より早く家に着いたのはなぜかを追及してみましたか」

「それは、乗合馬車と二輪馬車の違いだと説明していました」

「家に帰るとすぐに裏の台所に走り込んだのはなぜか、はっきりと説明したのですか」

「取り立て屋に払う金を台所に置いていたそうです」

「少なくとも、すべての質問について答えは持ち合わせているようですね。役所から帰る時、誰かに会ったり、チャールズ街をうろついている者を見なかったかどうか、聞いてみましたか」

「巡査しか見なかったそうです」

「そうですか。かなり徹底的に彼女を追及したようですね。ほかには何を調べたのですか」

「事務員のゴローをここ九週間尾行していますが、成果はありませんでした。彼についても疑わしい点は見当たりません」

「ほかには？」

「もう、これ以上打つ手はありません――証拠らしいものが何もないのですから」

「あのベルがどうして鳴ったかについては、考えてみましたか」

「そう、あのベルには参りましたよ。誰にせよ、あんなふうにベルを鳴らすなんて、よほどずうずうしい奴に違いない」

「そうですね、奇妙なことをしたものだ。いろいろ話してくださって、ありがとう。犯人をつかまえていただく段になったら、ご連絡しますよ。さあ行こうか、ワトスくのさ」

「現在の内閣の大臣で将来のイングランド首相となるホールドハースト卿に会いに行

「今度はどこへ行くのかね」警察を出ると、わたしは聞いた。

ン！」

　幸いにも、わたしたちが行くと、ホールドハースト卿はまだダウニング街の大臣室にいた。ホームズが名刺を出すと、わたしたちは即座に中に招き入れられた。ホールドハースト卿は彼一流の古風な礼儀正しいマナーでわたしたちを迎え、暖炉の両端に置かれた二つの豪華な安楽椅子に座らせた。わたしたちの間のじゅうたんに立った彼は、やせて背が高く、目鼻立ちがはっきりとした、考え深そうな顔立ちで、巻き毛の髪は早くも白くなり始めていた。あまりないタイプ、つまりほんとうに高貴な貴族の姿を代表しているように見えた。

「お名前はよく存じていますよ、ホームズさん」と、彼はほほ笑みながら言った。「それに、もちろん、いらっしゃった目的を知らないなどとは申しません。こういった役所でおきたことのうちで、あなたの興味を引きそうなものは一つしかありませんからね。誰のためにお調べていらっしゃるのか、お聞きしたいものだが」

「パーシ・フェルプス氏のためにです」と、ホームズは答えた。

「ああ、甥は不運な男です！　おわかりのことと思いますが、身内だということで、ますますかばうわけにはいかなくなっているのです。事件のことで、甥の経歴は大きく傷つくことでしょう」

「しかし、書類が見つかればどうですか？」

「ああ、その場合は話は別ですね」

「ホールドハースト卿、一つ二つ、お尋ねしたいのですが」

「わたしが知っていることなら、何なりとお話しするが」

「例の書類の写しを取るよう

にと指示されたのは、この部屋でですか」

「そう」

「それでは、誰かに盗み聞きされるような可能性はなかったでしょうか」

「それは論外です」

「写しを取るために条約文書を持ち出させるつもりだったことを、誰かにお話しされたことは?」

「それはない」

「それは確かでしょうね?」

「絶対にありえない」

「さて、あなたもフェルプス氏も誰にも話さなかったということになると、この件については誰も何も知らなかったわけですね。すると、泥棒が部屋に忍び込んだのは、全くの偶然だったということになります。泥棒がその機会にぶつかって、持って行ったということですか」

ホールドハースト卿はほほ笑みながら言った。「そういったことは、わたしにはわかりかねる」

ホームズはしばらく考えて「ではもう一つ、たいへん重要な点についてお尋ねしたいのですが」と言った。「条約の詳細が外部にもれたら、たいへん困った結果が生じるかもしれないと、恐れていらっしゃるそうですね？」

ホールドハースト卿の豊かな表情に一瞬影がさした。「ほんとうに、きわめて困ったことになります」

「すでにそういう事態になっているのですか」

「いや、まだそうなってはいません」

「もし条約文書が、そう、フランスかロシアの外務省の手に落ちたら、そのことはあなたのお耳に入るとお思いですか？」

「入るはずだ」と、ホールドハースト卿は顔をしかめて言った。

「あれからほぼ十週間たっても、何も伝わってこないとなると、条約は何らかの事情であちらの手に落ちてないと考えてよろしいでしょうか」

ホールドハースト卿は肩をすくめた。

「ホームズさん、泥棒が、額に入れて自室に飾っておくために条約を盗むなどとは、とうてい考えられない」

「おそらく、値がさらに上がるのを待っているのでしょう」

「もう少ししたら、あれは一文の値打ちもなくなってしまう。あの条約は、二、三ヶ月もしたら秘密ではなくなるのだ」

「それは、きわめて重要なことをうかがいました」と、ホームズは言った。「もちろん、これは単なる推測にすぎませんが、条約を盗んだ者が突然病気にでもなるとか――」

「例えば脳熱（ブレイン・フィーヴァー）にかかるとか」ホールドハースト卿はホームズをちらっと見ながら答えた。

「そうは言っていません」と、ホームズは落ち着いた口調で言った。「さて、ホールドハースト卿、貴重なお時間をずいぶんとおじゃましてしまいました。そろそろおいとましましょう」

「盗んだのが誰であれ、捜査の成功を祈っていますよ」ホールドハースト卿は、部屋を出るわたしたちに戸口で会釈（えしゃく）をしながら言った。

「すばらしい人物だ」ホワイトホール通りに出ると、ホームズが言った。「だが、彼も自分の地位を保つのに苦労している。それほど裕福ではないのに、いろいろと出費はかさむ。靴底が張り替えてあったのに、君も気づいたろう。さあ、ワトスン、もうこれ以上本業を留守にさせておくつもりはないよ。馬車の広告に返事が来なければ、今日はもう、何もすることはないだろう。けれども、今日乗ったのと同じ列車で、明日またウォウキングまで一緒に来てくれるとずいぶんありがたいね」

そこで、わたしは次の朝、また彼と会って、一緒にウォウキングへ向かった。まだ

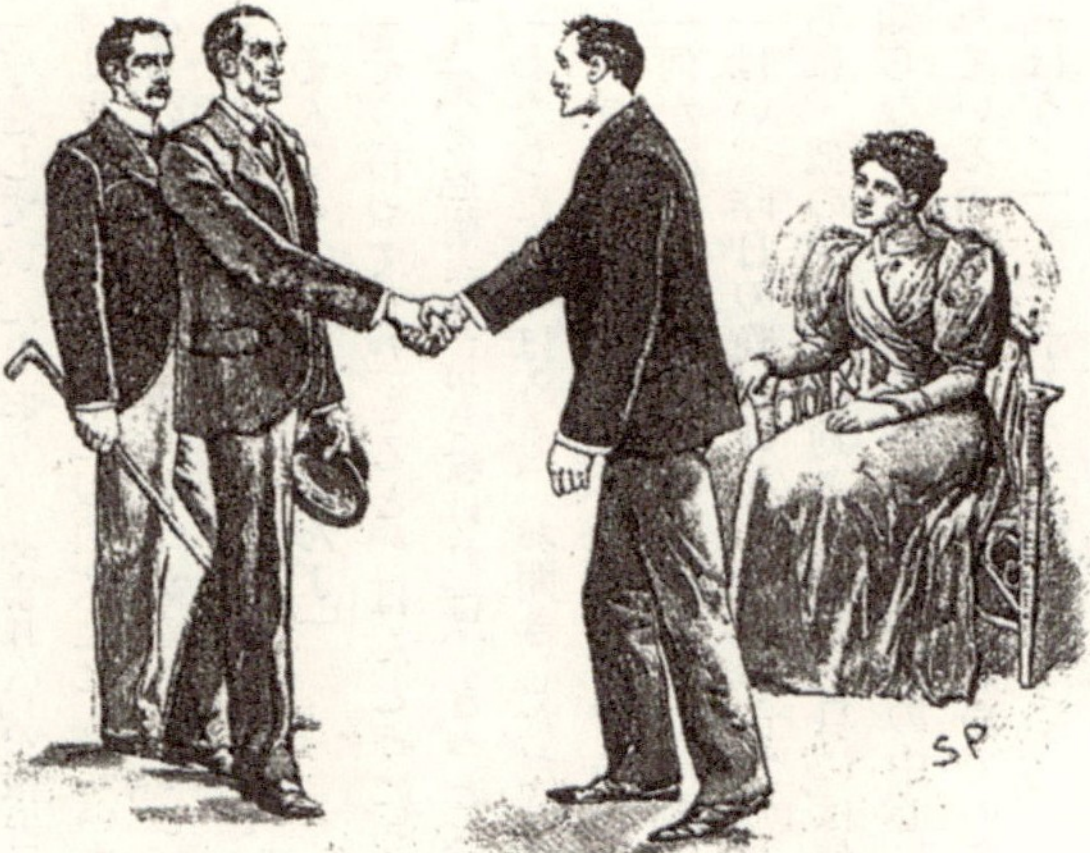

広告への返事はないし、この事件に関する新たな進展もない、とホームズは言っていた。彼は、いったんそうと決めたら、アメリカ・インディアンのようにまったく表情の動きがない顔つきになるので、その顔つきからは、事件の現状に満足しているのかどうかうかがい知ることができなかった。彼が語ったのはたしかベルティヨンの人体計測法[157]についてで、このフランス人の学者を熱狂的に誉めたたえていたと思う。

　依頼人はまだ献身的な看護婦に世話をされていたが、前の日よりはかなりよくなっているように見えた。わたしたちが部屋に入っていくと、彼は苦労しないでソファから身を起こして、挨拶した。

「何かニュースはありますか?」と、彼は熱心に尋ねた。

「予想していたとおり、あまりいい報告はできません」と、ホームズは言った。「フォーブズにも、あなたの伯父上にも会いましたし、あと、二、三捜査していることもあるので、そのうち何かつかめるかもしれません」

「それでは、投げてしまったわけではないのですね?」

「そんなことはありませんよ」

「そう言ってくださると、ほんとうにうれしいですわ」と、ハリスン嬢が叫んだ。

「勇気と忍耐さえ持ち続ければ、きっと真実は明らかになるに違いありません」

「わたしたちのほうも、お聞きしただけでなくて、こちらからお話しすることがあるのです」と言って、フェルプスは寝椅子に座りなおした。

「何か話していただけるとは思っていました」

「はい、昨日の晩、妙なことがおきたのですが、重大なことかもしれません」話すうちに、彼の表情は深刻さを増し、目には何か恐怖に近いものが浮かんだ。「わたしは、知らないうちに何か恐ろしい陰謀の中心にはまりこみ、名誉だけでなく、命さえ狙われているのではないかと、思い始めています」と、彼は言った。

「ほう!」と、ホームズが叫んだ。

「知っている限り、わたしには敵など一人もいないのですから信じがたいことです。

けれども、昨夜の経験からすると、そうとしか考えられません」

「どうぞ、その話を聞かせてください」

「昨晩は初めて、看護婦を付けずにこの部屋で眠りました。かなりぐあいも良くなったので、看護婦なしでも済むと思ったのです。しかし、常夜灯（じょうやとう）はつけておきました。そう、夜中の二時頃でしたか、うとうととしていると、突然かすかな音で目が覚めました。それはネズミが板をかじっているような音で、しばらくはそうに違いないと思って、横になったまま耳を澄（す）ましていました。やがて音が大きくなったかと思うと、突然、窓の方でカチリという金属音がしたので、わたしは驚いて起き上がりました。何の音かは、もう明らかでした。かすかに聞こえたのは、誰かが窓枠の隙間（すきま）に何か道具をこじ入れている音で、次の音は掛（か）け金をはずす音でした。

それから十分ほど間があって、もの音でわたしが目を覚ましたかどうか、様子をうかがっているようでした。それから、かすかにきしむような音とともに、窓がゆっくりと開いたのです。神経がまだ元のような状態ではなかったのですから、わたしはもうがまんできませんでした。わたしはベッドから飛び出して、よろい戸を開け放ちました。すると、男が一人、窓辺に身をかがめているではありませんか。あっというまに姿を消したので、男はよく見えませんでした。マントのようなもので身を包んで、顔の下半分まで覆（おお）い隠していました。ただ一つ確かなのは、手に何か凶器のようなものを持っていたということです。長いナイフのようなものに見えました。男が身をひるがえして逃げる時、それがキラリと光るのをこの目ではっきりと見たのです」

「それは非常に興味深い」と、ホームズは言った。「それからどうされました?」

「体のぐあいがよければ、窓から飛び降りてあとを追ったでしょう。ですが、このありさまですので、ベルを鳴らして家の連中を起こしました。ベルが台所で鳴るようになっていて、使用人はみな上の階で寝ているので、みなを起こすにはだいぶ手間取りました。しかし、わたしが大声を出したので、ジョセフが下りてきて、他の者たちを起こしてくれました。ジョセフと馬扱い人とが、窓の外にある花壇で足跡を見つけたのですが、このところ晴天続きだったので、芝生を横切る足跡をたどることはむりでした。しかし、道路沿いの木製の柵には、誰かがよじ登った際、一番上の横木を折ったらしい跡があったと聞いています。まず、あなたのご意見をうかがうのがよいと思ったので、地元の警察にはまだ何も話していません」

依頼人のこの話は、シャーロック・ホームズにただならぬ影響を与えたようだった。彼は椅子から立ち上がり、抑えがたい興奮のまま、せかせかと部屋を歩きまわった。

「不幸は重なるものですね」フェルプスはほほ笑みながらそう言ったが、昨晩のできごとで多少とも動揺しているのは、見た目にも明らかだった。

「まったく大変な目にお遭いになりましたね」と、ホームズは言った。「一緒に家の周りを歩けそうですか？」

「ええ、いいですよ。少々日光にも当たりたい気分です。ジョセフも来てくれるでしょう」

「わたしも」と、ハリスン嬢が言った。

「すみませんが」と、ホームズは首を振って言った。「あなたは今いるのと正確に同じ場所に座っていていただかなくてはなりません」

　ハリスン嬢は不満げな様子で、再び腰かけた。しかし、彼女の兄はわたしたちに加わり、四人で一緒に出発した。芝生をぐるりとまわって、若い外交官の部屋の窓の外側まで来ると、彼が言ったとおりに花壇に足跡が見つかったが、全く薄ぼんやりしていてはっきりとは見えなかった。ホームズは一瞬その上にかがみ込んでいたが、やがて立ち上がって肩をすくめた。

「これでは、誰がやっても役に立つとは思えませんね」と、彼は言った。「家をぐるっと回ってみて、夜間強盗がなぜ、特にこの部屋を狙ったのかを調べましょう。居間とか食堂とかの大きな窓のほうが強盗にとっては魅力的だと、わたしなら考えますがね」

「でも、道路からはまる見えですからね」と、ジョセフ・ハリスンが言った。

「ああ、それはもちろんです。強盗はここの扉をあけようとしたのかもしれませんね。

この扉は何に使われているのですか？」

「商人用の裏口です。もちろん、夜は鍵をかけてあります」

「以前にもこんなことがありましたか？」

「いいえ、一度も」と、依頼人は答えた。

「家には、金や銀の食器類とか、何か強盗に狙われそうなものが置いてありますか？」

「値打ちのあるものはなに一つありません」

ホームズは両手をポケットに入れたまま、いつもとは違うむとんちゃくな態度で、家の周りを歩きまわった。

「ところで」と、彼はジョセフ・ハリスンに話しかけた。「あなたは男が柵をよじ登った場所を見つけたそうですが、そこを見ることにしましょう」

この太った青年は、木の柵の一番上の横木が折れている場所に連れて行ってくれた。小さな木切れが垂れ下がっていたが、ホームズはそれをひきちぎると、疑わしげに調べた。

「これは昨晩折れたのだと思いますか。折れ口が、もう少し古いように見えますが、いかがですか」

「さあ、そうかもしれませんね」

「誰かが反対側に飛び降りた跡も残っていません。ここからは何の手がかりも得られないようです。寝室に戻って事件について話し合ってみましょう」

パーシ・フェルプスは、将来義兄となるハリスンの腕にすがって、ゆっくりと歩いていた。ホームズが芝生をすばやく横切って歩くので、わたしたちは、ほかの二人がやって来るよりもずっと前に、開け放たれた寝室の窓のところに戻っていた。

「ハリスンさん」と、ホームズはたいへん強い調子で話しかけた。「今日は一日、ずっとそこに座っていてください。何があっても、今日一日はそこから動かないようにお願いします。非常に大切なことなのです」

「ホームズさん、あなたがそうしろとおっしゃるのでしたら、たしかに」娘は驚いたように言った。

「寝に行くときは、この部屋のドアを外側から閉めて、その鍵を持っていてください。約束してくださいますね」

「でも、パーシは？」

「わたしたちと一緒にロンドンに来ていただきます」

「それで、わたくしはここに残るのですか？」

「彼のためです。彼を助けることになるのですから！　早くして！　約束ですよ！」

彼女がわかったというふうにうなずいたちょうどその時、あとの二人が到着した。

「アニー、何でこんなところに座って、ふさぎ込んでいるんだい？」と、兄が大声で言った。「外に出てきて日光に当たれよ！」

「遠慮（えんりょ）しておくわ、ジョセフ。ちょっと頭が痛いの。それにこの部屋はとても涼しくて、気もちがいいのよ」

「今度はどうすればいいのですか、ホームズさん？」と、依頼人が尋ねた。

「そうですね、昨夜のささいなできごとばかり調べていて、本題のほうを見失うわけにはいきません。あなたには、わたしたちと一緒にロンドンに来ていただけると助かるのですが」

「今すぐにですか？」

「そう、つごうがよければ、できるだけ早くです。一時間くらいしたら、出かけましょう」

「充分元気になったような気がします。ほんとうに何か役に立つのでしたら、行きましょう」

「たいへん役立ちますよ」

「きっと、今夜はロンドン泊まりということになりますね」

「そう言いかけていたところです」

「それでは、昨夜の強盗君がまたわたしを訪ねてきたら、カモが逃げてしまったことに気づくでしょうよ。ホームズさん、すべてあなたにお任せしますから、ご要望を、はっきりと言ってください。おそらく、わたしの世話をするために、ジョセフにも一緒に来てもらったほうがいいのでしょうね」

「いえ、結構です。わたしの友人のワトスンは、あなたもご存じのように医者ですから、彼が面倒をみてくれますよ。おさしつかえなければ、ここで昼食をとって、ロンドンへは三人で一緒に出かけましょう」

ホームズの指示どおりに事が運び、ハリスン嬢はうまく言いつくろって寝室に留まっていた。わたしには、ホームズが何のためにこのような策略（さくりゃく）をめぐらしたのか、見当もつかなかった。ハリスン嬢をフェルプスから引き離しておくためなのだろうか。

当のフェルプス氏は、健康が戻ってまた活動できることを喜びながら、食堂でわたしたちと昼食をとった。しかし、ホームズはわたしたちをいっそう驚かせるような行動に出た。駅まで一緒に馬車に乗ってきて、駅でわたしたちを客車に乗せると、自分はこのままウォウキングに残るつもりだと、落ち着いて発言したのだ。

「ロンドンに行く前に、二、三、はっきりさせたい点があるのだ」と、彼は言った。

「あなたがいないほうが、ある意味では助かるのですよ、フェルプスさん。ワトスン、ロンドンに着いたらフェルプスさんと一緒にベイカー街に直行して、ぼくが戻るまで一緒にいてあげてくれるとありがたいのだが。幸い、君たちは昔の同窓生だ。積もる話はいくらでもあるだろう。フェルプスさんには今夜は予備の寝室にお泊まり願おう。朝八時にウォータールー駅に着く列車があるので、朝食の時刻には戻るつもりです」

「では、ロンドンでの調査はどうなるのですか」と、フェルプスが哀れっぽく尋ねた。

「それは明日にでもできることです。今は、ここですぐにしておかなくてはならない、大切な仕事があるのです」

「では、ブリアーブレ邸の連中に、明日の夜には戻れるだろうと伝えてくれませんか」列車がプラットホームを動き出すと、フェルプスが叫んだ。

「ブリアーブレ邸には帰らないと思いますよ」と答えて、駅から遠ざかっていくわたしたちに、ホームズは上きげんで手を振った。

フェルプスとわたしは車中でこの件を話し合ったが、事態のこの新たな進展に対しては、二人とも満足のいく説明を見いだせなかった。

「昨夜の強盗に関する、手がかりを見つけるつもりではないだろうか。あれが強盗だとしての話だがね。ぼくは、あれはありきたりの泥棒ではないと思っているよ」

「それでは、何だっていうんだい？」

「君は、きっと、ぼくの神経が参っているからだと言うかもしれないが、ぼくの身辺で何か深刻な政治的陰謀が進行していて、理解を超えた理由で、ぼくの命が陰謀者どもに狙われていると思うのだ。ばからしい空想だと思うだろうが、事実を考えてほしいね！　略奪する品などありっこない寝室の窓から押し入ろうとする泥棒がいるだろうか。それに、なんで長いナイフを持っていたのだろう?」

「押し込み強盗が使うようなカナテコじゃなかったのは確かなんだね?」

「いや、違う。間違いなくナイフだった。刃が光るのがはっきり見えたもの」

「でも、いったいどんな恨みでつけ狙われるというのだい」

「ああ! それが問題なんだ」

「ま、ホームズが君と同じことを考えているとすると、今回の彼の行動もわかるね。そうじゃないかね。君の推理が正しいとしての話だが、もし、ホームズが昨日の夜、君をおびやかした男をつかまえることができたら、海軍条約を盗んだ犯人が見つかるのも時間の問題だね。君から条約文書を盗んだ奴と、命をおびやかす奴と、敵が二人いるなんて考えるのは不合理だよ」

「けれど、ホームズさんはブリアーブレには帰らないと言っていたね」

「彼を古くから知っているが」と、わたしは言った。「きちんとした理由もなしに行動をおこすことは、一度もなかったよ」この後、わたしたちの会話は違う話題へと流れていった。

わたしにとっては、全く疲れる一日だった。フェルプスは長わずらいの後で弱っており、不幸な事件のせいもあって、気難しくて、神経質になっていた。アフガニスタンやインドの話とか、あるいは社会問題とか、事件のことを忘れさせるような話題に興味を持たせようと、努力してみたがむだだった。彼の心は、いつも盗まれた条約文書のことに戻ってしまい、ホームズは何をしているのか、ホールドハースト卿はどんな措置を取るだろうか、明日の朝には何がわかるだろうかと、疑ったり、推測したり、考え込んだりするのだった。夜になるにつれ、彼の興奮はいっそう痛ましいものとなった。

「ホームズさんに、絶対の信頼を置いているのかい？」と、彼は尋ねた。

「すばらしい仕事をずいぶんと見てきたからね」

「だが、これほど不可解な事件を解決したことはないんじゃないか？」

「いや、あるさ。君のよりずっと手がかりの少ない事件だって、解決してきているよ」

「でも、これほど重要な利害関係がからんではいなかっただろう？」

「その点はわからない。ヨーロッパの王室のうちの三つ[158]の存亡（そんぼう）がかかった、重大事件を解決するために、彼が働いたことはよく知っている」

「ワトスン、君は彼のことをよく知っている。けれど、ぼくには彼はあまりにも謎めいた人物で、どう評価すればいいのかわからないのだ。彼は解決できる、と君は考えているのかね？　彼自身は、事件を解決できる自信を持っているのかい？」

「ホームズは何も言っていないね」

「それなら、見込みがないのだ」

「いや、反対だよ。ぼくの経験から言うと、彼は手がかりを失ったときには、それを素直に告白する人間だ。無口なときというのは、むしろ、手がかりはあるが、それが正しいとするに充分な確証がないときさ。ねえ、フェルプス、くよくよ考えていてもしかたない。頼むから寝てくれよ。明日、吉凶いずれにしても、すっきりした気分になって知らせを待とう」

どうにか友人を説得して寝室に送りこんだ。あの興奮状態ではほとんど眠れないだろうことはわかっていたが、実際のところ彼の気分はわたしにも伝染して、わたし自身が夜中の半分は転々と寝返りを打って過ごした。この奇妙な事件のことが頭から離れず、次から次へと推理してみるのだが、考えれば考えるほど、ありえないような推理しか浮かんでこない。ホームズはなぜウォウキングに残ったのか？　なぜハリスン嬢に一日じゅう病室にいるように頼んだりしたのだろう？　また、彼がブリアーブレ邸の近くに留まることを家の者たちに知られないよう、あれほど気にかけて行動したのはなぜだろう？　わたしは頭を絞(しぼ)って、これらすべての事実を説明できる理由を見つけようと、努力しているうちに眠ってしまった。

次の朝七時に目が覚めて、すぐフェルプスの部屋に行くと、眠れぬ夜を過ごしたのだろう、ぐったりと疲れきっていた。その彼が最初に聞いたのは、ホームズはもう戻ったかということだった。

「約束の時間には帰ってくるよ」と、わたしは言った。「時間ちょうどにだ」

そして、わたしの言葉どおりとなった。八時を少し回った頃、二輪馬車が全速力で玄関先に駆けつけると、中からホームズが飛び出した。窓のこちら側に立っているわたしたちには、彼の左手に巻かれた包帯と、青ざめたけわしい表情が目に入った。ホームズは家に入ったものの、しばらく二階へは上がって来なかった。

「なんだか打ちひしがれているようだね」と、フェルプスが叫んだ。

そのとおりと言わざるをえない。「結局」と、わたしは言った。「事件の鍵はロンドンにあるのかもしれないね」

フェルプスはうめいた。

「そうかどうかわからないが」と彼は言った。「ホームズさんが戻ったら、と期待をかけすぎたようだ。けれど、昨日はああいうふうに包帯を巻いてはいなかったね？　いったいどうしたのだろう？」

「けがをしてるんじゃないだろうね、ホームズ？」と、彼が部屋に入ったとたんに、わたしは尋ねた。

「いや、へまをして、ちょっとかすり傷を負っただけだよ」彼は、おはようと会釈しながら答えた。「フェルプスさん、あなたの今回の事件は、これまでわたしが扱ったもののうちでも、とりわけ難しい事件ですよ」

「あきらめてしまわれるのではないかと、びくびくしていたのです」

「きわめて珍しい経験をしたところですよ」

「その包帯姿が、冒険を物語っているね」と、わたしは言った。「何があったか話してくれないかい?」

「まずは朝食さ、ワトスン。なにせ、今朝はサリー州の空気を三十マイル（四八キロメートル）も吸い続けてきたことを察してほしいよ。馭者の広告にはまだ何の反応もないのだろうね。まあ、毎度うまくいくとは限らないさ」

食卓の用意はすべて整っていた。わたしがベルを鳴らそうとしたちょうどその時、ハドスン夫人が紅茶とコーヒーを手にして入ってきた。それから数分後、彼女が料理の皿を運んで来て、みながテーブルについた。ホームズは食欲旺盛で、わたしは興味津々、フェルプスは落胆の極みといったところだった。

「ハドスン夫人はずいぶん気がきくよ」と、ホームズはチキン・カレーの皿のふたを開けながら言った。「彼女の料理は種類こそ少ないが、朝食のアイディアにかけてはスコットランド女性も顔負けだ。[159] そこにあるのは何かね? ワトスン」

「ハム・エッグだ」と、わたしは答えた。

「わかった！　フェルプスさん、あなたは何をめし上がるかな、チキン・カレー、それとも卵？　自分で取りますか？」

「ありがとう。だが何も食べられそうにありません」と、フェルプスは言った。

「そう、でもまあ、目の前の皿を試してごらんなさい」

「お気もちはありがたいが、全然食べたくないのです」

「それでは」と、いたずらっ子のように目を輝かせながら、ホームズが言った。「わたしによそってくださいますね？」

フェルプスが料理のふたを取った。その瞬間、彼は大声をあげて、座ったまま目の前の皿を見た。顔面はその皿のように真っ白だ。皿の真ん中には、小さな筒状に巻いてある灰青色の紙が載っていた。彼はそれを取りあげて、両目で食い入るように眺めたが、すぐにその紙を胸に押し当て、うれしさのあまり叫び声をあげて、狂ったように部屋じゅうを踊りまわった。それから、彼は興奮のあまり疲れきってしまい、ぐったりと肘掛け椅子に倒れ込んだので、わたしたちは気を失わせないように、その口にブランデーを注いでやらねばならなかった。

「まあ、まあ！」と、ホームズは肩を軽く叩きながら、なだめるように言った。「こんなふうに急に目の前に出したりして、悪かったですね。が、ここにいるワトスンに聞けばわかることですが、ぼくはいつもドラマティックな味付けがしたくなるたちでしてね」

フェルプスは彼の手を握ってそれにキスをした。「ありがとうございます！」と、彼は叫んだ。「あなたはわたしの名誉を救ってくださった」

「そう、わたしの名誉も危ないところでしたね」と、ホームズは言った。「あなたが任された任務をしくじれば大変なのと同じで、わたしも事件を解決できなければ、いまいましいことになるのですよ」

フェルプスは大切な条約文書を上着のいちばん奥にあるポケットにしまった。

「これ以上、あなたの朝食のおじゃまをしたくはないのですが、でも、これをどうやって取り戻したのか、これがいったいどこにあったのか、うかがいたくてたまらないのですが」

シャーロック・ホームズはコーヒーを一杯飲み干すと、ハム・エッグをつまんだ。それから、立ち上がってパイプに火をつけると、自分の椅子に腰かけた。

「まず、わたしが何をしたかについてお話しして、それから、どうしてそういう行動をとることになったのかをお話ししましょう」と、彼は言った。「駅であなた方と別れてから、わたしはサリー州のすばらしい景色を楽しみながら、徒歩でリプレーというかわいい小さな村まで行きました。そこの宿屋でお茶を飲み、念のため水筒を充たして、サンドイッチを一包みポケットに入れました。夕方までそこにいて、またウォウキングへと出発して、ちょうど日が沈んだすぐあとにブリアーブレ邸のそばの街道に到着しました。

そして、街道から人通りが消えるのを待って――まあ、いつだって人通りが多いとは言えないでしょうがね――それから柵を乗り越えて敷地内に入りました」

「たしか、門は開いたままでしょう?」フェルプスが突然声をあげた。

「そのとおりです。しかし、わたしはこういうことになると、妙な好みがありましてね。モミの木が三本生えている場所を選んで、それを目隠しにして乗り越えたので、家の中から見つかる恐れはありませんでした。それから、向こう側の茂みにうずくまって、茂みから茂みへと這って行ったのです。それが証拠に、ズボンの膝はこの見苦しいありさまです。そして、とうとうあなたの寝室の窓の向かいにあるツツジの茂みまで来ました。そこにしゃがみ込んで、動きを待ちました。

寝室のよろい戸は上がったままだったので、ハリスン嬢がテーブルの横に座って読書しているのが見えました。彼女が本を閉じて、よろい戸をしめ、自分の寝室に引き上げたのが、十時十五分です。彼女がドアを閉める音を聞き、それから鍵をかけたのが確かにわかりました」

「鍵ですって？」フェルプスが急に大声をあげた。

「そう、わたしがハリスン嬢に、寝るときは外からドアに鍵をかけて、その鍵を持っているようにと言っておいたのです。彼女は、何から何まで、わたしが指示したとおりに行動してくれました。もし、彼女の協力がなかったとすれば、今あなたの上着のポケットにある書類を、持ってくることはできなかったでしょう。彼女が部屋を去り、明りが消えると、わたしはツツジの茂みにしゃがみ込んだ格好で取り残されたのです。

晴れ渡った晩でしたが、退屈な寝ずの番ということには変わりありません。もちろん、水辺で身を横たえて大きな獲物を待つ狩猟者が感じるような興奮はありましたが、なにしろ時間が長く感じられました。――ワトスン、ほら、《まだらの紐》のあの小さな事件を調べていた時、あの恐ろしい部屋でずっと待ち続けたね、あの時と同じくらい長かったよ。ウォウキングの教会の鐘が十五分おきに鳴るのですが、それが停まったのかと何度も思ったくらいです。けれども、とうとう、夜中の二時頃になって、突然掛け金をそっとはずす音に続いて、鍵を回す音が聞こえました。そのあとすぐに、使用人用の扉が開いて、ジョセフ・ハリスンさんが月の光の中に姿を見せたのです」

「ジョセフですって！」フェルプスが絶叫した。

「頭には何もかぶっていませんでしたが、肩から黒いマントをはおっていましたから、いざという瞬間にはいつでも顔を隠せたと思います。彼は壁際の暗がりを忍び足で歩いて行って、窓のところまで来ると、窓枠の間に長い刃のナイフを突っ込んで、掛け金をはずしました。窓を大きく開け放ち、ナイフをよろい戸の隙間に押し込んで、横木をはね上げて、よろい戸も開け放ったのです。

わたしがひそんでいたと

ころからは、部屋の中のようすも、彼の動きも、すべてがはっきりと見てとれました。彼はマントルピースの上に置かれた二本のろうそくに火をつけると、次にドアに近いじゅうたんの隅をめくり始めました。身をかがめて、一枚の四角い板を持ち上げました。これは、ふつう、配管工が、ガス管のつなぎ目に手が届くように残してある、取りはずしができる板です。実際に、それは床下を台所へと延びるガス管のT字形のつなぎ目を覆っている板でした。この隠し場所から、彼はあの小さな筒状の紙を引き出すと、板をはめ戻して、じゅうたんをかぶせ、ろうそくを吹き消しました。そして、窓の外で待ちかまえて立っているわたしの腕の中へ、まっすぐやって来たというわけです。

そう、ジョセフという男は思った以上にたちの悪い奴ですよ。ナイフを手に、わたしに飛びかかってきたので、しかたなく二度ほど殴り倒したら、取り押さえる前に指の関節の上を切りつけられてしまいました。闘いが終わった後も、彼はやられなかったほうの片目で、『殺意』をあらわにしていましたが、やっと説得に応じて書類を手渡しました。書類を受け取ったわたしは、奴を自由にしてやりましたが、フォーブズには一部始終を、今朝、電報で知らせておきました。フォーブズがすばやく奴をつかまえれば、それもいいでしょう。けれども、わたしが察するところでは、現場に到着した時にはもぬけの殻でしょうね。まあ、そのほうが政府には好都合でしょうが。ホールドハースト卿にとっても、フェルプスさんにとっても、事が警察沙汰にならないことをお望みでしょう」

「とんでもないことだ！」わたしたちの依頼人はあえぐように言った。「わたしが苦しんでいた、この十週間ものあいだ、盗まれた書類はずっとわたしがいた、その部屋にあったとおっしゃるのですか？」

「そのとおりです」

「それにジョセフが悪党で泥棒だなんて！」

「うーん！　ジョセフ！　あのジョセフは、外見よりずっとずるくて危険な人物ですよ。今朝、彼から聞いた話によると、株に手を出して大損をして、金が手に入るなら、どんなことでもするつもりだったようです。全く身勝手な男で、そのチャンスが来たとなると、妹の幸福や、あなたの名誉さえも踏みにじったというわけです」

パーシ・フェルプスは椅子に身を沈めた。「目がまわる」と、彼は言った。「お話を聞いているだけで、目まいがしますよ」

「今回のあなたの事件で一番難しかったのは」と、ホームズは例の説教口調で言った。「証拠が多すぎるということでした。とるに足らないことが、最も重要なことを覆い隠していたわけです。目の前にあるすべての事実から、非常に重要だと思えるものだけを取り出して、それらを順序よくつなぎ合わせ、一連の驚くべき鎖を組み立て直す必要があったのです。あの事件の夜、あなたは彼と一緒に帰宅する予定でした。ですから、彼は外務省をよく知っていて、帰り道で、あなたを迎えに寄るということも充分にありうるわけです。すでに、そのことから、わたしはジョセフを疑い始めていました。それに、あなたの寝室に侵入しようとする人物がいると聞いたとき、疑いははっきりとした確信になりました。ジョセフを除いて、そこに何かを隠せる人物はいなかったでしょうからね。あなたが医者を伴って帰宅したとき、どんなふうにジョセフを部屋から追い出したか、話してくださいましたよね。とりわけ、看護婦がいなくなった最初の夜に侵入が企てられたということは、侵入者は家の内情に詳しいということになります」

「わたしは何とまぬけだったのだろう！」

「わたしが調査をした限りでは、事件についての事実はこうです。ジョセフ・ハリスンはチャールズ街の入り口から役所に入り、内部には詳しかったので、そのまままっすぐあなたの部屋に入りこんだのです。それは、あなたが部屋を出た直後でした。誰もいないので、彼はすぐにベルを鳴らしましたが、その瞬間、あなたの机の上に置かれた書類を目にしたのです。ひと目で莫大な価値のある国の重要書類だと知って、これぞチャンスだと思ったのです。彼はそれをすばやく自分のポケットに入れて立ち去りました。ご記憶と思いますが、寝ぼけまなこの守衛がベルが鳴っているよ、とあな

たの注意を引くまでに数分が過ぎていましたから、逃げるには充分な時間があったわけです。
ジョセフは最初に来た列車で、すぐにウォウキングに向かいました。そして、戦利品を調べてみて、計り知れない値打ち品であることを確信した彼は、それを一番安全だと思われる場所に、隠しておいたのです。二、三日したらそこから持ち出して、フランス大使館か、あるいは大金になりそうなところならどこへでも、売り込むつもりだったのです。そこへ突然あなたが戻って来た。彼は、何の予告もなしに、あの部屋から追い出されました。そのあとはいつも、少なくとも二人の人間が部屋にいたので、彼は自分の宝物を、再び手にすることができなくなったのです。彼にとっては、気も違わんばかりの状況だったに違いありません。しかし、とうとうチャンスが来たと考えた彼は、部屋に忍び

込もうとしたのですが、あなたが目を覚ましたのでどうしようもなかったのです。あの夜、いつもの薬を飲まなかったのを憶えていらっしゃるでしょう」

「そう、憶えています」

「彼は何らかの方法で薬の効きをよくしておいたので、あなたがぐっすり眠り込んでいるものと、安心していたのでしょう。もちろん、安全に侵入できそうなら、いつでも侵入を繰り返すつもりだったことはわかっていました。そして、今度はあなたが急に部屋をあけることになったので、彼にとっては待ち望んでいた絶好のチャンスがめぐってきたわけです。わたしは彼に先手を打たれないようにと、ハリスン嬢に一日じゅう部屋にいるよう頼んでおきました。それから、誰もいなくなったと思わせておいて、さっき言ったようにずっと見張っていたのです。書類はたぶん、あの部屋の中にあるとにらんでいましたが、それを探すために床板や幅木（はばき）を手当たりしだいにはがして回ったりしたくはありません。だから本人に隠し場所から取り出させて、むだな面倒を省いたわけです。ほかに何か説明を要することはありますか？」

「最初の時、彼はなぜ窓から入ろうとしたのだろう？」と、わたしは聞いた。「ドアから入れただろうに」

「あの部屋のドアまで行くには、寝室を七つ通り過ぎなくてはならないからさ。使用人用のドアからなら、芝生に出るのは簡単だからね。ほかに何かあるかい？」

「わたしを殺すつもりだったのではないですね？」と、フェルプスが尋ねた。「ナイフは単なる道具だったのですね」

「たぶんそうかもしれません」と、ホームズは肩をすくめて答えた。「ただ、確かに言えるのは、ジョセフ・ハリスンさんは、情けなどとは絶対に無縁の紳士だということだけです」

最後の事件

SIDNEY PAGET
1893

わが友シャーロック・ホームズ氏を有名にした、その特別な才能を記録する、最後の物語を書くために、わたしは重い心でペンを取り上げた。わたしはまとまりのない、そして、全くつたない手法ではあるが、二人で経験した奇妙な事件を書きとめてきた。この記録は、《緋色(ひいろ)の習作》事件の時期にホームズと偶然出会った時に始まり、ホームズがかかわったことで、重大な国際紛争を防ぐことができた《海軍条約文書事件》の時まで続いた。わたしはそこで、やめておくつもりだった。わたしの生活に、二年たっても埋めることのできない穴を、ぽっかりあけたその次の事件のことは何も言わないつもりだった。しかし、最近ジェイムズ・モリアーティ大佐が、死んだ兄弟の名誉(めいよ)を弁護(べんご)するために書いた手紙のために、わたしは書かざるをえなくなった。事実をありのまま正確に世間に公表せざるをえない。事件の完全な真相を知っているのは、わたしだけであり、世間から隠しておいても、なんの役にも立たない時がやって来て、わたしは満足している。わたしが知る限り、この事件が一般の新聞に報道されたのは三回だけだ。一八九一年五月六日の「ジュルナル・ド・ジュネーヴ」紙[160]、それから五月七日のイギリス各紙にのったロイター通信、最後が今わたしが述べたモリアーティ大佐による最近の手紙である。このうち、最初の二つは非常に簡単なものであり、最後のものは、これから説明するように、全く事実をねじ曲げたものだった。モリアーティ教授とシャーロック・ホームズ氏の間に実際におこったことを、ここで初めて語るのがわたしの役目である。

憶(おぼ)えておいでのことと思うが、わたしが結婚し、引き続き開業したために、ホームズとわたしの間に存在した、非常に親しい関係は多少変化した。ホームズは、事件の調査に仲間が必要になると、時々わたしを訪ねて来ていたが、そういう機会も次第に少なくなっており、一八九〇年にわたしが記録した事件は三件しかなかった。その年の冬から九一年の早春にかけて、ホームズがフランス政府の依頼で非常に重要な事件にかかわっていることは、新聞で見て知っていた。それに、ナルボンヌとニーム発の二通の手紙をホームズから受け取っていたので、フランス滞在は長びくだろうと思っていた。だから、四月二十四日の夕方、ホームズがわたしの診察室に入って来たのを見て、少し驚いた。彼はいつもより顔色が悪く、やせたように思われた。

「ああ、ちょっと働きすぎたようだ」彼は、わたしの言葉というよりも、目つきに答えて言った。「最近ちょっときつかったのでね。よろい戸を閉めてもいいかい?」

部屋の明りは、わたしが本を読むのに使っていたテーブルの上のランプだけだった。

ホームズは体を横にして壁に沿って進み、よろい戸をさっと閉めてしっかり鍵をかけた。

「何かこわいのかね」わたしは尋ねた。

「ああ、そうなのだ」

「何が？」

「空気銃だ(161)」

「ねえ、ホームズ、それはどういう意味かい？」

「ワトスン、君はぼくをよく知っているから、ぼくが決して神経質な人間ではないことは、わかっていると思う。同時に、危険が身に迫っているときにそれを認めないのは、勇気ではなく、愚かなことなのだ。マッチを貸してくれないかな」彼は喫煙が気もちを落ち着かせてくれるのが、ありがたいといったように、タバコの煙を吸い込んだ。

「こんなに遅くに来て悪かったね」彼は言った。「それに、まだ謝らなくてはいけないことがある。これから裏庭の塀をよじのぼってこの家を出て行く、普通ではない帰り方を許してくれたまえ」

「しかし、これらはすべてどういう意味なのだね？」わたしは尋ねた。

彼は手を差し出した。ランプの明りで見ると、彼の指の関節が二ヶ所裂けて、血が出ているのが見えた。

「これはまぼろしではないのだよ」彼はほほ笑んで言った。「それどころか、男が手にけがをするというのは大変なことだ。奥さんはご在宅かね？」

「いや、よそへ出かけて留守だ」

「そうなのか！　君一人なのだね」

「そのとおり」

「それで、ぼくと一緒に一週間大陸へ行ってくれないか、と言いやすくなったよ」

「大陸のどこへ」

「ああ、どこへでも。どこでもぼくには同じことだ」

何かすべてが非常に奇妙であった。目的もなく休暇を取るのはホームズらしくないし、彼の青ざめ、疲れきった顔は、彼の神経がひどく緊張していることを示していた。

彼はわたしの目の中の疑問を読み取り、両手の指先を合わせ、両ひじを膝の上において、状況を説明した。

「たぶんモリアーティ教授のことは聞いたことがないだろうね？」彼は言った。

「ないね」

「ああ、そこがこの事件の特質であり、不思議な点だ！」彼は叫んだ。「この男はロンドンで幅をきかせているというのに、誰も彼のことは聞いたことがない。それだから、彼は犯罪史上最高峰に立つことになるのだ。ワトスン、ぼくは真剣だ。もし彼を打ち負かすことができたら、もし彼を社会から追い出すことができたら、ぼく自身の経歴は頂点に達したと感じるべきであって、もっと落ち着いた暮らしに変わろうかと思っている。ここだけの話だが、スカンディナヴィアの王室やフランス共和国を助けた最近の事件のおかげで、ぼくの性分に合った穏やかな暮らしを送り、化学の研究に専念できるだけのものは手に入った。でも、ワトスン、ぼくは休んでなどいられない。モリアーティ教授のような男が、なんの問題にもされないまま、ロンドンの街を歩いていると思ったら、椅子にのんびりと座ってなどいられないのだ」

「それで、彼は何をしたというのかね」

「彼の経歴は変わっている。家がらは良く、一流の教育を受け[162]、生まれながらにすばらしい数学の才能に恵まれていた。二十一歳の時、二項定理に関する論文を書いたが、それはヨーロッパで評判になった。そのおかげで、こちらのある小さな大学の数学教授の地位を得、どこから見ても彼の前には輝かしい未来があった。しかし、この男には最も悪魔的な遺伝的素質があった。彼の血の中には犯罪者の素質が流れていて、これは彼の尋常でない精神力で弱められるよりも、強化され、このうえなく危険なものになった。大学のある町で彼には黒い噂がまとわりつき、やがて教授職を辞めざるをえず、ロンドンに出て来て、軍人の家庭教師をして身を立てた。そこまでは世間に知られているが、これからぼくが話すことは、ぼく自身で見つけ出したことだ。

ワトスン、君も知ってるとおり、ぼくほどロンドンの重大な犯罪世界のことを知っている者はいない。この数年、ぼくは犯罪者の後ろに、ある力の存在をいつも感じていた。たえず法律のじゃまをし、犯罪者をかばう、ある強い組織的力だ。繰り返し繰り返し、偽造、強盗、殺人といったさまざまな種類の事件において、ぼくはこの力の存在を感じていた。そして、ぼく自身は依頼を受けなかった多くの未解決の事件に、この力が働いているのを推定していた。ぼくは何年にもわたって、この力を覆い隠すヴェールを破ろうとしてきた。そして、ついにその時が来た。手がかりの糸をつかんで、それをたどって行き、いろいろ巧妙な行動をしたのちに、数学の天才モリアーティ元教授にたどり着いたのだ。

彼は犯罪界のナポレオンだよ、ワトスン。この大都会での悪事の半分、未解決事件のほとんどすべての仕掛人だ。彼は天才で、賢人で、理論的思想家だ。そして、第一級の頭脳の持ち主だ。彼は、クモの巣の真ん中にいるクモと同じように座ったまま動かない。しかし、その巣には無数の放射糸があって、彼はその一つ一つのすべての動きを充分につかんでいる。彼自身はほとんど何もしない。彼は計画を練るだけだ。しかし彼の手下は数多くいて、みごとに組織されている。例えば、書類を盗む、強盗に入る、人を殺すといった犯罪を犯そうとするとき、教授にひとこと言えば、それは計画され、実行される。手下はつかまるかもしれない。そんな場合は保釈（ほしゃく）とか弁護の費用が準備される。しかし、その手下を使っている中心の力は決してつかまらない。疑われることさえない。ワトスン、これがぼくが突き止めた組織だ。そして、ぼくが全力を注いで明らかにし、破壊しようとするものだ。

しかし、教授はたくみに工夫された防護壁で守られていて、ぼくが何をしても、法廷で彼を有罪にする証拠を手に入れるのは、不可能のように思われた。ねえワトスン、君にはぼくの能力はわかっていると思うが、三ヶ月たってぼくは自分と対等な頭脳をもった敵に、ついに出会ったことを認めざるをえなかった。彼の悪事に対する、ぼくの激しい憎しみは、彼の腕前を賞賛する気もちに変わった。しかし、ついに彼はへまをした。ほんの小さなものだったが、ぼくが彼のあとにぴったりとついている時に、してはならないへまだった。ぼくはチャンスをつかんだ。そこからぼくは彼の周りに網を張りめぐらし、ついに今は網を引いて閉じるだけになった。三日後、つまり次の月曜日には機が熟し、教授は一味の主だったメンバーとともに、警察につかまるはずだ。そして、今世紀最大の刑事裁判が開かれ、四十以上の未解決事件が解明され、全員絞首刑だ。けれども、ぼくたちが軽率に動けば、彼らは最後の瞬間に、ぼくたちの手からすり抜けてしまうかもしれない。

さて、これをモリアーティ教授が知らないうちにできたら、すべてうまくいっただろう。ところが、彼はずっとずるがしこかったので、そうはいかなかった。ぼくが彼の周りに、網をかけようとするたびに、彼はそれに気づいてしまった。何度も繰り返し彼は逃げようとしたが、そのたびにぼくは先まわりして、それを防いできた。ねえ君、この無言の闘いのようすを詳しく書いたら、捜査の歴史上、最も輝かしい、丁々発止の物語になるだろう。ぼくは敵によってこんなに切られたり、こんなに敵を切ったりの勝負をしたことはなかった。彼は肉を切りつけたが、ぼくは彼の骨を切り返した。今朝、最後の手を打ち、この闘いを終わらせるのにあと三日待つだけとなった。ぼくは今度のことを考えながら自分の部屋に座っていた。するとドアが開いて、モリアーティ教授がぼくの目の前に立っているではないか。

ワトスン、ぼくの神経はかなり太いほうだが、ずっと考えていたそのご本人が、自分の部屋の入り口に立っているのを見て、正直言ってぎくっとしたよ。彼の外見はよ

く知っていた。非常に背が高くてやせている。白いひたいはドームのように丸く突き出ていて、両眼は深くくぼんでいる。ひげはきれいにそってあり、顔色は青白く、禁欲主義者のような顔つきで、どことなく教授らしさがただよっていた。長年の研究生活のためか背が曲がり、首は前へ突き出ていて、奇妙に、右、左と爬虫類のようにい

つも体が揺れていた。彼は目を細めて、好奇心をたたえてぼくをのぞきこんだ。

『あなたは、わたしが想像したより前頭葉が発達していないな』ようやく彼は言った。

『ガウンのポケットの中にある弾の入った武器に指をかけているのは、危険な習慣ですね』


彼が入って来た時、ぼくはすぐに、自分が非常に危険な立場にいることを感じたのだ。彼にとって考えられる唯一の逃げ道は、ぼくを殺して黙らせることしかなかった。即座に、ぼくは机の引き出しからピストルを取って、ポケットにすべりこませ、ガウンを通して彼に狙いをつけていた。彼の言葉を聞いて、ぼくは武器を取り出し、テーブルの上に撃鉄をおこしたまま、すぐに撃てる状態にして置いた。彼はまだ笑って、目をしばたいていたが、武器をそこに置いてよかった、と思わせる何かが彼の目の中にはあった。

『見たところでは、あなたはわたしを知らないようですね』彼は言った。

『とんでもない』とぼくは答えた。『かなりよく知っていると思いますよ。どうぞおかけください。何か言うことがあれば五分さしあげましょう』

『わたしが言いたいことはわかっているはずです』彼は言った。

『それでは、こちらの答えもわかっているはずだが』ぼくは答えた。

『やるつもりですか？』

『もちろんです』

彼がすばやくポケットに手を入れたので、ぼくはテーブルからピストルを取り上げた。しかし、彼は何かの日付を書きとめた手帳を取り出しただけだった。

『一月四日、あなたはわたしの進路を妨害した』彼は言った。『同二十三日、あなたはわたしのじゃまをした。二月半ばまで、あなたのおかげでひどく迷惑をうけた。三月末にはわたしの計画は完全にじゃまされた。そして、四月末の今、あなたがいつも追ってくるために、わたしは身動きできない状態に陥りかねない[163]。事態は耐えがたいものになりつつあります』

『何か提案でもしたいとか』ぼくは尋ねた。

『こんなことはやめるべきだ、ホームズさん』彼は首を振りながら言った。『ほんとうにやめなくてはいけない。わかっているはずだ』

『月曜日が過ぎたら』ぼくは言った。

『いや、いや！』彼は舌打ちして言った。『あなたのように、頭のいい人間にはわかっているでしょうが、これはただ一つの結果をもたらすだけだ。あなたはどうしても手を引かねばならない。あなたが追いつめたために、われわれには取るべき道は一つしかなくなった。あなたの今回の事件への取り組み方を眺めることは、わたしには知的な楽しみだった。だから、心から言うのだが、極端な手段をとらなくてはならないのは、わたしにとっては悲しいことなのだ。あなたは笑っているが、ほんとうにそうなるのだ』

『わたしの職業に、危険はつきものです』ぼくは言った。

『これは危険などというものではない。それは避けることのできない破滅です。あなたは個人のじゃまをしているだけでなく、巨大な組織のじゃまだてをしているのです。その組織の全体像は、あなたの知能をしても、つかみきれないほどです。手を引いてくれたまえ、ホームズさん。さもないと踏みつぶされることになりますぞ』

『申しわけないが』ぼくは立ち上がりながら言った。『お話がおもしろくて、つい他の大事な用件を忘れるところでした』

彼も立ち上がり、悲しそうに首を振りながら、何も言わずにぼくを見つめた。

『そうか』ようやく彼は言った。『残念だが、わたしにできることはした。あなたの動きはすべてわかっている。月曜日までは何もできない。ホームズさん、これは、あなたとわたしの決闘だ。あなたは、わたしを被告の席に入れたいと思っている。言っておくが、わたしは決して法廷には立たない。あなたはわたしを打ち負かしたいと思っていた。言っておくが、あなたは、わたしを負かすことはできない。あなたが、わたしを破滅させることができるだけの頭脳をもっているとしたら、わたしもあなたを破滅させるに足る頭脳をもっていることをお忘れなく』

『かずかずのおほめをいただきました、モリアーティさん』ぼくは言った。『一つお返しに、言わせてください。あなたを必ず破滅させられるなら、世の人々のために、わたしは自分の破滅も喜んで受け入れましょう』

『あなたの破滅は約束するが、もう一つのほうはできない』彼はどなると、ぼくに背を向け、目をしばたいて外をうかがうと、部屋から出て行った。

これがモリアーティ教授との奇妙な話し合いの状況だ。正直なところ、ぼくの心に不快なあと味が残った。ただのチンピラにはできない、彼の穏やかで、きちょうめんな話し方は、彼が本気だということをひしひしと感じさせたのだ。もちろん、君は言うだろう。『どうして警察に頼んで、彼に対して警戒させないのか？』とね。その理由は、攻撃されるとしたら、彼の手下が襲ってくるとわかっているからさ。その証拠もある」

「もう襲われたのかい？」

「そう、ワトスン、モリアーティ教授はぐずぐずしてチャンスを逃すような男ではない。昼頃ぼくはある用を片づけるためオックスフォード街へ出かけた。ベンティンク街からウェルベック街の交差点に出る角を横断しようとした時、一台の二頭立て荷馬車がものすごい勢いで暴走してきて、ぼくに稲妻（いなづま）のように向かってきた。ぼくは歩道にとびあがって、すんでのところで助かった。荷馬車はマリバン小路（レイン）へ曲がって、あっというまに見えなくなった。それからは歩道を歩いたよ、ワトスン。だけど、ヴィア街を歩いていると一軒の家の屋根かられんがが落ちてきて、ぼくの足もとでこなごなになった。ぼくは警官を呼んで、その家を調べさせたが、屋根の上には修理のために、スレートやれんがが積み上げられていた。風が吹いて、そのうちの一枚がころげ落ちたのだ、とぼくを納得させようとした。もちろん、ぼくにはそうでないことはわかっているが、証明できないのだ。そのあとは、馬車に乗って、ペル・メルの兄の家に行き、そこで一日過ごした。そして、君のところへ来たのだが、途中で棍棒（こんぼう）を持った暴漢（ぼうかん）に襲われた。ぼくは奴を打ちのめして、警察に引き渡した。だが、そいつは前歯でぼくのこぶしに嚙（か）みついたが、その男と、たぶん今頃は十マイル（一六キロメートル）も離れたところで黒板に向かって問題を解いている、退職数学教師との間にどういうつながりがあるのかなどは、絶対にわからないと、ぼくは確信をもって言うね。これで、ぼくが家に入ると、すぐよろい戸を閉めたこと、玄関でなしに、そっと目立たないところから家を出て行く許可を求めたことも、むりないとわかってくれるだろう、ワトスン」

わたしは友人の勇気にはしばしば感心してきたが、恐怖の一日のできごとを一つ一つ、穏やかに話しているのを見た今回ほど感心したことはなかった。

「今夜は、ここに泊まっていくだろうね」わたしは言った。

「いいや、ワトスン。ぼくは危険なお客になるだろう。計画は立ててある。すべてうまくいくだろう。有罪にするためには、ぼくがいなくてはならないが、逮捕するだけならぼくの助けがなくてもだいじょうぶなところまで、事は進んでいるのだ。だから、警察が行動に出るまでの二、三日、どこかへ出かけているほうがいいのだ。君が、ぼくと一緒に大陸へ行ってくれたら、このうえなくうれしいよ」

「いま、診療（しんりょう）はひまだ」わたしは言った。「それに、隣は親切な同業者だから、喜んで行くよ」

「明日の朝、出発というのはどうか」

「必要なら」

「そう、ぜひとも必要なのだ。これから、君への指示を言うから、ねえワトスン、頼むから、言うとおりにしてくれたまえ。君は、今やぼくと手をたずさえて、最も悪知恵に富んだ悪党と、それからヨーロッパで一番強力な犯罪シンジケートと闘っているのだからね。さあ、聞いてくれたまえ！　今晩じゅうに、信用のおける配達人に頼んで、旅行に持っていくカバンを、名前を付けずにヴィクトリア駅へ運ばせておくこと。朝になったら、辻馬車を呼びに使用人を出す。ただ、最初の二台は停めないように言っておくこと。辻馬車に飛び乗ったら、ラウザー・アーケード[164]のストランド側入り口まで乗って行く。行き先は、紙に書いておいて、馭者（ぎょしゃ）には捨てないようにと言って渡す。料金は準備しておいて、馬車が止まったら、すぐにアーケードを駆（か）け抜け、ちょうど九時十五分に反対側へ出るようにする。歩道の縁石の近くに小さいブルーム型箱馬車が待っている。馭者はえりの先が赤い、厚手の黒コートを着ている。これに乗り込めば、大陸連絡急行にまに合うように、ヴィクトリア駅に到着するはずだ」

「君と落ち合うのはどこでだね」

「駅で会おう。先頭から二番めの一等室を予約しておく」

「それでは、車室が待ち合わせ場所だね」

「そう」

　今夜は泊まっていくようにと、ホームズに言ったが、むだであった。泊まれば、この家に迷惑がかかると考え、それで出て行こうとしているのがよくわかった。明日の計画について、二こと、三こと急いで話してから、彼は立ち上がり一緒に庭へ出た。モーティマー街に出る塀(へい)をよじ登り、すぐに口笛を吹いて辻馬車を呼び、走り去るのが聞こえた。

翌朝、ホームズの指示に厳密に従った。辻馬車を決めるのにこんなに注意したのは、敵がしかけた辻馬車を避けるためだろう。朝食の後、すぐに辻馬車に乗り、ラウザー・アーケードへ行き、猛スピードでアーケードを走り抜けた。黒い外套(がいとう)を着た大がらな馭者の乗ったブルーム型箱馬車が待っていた。わたしが乗り込むとすぐに、馭者は馬にむちをあて、ヴィクトリア駅へがらがらと走り出した。駅でわたしが降りると、彼は馬車を回転させて、わたしの方は見もしないでさっと走り去った。

ここまでは、すべてうまくできた。荷物はもう着いていたし、ホームズが指示した車室を探すのも難しくなかった。というわけは、「予約済み」の札が掲示してあった車室は、一つしかなかったのだ。わたしが唯一不安なのは、ホームズの姿が見えないことだけだった。駅の時計を見ると、発車まであと七分しかない。旅行者や見送り人の中に、ホームズのしなやかな姿を探したが、むだだった。彼の影も形も見えない。ポーターに、自分の荷物はパリまで通しで預けるようにと、下手な英語で必死に説明していたイタリア人の神父を助けて、二、三分は費やしてしまった。わたしはもう一度あたりを見まわしてから車室に戻ったが、ポーターは、切符を見ただろうに、先ほどのよぼよぼのイタリア人を、わたしの旅の連れとして同じ客室に案内してきていた。わたしのイタリア語は彼の英語より下手だったので、ここは間違いの席だ、と説明してもむだだった。そこであきらめて、肩をすぼめ、心配しながら窓からホームズの姿を探し続けた。彼が現われないというのは、もしや夜のあいだに襲われたのではないかと思い、ゾッとした。すでにドアは全部閉まり、笛が鳴った、その時――

「ねえ、ワトスン」声が聞こえた。「おはようの挨拶もしてくれないのかね」

わたしは驚いて振り返った。年とった聖職者がわたしの方に顔を向けた。一瞬のうちに、顔のしわがのび、垂れ下がった鼻が持ち上がり、突き出た下唇が引っ込み、口はもぐもぐ言うのをやめ、どんよりした目は輝きを取り戻し、前かがみの背がぴんと伸びた。次の瞬間には、全体の輪郭が再びくずれ、現われたのと同じくらいすばやくホームズの姿が消えた。

「なんということだ！」わたしは叫んだ。「ほんとうに驚いたよ！」

「あらゆる注意はまだ必要だ」彼はささやいた。「彼らは、ぼくたちのあとをつけて近くに来ているはずだ。ああ、モリアーティ本人がいる」

ホームズがこう言ったとき、列車はすでに動き始めていた。振り返って見ると、背の高い男がすさまじい勢いで群衆をかきわけ、列車を止めようとするように手を振っていた。しかし、もう遅かった。列車はスピードをぐんぐん上げて、あっというまに駅を離れた。

「あれだけ注意したのに、うまくいくどころか間一髪だった」彼は笑いながら言った。立ち上がると、変装用の黒の僧衣と帽子を脱いで、手提げカバンの中にしまった。

「朝刊は読んだかね、ワトスン？」

「まだだ」

「それでは、ベイカー街の事件は知らないね」

「ベイカー街？」

「彼らがゆうべ、ぼくたちの部屋に火をつけた。大した被害はなかったけれどね」

「なんということだ、ホー

ムズ！　耐えられないよ」

「棍棒でぼくを襲った奴がつかまってから、ぼくの行方がまったくわからなくなったに違いない。そうでなければ、ぼくが部屋に戻ったと思うはずがない。しかし、彼らは用心して君を見張ったのは明らかだ。それで、モリアーティがヴィクトリア駅に現われたのだ。ここへ来るのに何かしくじらなかっただろうね？」

「君に言われたとおりにしたさ」

「ブルーム型箱馬車は見つかったかね」

「そう、待っていたよ」

「馭者が誰かわかったかい」

「わからなかった」

「あれはぼくの兄のマイクロフトだよ。こんな時には、金を払って人を雇うと信用できないからね。ところで、モリアーティにどういう手をうつかを今は考えなければいけない」

「これは急行列車だし、船はこれと連絡して出航するから、彼を巧みにまいたのではないかな」

「ワトスン、あの男は知的にぼくと同じレベルにいる、とぼくが言った意味がよくわかっていないようだね。ぼくが追跡するほうだったら、こんなささいな障害で、まかれたままにしておくとは思わないだろう。だから、あの男のことをそうあなどってはいけない」

「彼はどうするだろう？」

「ぼくがすることをする」

「では、君ならどうする？」

「特別列車を出してもらうね」

「それでは遅すぎるだろう」

「そんなことはないよ。ぼくたちの列車は、カンタベリー駅で停車する。それに、船のところでいつも少なくとも十五分の遅れがでるから、そこで追いつくだろう」

「ぼくたちのほうが犯罪者だ、と人は思うだろうよ。彼が来たらつかまえてしまおう」

「それでは三ヶ月の苦労が台無しだ。大きな魚はつかまるかもしれないが、小さな魚は網から逃れて、あっちこっちへ飛び出して行ってしまうだろう。月曜日には全員つかまえるんだ。ここで彼をつかまえるなんて許されないよ」

「それでは、どうするのだね」

「カンタベリー駅で降りよう」

「そう、それから」

「そうだね、それから山野を横断してニューヘイヴンへ行き、ディエップへ渡ろう。モリアーティはまた、ぼくならやることをやるだろう。彼はパリへ直行し、ぼくたちの荷物をつきとめ、駅の荷物保管所で二日間待つだろう。その間にぼくたちはカーペット製の旅行カバンを二つ買って、必要なものをその土地の製品でまにあわせることにし、ルクセンブルクとバーゼルを通って、のんびりとスイスへ入ろう」

わたしは旅行カバンがなくなったからといって不便に感じるほど新米の旅行者ではないが、言いようのない不名誉で、最悪な経歴の持ち主のために、逃げ隠れしなくてはならないと思うと腹の虫がおさまらなかった。しかし、ホームズはわたしより、さらにはっきり事態を理解しているのは明らかだった。そこで、カンタベリーで列車を降りたが、ニューヘイヴン行きの列車まで一時間待たなくてはならなかった。

わたしは自分の衣類が入ったカバンを載せたまま、客車のうしろに連結された手荷物車が速度をまして走り去るのを悔しく思って見送っていたが、ホームズがわたしの袖(そで)を引いて、線路の向こうを指さした。

「もう来たよ」彼は言った。

はるか遠くのケント州の森から、ひとすじの薄い煙がたちのぼるのが見えた。一分後には客車が一両と機関車が駅に入る前の大きなカーヴに沿って突進してくるのが見えた。わたしたちが荷物の山のうしろに隠れるか隠れないうちに、特別列車はわたしたちの顔に熱風を吹きつけ、ゴーッと轟音をたてて通過して行った。

「彼が乗っていた」ポイントの上を列車ががたがた揺れて通過するのを見ながら、ホームズが言った。「ぼくたちの友人の頭脳にも限りがあるね。もし彼が、ぼくが考えるように考え、それに従って行動していたら、すばらしい腕前だったのだが」

「もし追いついていたら、彼はどうしただろうか」

「疑いなく、ぼくを殺そうとしただろうね。でも、これは一方的なものではなく、両方が闘うゲームなのだ。今の問題は、ここで早めの昼食にするか、空腹覚悟でニューヘイヴンへ出発するかだ」

　その晩、ブリュッセルまで行き、二日間滞在したあと、[165]三日めにストラスブルクまで移動した。月曜日の朝、ホームズはロンドンの警察に電報を打った。そして夕方、ホテルで返事がわたしたちを待っていた。すぐにその電報を切り開いて読み、ホームズはにがにがしく悪態をつくと、暖炉に投げ入れた。

「わかっていたはずなのに」彼はうなった。「彼が逃げた！」

「モリアーティか！」

「彼以外のギャングは、全員つかまえた。彼は、警察をうまくまいて逃げてしまった。もちろん、ぼくが本国を離れたら、彼とたち打ちできる人間はいない。けれども、獲物はしっかり警察に任せたつもりだった。ワトスン、君はイングランドへ戻ったほうがいいと思う」

「なぜだい」

「そのわけはね、今や、ぼくは君にとって危険な道連れになったからだ。彼は失業したし、ロンドンへ帰ったら破滅する。もし、彼の性格を正しく読んでいるとすれば、彼は全エネルギーをつぎこんで、ぼくに復讐するだろう。あの短い会見の間に、そう言っていた。彼は本気だと思う。君はぜったいに開業の仕事に戻ったほうがいいと思う」

　しかし、これは、古い友であり、昔から一緒に闘ってきたわたしには言ってもむだな申し出であった。わたしたちは、ストラスブルクの食堂で三十分もこの問題を話し合ったが、結局その夜、一緒に旅を続けることに決め、二人はそろってジュネーヴへ向かった。

それは楽しい一週間だった。ローヌ渓谷をゆっくりさかのぼり、ロイクで北に折れ、まだ雪深いゲンミ峠を越え、インターラーケンを経てマイリンゲンへと向かった。目の下にはきれいな春の緑、上には冬の処女雪を眺める、すばらしい旅であった。しかし、ホームズが自分の前に立ちはだかる影を一瞬たりとも忘れていないことはよくわかった。アルプスのひなびた村

でも、人けのない山道でも、通り過ぎる人間にさっと目をやり、一人一人鋭く観察しているホームズを見ていると、わたしたちがどこへ行こうとも、あとをついて来る危険からは逃れられない、と確信しているのがよくわかった。

一度こんなことがあった。ゲンミ峠を越えて、もの悲しげなダウベン湖のほとりを歩いていた時、右側の尾根から、がらがらと大きな岩がくずれてきて、後ろの湖にものすごい音をたてて落ちこんだ。すぐさま、ホームズは尾根にかけのぼり、高い頂上に立ち、首をのばしてあたりを見渡した。ガイドが、落石は、このあたりで春によくあることだ、とホームズに言って聞かせてもむだであった。彼は何も言わなかったが、予期していたことが確かにおこったのを見て、わたしに笑いかけた。

こんなぐあいに、ホームズはいつも警戒していたが、憂うつだったわけではない。それどころか、こんなに生き生きとした彼を、見たことがなかった。彼は、社会をモリアーティ教授から解放できた、と確信したなら、喜んで自分の生涯を終わらせてもいいと、何度も繰り返し言っていた。

「ワトスン、ぼくの一生もむだではなかった、とさえ言ってもいいと思う」彼は言った。「たとえ今晩、ぼくの経歴に終わりがきても、ぼくは落ち着いてそれを眺められるだろう。ロンドンの空気はぼくのおかげできれいになった。一千件以上の事件を扱ったが、悪事に手を貸した憶えは一度もない。最近は、社会の人工的状況が生み出す表面的な問題より、自然が提供する問題を研究するほうに、もっと心ひかれている。ヨーロッパで一番危険で、一番有能な犯罪者をぼくがつかまえるか、消し去ることにより、ぼくの経歴の最後を飾る日がきたら、君の回想録の終わりは近いよ、ワトスン」

わたしの語るべきことは残り少ないが、簡単に、そして正確に話そう。喜んで扱いたい話題ではないが、どんなに細かいことも欠かさずに記録するのがわたしの義務なのだから。

マイリンゲンの小さな村に到着したのは、五月三日のことだった。当時は、先代のピーター・シュタイラーが経営していた「アングリッシャ・ホーフ(166)（英国旅館）」に泊まった。宿の主人はインテリで、三年間ロンドンのグロウヴナ・ホテル(167)でウェイターとして働いたことがあるので、りっぱな英語を話した。彼のすすめもあって、わたしたちは四日の午後、出かけることにした。山を越えて、ローゼンラウイの村で一泊するつもりだった。ただし、すこし遠回りするだけで済むのだから、山の中腹にあるライヘンバッハ滝(168)を絶対見ていけと強くすすめられた。

そこは全く、おそろしい場所だった。雪解け水でふくれあがった急流が、大きな深い淵に向かって急落突進しており、まるで燃えている家からたちのぼる煙のように、水しぶきがその淵から、もうもうとわきあがっていた。川が流れ込むのは、きらきら輝く石炭のような黒い岩に囲まれた、大きな割れ目で、泡立ち、沸(わ)きかえっている、想像を絶する深さの滝壺(たきつぼ)に向かって狭くなっている。ぎざぎざの滝壺の縁からは水があふれ出て、流れを上へと押し戻していた。大きな緑色の水の柱がどこまでも下へ下へとうなり声をあげて落下し、ゆらゆら揺れる、厚い水しぶきのカーテンはどこまでも上へ上へと、シューシューと音をたててのぼっていた。たえまなく、ぐるぐる回り、轟音をあげているようすを見ていると目まいがする。わたしたちは断崖(だんがい)の上端に立ち、下をのぞきこみ、はるか下の方で黒い岩に水がくだけて光るのを見たり、深い淵から水しぶきとともに鳴り響いてくる、人間の叫びに似たとどろきに耳を傾けていた。

　滝の全体が見られるように、滝の周りに小道が切り開かれていたが、それは滝を半周ほどしたところでぷっつりと行き止まりになり、旅行者はもと来た道を引き返さなくてはならなかった。それでわたしたちも引き返そうとした時、スイス人の若者が手紙を手に持って小道を走ってきた。さきほど、出発したばかりのホテルのマークがついていて、宿の主人からわたしに宛(あ)てたものだった。わたしたちが出発してすぐに、イングランドの婦人が到着したが[170]、彼女は肺結核(はいけっかく)[169]をわずらっており、それも末期だった。彼女はダヴォス・プラッツで冬を過ごし、ルツェルンの友達のところへ行くところだったが、突然に喀血(かっけつ)したのだ。二、三時間ももたないように思われたが、もしイングランド人の医者に診(み)てもらえたら、どんなにか慰(なぐさ)めになるだろう、ついては戻ってもらえまいか、云々。人のよいシュタイラーは手紙にあと書きをつけ足して、もし承諾(しょうだく)して戻ってもらえたら、たいへん恩に着ると書いていた。この婦人はスイス人の医者にかかることを固く拒(こば)んでいるので、大きな責任を感じているというわけだ。

これは無視できない頼みだった。異国の地で死にかけている同国人の婦人の頼みを断ることはできない。しかし、ホームズをおいて行くことに、ためらいがあった。しかし、最終的には、わたしがマイリンゲンに戻っているあいだ、若いスイス人メッセンジャーをガイド兼道連れとして、残しておくことで話が決まった。ホームズはもうしばらく滝を見物して、それからゆっくりと山を越えてローゼンラウイに行くので、夕方にそこで合流しようということになった。引き返す途中で、ホームズを振り向くと、彼は岩にもたれ腕組みをして、激しい水の流れを見下ろしていた。それがこの世で、ホームズを見た最後だった。

坂道の下のほうまで来た時、わたしは振り返ってみた。そこからは滝は見えなかったが、山の肩をくねくね曲がって滝に通じている小道は見えた。この道を一人の男が大急ぎで歩いていたのを憶えている。彼の黒っぽい姿が、緑の背景のなかにくっきり浮かんでいたのが見えた。彼の姿と、歩くときの元気のよさには気がついたが、用があって急いでいたわたしは、彼のことは忘れてしまった。

マイリンゲンにたどり着くのに一時間ちょっとかかった。先代のシュタイラーが、宿の玄関に立っていた。

「やあ」急いで近づくとわたしは言った。「彼女は悪化してないかね？」

彼があっけにとられて、眉を大きく動かしたとたん、わたしの心臓が停まったかと思った。

「あなたが書いたのではないですか？」わたしは手紙をポケットから取り出して尋ねた。「宿には、病気のイングランドのご婦人がいるのではないのか」

「いるものですか」彼は叫んだ。「けれども、これにはホテルのマークがついているな！　ああ、これを書いた方なら、あなた方がお出かけになった後で入ってきた、背の高いイングランド人に違いない。彼が言うには——」

けれども、わたしは宿の主人の説明など、聞いている暇はなかった。不安で胸が痛むままに、村の通りを駆け出し、先ほど下ってきたばかりの小道に向かった。そこは、下るのに一時間かかった。一生懸命がんばったが、ライヘンバッハ滝にもう一度たどりついたのは二時間後だった。ホームズと別れた場所に、彼のアルペンストック（登山杖）が岩に立てかけたままになっていた。しかし、ホームズの姿はなかった。叫んでみたがむだだった。わたしの叫び声がこだまになって周りの絶壁からはね返ってくるだけだった。

彼のアルペンストックが残っているということが、わたしをゾッとさせ、失望のど

ん底に突き落とした。それでは、彼はローゼンラウイへは行かなかったのだ。彼は断崖と絶壁の間の幅三フィート（約一メートル）の小道で、敵に追いつかれたのだ。スイス人の若者もいなくなっていた。おそらくモリアーティにあらかじめ雇われていて、二人を残していなくなったのだろう。そして、それから何がおこったのだ？　誰が教えてくれるのか？

わたしはおそろしさに目まいがして、気もちが落ち着くまで、しばしそこに立っていた。それからホームズの方法を思い出し、その手法でこの悲劇を推理してみようと思った。だが、悲しいかな、結論はあまりにも簡単だった。わたしとホームズが話した時には、小道の端にまでは行かなかった。アルペンストックのあるところが、わたしたちが立っていた場所だ。黒っぽい土はたえず水しぶきをあびていつも柔らかく、鳥の足跡さえ残ったであろう。二条の足跡がそこから小道の端まで、はっきりと残っていた。どちらも先へ向かう足跡で、戻ってきたものはなかった。端から数ヤード（数メートル）のところの地面がぐちゃぐちゃに踏み荒らされて、割れ目を縁取るイバラやシダは引きちぎられ、泥まみれになっていた。わたしは腹這いになり、ふりかかる水しぶきをあびながら、下をのぞきこんだ。わたしがホームズと別れた時より、あたりはだいぶ暗くなり、今はもう、水にぬれた黒い岩があちこちで光るのと、はるか下の滝壺で、水が砕けて輝くのが見えるだけだった。わたしは大声で叫んでみた。

けれども、あの人の悲鳴のような滝の轟音が戻ってくるだけだった。

しかし結局、友であり同志でもあるホームズの最後の挨拶を、わたしは受け取る運命にあった。彼のアルペンストックが小道に突き出た岩に立てかけてあったと言った

が、この岩の上に何か光っているものが目に入った。手をのばしてみると、それはホームズがいつも持ち歩いていた、銀のシガレット・ケースだった。それを手に取ると、その下にあった小さな四角い紙がひらひらと地面に舞い落ちた。ひろげてみると、それは手帳から破りとった、わたしに宛てた三ページの手紙だった。それは彼の性格を表わしていて、まるで書斎で書いたもののように、行の乱れもなく、筆跡はしっかりと、はっきりしていた。

「親愛なるワトスンへ」彼は書いている。「この短い手紙はモリアーティ氏の好意で書いている。彼は、二人の間の問題を最終的に話し合うために、これを書き終わるのを待っていてくれる。彼がイングランドの警察の手をいかに逃れたか、また、ぼくたちの動きについての情報をいかにして手に入れたかをざっと語ってくれたが、それは、ぼくが彼の能力に対して持っていた、賞賛の気もちをますます強めるものであった。彼の存在が、これ以上社会に影響を与えることがないようにできる、と思うとうれしいが、そのために友人たち、とくに親愛なるワトスン、君につらい思いをさせるのは残念だ。だが、前にも説明したとおり、ぼくの経歴はいずれにしろ危機にさらされている。これ以上、ぼくにふさわしい結末は考えられない(171)。実際、すべてを言ってしまえば、マイリンゲンからの手紙はにせものだと、よくわかっていた。そして、そのあと、こうなることを確信して、君を帰らせたのだ。ギャングを有罪にするのに必要な書類は、モリアーティと書いた青い封筒に入れ、整理棚Mのところにあると、パタースン警部に伝えてくれたまえ。イングランドを発つ前に、財産はすべて整理して、兄マイクロフトに渡してきた。どうか奥さんによろしく。友よ、さようなら

君の誠実なる友
シャーロック・ホームズ」

言い残したことを語るのには、あと二こと、三ことで充分だろう。専門家が調べた結果、こんなところで争えば当然の帰結だが、二人はとっ組み合って、腕をからませたまま、転げ落ちたことに疑いの余地はなかった。遺体の回収は、全く絶望的だった。水が渦を巻き、泡が沸き立つ、あの恐ろしい滝壺の底深くに、この時代の最も危険な悪党と、最高の法の擁護者(ようごしゃ)とが永遠に横たわっているのだ。あのスイス人の若者は、ついに見つからなかった。彼もモリアーティが使っていた、たくさんの手下の一人に違いない。一味については、彼らの組織が、ホームズが集めた証拠によっていかに徹底的に暴露(ばくろ)され、死んだホームズの手がいかに厳しく彼らの頭上にのしかかったかは、世の中の人々の記憶に残るであろう。彼らの首領(しゅりょう)については、裁判中にもほとんど詳

しいことは明らかにされなかったが、いま、彼の経歴について、あえて書かざるをえなかったのは、わたしが知る最も善良で、賢明な人間(172)を攻撃することにより、モリアーティの汚名を晴らそうとする無思慮(むしりょ)な弁護者に反論するためなのである。

注・解説

クリストファー・ローデン（高田寛訳）

『シャーロック・ホームズの思い出』注

⇩本文該当ページを示す

十一編の短編を収めた『シャーロック・ホームズの思い出』は、英国では一八九三年十二月十三日にジョージ・ニューンズ社から、「ストランド・ライブラリー」の第三巻として出版された本が初版本である。初版は一万部だった。全編にシドニー・パジェットの挿絵（全部で九十枚になる）が付けられている。米国における初版本は、一八九四年二月二日にニューヨークのハーパー・アンド・ブラザーズ社から出版された本である。この米国での初版本には、英国版やこの後の米国版では、『シャーロック・ホームズの思い出』から削除された《ボール箱》が収められていた。

なお、当注ではいくつかの項目において、小林・東山による注を追加し、〔　〕で示した。

《白銀号事件》注

初出は「ストランド・マガジン」誌第四巻（一八九二年十二月号）六四五〜六六〇頁で、シドニー・パジェットによる九枚の挿絵付きであった。米国での初出は「ストランド・マガジン」ニューヨーク版（一八九三年一月号）及び「バルティモア・ウィークリー・サン」紙（一八九二年十二月三十一日付）、「ルイスヴィル・コリアー・ジャーナル」紙（一八九三年一月二十九日付）、並びにニューヨークの「ハーパーズ・ウィークリー」誌第三十七巻（一八九三年二月二十五日号）一八一〜一八四頁であった。

1 パディントン駅
一八九二年当時は、グレート・ウェスタン鉄道のロンドンでの終着駅だった。 ↓16

2 耳垂れつきの旅行用帽子
ここでのホームズが被っている帽子の描写は、《ボスコム谷の惨劇》（『シャーロック・ホームズの冒険』所収）での帽子の描写に似ている。「ストランド・マガジン」誌に初期のホームズ譚が掲載されていた際、挿絵を担当していたのはシドニー・パジェット（一八六〇〜一九〇八）だった。彼は、《ボスコム谷の惨劇》での描写に着想を得、ホームズに鹿射ち帽を被らせた挿絵を描いた。そして後にこの帽子は、ホームズのトレード・マークになったのである。 ↓16

3 計算はごく簡単だ
非常に熱心なシャーロッキアンの間では、本当に簡単な計算か否かをめぐって、多年の間議論が続けられてきた。もしホームズが、六十ヤード（約五五メートル）の間を置いて立っている電信柱間を進む時間を話題にしているとすると、確かに計算は難しくはない。しかしながら、そうではないとすると、ホームズの計算方法の正確さに関しては、議論の余地があるとしなければならない。 ↓16

4 「テレグラフ」紙と「クロニクル」紙
右翼的立場と左翼的立場とを、それぞれ代表するロンドンの新聞。 ↓17

5 シルヴァー・ブレイズ号は……アイソノミー号（Isonomy）の血統を引いている馬で
アーサー・コナン・ドイルは、「シルヴァー・ブレイズ（Silver Blaze）」という馬の名前を、一八八七年のダービー・レースの優勝馬であったシルヴィオ号（Silvio）と、一八八三年の優勝馬セント・ブレイズ号（St. Blaise）の名前とを組み合わせてこしらえたようである。アイソノミー号は、一八七九年のアスコット杯レースに優勝し、一八八〇年には四つのレースで優勝している。 ↓18

6　毎晩このうちの一人が廐舎で寝ずの番をし

《白銀号事件》の執筆当時、アーサー・コナン・ドイルは自らも認めているように、競馬をほとんど知らなかった。しかしながら、「ストランド・マガジン」誌一八九一年八月号（この号には《赤毛組合》も掲載されていた）に掲載された「ニューマーケットの舞台裏」という記事は、彼に幾らかの予備知識を提供したかもしれない。 ↓19

7　少数の放浪のロマ

アーサー・コナン・ドイルがジプシーという民族に対して魅力を感じていたのは、ジョージ・ボロウ（一八〇三〜八一）の作品を愛好していたことに由来するのかもしれない。 ↓20

8　ハロン

一ハロンは二二〇ヤード（約二〇〇メートル）である。 ↓23

9 競馬スパイ（tout）

"tout"とは、廏舎や馬の試走などを頻繁に覗きに来る、競馬界での密偵を指す。 ↓23

10 ステッキは……ヤシの木製で（which was a Penang lawyer）

"Penang lawyer"とは、マレー半島の西海岸沖のペナン島から輸入された、ヤシの木で作られたステッキをいう。大抵は握りの部分がこぶ状になっている。 ↓27

11 四輪馬車（ランドー）（landau）

向かい合った二つの座席が車内に装備されている、四輪馬車をいう。 ↓31

12 A・D・P印のブライアー・パイプ

パイプにあるA・D・Pのイニシャルは、以前はアルフレッド・ダンヒル・パイプ（Alfred Dunhill Pipe）を示すものと考えられていた。しかしながら現在では、これが誤りであることが明らかになっている。 ↓35

13 キャヴェンディッシュ

砂糖やメープルシロップ、またはラム酒で風味をつけ、加熱して圧縮して固め、濃い色

付けを施された煙草を指す。 ↓35

14　**白内障メス**

白内障の外科手術の際に、眼の水晶体を切除する時に使われる、小さく精密な手術用のメス。 ↓36

15　**二十二ギニー**

即ち、二十三ポンド二シリングである。一ギニーには、一ポンド一シリングの価値があった。「ギニー」という通貨単位は、弁護士や医者、流行の店での値段や支払いの額の表示に用いられた。 ↓37

16　彼は、大事な宝物のように馬を守るさ（he will guard it as the apple of his eye）

「主は荒野で、獣のほえる荒地で彼を見つけ、これをいだき、世話をして、ご自分のひとみのように、これを守られた。」（旧約聖書『申命記』第三十二章第十節）（原文“the apple of his eye”には「瞳」、「掌中の玉」の意味がある） ↓48

17　あの夜の、犬の奇妙な行動

この一節は紛れもなく、ホームズ譚の全作品を通じて、最も人々の記憶に残る一節であ

る。 ↓52

18 四輪馬車（drag）
四頭だての四輪馬車で、車体の上と車内に座席がある。 ↓52

19 ウェセックス・プレイト。……
それぞれの出走馬の登録料は五十ソヴリン（即ち五十ポンド）であった。出走予定馬が出走を取り消す際には、登録料の半分は没収されてレースの賞金に加算され、またレースの出資者は、賞金に更に千ポンド追加することを求められた。 ↓53

20 バルモラル公爵
目立ちはしないが、明らかに当時の英国皇太子（後のエドワード七世）を指す。 ↓53

21 十五対五でデズバラ。本命以外の勝負に五対四！
競馬における賭けの比率は、普通は最も小さい数字の比で表わされる。しかし、六対四、百対八、百対六という言い方も、慣習によるところが大きいと思われるが、例外として認められている。 ↓54

22 純アルコール (spirits of wine)
ワインを蒸溜して得られるアルコールを指す。 ↓55

23 プルマン・カー
ジョージ・プルマン(一八三一~九七)の発明になる、鉄道用の寝台客車やラウンジ・カーを指す。 ↓57

24 外科手術の中でも一番微妙な手術
一八九一年初頭、アーサー・コナン・ドイルは専門の眼科医になろうとしていた。 ↓60

《ボール箱》注

初出は「ストランド・マガジン」誌第五巻（一八九三年一月号）六一～七三頁で、シドニー・パジェットによる八枚の挿絵付きであった。米国での初出はニューヨークの「ハーパーズ・ウィークリー」誌第三十七号（一八九三年一月十四日号）二九～三一頁、並びに「ストランド・マガジン」ニューヨーク版（一八九三年二月号）であった。《ボール箱》の物語は、英国での『シャーロック・ホームズの思い出』の初版本（一八九三年、ニューンズ社刊）には収録されなかったが、米国での初版本（一八九四年、ハーパーズ社刊）には収録されていた。最終的に元の形で短編集に収められたのは、『最後の挨拶』（一九一七年、ジョン・マレイ社刊）であった。

25　国会も休会中

議会が夏の休会期間になって休会していることを指す。

↓68

26
ニュー・フォレスト
ニュー・フォレストはイングランド南部、ハンプシァ州に広がる広大な森林地帯で、サザンプトンからは南西の方角にあたる。一九二五年には、アーサー・コナン・ドイルはニュー・フォレストのビグネル・ウッドに別宅を購入している。一九三〇年に没した後、彼はイースト・サセックス州のクロウボロウの自宅の庭に埋葬された。一九五五年に、サー・アーサーと彼の後添えの妻レディ・コナン・ドイルの遺骸は、ニュー・フォレストのミンステッドの教会墓地に改葬された。
↓68

27
サウスシーの砂浜
ポーツマスの東の郊外にあるサウスシーの海浜を指す。一八八二年、アーサー・コナン・ドイルはサウスシーに診療所を開業し、眼科の勉学のためにウィーンへ旅立つ一八九〇年までこの地に住んでいた。アーサー・コナン・ドイルが《緋色の習作》と《四つのサイン》を執筆したのは、彼がサウスシーに住んでいた時代だった。
↓68

28
ぼくは君に、ポーの短篇の一節を読んで聞かせたね。……
《緋色の習作》第2章での、ポーに関するワトスンとホームズとのやりとりを改訂したものと言えよう。
↓69

29　ゴードン将軍

チャールズ・ジョージ・ゴードン将軍（一八三三～八五）は、クリミア戦争に加わったのち中国へ赴任した。 ⇩71

30　ヘンリー・ウォード・ビーチャーの肖像画

ヘンリー・ウォード・ビーチャー（一八一三～八七）は、会衆派教会主義を信奉する牧師で、雄弁家としても名高く、一八四七年以降ニューヨークのブルックリンにあったプリマス教会の牧師を務めていた。彼は熱烈な反奴隷主義者であった。 ⇩71

31　南北戦争

米国での南北戦争（一八六一～六五）は、連邦政府と南部十一州との間の内乱であり、奴隷の労働力を用いた農場経営が支配的だった南部諸州と、工業化の進んだ北部諸州との利害の衝突から勃発したものであった。 ⇩72

32　「デイリー・クロニクル」紙

ロンドンの新聞で、自由主義・道徳主義・改革主義を唱えていた。 ⇩75

33　ハニーデュー・タバコ

糖蜜で味を柔らかくした煙草を指す。 ⇩75

34 ソファのカバー（antimacassar）

“antimacassar”とは、あぶら汚れを防ぐために、或いは装飾として椅子の背もたれに掛けられるカバーをいう。マカッサー（Macassar）とは、当時調髪のために用いられていた髪油であった。 ⇩77

35 「J」

Jペンは、ペン先が黄銅で出来ていた、卓上用の太字のペンであった。 ⇩80

36 石炭酸や蒸溜アルコール

石炭酸は消毒薬であり、蒸溜アルコールは精製アルコールを指す（十九世紀初め、エディンバラの医学学校では、遺体はウィスキーに漬けられていた）。 ⇩81

37 コンカラ号……メイ・デイ号

この名を持つ船は実在し、リヴァプール・ダブリン・アンド・ロンドン郵船会社所属の船として登録されていた。 ⇩86

38 禁酒の誓い (the pledge)

「青いリボン」に関する注47を参照のこと。 ↓86

39 ストラディヴァリウス

アントニオ・ストラディヴァリ（一六四四頃～一七三七）は、イタリアのヴァイオリン製作者で、ニコロ・アマティ（一五九六～一六八四）の弟子でもあり、アマティ派の流れをくむ最後の偉大なるヴァイオリン製作者だった。一六六六年より彼とその二人の息子は、クレモナにあった彼らの工房で、傑出したヴァイオリン、ヴィオラ、チェロの名器を産み出した。ストラディヴァリは自分の作った楽器に、自分の名前をラテン語でストラディヴァリウスと記した。 ↓90

40 ユダヤ人の質屋 (Jewish broker)

即ち、このヴァイオリンを質草にして流してしまった元の所有者も、この質屋自身も、この質草の値打ちについて、ほとんど無知であったのは明らかである。ストラディヴァリウスのヴァイオリンを掘り出したホームズは、大変についていた。 ↓90

41 パガニーニ

ニコロ・パガニーニ（一七八二～一八四〇）は、イタリア生まれのヴァイオリニストの

巨匠だった。⇩90

42　クラレット
フランスのボルドー地方産の赤ワインを指す。⇩90

43　「人類学雑誌」
正しくは「グレイト・ブリテン並びにアイルランド人類学会誌（the Journal of the Anthropological institute of Great Britain and Ireland)」である。⇩94

44　耳翼
耳翼とは外耳の広がった、上の部分を指す。⇩95

45　アルバート埠頭
ロイヤル・ヴィクトリア・アンド・アルバート・ドックの一部である。⇩98

46　シャドウエル
シャドウェルはロンドンのステップニー地区に属し、ドック近辺の非常に貧しい地域である。⇩100

47 酒とはすっかり縁が切れていたんです（blue ribbon）
"blue ribbon"とは禁酒の意である。この言葉は、ボタンの穴に飾られていた、青いリボンに由来するものである。この青いリボンは、禁酒を誓う協会であるブルー・リボン団の記章だった。
⇩
102

48 大樽（hogshead）
液量もしくは乾量の単位としても用いられ、その容量は約五十英ガロンである。
⇩
108

49 ニュー・ブライトン
ウィラル半島の町で、マージー川を挟んでリヴァプールの対岸に位置する。世紀の変わり目当時、ニュー・ブライトンは海岸保養地として非常に人気があった。
⇩
109

《黄色い顔》注

初出は「ストランド・マガジン」誌第五巻（一八九三年二月号）一六二〜一七二頁で、シドニー・パジェットによる七枚の挿絵付きであった。米国での初出はニューヨークの「ハーパーズ・ウィークリー」誌第三十七巻（一八九三年二月十一日号）一二五〜一二七頁、W・H・ハイドによる二枚の挿絵付き、並びに「ストランド・マガジン」誌ニューヨーク版（一八九三年三月号）であった。

50 公園（the Park）

ベイカー街から最も近い公園（the Park）は、リージェント・パークである。しかしアーサー・コナン・ドイルは、しばしばハイド・パークを指すものとして、この言葉を用いている。こうした曖昧さは、“the Park”という言葉を用いる際に、彼の脳裏にエディンバラのミドウズのことがあったからであろう。

⇩116

51 コハク

琥珀は、植物樹脂が地層に埋もれ、非常に長い間圧力を受け続けて硬化し鉱石化したものである。琥珀は壊れやすく、また燃えやすい。かつてはパイプの吸い口の素材として大いに用いられたが、壊れやすいことから他の素材にとって代わられた。

↓118

52 中折れ帽子（wide-awake）

つばの広い、柔らかいフェルトの帽子。

↓121

53 アトランタ

アトランタは、アメリカ合衆国ジョージア州最大の都市〔同州の州都〕である。南北戦争当時は南部連合国側に属していたアトランタは、戦時中の大火による壊滅的打撃の後、一八八〇年代には再び繁栄を取り戻していた。人種差別がはっきりと確立したのは、十九世紀末から二十世紀初頭にかけてのことであった。

↓124

54 クリスタル・パレス

クリスタル・パレスはジョゼフ・パクストン（一八〇一～六五）――後のサー・ジョゼフ――が、一八五一年の万国博覧会の展示会場用の建物として設計したものだった。この建物はロンドンのハイド・パークに建てられ、一八五四年に解体、シデナムに移設されたが、一九三六年に焼失した。
⇩133

55 沈黙を破るまでの二分間

米国版では「二分間」が「十分間」となっている。おそらくは異人種間の結婚が、一八八〇年代のアメリカ北部ではそうではなかったのにもかかわらず、一八九〇年代のアメリカでは極めて受け入れ難いものだったことによるものであろう。

⇩152

《株式仲買店員》注

初出は「ストランド・マガジン」誌第五巻（一八九三年三月号）二八一〜二九一頁で、シドニー・パジェットによる七点の挿絵入りであった。米国における初出はニューヨークの「ハーパーズ・ウィークリー」誌第三十七巻（一八九三年三月二日号）二二五〜二二七頁で、W・H・ハイドによる挿絵一点付き、並びに「ストランド・マガジン」誌ニューヨーク版（一八九三年四月号）であった。

56 医院を、かかりつけの患者ごと買った
即ち「個人医院の営業権」を譲り受けたことを意味している。従来その医院で診察してもらっていた患者は、新たにかかりつけの医者を捜さずに、新しく開業権を買った医師に引き続き診てもらうことになる。

⇩157

57 聖ヴィトゥス舞踏病（St Vitus's Dance）

“St Vitus's Dance”とは、舞踏病（chorea）の古い呼び名である。脳の随意運動を司る部分が冒され、特に肩や臀部の筋肉が痙攣的な、不随意運動を起こす病気である。中世にこの病気に悩まされる人々が、治癒を願って（舞踏家の守護聖人とされた）聖ヴィトゥスの聖堂へ参詣したことに由来する。 ⇓157

58 ブリティッシュ・メディカル・ジャーナル

英国の医学界における主要な専門雑誌。この雑誌の記事に関心を持つのは、医師としての良心の証でもあった。 ⇓158

59 四輪辻馬車（four-wheeler）

“four-wheeler”とは屋根の付いた、一頭立ての四輪馬車であった。正式にはクラレンス型辻馬車、俗にはグラウラー〔「唸るもの」の意〕として知られていた。 ⇓161

60 ロンドンっ子（コックニーズ）（Cockneys）

“Cockney”とは、十七世紀初めまで遡る都会のあらゆる住人に対する呼び名である（「馬鹿者」の意味合いを帯びた、侮辱的意味合いの言葉である）。英国にあっては、コックニーとは即ちロンドンの住人で、中流階級の下層、もしくは下層階級に属する人々を指す言葉であった。 ⇓162

61　志願兵部隊（volunteer regiments）
義勇兵制度は、英国を侵略しようとする脅威を断固排除することを目的として、一八六三年に組織された。一八九〇年までには、義勇兵は二十五万人を数えるに至った。⇩162

62　ヴェネズエラ公債
ヴェネズエラの財政状況は長期にわたって複雑化し、評判を悪くしていた。⇩163

63　ロンバード街
ロンバード街はロンドンのシティで、銀行業の中心地としての伝統を持つ。⇩164

64　E・C区
E・Cとは、ロンドンの郵便区のひとつである“East Central”を指す。⇩164

65　相場表（Stock Exchange List）
“Stock Exchange List”は、値段のついた証券の値動きを記した、証券取引所が毎日発行する公式の刊行物である。⇩166

66 エアーシア
ここでは、鉄道株のうち、エアー州を走っていたグラスゴー・アンド・サウス・ウェスタン鉄道株を指す。

↓166

67 ブリティッシュ・ブロークン・ヒルズ
ブリティッシュ・ブロークン・ヒルズは、オーストラリアの鉱山会社だった。

↓167

68 ニュー・ストリートのホテルに荷物を置くと
ニュー・ストリートは、バーミンガム市の中心部に位置する、メイン・ストリートのひとつである。また、ロンドンのユーストン駅に繋がる鉄道の駅からも、至近距離にある。

↓172

69 デイズ・ミュージック・ホール
デイズ・ミュージック・ホールは、元々はホワイト・スワンという名のパブで、その後クリスタル・パレスと名前が変わった。建物はバーミンガム市の中心地にほど近い、ハースト街に位置していた。

↓176

70 彗星年もののワイン

大きな彗星が地球の近くを通過するのにも似た、極めて稀な当たり年に作られたワインを指す。

⇩177

71　「イヴニング・スタンダード」

「イヴニング・スタンダード」紙は当初、日刊紙の「スタンダード」紙として一八二七年に創刊された。その後一八五七年に朝刊紙となり、一八五九年に夕刊版が創刊された。朝刊は一九一六年に廃刊となったが、「イヴニング・スタンダード」は今日も健在である。

⇩190

72　シティ警察

一平方マイルの広さを持ち、主要な金融機関が集中しているシティ・オブ・ロンドンは単に「シティ」としても知られ、自らの警察を有している。シティの区域内では、首都圏警察（スコットランド・ヤード）は管轄権を持っていない。

⇩192

《グロリア・スコット号》注

初出は「ストランド・マガジン」誌第五巻（一八九三年四月号）〔原書には「一八九三年二月号」とあるが、これは誤り〕三九五〜四〇六頁で、シドニー・パジェットの手になる七点の挿絵付きである。米国での初出は、「ハーパーズ・ウィークリー」ニューヨーク版第三十七号（一八九三年四月十五日号）三四五〜三四七頁——W・H・ハイドによる二点の挿絵付き、及び「ストランド・マガジン」ニューヨーク版（一八九三年五月号）である。

73 カレッジにいた二年間で

ホームズは、《グロリア・スコット号》とこれに続く《マスグレーヴ家の儀式》の物語で、自らの大学生時代について言及している。ホームズの在籍した大学がどこであったかについては、多年にわたりシャーロッキアンの間で議論の種となっている。

⇩199

74 治安判事（J.P.）

"J.P."とは"Justice of the Peace"(治安判事)の略である。治安判事とは、特定の地域のために任命された下級判事で、小さな事件の即決裁判を行なったり、免許を交付したりする。⇩200

75 湖沼地帯(Broads)
主としてノーフォーク州、一部はサフォーク州に及ぶイングランド東部に大きく広がっていて、ビューア、イェアの両河川につながる、数多くの浅い沼沢が連なっている低地を指す。⇩200

76 ダンガリー
〔インド産の粗製綿布。これで作ったズボンは作業用に使われる〕⇩206

77 樽(harness cask)
"harness cask"とは、蓋付きの樽あるいは桶で、普通は船の甲板に置かれ、日々の食糧として用いられる塩漬け物が入れられている。⇩208

78 二輪馬車(dog-cart)
背中合わせに人が座れる二つの座席のある、狩猟用の軽二輪馬車を指す。後部座席の下

に、元々は猟犬を乗せるための囲いがあったことから、この名が付いた。 ↓209

79　三檣帆船
三本マストの大型帆船。 ↓220

80　クリミア戦争の真っ最中
クリミア戦争は一八五三年に始まり〔原文では一八五四年とあるが訂正した〕、一八五六年二月のパリ講和条約締結によって終結した。 ↓222

81　新式のクリッパー型の帆船
一八四〇年代に米国の造船技師が開発した、文字通りの快速帆船。 ↓222

82　湾
ビスケー湾のこと。 ↓227

83　説教用のパンフレット（tracts）
“tracts”とは、人生を物質的に、ではなく精神的に改善するために、宗教的な論考や訓戒を印刷した小冊子のことである。 ↓227

84 バーレル
〔一二〇〜一六〇リットル、樽一杯〕
↓231

85 塩漬け肉 (junk)
長い航海の際に船に積み込まれた塩漬けの肉のことである。
↓231

86 もやい綱 (the painter)
ボートのへさきに結びつけられているロープのことである。
↓231

87 ヴェルドゥ岬
ヴェルデ岬諸島のこと。
↓231

88 テライ
ガンジス河北部、ヒマラヤ山脈のふもとに広がる低湿地帯。
↓235

《マスグレーヴ家の儀式》注

初出は「ストランド・マガジン」誌第五巻（一八九三年五月号）四七九～四八九頁で、シドニー・パジェットの手になる六点の挿絵付きである。米国での初出は、「ハーパーズ・ウィークリー」ニューヨーク版第三十七号（一八九三年五月十三日号）四五三～四五五頁、四五八頁――W・H・ハイドの手になる二点の挿絵付き、及び「ストランド・マガジン」ニューヨーク版（一八九三年六月号）である。

89 アフガニスタンで荒っぽくて乱れた生活を送っていた
ここでワトスンは、一八七八～八〇年のアフガン戦争当時、第五ノーサンバランド・フュージリア連隊、そしてバークシァ連隊付きの軍医補として勤務していたことを述べている。↓239

90 微力発射装置

非常に精密に調整された、第二の引き金がついた旧式の小火器。ごくわずかの力が触発引き金に加わると、本来の引き金が外れて、弾丸が発射される。この触発引き金つきのピストルは、標的への射撃や、曲芸射撃のみに適していると考えられていた。 ⇩240

91 ボクサー弾
エドワード・モーリエ・ボクサー大佐（一八二二〜九八）によって完成された、弾薬の一種。 ⇩240

92 V・R
"Victoria Regina"（ヴィクトリア女王）の略。これはヴィクトリア女王治世五十年を祝ってのことであったかと思われる。 ⇩240

93 わたしの『回想録』のどこか
《緋色の習作》第2章参照のこと。 ⇩240

94 タールトン
サウスポートの海岸と、コナン・ドイルが学生時代を過ごしたストーニーハースト・カレッジの間にある小さな町で、ランカシァ州の西部にある。 ⇩242

95 ちょっと角を曲がれば大英博物館があるというモンタギュー街に間借りして 一八九〇年の暮、アーサー・コナン・ドイルはサウスシーの自宅を引き払い、ウィーンで眼科の勉強をすることを決意した。翌九一年の春、彼はロンドンに戻り、モンタギュー・プレイスに部屋を借りた。彼はこの下宿に腰を据え、自分が眼科医として診療所を開設するのにふさわしい部屋を探した。しかし、眼科医としては不成功に終わり、アーサー・コナン・ドイルはプロの作家として生計を立てていくことを決意したのだった。 ↓244

96 ぼくは地区選出の下院議員もしている (I am member for the district) 言い換えると「僕は国会議員でもあるので」の意。この言葉は一八八四年の選挙法改正法施行以前の発言である。 ↓246

97 キジ狩りの季節 英国本土における雉猟の季節は、法律上では十月から一月末までの間とされている。 ↓248

98 ドン・ファン ドン・ファンは、ヨーロッパ文学における一大放蕩貴族で、セヴィリアの貴族ドン・フ

アン・デ・テノリオがそのモデルであろうとされている。 ↓249

99 カフェ・ノワール（cafe noir）
ブラック・コーヒーの意。 ↓250

100 十代も続いた歴代の当主
「一六六〇年から一八七九年の間ならば、せいぜい七世代程度と考えるだろう。おそらくホームズは、マスグレーヴ家の一族は、普通考えられるより、一世代が短かったと信じたのだろう」（D・マーチン・デイキン『シャーロック・ホームズ注解』一一六頁） ↓260

101 チャールズ一世の肖像が入っているコイン
チャールズ一世と議会が最終的に決裂した後も、当時の議会政府は、チャールズ一世が審理にかけられ処刑されるまで、彼の肖像画と名前を刻んだ貨幣を鋳造していた。

この時代に鋳造された銀貨や銅貨は、ワトスンがこの物語の冒頭で述べているような、「さびついた金属製の古い三枚の円盤」といった状態にまで、劣化することはまずありえない。コナン・ドイルが古銭の状態を描写する際に、誤った表現をしたとしか考えられないのである。 ↓273

102 王党派（Cavalier）
王党派とは、清教徒革命時代の王党支持者である。彼らはレースのひだえり、羽根飾り、ヴェルヴェットといった華麗な衣裳をまとい、質素な服を着用していた議会派清教徒達とは対照的だった。 ⇩274

103 イングランド王の古い王冠
おそらくセント・エドワードの古王冠のことであろう。この王冠はスチュワート王朝の国王のうち、二人の国王の「ひたいに載せられていた」――ジェイムズ一世（一五六六～一六二五）とチャールズ一世（一六〇〇～四九）が、それぞれの戴冠式の際に頭にかぶっている。 ⇩275

104 チャールズ二世のことを示していて、王政復古を予測していた
マスグレーヴ家の先祖のような王党は、内政におけるクロムウェル派の勢力に依存するのではなく、騎士党の武力による王政復古を予測していたものと考えられる。 ⇩275

《ライゲイトの大地主》注

初出は、「ストランド・マガジン」誌第五巻（一八九三年六月号）六〇一〜六一二頁で、シドニー・パジェットによる七枚の挿絵付きであった。米国での初出は、「ハーパーズ・ウィークリー」誌ニューヨーク版第三十七巻（一八九三年六月十七日号）五七四〜五七六頁、並びに「ストランド・マガジン」ニューヨーク版（一八九三年七月号）であった。「ストランド・マガジン」の初出時には、この物語の題名は“The Reigate Squire”となっていた。

105 モーペルテュイ男爵（Baron Maupertuis）

この名前が、フランスの数学者・天文学者・先駆的遺伝学者であった、ピエール・ルイ・モロー・ド・モーペルテュイ（一六九八〜一七五九）の名前から採られたものであることは、まず間違いない。

↓279

106 リヨン

ローヌ県の県庁所在地であり、フランスで三番目の大都市であるリヨンは、ローヌ川とソーヌ川が合流する所に位置する。リヨンは金融の中心地として重要であり、また十五世紀以降、織物産業の主たる中心地の位置を占めている。 ↓279

107　ライゲイト
イングランド南東部に広がるサリー州の町で、ノース・ダウンズの裾野部分に位置する。現在ではロンドンのベッドタウンとなっている。 ↓280

108　ポープが訳した『ホメロス』
アレクサンダー・ポープ（一六八八～一七四四）が自ら訳したホメロスの英雄叙事詩『イリアス』英訳本の第一巻を出版したのは、一七一五年のことだった。 ↓282

109　治安判事（The J. P.）
“J. P.”とは治安判事（Justice of the Peace）のことである。治安判事は捜査令状、逮捕状といった、公職にある者の署名を要する書類に、公認したことを示す署名を行なう。 ↓284

110　マルプラケ戦勝記念の日付
マルプラケの戦いは、スペイン継承戦争のさなか、一七〇九年九月十一日に起きた。フランス軍と、マールボロウ公ならびにサヴォイ公国のウジェーヌ公子率いる英国・オランダ・オーストリア連合軍が、モンスの南ほぼ十マイルのところで激突したのである。 ↓295

111 嵐を呼ぶ男（stormy petrel）

"stormy petrel"〔普通ヒメウミツバメと訳される〕は、ありふれた海鳥であるが、船乗り達はこの鳥を、嵐の接近を予告する不吉な鳥と考えていた。 ↓307

112 筆跡から年齢を推定するという方法は、……

ホームズ物語では、話の筋立ての中で筆跡の分析が、たびたび主題として用いられている。しかし推理を下す手段としての、筆跡の分析の重要性が最も強調されているのは、この《ライゲイトの大地主》である。 ↓312

113 ある一通の書類が彼らの手に入っていれば

ここで、「アクトン」という名前がなぜ選ばれたか、その理由が明らかにされている。というのは、サー・ジョン・アクトン（一八三四〜一九〇二）——初代アクトン卿であり、間もなくケンブリッジ大学の近代史の欽定講座教授となった——の名は、史料の編纂と史料としての文書の信頼性を学問的に確立させた学者として、よく知られていたからである。彼は歴史的に極めて重要な文書を発見するために、住居侵入の計画まで練っていたことでも知られていた。

↓
314

《曲がった男》注

初出は、「ストランド・マガジン」誌第六巻（一八九三年七月号）二二～三二頁で、シドニー・パジェットによる七枚の挿絵付きであった。米国における初出は、ニューヨークの「ハーパーズ・ウィークリー」誌第三十七巻（一八九三年七月八日号）六四五～六四七頁で、並びに「ストランド・マガジン」誌ニューヨーク版（一八九三年八月号）であった。

114 袖口にハンカチをさしこむ癖
ホームズはここで、ワトスンのこの癖が、軍隊時代に身についたものであることに言及している。軍服には、ハンカチを入れられるポケットが付いていなかったのである。↓324

115 二輪馬車（hansom）
"hansom"は一頭立てで、屋根の付いた二輪馬車で、この馬車を考案して特許を取ったJ・A・ハンサム（一八〇三～八二）の名前をとって名付けられた。この二輪馬車は、客

を二人まで乗せることができ、馭者は車体の後方の高くなった座席に座って、馬車を操った。 ⇩325

116　ロイヤル・マロウズ連隊
この連隊は実在しない。この名前は、実在のロイヤル・マンスター・フュージリア連隊から思いついたものかもしれない。 ⇩327

117　クリミア戦争とインド大反乱
クリミア戦争（一八五三〜五六年）は、ロシアと英国、フランス、オスマン・トルコ帝国の連合国（一八五五年には、サルディニア王国が参戦している）の間の戦争である。 ⇩328

118　デヴォイ（Devoy）
この名前が選ばれたのは、かなり皮肉な意味合いが込められている。アイルランド系アメリカ人で、過激な反英主義者にして陰謀家であったジョン・デヴォイ（一八四二〜一九二八）が、フェニアン団（アイルランドの独立を目的として結成された秘密結社）の組織者としての活動を始めたのは、英国陸軍に在籍中のことだった。アーサー・コナン・ドイルは、英国の連隊内での恋愛沙汰を描くために、この名前を楽しんで使ったのだろう。 ⇩328

119 セント・ジョージ協会
この協会は、ヴァンサン・ド・ポール協会を基にしたものであろう。この協会の支部は、エディンバラのローマ・カトリック教会のセント・メアリー大聖堂と、深い繋がりがあった。アーサー・コナン・ドイルの両親は、結婚する前にはいずれもこの協会に所属していた。

⇩330

120 ハドスン街
このハドスンという名は、象徴的である。というのは、ヘンリー・ハドスン〔英国の探検家。一五五〇?～一六一一〕は、今日ハドソン湾として知られている場所で、仲間達に置き去りにされて、非業の死を遂げたからである。

⇩342

121 選挙権有資格者登録係（registration agent）
登録係（registration agent）とは、（普通選挙が実施される前に）再調査のために選挙権有資格者の名簿作成を手助けする者を指した。

⇩344

122 ニール将軍
ジェイムズ・ジョージ・スミス・ニール将軍（一八一〇～五七）は、インド大反乱時の一八五七年六月十一日、反乱軍に包囲されていたアラハバードを解放し、その後カンポールからラクナウへ進む鎮圧軍の右翼部隊の指揮を執った。 ↓350

123 ダージリン
ベンガル北部の高地地方に位置し、インドにおける英国軍の基地があった。 ↓352

124 パンジャブ
英領インドの州のひとつで、今日ではパキスタンの一部である。 ↓352

125 ウリヤとバテシバのちょっとしたできごと
イスラエルの王ダビデは、ウリヤの妻バテシバに心を奪われ、夫であるウリヤが戦場に出征している間に彼女をはらませた。ダビデはいったんウリヤを呼び戻し、戦死することが確実な、より危険な戦地へ彼を送り出したのである。 ↓357

《入院患者》注

初出は「ストランド・マガジン」誌第六巻一二八～一三八頁（一八九三年八月号）で、シドニー・パジェットの手になる七点の挿絵付きである。米国での初出は、ニューヨークの「ハーパーズ・ウィークリー」誌第三十七巻七六一～七六三頁（一八九三年八月十二日号）、及び「ストランド・マガジン」ニューヨーク版（一八九三年九月号）である。

126　シラとカリブディス
ホメロスの『オデュッセイア』（第十二巻）には海岸の洞窟に住む、二匹の海の怪物についての記述がある。シラは近くを通る船から船員をさらう怪物として有名であった。一方カリブディスは、船ごと海水を飲み込むという恐るべき力を持った怪物と描写されている。

↓361

127　キングズ・カレッジの付属病院

この病院は一八三九年、クレア・マーケットに創立され、ロンドン大学のキングズ・カレッジ付属とされた。ホームズの時代には、この病院はポルトガル街にあった。 ⇩366

128　キャヴェンディッシュ・スクェア

キャヴェンディッシュという名前は、エドワード・ハーレイ（後の二代目オックスフォード伯爵）と結婚した、レディ・ヘンリエッタ・キャヴェンディッシュ・ホールズにちなんで付けられた。 ⇩367

129　聖母マリアのお告げの祝日（next Lady Day）

三月二十五日のことである。この日は受胎告知を祝う日であり、かつては土地や家屋の賃貸料を支払う四季支払日のひとつにあたっていた。 ⇩370

130　入院患者

《入院患者》執筆の際、アーサー・コナン・ドイルの脳裏には、サウスシーでの開業医時代、ブッシュ・ヴィラの入院患者となった、当時二十五歳のジャック・ホーキンズのことが浮かんでいたに違いない。彼は脳膜炎に罹っていて、絶望的状況にあった。アーサー・コナン・ドイルが手を尽くしたにもかかわらず、ホーキンズはブッシュ・ヴィラの入院患者となって数日後、一八八五年三月二十五日に死んだ。アーサー・コナン・ドイルは、彼

の姉であったルイーズと一八八五年八月六日に結婚した。〔ブッシュ・ヴィラは、ドイルが開業していた建物の名前〕 ⇩370

131 ウェスト・エンド
シティの西に位置する地区で、劇場が数多くあることで名高い。ブルック街もウェスト・エンドに含まれる。 ⇩371

132 亜硝酸アミル (nitrite of amyl)
合衆国薬局方解説書で、ウッドとバイチはこの化合物の発見が一八四四年のことで、その効能に関する最初の研究はロンドンのリチャードソン博士による一八六五年の研究であると記している。十滴ほどの分量の亜硝酸アミルを吸入すると、筋肉の弛緩に続いて頭が燃えるように感じ、顔面が真っ赤になるという。 ⇩374

133 馬車 (brougham)
ブルーム型馬車は四輪の箱馬車で、中に二人掛け用の座席が一つある。馭者席は馬車の前方の一段高くなったところにある。 ⇩378

134 ハーリ街

ロンドンのウェスト・エンドにあり、主に内科医や専門医が住んでいる街。ホームズとワトスンが辿ったベイカー街への帰途から考えると、トレヴェリアンが住んでいたのは、ブルック街の端のハノーヴァ・スクェアだったのである（ブルック街に四〇三番は存在しない）。

⇩382

135 刑期が数年短縮されて

ホームズの時代の英国刑法では、十五年の刑期に対する善行による刑の軽減は、最大三年と一九七日であった。

⇩395

136 ノラ・クレイナ号

アーサー・コナン・ドイルは、ロバート・ルイス・スティーブンスンの作品の愛読者だったから、スティーブンスンとロイド・オズボーンの合作である『難破船』（一八九二年）——特にこの作品の第十二章——を読んでいたはずである。この章には、ノラ・クレイナ号という名の帆船が登場し、難破することもなくサンフランシスコからの太平洋航路を航行している。

⇩396

《ギリシャ語通訳》注

初出は、「ストランド・マガジン」誌一八九三年第六巻（一八九三年九月号）二九二～三〇七頁で、シドニー・パジェットによる八枚の挿絵付きであった。米国における初出は、ニューヨークの「ハーパーズ・ウィークリー」誌第三十七巻（一八九三年九月十六日号）八八七頁、八九〇～八九二頁、並びに「ストランド・マガジン」ニューヨーク版（一八九三年十月号）であった。

137 黄道傾斜度
黄道の傾斜角（傾斜度）とは、黄道（太陽が天空を一年かけて、運行しているかのように見える円）の赤道に対する角度を指す。 ↓399

138 ヴェルネ
エミール・ジャン・オラス・ヴェルネ（一七八九～一八六三）は、戦争画で知られたフランスの画家だった。ヴェルネは記憶に基づいて、非常に正確な絵を描くことのできる才能に恵まれていた、といわれている。また、アーサー・コナン・ドイルの曾祖父であるジョン・ドイルは、ヴェルネの模倣をしていくばくかの成功を収めた。 ⇩400

139　ディオゲネス・クラブ

シノペのディオゲネス（紀元前四一二〜三二三）は、キュニコス学派を確立したギリシャの哲学者で、他のほとんどのギリシャの思想家と対照的に、個人の完全な自由と自足を主張した。 ⇩402

140　リージェント・サーカス

このリージェント・サーカスとは、オックスフォード・サーカスか、ピカデリー・サーカスかのいずれかであろう。ジョン・ナッシュ（一七五二〜一八三五）がランガム・プレイスとペル・メルを結ぶ大通りを計画した際に、彼は二つの広小路を作ることにした。この二つをナッシュは、「第一リージェント・サーカス」及び「第二リージェント・サーカス」と名付けた。しかし一般には、前者はピカデリー・サーカス、後者はオックスフォード・サーカスと呼ばれるようになった。 ⇩402

141　カールトン・クラブ

カールトンはイングランドにおける、保守勢力に属する人々が集う最初の政治的なクラブ組織であった。 ↓404

142 「元軍人のように思えるが」……

この場面での、シャーロックとマイクロフト・ホームズとの間のやりとりは、アーサー・コナン・ドイルの医学生時代の思い出に、また当時のドイルが少なからぬ影響を受けたジョウゼフ・ベル博士（一八三七〜一九一一）——彼の推理に関する能力は、シャーロック・ホームズのモデルとなった——によって来たるものが非常に多い。 ↓406

143 メラス

アーサー・コナン・ドイルが、メラスという名前をどこから持ってきたのか。メラスもクラティディスもギリシャ人の名前としては普通ではなく、また耳慣れたものでもない。 ↓408

144 ノーサンバランド通り

ホワイトホールに近接し、チャリング・クロス駅のすぐ近くの通りである。メラスが通訳を務めた客が泊まっていたホテルの中には、ノーサンバランド・ホテルも含まれていただろう。このホテルは、《バスカヴィル家の犬》でサー・ヘンリー・バスカヴィルが泊ま

った（そしてブーツを盗まれた）ホテルであった。 ↓409

145 クラパム・ジャンクション駅

この駅は二十世紀初頭、世界で最も列車の錯綜する接続駅として有名だった。 ↓422

146 アンモニアとブランデーで手当てをする

アンモニアは気つけの芳香塩として、しばしば用いられる。一酸化炭素中毒の際の現代の処方は、酸素吸入、人工呼吸、そしてホームズが窓を開け放って行なったように、新鮮な空気の供給である。 ↓435

《海軍条約文書事件》注

初出は「ストランド・マガジン」誌第六巻（一八九三年十月号～十一月号）三九二～四〇三頁、四五九～四六八頁で、シドニー・パジェットによる十五枚の挿絵付き（十月号で八枚、十一月号で七枚）であった。米国における初出は、ニューヨークの「ハーパーズ・ウィークリー」誌第三十七巻（一八九三年十月十四日号、二十一日号）九七八～九八〇頁、一〇〇六～一〇〇七頁、並びに「ストランド・マガジン」ニューヨーク版（一八九三年十一月号～十二月号）であった。

147
《第二のしみ》
この事件は《黄色い顔》で、ホームズが失敗した例として言及されている、同じ題名の事件とも、『シャーロック・ホームズの帰還』所収の《第二の汚点》（この事件では、フランスやドイツの探偵達に事件の真相を語る場面は登場していない）とも異なる事件である。

⇩441

148　ホールドハースト卿
これはおそらく、保守党総裁で外務大臣を務めていた三代目ソールズベリー侯爵のロバート・セシルのことを皮肉ったものと思われる。

⇩442

149　ウォータールー駅
かつてのサウス・ウェスタン鉄道のロンドンにおける終着駅で、一八四八年に開設され、一九〇〇年に改築された。

⇩447

150　イングランドとイタリアの間に交わされた、あの秘密条約
一八八七年には、英国とイタリアの間の秘密条約が実在していたから、この年はこの物語の舞台としてもっともらしい年である。

⇩450

151　三国同盟
元来は一八七九年にドイツとオーストリアーハンガリー帝国との間に結ばれた二国同盟で、一八八二年にイタリアがこの同盟に参加したことで、三国同盟となった。

⇩452

152　フランス語で書かれた

公式の記録としては、外交の場で用いられる言語は当時まだフランス語だった。 ⇩452

153 ペイズリー織り（Paisley）
〔細かい曲線模様を織り込んだ柔らかい毛織物。スコットランドの南西部にある繊維工業都市の名に由来している〕 ⇩457

154 ユグノーの血をひく一族（Huguenot extraction）
ユグノーとはフランスのプロテスタントの血を引く人々をいう。フランスのプロテスタントは、十六世紀には迫害され、十七世紀には寛大な取り扱いを受けていたが、一六八五年に、プロテスタントに対して信仰の自由を保障していたナントの勅令が廃止されると、フランスから追放された。 ⇩466

155 コールドストリーム近衛連隊（Coldstream Guard）
英国陸軍中、最古の歴史を持つ連隊である。 ⇩467

156 「公立小学校（Board schools）だね」
このやりとりは、ヴィクトリア時代の自由主義的楽観論を揶揄（やゆ）したものである。 ⇩472

157　**ベルティヨンの人体計測法**
アルフォンス・ベルティヨン（一八五三～一九一四）は、犯罪者の身元確認をする身体測定法を考案したフランスの犯罪学者で、その方法は一般にベルティヨン人体測定法として知られていた。 ⇩485

158　**ヨーロッパの王室のうちの三つ**
ワトスンが言及しているのは、おそらくボヘミア王室（『シャーロック・ホームズの冒険』所収の《ボヘミアの醜聞》）、オランダ王室（同前）、そしてスカンディナヴィア王室（『シャーロック・ホームズの冒険』所収の《花嫁失踪事件》）のことであろう。 ⇩497

159　**ハドスン夫人は……朝食のアイディアにかけてはスコットランド女性も顔負けだ**
アーサー・コナン・ドイルの母親も、エディンバラでの下宿で、アイルランド女の下宿の女将（おかみ）として、おそらくは下宿人から、朝飯が上手か否かという点で評価されることを強く意識していたに違いない。 ⇩500

《最後の事件》注

初出は「ストランド・マガジン」誌第六巻（一八九三年十二月号）五五九〜五七〇頁で、シドニー・パジェットによる九枚の挿絵付きであった。米国における初出は、「ストランド・マガジン」ニューヨーク版（一八九三年クリスマス号）、「デトロイト・サンデイ・ニュース−トリビューン」紙（一八九三年十一月二十六日付）、掲載時に二枚の挿絵付き、「ルイスヴィル・コリアー・ジャーナル」紙（一八九三年十一月二十六日付）、「ニューヨーク・サン」紙（一八九三年十一月二十六日付）、「フィラデルフィア・インクワイアー」紙（一八九三年十一月二十六日付）、ニューヨークの「マックルーア・マガジン」誌第二巻（一八九三年十二月号）九九〜一一二頁であった。

160「ジュルナル・ド・ジュネーヴ」紙
事件の現場からは、山々を越えて百マイル以上も遠方にあるスイスのジュネーヴで発行された、フランス語で書かれた新聞。

↓515

161 「空気銃だ」
《最後の事件》の中では、このホームズの言葉に関する説明は、何もない。しかしこの空気銃の存在は、『シャーロック・ホームズの帰還』の幕開けの物語となった《空家の冒険》の構想の核をなしている。 ↓517

162 二項定理
サー・アイザック・ニュートン（一六四二〜一七二七）によって考案された、数学上の定理である。 ↓519

163 四月末の今、……わたしは身動きできない状態に陥りかねない
母親宛ての一八九三年四月六日付の手紙で、アーサー・コナン・ドイルは次のように書いている――「私は最後のシャーロック・ホームズ物語の半ばまで来ています。この物語の後、かの人物は消え去り、もはや二度と現われることはないのです。私はもう、彼の名前にうんざりしています」。 ↓525

164 ラウザー・アーケード
ラウザー・アーケードは一八三〇年に作られ、とかくいかがわしい評判がたてられがち

だった。 ⇩530

165 ストラスブルク（Strasburg）
“Strasburg”は正しくは“Strasbourg”である。かつてはドイツ領であり、現在はフランス領であるアルザス地方の都市である。 ⇩537

166 アングリッシャ・ホーフ（Englischer Hof）
“Englischer Hof”とは「英国風ホテル（English Hotel）」を指し、「英語の通じる」または「英国風の食事が出る」ホテルを意味する。 ⇩541

167 グロウヴナ・ホテル
グロウヴナ・ホテルは一八六一年、ヴィクトリア駅の完成のすぐ後に開業した。このホテルはバッキンガム・パレス・ロードに面して建っている。 ⇩541

168 ライヘンバッハ滝
ライヘンバッハ滝は、実際には一本の滝ではない。水は、まず第一の滝となって現在展望台がある位置からそれほど離れていない滝壺に注いでおり、この滝壺からさらに、流れの中にいまだ残っている岩によって何本もの細い滝に分けられて流れ落ちる。 ⇩541

169 肺結核（consumption）
“consumption”とは結核（tuberculosis）のことである。アーサー・コナン・ドイルの最初の妻ルイーズも長年この病気に冒され、一九〇六年にこの病気で亡くなった。

⇩542

170 ダヴォス・プラッツ
結核患者の保養地であり、ルイーズ・コナン・ドイルもこの地で保養し、いくらか体調を回復した。

⇩542

171 これ以上、ぼくにふさわしい結末は考えられない
これは、明らかに死せるデズデモーナへの、オセローの最後の科白を踏まえたものであろう。

⇩548

172 わたしが知る最も善良で、賢明な人間
ワトスンのこの言葉は、プラトンの『パイドン』の、ソクラテスの最期の場面の描写を踏まえたものである。

⇩550

解説

サー・アーサー・コナン・ドイル（一八五九〜一九三〇年）は、自らが創造した探偵シャーロック・ホームズが活躍する物語を六十編書いている。そのうち、《緋色の習作》（一八八七年）と、《四つのサイン》（一八九〇年）を除いた全ての作品は、「ストランド・マガジン」誌に掲載された。コナン・ドイルが、最初に「ストランド・マガジン」に寄稿した作品は、一八九一年三月号に掲載された、「科学の声」という短編小説で、作者名は掲載されていない（雑誌の索引には、作者名が書かれてはいるが）。彼の最後の作品である「最後の手段」は、彼が没してから数か月後の一九三〇年十二月号に掲載された。「ストランド・マガジン」の繁栄は、コナン・ドイルの寄稿と時を同じくしたのであった。シャーロック・ホームズ譚の新連載は、既に一定の評判を得ている雑誌に、更に新たなる需要の喚起を呼び起こすことを、事実上保証する存在だった。後に、『シャーロック・ホームズの思い出』として纏められる、シャーロック・ホームズ譚の連載が、一八九二年十二月号から再開された際は、この雑誌の売れ行きに特に大きな影響を与えたものと思われる。この時期の互いの成功は、「ストランド・マガジン」の初代編集長で、コナン・ドイルの短編小説の秘めた可能性を見抜いた人物でもあった、ハーバート・グリーンハウ・スミス（一八五五〜一九三五）の洞察力による部分が少なくない。「コナン・ドイルの死去」（「ストランド・マガジン」一九三〇年九月号掲載）で、彼は次のように記している。

一八九一年当時「ストランド・マガジン」誌の編集長であった私は、後に『シャーロック・ホームズの冒険』として、世界中に知られるようになる運命にあった物語の最初の一編を受け取った。私が当時の状況をよく覚えているのには、充分な理由があった。当時、「ストランド・マガジン」誌は揺籃期にあった。腕の良い物語の書き手は極めて少なく、編集者は、どうしようもなく下らぬ、がらくたの海をかき分けるのに、すっかりへとへとになっていた。そこへ天からの贈り物が、物語という形をした思いがけない幸運が、この疲労困憊した編集者の絶望的な生活の中に、幸福の閃光をもたらしてくれた。新しい、傑出した才能に恵まれた作家が、ここに存在していた。着想の巧みさには誤謬のかけらもなく、様式は極めて明晰、そして物語の語り口の技は、完璧だった。

この物語は《ボヘミアの醜聞》であり、「ストランド・マガジン」に掲載された（一八九一年七月号）、最初のシャーロック・ホームズの短編小説だった。と同時に、後に『シャーロック・ホームズの冒険』（一八九二年）として纏められた、シリーズの第一作でもあった。この《ボヘミアの醜聞》を、作者がウィーンに在って不在の折、「ストランド・マガジン」の編集部宛て送付したのは、コナン・ドイルの代理人だったA・P（アレクサンダー・ポーロック）・ワット（一八三四〜一九一四）だった。一八九〇年十二月、コナン・ドイルは開業していたサウスシーの診療所をたたんで、眼科の勉強をしようと妻と共に、ウィーンへと旅立った。彼がウィーンを選んだのは、眼科についてロンドンで学ぶ以上のことが、ウィーンでは学べると考えてのことだった。しかし実際には、ウィーンの上流社会をわずかに垣間見ただけだった。ウィーンでの滞在費をいくらかでも補うために、コナン・ドイルはウィーン滞在中に短編小説を書き上げた。『ラッフルズ・ハウの出来事』（一八九二年）は、今日では重要性のほとんどない作品とする見方が一般的である。しかしそれでも、コナン・ドイルはこの作品で錬金術を題材にし、非常に面白い物語のプロットとして使っている。こうした分野にまで彼が関心を抱いていたというのは、半自伝的小説である『スターク・マンローの手紙』（一八九五年）で示した宗教や哲学に対しての広範な考察を考えると、さほど驚くにはあたらない。この小説は、彼が生まれ育ち、学んだ環境の隅々まで行きわたっていたローマ・カトリック教の信仰を拒絶した結果、もたらされたものだった。更に興味深いのは、コナン・ドイルの義弟のアーネスト・ウィリアム・ホーナング（一八六六〜一九二一）は、彼の最も人気を博した作品である、『素人強盗』（一八九九年）のシリーズの主人公の苗字を、ラッフルズとしていること、そしてアーサー・コナン・ドイルのファースト・ネームを与えていることである。ホーナングの献呈の辞には、次のようにある――「アーサー・コナン・ドイルへ／お世辞の形で」。

一八九一年初頭、コナン・ドイルはロンドンへ戻ってきてから、眼科医として診療所を開いたが、成功しなかった。この年の八月、特に悪性のインフルエンザに罹った後、彼は「文筆の道」で食べていこうと決意した。彼の当座の望みは、崇拝してやまなかったスコットやマコーレイのスタイルの、歴史小説を書くということだった。『マイカ・クラーク』（一八八九年）は、彼の努力が実った最初の作品だった。この作品が成功したことで、世間はコナン・ドイルの他の作品――その中には、二編のシャーロック・ホームズ物語、即ち《緋色の習作》と《四つのサイン》もあった――に関心を向けるようになった。彼の次の歴史小説は、一八九一年十月に出版された『白衣の騎士団』であり、続いて『ナポレオンの影』が一八九二年十月に出版された。この作品は、ナポレオンの時代を題材にした、彼の最初の歴史小説で、一八九二年四月から六月にかけて執筆された。

コナン・ドイルの小説家としての人気は、次第に高くなっていった。このこと一つだけでも、充分に祝福されるべきことではあった。更に一八九二年十一月には、彼自身と妻のルイーザの間に、新たな幸福な出来事が訪れた。二人の間の二番目の子供になる、息子アレン・キングスレーが産まれたのである。アレンという名は、『白衣の騎士団』の登場人物アレン・エドリクソンが、コナン・ドイルのお気に入りの登場人物であるところから、その名をとって付けられたのである。

その一方で「ストランド・マガジン」は、新しいシャーロック・ホームズ譚の執筆を迫り続けていた。最初の六編は、読者から大変な好評を博し、雑誌の売り上げはぐんぐん伸びていった。しかしそれでも、コナン・ドイルはシャーロック・ホームズ譚の執筆が、自らの為すべき仕事だと得心していたわけではなかった。一八九一年十一月、《緑柱石の宝冠》を仕上げた後に、彼は母親に宛てて次のような手紙を書いている。

私は新シリーズ用に、五編のシャーロック・ホームズ譚を書き上げました。（中略）これらの作品の出来は、最初のシリーズの水準には達している、と思います。十二編纏まれば、この種の本としては、なかなか良い本になるでしょう。私は六番目の物語でホームズを殺し、これきりでホームズ譚は打ち止めにするつもりです。ホームズ譚のおかげで、私はもっと良い仕事ができないのです。母上の金髪の少女のアイディアで、何か物語を作ることができるかとは思いますが、探偵小説ではなく何か別の種類の物語に向いているか、と考えています。

ドイル夫人は震え上がり、そして幸いなことに彼女の抗議は、人気を博していた探偵の命を救うのに一時的に成功した。彼女のアイディアは用いられたが、コナン・ドイルは金髪を栗色の巻き毛を持つヴァイオレット・ハンター嬢に変え、《ぶな屋敷》の物語でシャーロック・ホームズの許を訪ねる筋立てにした。シャーロック・ホームズの死という事態は避けられ、当時の読者がこのことを知っていたら、誰もがほっと大きな安堵の溜息をついただろう。しかし読者の安堵と処刑の延期は、一時的なものでしかなかったのである。一八九二年二月に、コナン・ドイルは最初のホームズ譚の続編執筆要請を受けていた。当時彼は、最新作となる『亡命者達』——この作品は、一八九三年五月に出版された——の執筆で多忙だった。彼はまた、ジェイムズ・マシュー・バリー（一八六〇～一九三七）から示唆を受けて、自分の初期の短編である「一八一五年の落伍者」の脚本化に取り組んでもいた。

しかしコナン・ドイルは、ホームズ譚の続編執筆に乗り気ではなかった。短編探偵小説に必要な、複雑な構成は長編小説を書くのと同等の時間を要したのである。『わが思い出と冒険』（一九二四年）〔新潮文庫に邦訳あり〕で、彼は次のように述べている——「シャーロック・ホームズ譚の難しいところは、全ての話で長編小説でも通用する、明快で独創的な構想を要する点にある。努力なしで、次々とそうした構想が産み出せるものではない。どうしても貧弱なものになったり、水準が落ちたりしがちである」。彼は、どうしたら「ストランド・マガジン」からの要求を退け得るか熟考の上、新シリーズに千ポンド出すかと要求することにした。これは、この主張には「ストランド・マガジン」側も二の足を踏むだろうと期待してのことだった（彼は最初の六編については、一編ごとに三十ギニーの原稿料を、次の六編については、一編ごとに五十ギニーの原稿料をもらっていた）。しかし、「ストランド・マガジン」は彼の要求を何のためらいもなく受け入れたので、コナン・ドイルは後に、『シャーロック・ホームズの思い出』として纏められる物語の構想を練り始めなければならなかった。

ホームズ譚の新連載の、最初の物語である《白銀号事件》は、「ストランド・マガジン」一八九二年十二月号に掲載された。一八九二年六月、ハリー・ハウが「ストランド・マガジン」に掲載するために、コナン・ドイルの許を訪れてインタビューをした際に、彼はインタビュー記事に以下のように書くことができた。

（前略）しかし彼（アーサー・コナン・ドイル）は既に、シャーロック・ホームズ譚の新連載用の材料は、充分にあると語った。私は、彼がシャーロック・ホームズ譚の新連載の最初の物語の構想を考えていると知って、とても安心した。（中略）この物語はとても難解な謎解きの物語になると考えている、と楽しげに語ってくれた。彼は自分の妻と、彼女が物語の最後に至るまでは絶対に事件の真相を推測することすらできないだろうと、一シリングの賭けをしたとのことである。

しかしながら、コナン・ドイルがホームズにうんざりしていることは、あまりにも明らかだった。彼の母親は探偵の死を遅らせることはできたものの、ホームズを抹殺するという考えは、依然として彼の心の中に存在していたのである。J・M・バリーは自伝『緑林の帽子』（一九三七年）で、アルデバーグの海岸にコナン・ドイルと座っている時に、彼がシャーロック・ホームズを抹殺することを決めた、と述べている。ホームズを抹殺する彼の決意に関しては、異説もある。リチャード・ランセリン・グリーンは『シャーロック・ホームズ未収録文書』（一九八三年）で、一八九三年八月にアーサー・コナン・ドイルがスイスに出かけていることを挙げ、この時に彼がライヘンバッハの滝を訪れて、ホームズを抹殺する決意を固めたのだ、としている。アーサー・コナン・ドイルが、ホームズを抹殺する決意を固めたのがいつであったにせよ、彼の決意は揺らぐことのないものとなっていたようである。一八九三年四月六日付の手紙で、アーサー・コナン・ドイルは母親に次のように書き送っている。

親愛なる御母上様
こちらでは万事順調です。私は今、最後のホームズ物語の半分まで来ています。この物語の後、かの紳士は姿を消し、そして金輪際再登場することはないのです。私は奴の名前には、もううんざりしているのです。医者物の話ももうじき終わりで、やっとじきに暇ができそうです。それから何年かは、芝居を書いたり、講演したりしようと思います
……

もはや後戻りはできなかった。コナン・ドイルは『わが思い出と冒険』で、自分の決心について次のように述べている。

（前略）二本のシリーズを終えた後、私は自分が書きたくないものを書かされることを強いられ、その結果、文学的成果としては下層であると考えているものに完全に結びつけられてしまう危険に気づいた。その解決策として、私は自分の物語の主人公を抹殺することにした。妻と共にスイスへ小旅行に出かけた際に、この思いつきが頭に浮かんだ。この小旅行の道中で、私達は素晴らしいライヘンバッハの滝を眺めた。ここは恐ろしい場所だった。そして私は、たとえ自分の銀行口座を巻き添えにしても、ここここそが哀れなシャーロックにこそふさわしい墓場だ、と考えたのだった……

一八九三年のクリスマスは、「ストランド・マガジン」の読者と、シャーロック・ホームズを崇拝する人々にとって、とても悲しいものとなった。「ストランド・マガジン」十二月号には《最後の事件》が掲載された。この物語の冒頭には、シドニー・パジェットによる、ライヘンバッハの滝で取っ組み合う、シャーロック・ホームズとモリアーティ教授の挿絵が掲げられ、挿絵の説明には「シャーロック・ホームズの死」とあった。伝えられるところでは、読者層に与えた効果は絶大で、シティで働く若者達は、自分達のシルクハットに喪章を付けたという。ある苦悩する読者は、コナン・ドイルに直接手紙を書いた――「この人でなし！」。一八九一年に、「ストランド・マガジン」を創刊したジョージ・ニューンズは、シャーロック・ホームズの死を「恐るべき出来事」と評した。彼の言葉は当然だった。「ストランド・マガジン」の売れ行きは、シャーロック・ホームズの成功があってのものだったからである。この先どうなるか、知り得た者が誰かいただろうか。

《緋色の習作》と《四つのサイン》の物語の構想には、共に報復という考え方が扱われている。即ち、《緋色の習作》では、モルモン教の一夫多妻制によって引き起こされた苦しみに対しての報復が、そして《四つのサイン》では、英領インドで起きた裏切り行為にあった者による報復が物語の骨子をなしている。コナン・ドイルはこの筋立てを、後に『シャーロック・ホームズの冒険』として纏められる、ホームズ物語の短編小説を書き始めた際にも用いている。しかしながら『シャーロック・ホームズの思い出』では、悪業に対する報復という主題はそのまま使われただけではなく、幾つかの物語では背信行為の暗示や現実性と密接に結びつき、さらに強められている。これはコナン・ドイルにとって、初期のホームズ物語の短編小説における、どちらかと言えば単純なアプローチからの決別、といった意味合いがあったのかもしれない。

コナン・ドイルが日常生活の中での背信行為を急に小説の構想で用いるようになった理由を示唆する具体的なものは、彼の日々の生活からは見出し得ない。またこうした主題に関する彼の関心は、一九〇六年以降、彼が熱心に取り組んだ離婚法改革運動とも直接の関係は存在しないように思われる。しかしながら、彼の父親はアルコール依存症を病んでいた。このことはドイル家に、早くから暗い影を投げかけていたと思われる。コナン・ドイルが父親よりも遥かに、母親に近しかったのは間違いない。一八八〇年代初頭、父親であるチャールズ・ドイルが、癲癇（てんかん）の発作を起こすようになり、病院に収容される身となったことで、コナン・ドイルが家庭内での過去の問題を考えるようになり、その結果としてこうした特殊な主題を小説の構想に用いるきっかけになった、とするのは考えられぬ話ではない。

コナン・ドイルは、時には率直な性格の持ち主として、また時には複雑な性格の持ち主として描かれてきた。彼の数多くの短編小説のテーマを考えると、彼が複雑な性格の持ち主であったことは確実である。彼の半自伝的作品である『スターク・マンローの手紙』（一八九五年）では、信仰と宿命という問題に、動揺する彼の心のうちが表われている。この小説が書かれたのとほぼ同じ時期に、彼は自分の心の中の様々な葛藤を描いた詩「内なる部屋」を書いている。

　それは私のもの――小さな部屋だ、私だけのものだ
　遠い遠い先祖から、譲り受けたものだ
　それでも部屋の中には、ありとあらゆる雑多な人々がいる
　皆この部屋は自分のものだと、私に言い募る

　その一団の中に兵士がいる、ぶっきらぼうで抜け目がなく

一途にして剛腕、野蛮な態度だ
富を手にするか、賭けをするか
愛情を得るのか悲嘆にくれるのか
命を与えるのか奪うのか
自覚もなしに

兵士の近くに司祭がいる、教派はなおも分裂したままの
彼はつり香炉の煙とパイプ・オルガンの響きを愛している
彼が好むもの、それは秘儀、秘跡、感謝の祈り
利他主義へのほの暗い思いは、彼の魂を戦慄させる

疑惑の念で憂鬱にしている者もいる
私はあくまで彼は自分の弟だと思う
一歩一歩、慎重に足を運び　前方を心配げに見つめている
過去に案内人を疑うことを知ってしまったからだ

部屋にいる者すべての真ん中に、機敏でいていくらか怯えている
ゲジゲジ眉の、はっきりした顔立ちの男が座っている、むっつりと

その黒き魂は、法律家に支配される日にすっかり縮み上がり
口にする勇気はないが率直に話をしたいと考えている

宿命の如く冷酷に、部屋のほの暗い不吉な影の中に
座っている者達がいる
姿はおぼろげに、時に厳格に、また時には異様に
野蛮人の姿だったり、聖者の姿だったり
暗がりの中からその姿が、くっきりと浮かんだり霞んだりしている

人々の影はますます密で、私に見える以上の人達が
もっと、ことによるとうんと大勢の人達がいるのかもしれない
兵士や、ごろつきや、世捨人が、昼も夜も座り込み続けている
彼らは私と議論し、私と戦う

はっきりした顔立ちの男が勝利したら、全ては終わる
司祭が望みを叶えたならば、私はもう疑うことはしない
しかし、めいめいが幸運に恵まれる、と言うのなら
また以前の退屈な道を、よろめきながらふらふらと

歩んで行くことになるだろう

背信行為を題材にした三つの短編が、『シャーロック・ホームズの思い出』には収められている。この三編の様相は、互いに大きくかけ離れている。《白銀号事件》に登場するジョン・ストレイカーは、自分の妻ではない贅沢志向の強い女性との二重生活に耽っていた。彼はウィリアム・ダービシャの偽名を使い、郵便物を受け取るのに便利だからということで、自分の住所を使わせている友人に見せかけて、自分の妻を欺いていた。放埒な生活がもとでストレイカーは、自分の身に死をもたらす行動をとるに至る。ホームズはその間の事実関係を手短にまとめ、故人を断罪することは避けている。

……わたしはすぐに、ストレイカーが二重生活を送っていて、第二の世帯があると考えました。請求書の内容から考えて、事件には女性がからんでいること、それもぜいたくな趣味の女性がいることがわかりました。（中略）この女のためにストレイカーは借金で首が回らないようになり、この不幸な計画を立てることになったのに違いないと思います。

高名なシャーロッキアン研究家であるマイケル・ハリスンは、《白銀号事件》の着想の起源として、興味深い自説を（『不朽の名探偵』（一九八三年）で）展開している。彼の説を要約すると、コナン・ドイルは一八六九年の悪名高きモーダント・スキャンダルに、関心を持つようになったという。ハリソンが指摘する点は、この事件の中心的存在であったサー・フレデリック・ジョンストンが、実際に競馬の優勝馬の馬主であったことである。一八八一年には、彼の馬はクラシック・レースにおける三冠馬となった。即ち、ダービー、オークス、そしてアスコット・ゴールド・カップの三つのレースで優勝を飾ったのである。この偉業を成し得た馬の名は、セント・ブレイズ号といった。このモーダント・スキャンダルに関わりのあったもう一人のやんごとなき身分の人物は、当時の英国皇太子アルバート・エドワードだった。彼は《白銀号事件》のウェセックス・カップに出走した、馬の持ち主として描かれている。コナン・ドイルはエドワード皇太子の、あまり人に知られていない「バルモラル侯爵」という称号を使い、その正体を読者の目から隠している。

『シャーロック・ホームズの思い出』が、ストランド叢書の第三巻として、一八九三年十二月十三日に単行本として出版された際には、単行本の出版に先立って「ストランド・マガジン」に連載された十二編のうち、十一編のみが収められていた。《ボール箱》の物語は、省かれていたのである。コナン・ドイルが、《ボール箱》を『シャーロック・ホームズの思い出』から省くことにしたのは何故なのか、これまで数多くの推測がなされてきた。アーサー・コナン・ドイル自身は、幾つかの異なった理由を挙げている。曰く、少年のための読み物としてはふさわしくない。また曰く、自分が考えていた以上に煽情的な物語になってしまった。更に曰く、物語として出来が良くなかった。「ストランド・マガジン」に掲載された物語が、少年向けの物語として書かれた作品か否かは、議論の余地は大いにある、と言えよう。しかし、この他の幾つかの物語、例えば《ボヘミアの醜聞》（『シャーロック・ホームズの冒険』所収）、或いは《白銀号事件》や《黄色い顔》（いずれも『シャーロック・ホームズの思い出』所収）、更には《美しき自転車乗り》や《犯人は二人》（共に『シャーロック・ホームズの生還』所収）といった作品は、少年向けの読み物としてはふさわしくない要素を含んでいる、と考えることが可能かもしれない。となると、少年向けの読み物として云々というのは非現実的説明のように思われる。また《ボール箱》は、作品として出来の良くない物語ではない。『シャーロック・ホームズの思い出』を単行本として出版する際に、コナン・ドイル自身が《ボール箱》の導入部分を、《入院患者》へすげ替えている事実が、彼自身の説明の何よりの反駁であるように思われる。それゆえ「ストランド・マガジン」に、《ボール箱》が掲載されてから『シャーロック・ホームズの思い出』が単行本として出版されるまでの間に、我々の知らない、或いはただ推測するしかない何かがコナン・ドイルの人生にあった、という結論に傾かざるを得ないのである。《ボール箱》の物語としての主題は、殺人と不義密通の暗示である。この二つに対する嫌悪こそ、コナン・ドイルが《ボール箱》を『シャーロック・ホームズの思い出』から外した、真の理由だったかもしれない。しかし物語の展開をみると、不義密通に関してははっきりとした記述はない。ジム・ブラウナーの妻であるメアリと、アレック・フェアベアンとの間に、不倫関係が存在していたことは確かである。しかしブラウナーの語り口は、二人の関係の詳細については慎重である。ここで《白銀号事件》でも、不倫関係の存在が明かされていることに留意すべきであろう。これらのことから、コナン・ドイルが《ボール箱》を、『シャーロック・ホームズの思い出』から除外することを決めたのは、アルコール依存症によって引き起こされる暴力の問題に対する、家庭内の神経過敏さの影響があった、と結論づけたくなる。ドイルによるブラウナーの描写は、それ自体一つの物語の様相を呈している。

ブラウナーは善良な魂の持ち主だったが、嫉妬心から再び酒を飲むようになった。彼の結婚生活の崩壊は、狡猾で欲求不満の義姉の策動に原因があった。ブラウナーに対してセアラ・クッシングが及ぼし続けた影響は、ほとんど妖婦の如くである。彼女は、《ボール箱》とほぼ同じ時期に執筆されたと考えられている、コナン・ドイルの「寄生体」に登場する、邪悪なミス・ペンクローサに匹敵するかもしれない。《ボール箱》の最後のホームズの言葉には、コナン・ドイル自身の内省的で哲学的な面が描かれている。

このシリーズの三番目に来るのは《黄色い顔》である。この物語の主役の一人であるグラント・マンロウの心中に、妻が不貞を働いているのではないか、という単なる疑惑から物語は始まる。マンロウはその妻と、三年間幸せな結婚生活を過ごしてきたが、妻が金を要求して来たことから突然疑念を抱き始める——「妻の生活や考え方について何かがあるのに、わたしはそれについて、まるで町で出会う通りすがりの女に対してと同じくらいしか知らないということがわかったのです。わたしたちの夫婦仲は、よそよそしくなってしまいました。わたしはその原因を知りたいのです」。ホームズはマンロウの話を聞いて、誤った結論に飛びついてしまう。ホームズの結論は、マンロウの妻は自分の前夫をかくまっていて、彼女は重婚の罪を犯しているのだ、というものだった。しかし、マンロウ自身が発見した事の真相は、はるかにもっともらしく、また罪のないものだった。

《黄色い顔》は、黒人の反奴隷主義の指導者だったヘンリー・ハイランド・ガーネット（一八一五〜八二）の影響を受けたコナン・ドイルの作品として、三番目の作品になる。コナン・ドイルが船医としてガーネットの容態を診察したのは、ガーネットがリベリアの米国公使としてマユンバ号に乗船し、赴任途中に船内で病を得、亡くなる直前の三日間、一八八二年初頭のことだった。ガーネットの影響を受けた他の二作品は、「J・ハバカク・ジェフスンの遺書」（一八八四年）と、《五つのオレンジの種》（『シャーロック・ホームズの冒険』所収）である。いずれも、米国南部での白人による黒人の殺害が主要な動機となっている。《黄色い顔》の物語も最初の原案では、ジョン・ヘブロンはアトランタで殺害されたことになっていたのではないか、と思われる。おそらくは彼は焼き殺されたのであり、その時に彼の法律事務所や書類も一緒に焼けた、というのが当初の設定だったのだろう。

米国史上の再編入時代は、南部諸州の黒人達と黒人層支持派の白人達の多数が、白人と黒人の平等という希望に活気づいていた時代だった。また共和党は、黒人へ対しての参政権の賦与と、公的機関への参加を支持する政策を採った。これは当時の黒人の一部知識人層を勇気づけ、南北戦争時の大火後の復興の最中だったアトランタの、貧困に悩む黒人の数のほうが多い地域で、法律事務所を開業する勇気を与えた、と考えられよう。一八七〇年のアメリカ合衆国憲法修正第十五条は、何人たりとも人種、肌の色、過去に奴隷であったことを理由として、参政権の制限を受けることはないと規定した。これは当然人種差別のない、健全な未来社会の在りようを示すものだった。

　こうした希望は、南部諸州から連邦軍が最後に撤兵した一八七七年（この年にカリフォルニア州南部、ルイジアナ州、フロリダ州から連邦軍が撤兵した）以降、空しいものとなっていった。この間の事情に関してコナン・ドイルは、新聞を通じて知識を得たものと思われる。彼はジョージア州における共和党の親黒人的な再建法時代が、一八七二年初頭には終結していたことを理解していなかったかもしれない。これはアトランタにおいては、黒人男性と白人女性との間の婚姻関係は、もはや継続が不可能になったことを意味していた。ゆえにヘブロンが亡くなった当時、彼は妻子をニューヨーク州か、或いは他の北部の州に住まわせておいて、単身アトランタへ戻っていた、ということは明らかである。再建時代の終わった一八七八年は、南部諸州で伝染性黄熱病が猛威をふるい、コナン・ドイルはこの年をヘブロンの亡くなった年としている。そうなると物語の原案は、グラント・マンロウ夫人が夫に語ったように、前夫のヘブロンはアトランタで私刑によって殺されたのではなく、黄熱病で死んだのだと語る場面を必要としたかもしれない。そして物語の最後の部分では、真実が明るみになったのだと思われる。しかしこれでは、ジョージア州の歴史について詳しく触れる必要があって、物語の本筋から大きく逸脱することになり、最後の場面でのグラント・マンロウによる真相の発見と、彼の決意がもたらす劇的効果を減じることとなる。ヘブロンが私刑による非業の最期を遂げたという推論は、こちらのほうが遥かに蓋然性が高いが、実際には物語の流れとは相容れないのである。

ガーネットがコナン・ドイルに及ぼした影響は、非常に大きなものだったようである。《黄色い顔》の終末部に存在する同情の念は、黒人についてコナン・ドイルがごく初期に書き記したものとは際立った対照をなしている。「ブリティッシュ・ジャーナル・オブ・フォトグラフィー」誌に掲載された、「奴隷海岸カメラ紀行」(第二十九巻、一八八二年三月三十一号・同年四月七日号、一八五～一八七頁、二〇二～二〇三頁)では、彼は次のように書いている。

これまで我らの黒き同胞達の再生や、眠れる美徳について、これまで多くの言葉が費やされてきた。私自身の経験では、初めて彼らに出会った時は、誰でも連中を忌み嫌うものである。そして彼らのことを知れば知るほど、彼らへの反感を自覚するようになるものである(後略)。

ヘンリー・ハイランド・ガーネットについて、コナン・ドイルは『わが思い出と冒険』で次のように記している――「この黒人の紳士は、私にとって得るところが大きかった。

人間の頭脳とは、自分自身の思索を組み立てるための器官であり、また同時に他人の思索を消化する器官でもある。そして新しい素材を要してもいるのだ」。コナン・ドイルが、当時はまだタブーであった異人種間の結婚という題材を扱うような感受性を示し得たということは、当初は彼も偏見の持ち主であったにもかかわらず、ガーネットが提供した素材をいくらかでも、彼が咀嚼し得る能力を有していたことにほかならない。

《黄色い顔》には、シャーロック・ホームズ譚に期待されるようになった、構成要素がたくさん含まれているが、同時にそうではない要素も含まれている。典型的な例としては、エドガー・アラン・ポーの『モルグ街の殺人事件』に登場する、優れた探偵であるC・オーギュスト・デュパンがやってみせたように、ホームズもベイカー街の部屋に忘れて置いていかれたパイプから、持ち主の習慣を鮮やかに推理してみせる。これはまさしくシャーロック・ホームズの真骨頂である。しかしこれは、物語の後のほうでコナン・ドイルが彼の英雄であるホームズに課した、彼らしからぬ失策と鮮やかなコントラストをなしている。たとえホームズであっても、誤りを免れ得ぬという意外な新事実は、新たなそして驚くべきこととして、読者を驚かせたのだった。

《マスグレーヴ家の儀式》は、恋愛関係にある男女が登場する。他の者の所有物を自分達のものにしようという欲望で結ばれた二人の男女は、一方の背信が原因となって結果的に死に至る。マスグレーヴ家の執事ブラントンは、二番メイドのレイチェル・ハウェルズと婚約中の身の上である。しかしながらそのドン・ファン的気質から、彼は猟場管理人の娘であるジャネット・トレジェリスにも、ちょっかいを出している。レイチェル・ハウェルズは良い娘なのだが、ウェイルズ人特有のかっとなりやすい気性の持ち主で、彼の浮気心が彼女に与えた影響は圧倒的なものだった。だから彼女は、自分を捨てた男に復讐する最初の機会をものにしたのである。コナン・ドイルが、この二人のケルト人の血を引く娘達を恋敵として描いたのだ、とするとなかなか興味深い。二人の間の、炎のような激烈な嫉妬心の存在を暗示する手段としては、極めて効果的である。

ブラントンとレイチェル・ハウェルズの間の恋愛関係のもつれは、この物語の主題であるマスグレーヴ家の儀式書の謎とは、一線を画している。コナン・ドイルにとっては、この関係はただ物語を長くし、またより複雑なものにするためだけの要素にしかすぎなかったのだろう。物語の脇筋は、納得のいくようには解決されていない。ブラントンは死に、レイチェル・ハウェルズは失踪しているが、ホームズは彼女がどこへ姿をくらましたのかについては、興味を示していない。彼女は彼の探偵としての長い経歴においても、ほとんど現われることのない、女性の殺人者にもかかわらず、なのである。

シャーロッキアンにとって《マスグレーヴ家の儀式》は、ホームズの日々の生活習慣を垣間見せてくれる物語である。また、ホームズの大学時代の詳細について明らかにもしている（もっともそのために、彼の学んだ大学がどこかについての多くの推測が加えられてきたのだが）。同時にホームズが探偵としての経歴中、ごく初期に扱った事件のリストもある（当時の読者にとっても、また後世のシャーロッキアンにとっても、何ともじれったい思いのするリストである)。「タールトン殺人事件」、「ワイン商人ヴァンベリーの事件」、「ロシアの老婦人の冒険」、「アルミニウム製松葉杖の奇妙なできごと」、「内反足のリコレッティと悪妻の事件」。コナン・ドイルは『わが思い出と冒険』で、次のように述べている――「ちょっとした思いつきで、どれだけ多くの事件名を作品の中でばらまいてきたことか、そしてどれだけ多くの読者から、彼らの好奇心を満たしてほしいと乞われてきたか、神のみぞ知るなのである」。

《マスグレーヴ家の儀式》を歴史的な面から見た場合、この物語はコナン・ドイルが『シャーロック・ホームズの思い出』所収の三短編、即ち《グロリア・スコット号》、《曲がった男》、《入院患者》で特に効果的に用いたような、過去の悪業を主題とした作品とは言えない。『シャーロック・ホームズの思い出』で、過去の悪業を主題とした最初の作品は、《グロリア・スコット号》である。この物語では、若きシャーロック・ホームズは大学の友人であるヴィクター・トレヴァーに呼ばれ、その後にトレヴァーの父親が亡くなる。ホームズはこれより前、夏期休暇中にトレヴァーの家を訪れた際に、彼の父親と面識を持ち、その過去の事情を推理してみせて、彼をいくらか狼狽させていた。物語は殺人、裏切り、オーストラリアに渡ってから名前を変えて別人になりすましたことを中心に展開している。こうした点は《ボスコム谷の惨劇》(『シャーロック・ホームズの冒険』所収)と共通する部分がある。

　過去の悪業に対しての復讐を主題とする第二の物語は《曲がった男》であり、そしてこちらのほうがさらに強い。女性への愛を得るための裏切り、裏切りのために身体障害者にさせられた男、という要素が物語に織り込まれ、物語の出来を一層強固にしている。《曲がった男》は、復讐という物語の主題、そして小さな正体不明の連れの存在といった点で、《四つのサイン》の流れをくむ作品と言えるだろう。ジョナサン・スモールと同様に、ヘンリー・ウッドも自分の大切なものを騙し取られた人間だった。即ち、スモールは財宝を、そしてウッドは恋する女性を。また、スモールもウッドも、囚われの身となり、一生治ることのない身体的な障害を持つ身となり、インドを後にしている。しかし、ウッドのこうむったけがと身体的障害はスモールのこうむった身体的障害に比べ、遥かに恐ろしいものだった。また、《曲がった男》は《緋色の習作》とも同じ流れに属する作品とも言えるだろう。即ちいずれの作品も、自分より上にある者がその力を濫用したことによって、恋人を奪われた男の苦境という構成になっている。

　コナン・ドイルの初期の作品においては、植民地が物語の上で重要な役割を演じている作品が多い。「ササッサ谷の怪」（一八七九年）、「デカ骨――ハーヴェイズ・スルースのエイプリル・フール」（一八八二年）、「ブルーマンズダイクの溝」（一八八一年）、「ジャックマン渓谷の聖職者」（一八八五年）といった作品は、全て植民地を舞台とした作品である。一方、《入院患者》に何らかの影響を与えたと思われる作品が一つある。「我が友は殺人者」

(一八八二年)は、自分の仲間達に不利になる証拠を提出することで、訴追を免れた男の物語である。オーウェン・ダドリー・エドワーズが論じているように[*1]、この物語の着想は悪名高い、死体を売りさばくために次々と人を殺した、バークとヘア（この二人の名前は、物語の中にも登場する）の経歴と訴追の史実に基づいている〔この事件では二人のうちバークだけが処刑され、ヘアはその証言によって無罪になった〕。《入院患者》では、パーシ・トレヴェリアン博士が、ブレシントンと名乗る人物の資金提供によって、自分の診療所を開業する。このブレシントンは、実はワージンドン銀行を襲撃した強盗達の一人であり、仲間を密告して訴追を免れた男だった。この裏切り行為は、強盗達の他の仲間が刑務所から釈放され、入院患者であるブレシントンの許を、彼ら自身の判決を下すために訪れた際に、復讐という結末を迎えた。

『シャーロック・ホームズの思い出』所収の短編には、この他にも幾つかの共通する題材が用いられている。《海軍条約文書事件》ではスパイ行為が、《ライゲイトの大地主》と《ギリシャ語通訳》の二編では、強欲さが物語の主題となっている。《株式仲買店員》は、騙された男の物語であり、コナン・ドイルが、《赤毛組合》（『シャーロック・ホームズの冒険』所収）で用いた着想が、大幅に採用されている。

後に『シャーロック・ホームズの思い出』として纏められる作品の連載中、コナン・ドイルがずっと取り組んでいた問題は、いかにしてホームズを葬るか、であった。遂に《最後の事件》を執筆する段になって、ドイルはこの問題に直面することとなり、ホームズの最大の敵となり得る人物を、物語に登場させた。コナン・ドイルの創造したモリアーティ教授は、悪意というものを巧みに肉体化させた存在であり、また物語の世界で最も印象的な悪役の一人である。モリアーティはあらゆる邪悪の権化とも言うべき存在であり、それまでの二十五編の物語で描写されてきた、ホームズの人物像とはあらゆる点で対極をなす存在である。この敵対者の知的能力に対してホームズが敬意を払っていたことは、ホームズによるモリアーティに対する描写からも明らかである。

モリアーティは、ホームズの善良さと良識の点で、まさに好一対であり、奸智にたけている点では、拮抗している。この二人は、互いに相手の鏡像をなし、本質的な部分では共通するものを持ち合わせている（《ボール箱》において、ホームズがモリアーティのような蜘蛛の巣の中心にいて、全てを把握しているといった特質を持っていることが、明らかにされている）。

コナン・ドイルは、モリアーティを描くことで、ホームズの生霊を産み出したと思われる。モリアーティは、ホームズの性格の暗黒部分を代表している。即ち、ホームズをジキル博士と見なした場合、モリアーティはハイド氏に当たる存在である。ロバート・ルイス・スティーブンスン（一八五〇〜九四）は、コナン・ドイルのお気に入りの作家だったから、一八九三年に彼が《最後の事件》を執筆していた際に、彼の脳裏には『ジキル博士とハイド氏』（一八八六年）があった、ということは充分に考えられよう。スティーブンスンもコナン・ドイルも、エディンバラで名高かった強盗紳士のディーコン・ウィリアム・ブロディ（一七八八年処刑）の生涯も、またディケンズの未完の小説『エドウィン・ドルードの謎』（一八七〇年）のことも知っていたはずである。彼らは同一の源から、二重人格を主題にした物語を書き上げたと考えられるかもしれない。

コナン・ドイルの意図がいかなるものであったにせよ、《最後の事件》は叙事詩的性格の強い小品とすることができる。推理小説として考えると、この作品は不充分な出来である。実際には、これといった推理は存在していない。と言うのはこの物語でのホームズは、ただひたすらに、傑出した犯罪界の黒幕の追跡と打倒に終始しているだけだからである。ホームズにとってモリアーティを打倒することは、彼の経歴の絶頂をなすものと見なされていた。「ワトスン、ぼくは真剣だ。もし彼を打ち負かすことができたら、もし彼を社会から追い出すことができたら、ぼく自身の経歴は頂点に達したと感じるべきであって、もっと落ち着いた暮らしに変わろうかと思っている」とホームズは語っている。しかしながら物語の語り口という観点からすると、《最後の事件》は登場人物の活躍や、作品自体の緊迫感とも合わせて、コナン・ドイルが書いた短編小説の中でも、最高の出来を示す作品の一つかもしれない。物語の筋の劇的効果は、永遠の悪意の権化モリアーティ教授の存在で、更に盛り上げられている。モリアーティ教授は、読者の前には一度も姿を見せていないことを考慮すると、彼の物語に対しての影響は、いやが上にも驚くべきものがある。《最後の事件》までは、読者はワトスン同様、モリアーティ教授について何も知らされていないし、またこの物語でもベイカー街での会見の模様が、ホームズの口を通して語られているだけである。ワトスン自身は、ヴィクトリア駅で、その眼で「背の高い男がすさまじい勢いで群衆をかきわけ、列車を止めようとするように手を振っていた」のを目撃し、またスイスの山腹で「彼の黒っぽい姿が、緑の背景のなかにくっきり浮かんでいた」のを見たにすぎない。こうしたモリアーティ教授の存在の不明瞭さは、実はモリアーティ教授とは、ホームズのもう一つの人格だったとする考えの根拠となっていると言えるだろう。と同時に、コナン・ドイルがホームズ物語を打ち切りにする意図でいたのは、紛れもない事実であったが、それでも無意識のうちに、ホームズが将来復活することが可能なように、心の扉を少し開けていたとも考えられるのである。明らかに未解決事項を含んだままのこの作品の幕切れを考えると――例えば二人の遺体は発見されなかったとされている点、或いはこの物語の初めのほうに登場する、空気銃の存在（これについての説明は、『シャーロック・ホームズの生還』所収の《空家の冒険》に至って、初めて登場する）――コナン・ドイルは将来、ホームズを復活させる意図を、最初から持っていたのではないかと思われる。コナン・ドイルは極めて抜け目のない人間であり、また作家としては筋金入りの人物であったから、自らの創作物の可能性に気づかなかったはずがないのである。

『シャーロック・ホームズの思い出』所収の短編は、『シャーロック・ホームズの冒険』所収の短編に比べて、これみよがしの度合いが小さくなっている。後の連載でコナン・ドイルは、人間の弱さを描こうと試み、概して成功を収めている。その過程において、彼はホームズとワトスンの性格や個性の描写に、より多くの筆を費やしている。そして《曲がった男》に登場するヘンリー・ウッドのように、自分本位でしかない目的の追求によって引き起こされたと言い得る事件であっても、その悲惨さについて読者に強い印象を与えているのである。

『シャーロック・ホームズの思い出』はまた、それまでの物語以上に、ホームズが探偵として活動を始めたばかりの頃のことに、大きく筆を割いている。《グロリア・スコット号》と《マスグレーヴ家の儀式》の二つの作品では、ワトスンは語り手としてしか登場していない。と言うのは、この物語はホームズの大学時代、そしてその数年後を舞台とした物語だからである。実際この二つの物語によって、ホームズが本当に在学していた大学はどこだったのか、という問題について多くのシャーロッキアン達が、議論を展開することとなった。《マスグレーヴ家の儀式》は、ホームズの持つボヘミアン気質に、著しく光を当てた作品である。

わが友シャーロック・ホームズの性格が変わっていることといったら、このうえなく、(中略) 日常生活となると、一緒に住む者が耐えられないくらい、世界一だらしない男だった。(中略) 石炭入れの中に葉巻をしまったり、ペルシャ・スリッパの指先の部分にパイプ・タバコを入れ、返事の必要な手紙を暖炉の木わくの真ん中にジャックナイフで突き刺している男がいるのを見ると、自分はずいぶん行儀がよいほうだと思ってしまう。（中略）ホームズは、安楽椅子に座ったまま、微力発射装置付きピストルと、ボクサー弾一〇〇発を持って、前にある壁に愛国的なV・Rという女王のサインを、ピストルの弾で撃ち抜いて書いてしまうのだ。これでは、部屋の雰囲気も見ばえもよくなるどころではないと、強く感じたものだった。

《ギリシャ語通訳》では、シャーロック・ホームズ譚でただ一人の、ホームズ家の身内の人間、即ちマイクロフト・ホームズが登場する。しかし物語の最初の部分で語られているのは、ホームズ自身の家柄に関することである。

「ぼくの先祖は、代々地方の地主だけれども、みなそれぞれが、この階級によく見られるような生活を送っていたようだ。しかし、なんといっても、ぼくの特殊な能力は、血筋だろうね。フランスの画家、ヴェルネの妹だった祖母から受け継いだものらしい。とかく芸術家の家系からは、非常に変わった人間が出やすいものだからね」

この一節はコナン・ドイルが、一九二四年に出版された彼の自伝である『わが思い出と冒険』で、自分の先祖に就いて詳しく語っている部分を思い出させる。ホームズ像の創造に関する限りでは、コナン・ドイルがエディンバラ大学の医学部時代に教えを受けたジョウゼフ・ベルに負うものであると、作者自身が認めている。コナン・ドイル自身の共感や、見解のうちのいくらかが、ホームズの性格に反映されているのは、当然のことであろう。しかし作者自身は、ホームズが作者に非常に近い存在ではないのか、とする推論をぴしりとはねつけている。アーサー・ギターマンへの返信の形式をとった有名な詩の中で（「ロンドン・オピニオン」誌第三十五巻、一九一二年十二月号掲載）、彼は以下のように記している。

……しかしながら我が創造せる人物の、無遠慮なるうぬぼれまでが、
作者たる私への非難になるとは、何たる馬鹿げたことなるや。
彼奴（きゃつ）めは架空の、お話の中の操り人形
競争者達の存在を許さず、敵対者とは並び立たず
彼奴めは架空の人物ゆえ、馬鹿にし冷笑することもある
作者たる私が頭を垂れ、崇拝するものを
だからその知的触手にて、どうかがっちりつかまえておいて欲しいもの
操り人形とその作り手は、決して同じからず

『シャーロック・ホームズの思い出』で、コナン・ドイルは冷たく計算機械のようなホームズを、少しだけ人間らしく描こうとしている。《海軍条約文書事件》でホームズは、事件に就いて論じている最中に、全く彼に似つかわしくない気分に陥る瞬間がある。

「バラはなんと美しいのだろう！」（中略）「宗教ほど推理が必要とされるものはありません」（中略）「推理家の手にかかれば、宗教は厳密な科学にも高められうるのです。神の最高の摂理は、花の中に現われているような気がします。その他すべてのもの、わたしたちの力とか、欲望とか、食物とかは、わたしたちが生存するために、まずどうしても必要なものです。しかし、このバラは余分なものです。バラの香りや色は、生活に潤いを与えるものではあっても、必要不可欠な条件とは言えません。この余分なものを創るのが、まさに神であって、だからこそ、繰り返して言いますが、わたしたちは花々から多くの希望を得るのです」

ここには『月長石』の影響が存在している。カッフ部長刑事のバラに対する愛情を、ここで再録しておこう。

「……好きなものがあっても、暇がないのでね。……それでも暇が見つかると、その大半はね、ベタリッジさん、バラに費やしているね。……もしあんたがぐるりと自分の周りを見回してみたら……趣味と職業というものがいかにかけ離れたものかがわかるだろう。もしバラと泥棒以上にかけ離れているものがあったら、教えてもらいたいね。そしたら、自分の趣味を変えるよ」

コナン・ドイルはウィルキー・コリンズに対して、影響を受けたことについて直接の謝辞を述べてはいないが、おそらくコリンズもホームズの発展に貢献したと言えるだろう(コナン・ドイルの初期の作品である『クルンバーの謎』(一八八八年)には、コリンズの直接的影響が見られる。また、《四つのサイン》(一八九〇年)の話の筋は、コリンズの『月長石』の展開を踏まえたものである)。

『シャーロック・ホームズの思い出』では、ホームズは誤りを犯してすらいる。彼が最悪の大失敗をしでかしたのは、《黄色い顔》でのことだった。ここでのホームズは、「データが揃わないのに推理をするのは、大きな間違いだ」という、自らの金科玉条を放棄している。ここでの彼は、グラント・マンロウから聞いた事件の概要から、どういった事件かを査定し、すぐに推理を展開している。

「君はぼくの仮説をどう思う」

「すべて、推測ばかりだね」

「けれども、少なくとも、すべての事実と、つじつまが合っている。もし、これにあてはまらない新しい事実が出てきたら、その時に考え直せばいいではないか」

《四つのサイン》に登場する、アセルニー・ジョウンズの霊の声が、あたかもホームズへの非難のように響くのである――「まあ、まあ、真実を認めるのを恥じることはない。

……厳然たる事実があるだけで、理論が入り込む余地はない」。このことはホームズもやはり人間であり、彼ですら時として間違いを犯すことを示している。そしてホームズとワトスンの間に、固い友情の絆が存在し、ホームズはワトスンに、以下のような万全の策を依頼するのである。「ねえ、ワトスン（中略）これから、ぼくが自分の能力を過信しすぎた時や、事件解決の努力を怠っているように思えることがあったら、ぼくの耳もとで『ノーベリ』とささやいてくれたまえ。そうしてもらえれば、ぼくは君に、大いに恩義を感じるよ」

ホームズとワトスンの物語は、二人の男性が関係を深めていく物語である。このため、二人の間に同性愛的関係が存在した、とする解釈する向きもある。しかしこうした解釈は、男同士の間には、性的関係とは無縁の親密さと愛情の関係が存在し得ることを見落としている。全六十編の物語を通して、コナン・ドイルにはこの二人の友人の間に、同性愛的関係の存在を含ませる意図があったのではなく、今日では廃れてしまった表現方法や、価値観を基礎とした、二人の男性の親密な友情を描く意図があったのは明らかである。

《最後の事件》では、ホームズとワトスンの二人の間に存在する、深い人間的絆をくっきりと示すものが、鮮やかに描き出されている。《最後の事件》の劇的な語り口は、ホームズを助けるために、ライヘンバッハの滝にとって返した際の、ワトスンの覚えた戦慄、自分が間に合わなかったことを悟った時の心臓の止まりそうな思い、ホームズの運命を確認した際に堪えた悲嘆の情、物語の冒頭と終結部分で、あまりに克明に綴られた彼の悲嘆の情、そうしたものが読者にも容易に伝わってくる。

わが友シャーロック・ホームズ氏を有名にした、その特別な才能を記録する、最後の物語を書くために、わたしは重い心でペンを取り上げた。

……わたしが知る最も善良で、賢明な人間……

ホームズは《最後の事件》の物語を通じて、自らの死が避けられぬことを悟っていた。一方ワトスンは、ホームズの死が防ぎようのないことだったと認めることはどうしてもできなかったのである。

『シャーロック・ホームズの思い出』で、コナン・ドイルは以前の作品以上に、十二件の事件の背後にある人間関係と動機について、より詳細に考察を加えようと試みている。『シャーロック・ホームズの思い出』に収録された作品は、『シャーロック・ホームズの冒険』所収の作品に比べて、一般的に屈託のない雰囲気は薄くなる一方で、陰鬱な色合いは濃くなり、喜劇的要素は少なくなっている。《黄色い顔》、《マスグレーヴ家の儀式》、《ボール箱》、《曲がった男》といった作品では、物語の本筋や脇筋にも性的な関係が見出され、男女関係が、より色濃くはっきりと扱われている。

一九二七年三月、「ストランド・マガジン」誌はその時までに、短編集の形で纏められていた四十四の短編を対象としたベスト十二編を選ぶコンテストを実施すると公表した。

作者であるコナン・ドイルは、自選十二編を既に選び出しており、この作者自選十二編に最も近い十二編を選びだした者が、コンテストの優勝者とされた。このコナン・ドイル自選十二編に、『シャーロック・ホームズの思い出』からは《最後の事件》、《マスグレーヴ家の儀式》、《ライゲイトの大地主》の三編しか選ばれていない。また順位はそれぞれ四位、十一位、十二位となっている。このことは、『シャーロック・ホームズの思い出』所収の作品の価値を、減じるものではない。また、選に漏れた他の作品に対して、コナン・ドイルが良い評価を与えていなかったことを意味してもいない。しかしその他の作品に対する、コナン・ドイル自身の論評のいくらかは、記録しておく価値がある。彼が《白銀号事件》を外したのは手がかりの設定や推理の進め方には優れたものがあったにもかかわらず、競馬に関する細部の描写に欠点がある、と考えてのことだった。自選十二編の最後の二編について、彼は《ブルース・パティントン設計書》（『最後の挨拶』所収）、《曲がった男》、《グロリア・スコット号》、《ギリシャ語通訳》、《ライゲイトの大地主》、《マスグレーヴ家の儀式》、《入院患者》（『シャーロック・ホームズの思い出』所収）の中から選び出さなければならなかった。自選十二編の最後の二編を選び出すに当たって、実際に選出された二作品の他に、『シャーロック・ホームズの思い出』からコナン・ドイルが四つの作品を挙げていることは、『シャーロック・ホームズの思い出』所収の作品の質を示している。コナン・ドイルが最終的に《マスグレーヴ家の儀式》を選んだのは、この物語には歴史的な雰囲気が作品に風格を少しばかり与えている点、そしてホームズの若い頃についても触れている物語だったからであった。「最後の一編は、作品名を書いた紙を袋に入れ、その袋から適当に選んだも同然だった。と言うのは、私には一つの作品を他の作品よりも優先する理由がないのである。それぞれの作品の長所が何であれ——それについて異議を唱えるつもりはないが——全てが私の作品として、出来の良い作品である。これらの作品中、全体的に見てホームズが最も巧妙に描かれているのは、おそらく《ライゲイトの大地主》(ここでコナン・ドイルは、作品名を“The Reigate Squires”——本来は“The Reigate Sqire”——と綴っている)だろう。というわけで、この作品を私の自選十二編に入れることにしよう」。

T・S・エリオット(一八八八〜一九六五)は、自分の作品に『シャーロック・ホームズの思い出』所収の諸作品から、アイディアを拾っているところからすると、コナン・ドイルの作品がお気に入りだったようである。マスグレーヴ家の儀式書の一節は、言葉を差し替えて、エリオットの戯曲『大聖堂の殺人』の一場面に転用されている。この『大聖堂の殺人』より周知の借用の例が、エリオットの詩集『ポッサムじいさんの実用猫読本』所収の「謎の猫マキャヴィティ」である。このマキャヴィティが、モリアーティ教授を踏まえたものであることは明らかである。また、「彼の頭は円天井のよう(中略)、頭を左右に揺らし、蛇のように動く」また、条約が紛失し云々という一節が《海軍条約文書事件》を、また海軍省では図面がなくなり云々という一節が、《ブルース・パティントン設計書》を踏まえたものであるのは、これも明らかである。モリアーティ教授の姿は、この詩の最後の一連で明らかである。

その悪名を轟かせし猫どもは数おれど（マンゴジェリー、グリッドルボーンといった奴らども）
彼奴らも単に、中心にあって、いつ何時でも全てを司る猫の手先に過ぎぬ
ああ、其奴（そやつ）こそマキャヴィティ、犯罪界のナポレオン！

『ポッサムじいさんの実用猫読本』でエリオットが、モリアーティを格調高く猫に転用したのは、モリアーティ教授の出現がホームズの生活に与えた劇的効果と同等の効果を『大聖堂の殺人』が挙げていることを考えると、そこに意図的な皮肉が存在していたように思われる。即ち、ベケットの殉教は神の栄光のためでも（四人の誘惑者たちがベケットに示唆したような）、芸術のため（従来彼が一貫して守ってきた）でもなく、単に善のためだったのである。ホームズは《最後の事件》で、「一千件以上の事件を扱ったが、悪事に手を貸した憶えは一度もない」と語っているが、これが人生の最期に臨んでの自己欺瞞であることは、はっきりしている（《ボヘミアの醜聞》（『シャーロック・ホームズの冒険』所収）で、ホームズは悪事に加担したことを、痛いほど自覚していたはずである。それは彼がボヘミア王との握手を拒んだこと、そして国王の、自分とアイリーン・アドラーとは身分が違うという言葉を、苦々しく反転させた上で口にしていることからも明らかである）。しかし《白銀号事件》でホームズが、卑劣漢のサイラス・ブラウンに就いて語ったように、我々

もこうしたホームズの発言は、大目に見なければならない。

しかしモリアーティが邪悪の権化だとしても、その起源は多くの点でコナン・ドイルの観察し得た範囲内に存在した、モリアーティを描くために集められた、斬新なほどありふれた事象であろう。この短編集の『シャーロック・ホームズの思い出（The Memoirs of Sherlock Holmes）』という題名は、他の短編集の題名に比べて、古風な感じを覚えるかもしれない。と言うのは、我々が今日〝memoirs〟という単語を用いるのは、普通政治家（彼もしくは彼女）が、不都合な部分は細心の注意を払って除去されていて公衆の吟味にも耐え得ると考え、自らの政治家としての履歴を綴ったものか、或いは有名人が自らの自伝的随想に、こうした言葉を用いるだけの価値があるとして使用したものについてか、いずれかの場合だからである。コナン・ドイルが自らの短編集に〝memoirs〟という単語を用いたのは、彼の時代の用法に基づいてのことだけではなく、彼が古本が好きでよく古書を漁っていたからでもある。ホームズの『思い出』という題名は、作者がホームズをよく知り、また同時に良き理解者であったことがうかがえ、それゆえ自叙伝的要素を、意識的に取り入れるために選び出されたのであろう。しかし、焦点となるのはその主題である。『思い出』という題名は、英国・米国で単行本として出版された際に与えられたものである。米国版の初版本に収められていた《ボール箱》は、その後の版では英国の初版本に合わせて削除されている。

それでも『シャーロック・ホームズの思い出』は、本の題名としては時代遅れであったが、ある意味でコナン・ドイル自身の回想録的性格も有していた。彼は自叙伝的性格の本を書きたいという望みを抱き、それは一八九五年に『スターク・マンロウの手紙』となって結実する。『シャーロック・ホームズの冒険』に収録された各短編にも、コナン・ドイル自身の経験が描かれているのは、論をまたない。しかしこれらの作品では、物語は不自然なほどにロンドンを中心に展開している。作者自身がこの都市の住人となったのは、つい最近であるにもかかわらず、ホームズとワトスンは不遜にも、作者がロンドンの住民となる何年も前から、ロンドンの住人となっていたのである。『シャーロック・ホームズの思い出』所収の各短編では、これほどロンドンが各物語の中心をなしているわけではなく、空間的な意味合いばかりではなく、時間的にも大きく物語の舞台が広げられている。しかし、コナン・ドイルが物語を書く際に踏まえた自らの経験は、既に彼の中に蓄積されていたものだった。『シャーロック・ホームズの思い出』には、海に繋がりのある語り手の登場する物語が二つある。その一つは、《ボール箱》におけるジム・ブラウナーの最も短く、かつ恐ろしい航海に就いての供述書、もう一つは《グロリア・スコット号》における、囚人ジェイムズ・アーミテージによる「バルク型帆船グロリア・スコット号航海の物語」である。コナン・ドイルは既に、海を舞台とした物語でその優れた腕前を発揮している。古典的な幽霊物語である「ポールスター号船長」――この物語は、グリーンランド行の捕鯨船に乗り組んだ経験と、エミリー・ブロンテ的要素が一体となっている――における目撃者の物語が挙げられる。そして、アフリカ沿岸を航海したマユンバ号での体験と、船で出会ったH・H・ガーネットから受けた着想が一体となって、無傷でありながら無人のまま海をさまよっていた、有名なマリー・セレスト号の謎に、物語の世界で解答を与えた「J・ハバカク・ジェフスンの遺書」がある。後にホームズとワトスンを、シャーロッキアンにとって歴史上の実在の人物以上に、存在感のある人物として描き得た、彼の作品の持つ生き生きとした魅力は、読む者にこの遺書が実在するハバカク・ジェフスンの、本当の遺書だと確信させるに至ったのである。『シャーロック・ホームズの思い出』における海の物語は、十九世紀初めの囚人護送船、或いは十九世紀後半の海岸地帯での遊覧船を媒介として、否応なしに読者を先に挙げた二編の物語と同質の世界へ引き込むのである（《ボール箱》を読んだ後で、海岸端から遊覧船に乗って沖へ出たいと考える人がどれだけいたか、疑問を抱く者もあるだろう）。一読者としてスティーブンスンは言うまでもなく、ハーマン・メルヴィルやクラーク・ラッセルの熱烈な愛好家であったことが、コナン・ドイルの作品の質を高めるのに大いに寄与している《グロリア・スコット号》のプレンダーガストと、愛想のいい教誨師とは、プレンダーガストのほうが水夫として乗り組んでいた仲間達と、少々固い関係で結びついていたにせよ、のっぽのジョン・シルヴァーとジョブ・アンダースン（二人ともスティーブンスンの『宝島』の登場人物）のような、理想的な仲間であるように思われる）。コナン・ドイルは、サウスシーで開業医をしていたが、これは彼自身の海での経験に磨きをかけるという観点からすると、恵まれた環境であった。と言うのは、老水兵達は当然患者として、《曲がった男》のヘンリー・ウッドが示した苦痛に対して、少なくとも医学的な根拠を提供してくれたであろうから。

《株式仲買店員》は、ある点では失望させられる物語である。この物語では、ホームズは、ロンドンのモースン・アンド・ウィリアムズ商会へ出社していたのが誰だったのかを調査する代りに、バーミンガムへ出かけてみようという、結果としては芳しくない忠告を与えた他には、ほとんど何もしていないのである。こうした物語を書いたのには、何らかの理由があるのかもしれない。コナン・ドイルには、バーミンガムに対して何らかの敬意を表する必要があったのかもしれない。と言うのは一八七九年から一八八二年にかけて、彼はバーミンガムのアシュトンのレジナルド・ラトクリフ・ホア博士の許、様々な場面で助手兼薬理学の校外研修学生として、幸福な時を過ごしたことがあったのである。また、新しくロンドンの住人となり、コックニーの俗語——ホール・パイクロフトが、証券取引に関する専門家としての知識を披露する際に用いられている——に関する知識を得たことを自慢する気持もあっただろう。その場面で使われている用語は、正しく使われている。この二つの物語の終結部が、通常の物語と異なってはいるが熟慮の末のものであることは、明らかである。《黄色い顔》に見られるような、人種問題的な事柄に対する思い遣りは、コナン・ドイルがヘンリー・ハイランド・ガーネットから学んだことに負うところがあるのかもしれない。パイクロフトはコックニーで身の上話を語り、シャーロック・ホームズの許を訪れる普通の依頼人とは異なる階級に属している人間であることを示している。そして創造者とは違った形ではあるが、パイクロフトもまた仕事がなく職を求めた、厳しい経験を共有している。《マスグレーヴ家の儀式》での、ホームズに仕事が来なかった時代の話を除くと、こうした仕事にあぶれた厳しい状況は、『シャーロック・ホームズの冒険』に顕著である。また、《入院患者》は資金力のないことに泣かされていた医者が、大金を持っている銀行強盗に開業資金を提供してもらうという、豪華な夢物語と言えるかもしれない。過去の因縁を忘れぬかつての仲間達による、結論の決まっている審判は、密告者や面目を失った指導者に対する、フェニアン党員間の取り決めについての、コナン・ドイルにとっては血縁のあるアイルランド人達の、冷酷な記憶が反映されているように思われる。自分に対しての告発者にして裁判官、そして絞首刑執行人達を目の前にして、猿轡（さるぐつわ）をかまされ異常なほどの恐怖を感じていたブレシントンが、何を考えていたのかを熟考するのは、愉快なことではあり得ない。《入院患者》の物語としての効果を、より強固なものにしているのは、現場に残されていたデータに対する、ホームズの科学的な分析である。これは命取りとなる病気の症状をほのめかすような、実に恐ろしいものであろう。

これには、ずいぶん時間がかかったようだ。葉巻はこの時に吸ったものさ。年とったほうの男は、あの柳細工の椅子に座った。パイプで葉巻を吸ったのは、彼だ。若い男は向こうに座り、葉巻の灰を、タンスにこすりつけて落としていたのだ。そして、三人めの男は、あちらこちらと歩きまわっていた。ブレシントンは、きっと、ベッドの上で起きていたと思うが、これは、はっきりした確証がない。

《マスグレーヴ家の儀式》は、ストーニーハースト・カレッジで学んでいた、ランカシャー地方の裕福な地主の子弟達を思い起こして書かれたものであることは明らかである。彼ら学友の中に、エディンバラの出で、貧困に陥った者がいた。彼は、アルコール依存症に陥った地方公務員の息子だった。しかし、彼の姉や妹は女家庭教師をしていたから、彼は使用人達が雇い主のなすがままで、過去における貢献などお構いなしに、またはっきりとした理由があるでもなく、推薦状ももらえずに簡単に首にされてしまう危険に、常にさらされていたことをよく知っていた。当時の現実がいかに冷酷なものであったか、思い起こされる。アーサー・コナン・ドイルが学んでいた頃から、ストーニーハースト・カレッジ自体の悩みの種であった、不動産をめぐっての噂は、《ライゲイトの大地主》の物語での、アクトン家対カニンガム家間の訴訟の起源でもあるかもしれない。また、アレック・カニンガムの考え出した、証拠を摑ませないための工夫も、学校に通う生徒達のお喋りの中から広まった解決策に似ていることも、充分考えられよう。ホームズの仮病の起源も、学校に端を発するものであろうが、開業医としての経験は仮病の症状に迫真性を与えている。自分の父親をも巻き添えにしたアレックの工夫（お互いの秘密を微妙に示している）、即ち馭者のウィリアムを殺害するための偽手紙を、交互に書いて筆跡をごまかす手口も、生徒が考え出しそうな工夫と言えないこともない。断片に残された、七文字の筆跡が示している対比やその類似性は、両面にジャムの塗られた一枚のパンのように、非常に印象的である。ストーニーハースト・カレッジは、厳格なる規律を伝統としていた。トーマス・ケイ師は、校則に違反した生徒達に体罰を与えたが、その態度はホームズと面談した際のモリアーティ教授に受け継がれている（「ガウンのポケットの中にある弾の入った武器に指をかけているのは、危険な習慣ですね」というモリアーティ教授の科白は、「ガウンのポケットの中で、火のついているパイプを弄ぶなどは、実に物騒な習慣だ」とドイル少年に対してケイ師が、頻繁に叱責を加えた際の言葉を起源としていたのかもしれない）。その一方で、コナン・ドイルがストーニーハースト・カレッジに在学中、モリアーティ姓を持つ者が二人いたという事実は、二重に暗示的である。そのうちの一人、マイケル・モリアーティは、中等学校の一年生の時に、他のクラスからの参加者を全て押さえて、数学の最優等賞を取った（これは二項定理に関する論文に対して、であったかもしれない）。もう一人は後にアイルランドの最高法院長となった、ジョン・フランシス・モリアーティだった。彼は自分を利するために、非常に複雑な陰謀を構築したこと、並びに話をする際に蛇のように身体をくねらせる癖のあったことで、同時代の人に記憶されている。一方《ギリシャ語通訳》に登場するマイクロフト・ホームズは、エディンバラ大学医学部に所属していた、研究の専門家達の思い出に基づいて描かれたようである。彼が首を突っ込んだことで、ポール・クラティディスは命を落とし、また依頼人のメラスもすんでのところで死を免れたことを考えると、彼の肖像は風刺的なのかもしれない。仮に弟の介入がなかったとしても、マイクロフトは第三者の命を重大な危険にさらすことなどお構いなしに、ソフィに関する噂をどこまでも追っていっただろう。学問の世界にもこうした優先順位で物事を考える御仁は、多数存在する。《ギリシャ語通訳》がどのくらい、コナン・ドイルの思い出との間に距離があるかは永遠に不明であるが、それでもなお我々に別の疑問を投げかけている。キャサリン・ビルスイは示唆に富む彼女の著書『評論実践』（一九八〇年）の中で、この点について鮮やかに纏めている。

これらの物語は、明らかに全体の明確性を重視して書かれ、科学的な正確さを示すために、全体の迫真性を意図して書かれている。そしてこれらの物語には、影のようで謎めいた、そしてしばしば何も語らぬ女性達が登場する。彼女達は再三再四沈黙することで女性の持つ性的特性を隠し、科学的知識の及ばぬ、暗くて謎めいた性質を帯びている。《ギリシャ語通訳》のソフィ・クラティディスは、男と共に駆け落ちをしている。彼女は物語の中心人物であるはずなのに、ほんの僅かしか登場しない。物語の中では「はっきり見ることはできませんでしたが、黒い髪をした、背の高い上品な人で、ゆったりした白いガウンらしきものを、はおっていることがわかりました」としか書かれていない。彼女が白いガウンを着ていた、ということは彼女がまだ純潔であり、駆け落ちの動機が欲求よりも、恋愛に根ざしたものであることを暗示している。同時に彼女をぼうっと照らしていた光が、何の光だったのかは解っていない。《曲がった男》のバークリ夫人の夫は、自分の妻が何十年も前の恋人と会った日に、死んでいるのを発見される。バークリ夫人は殺人の起きた晩以降、人事不省となって「一時正気を失って」しまって、何も口がきけない。（中略）古典的写実主義者の文章では、象徴的もしくは表象的な形でしか、女性の性的特質は表現されてこなかった。女性の存在は写実主義者の外観を破壊するものであった。（中略）しかしより特徴的なのは、シャーロック・ホームズ譚に登場するあれほど多くの女性たちが、みな影のようで作品めいた魅力的な存在であるとして描写されていることである。こうした女性達の存在は、物語が目指す明確さとは全く矛盾していて、本文の価値を超えるものであり、それでいて当時の科学の概念の貧弱さを救う存在として用いられていることである。

しかしこれこそが、コナン・ドイルの意図したものであった。彼の生涯は、いずれの側も勝利を宣言することのない、科学と霊魂の間の緊張関係を体現するものであった。彼の『内なる部屋』と題する詩は、多くのことを物語っている。《海軍条約文書事件》でホームズは、単に薔薇の花に対する大いなる賛歌を歌っているだけではなく、彼自身のあらゆる主義や偏見とは相容れないのだが、アニー・ハリスンの婚約者への愛が、彼女の兄からのあらゆる圧力よりも強固なものであることの証明に、全てを賭けてすらいるのである。これはおそらく、思慮深い兄弟の立場からコナン・ドイル自身が、「おたまじゃくし」フェルプスのようなひ弱な男や、ジョセフ・ハリスンのような利己主義者達の世界での、女性の強さを描いたものと思われる。我々に残されたごく断片的な手がかりからでも、ここに彼の妹達の間では最年長だったアネッテとの類似点に就いて、何らかのヒントを辿ることは可能である。彼女は女家庭教師（ガヴァネス）としてポルトガルに渡り、彼女の妹達も姉を頼ってポルトガルへ渡った。彼女は崩壊に向かう一家にあって奮闘したが、一八八九年に亡くなってしまった。

最後に語るべきは、コナン・ドイルではなくシャーロック・ホームズであろう。ホームズは実際に、この『シャーロック・ホームズの思い出』の中で、自らの思い出を語っており、優れた語り手であることを証明している。ホームズ自身を物語の語り手とする着想は、ここまで示されてきた彼の才能とは、相容れないものである。しかし、彼は自らの推理の過程を雄弁に語っているとは言えるだろう。『シャーロック・ホームズの冒険』、並びにこれに先立つ二つの小説において、ワトスンはホームズと見事に歩調を合わせ過ぎているので、《海軍条約文書事件》や《最後の事件》は、ホームズ自身の優れた語り口が示された例に挙げられるが、読者に対しては、ホームズ自身による出来事の記述が、いかなる長さのものであろうと提供されていない結果になっている。しかし、ワトスン的な物語の枠組の中（『シャーロック・ホームズの事件簿』での、二つのホームズ自身の語り口とは異なる）での、ホームズの語り手としての力量は、《グロリア・スコット号》と《マスグレーヴ家の儀式》で示されているのみである。とりわけこの二作品で示されている、自らの職業の意図に関しては、自己顕示がほとんどなく、ホームズ自身の広く知られていた、また専門家としての姿とは大きくかけ離れている。

「ぼくの才能を過分にほめてくれ、さらに彼のすすめがあったので、君なら信じてくれるだろうけれど、今まではただの趣味だったものを、はじめて職業にできるのだと気がついたのだよ」〔《グロリア・スコット号》〕

或いは

『ところでホームズ、君は、昔ぼくたちを驚かせていたあの力を、今は実用的な目的に使っているそうではないか』

『そう』と、ぼくは言った。『そのとおり。知恵を生かして生活しているのだよ』〔《マスグレーヴ家の儀式》〕

が、その例である。

＊1――『シャーロック・ホームズを求めて』オーウェン・ダドリー・エドワーズ著（エディンバラ、メインストリーム社刊、一九八三年）一九五〜一九六頁

本文について

《ボール箱》と《入院患者》――この二編については、「ストランド・マガジン」誌初出時のものを底本とした（注参照のこと）――を除いては、当全集の本文はジョージ・ニューンズ社から出版された『シャーロック・ホームズの思い出』の初版本（一八九三年）を底本とし、「ストランド・マガジン」の初出、及び米国版を参照している。ニューンズ社版と異なる表記を採用した箇所については、句読点を除いてはその理由を記してある。

付録一　二人の共作者の冒険

サー・ジェイムズ・バリーに誘われて、コナン・ドイルは喜歌劇『ジーン・アニー、或いは善行賞』の台本を共作した。この喜歌劇は一八九三年五月十三日、サヴォイ劇場で初演された。『わが思い出と冒険』でコナン・ドイルは、次のように記している。

サー・ジェイムズ・バリーは、はしゃいだパロディを物して、シャーロック・ホームズに対する彼の敬意を示してくれた。それは我々が喜歌劇で喰らった失敗を、笑い飛ばして忍従しようとするものだった。この喜歌劇は、彼が台本を書くことになっていたものだった。私は彼に協力し、力を合せて努力してみたものの、完全なる失敗に終わった。そこでバリーは、自分の本の見返しにホームズ物のパロディを書いて、私に送ってよこしたのである。それは以下のようなものだった。

『二人の共作者の冒険』

我が友シャーロック・ホームズの冒険物語を締め括るに当たり、私は否応なしに彼が、これからお話しする、その非凡な生涯に幕を閉じることとなった、この事件ただ一つを除いては、文筆を生業とする人々の事件を決して手がけはしなかったことに気づかざるを得なかった。「僕は仕事に関わることで、相手の人間の選り好みなどしやしないが、文士となると話はまた別だ」と言ったことだろう。

ある晩のこと、我々はベイカー街の部屋にいた。私は部屋の真ん中にあるテーブルで、『コルクの足をなくした男の冒険』（この事件は、王立協会並びに欧州の全ての科学学術団体を、全くの混乱状態に陥れた事件だった）の物語を書き上げようとしていた。一方ホームズは、小さな拳銃の射撃練習を楽しんでいた。私の顔をかすめるようにして拳銃の弾丸を撃ち、向こうの壁に拳銃の弾丸で、私の頭の輪郭を描いた影絵をこしらえるのが、ホームズの夏の晩の過ごし方だった。こうして拳銃の弾丸で描かれた私の肖像画の出来栄えは素晴らしいものであって、彼の傑出した腕前を示すほんの一例にしかすぎないのである。

ふと窓から外を眺めると、二人の紳士が足早にベイカー街をやって来るのが見えた。誰だろうと、私はホームズに尋ねた。ホームズはすぐにパイプに火をつけ、椅子の上で身体を8の字にねじ曲げながら答えた。「彼らは喜歌劇の共作者達だね。彼らの作品は当たらなかったんだよ」

私は仰天して、椅子から天井まで飛び上がった。すると彼が説明してくれた。「親愛なるワトスン君、彼らは何か怪しげな仕事を生業にしているのは明らかだ。君にだって、奴らの面を見れば、そのくらいのことは見当がつくだろう。連中が怒ったようにばら撒いている小さな青い紙切れは、『デュラント・プレス・ノーティス』紙だ。何百部と持っているんだろうな（ポケットがパンパンに膨れているだろう）。いいことが書かれているんだったら、あんなに地団駄を踏んでいるはずがないからね」

私はまた天井まで飛び上がって（だいぶへっこんでしまっていた）叫んだ。「こいつは驚いたなあ。でも、彼らはただの作家かもしれないじゃないか」

「いや、違うね」とホームズは言った。「ただの作家だったら、劇評紙は週に一枚貰うだけのはずだ。何百枚も抱え込むのは、悪党か脚本家か役者だけだよ」

「ならば、彼らは役者かもしれないじゃないか」

「いや、役者なら馬車でやって来るよ」

「まだ何か、他に解ることがあるかね？」

「たくさんあるさ。背の高い男は、ブーツについている泥から、サウス・ノーウッドから来たことが解るね。もう一人のほうはスコットランド出身だな」

「何でそんなことが解るんだね？」

「彼は、『オールド・リビトなんとか』とスコットランド語で書かれた本をポケットに入れているからね（よく見えるんだよ）。作者以外の人物が、そんな題名の本を持っていると思うかね？」

私は他には考えられない、と答えるしかなかった。

この男達（と、呼ぶことができるなら）が、我々の部屋を探しているのは、今やはっきりしていた。これまで私がしばしば述べてきたように、我が友ホームズは滅多に感情に動かされる人物ではない。しかし彼は今や激情に駆られ、顔面蒼白となっていた。しかしその激情は、奇妙な勝利の表情へと変わっていた。

「ワトスン君」と彼は言った。「あの大きな図体の奴は、長年にわたって、僕の最も優れた業績を自分のものにしていた奴なんだ。だがとうとう捕まえたぞ、遂にね！」

私はまた天井に飛び上がった。私が降りてきたところに、二人の見知らぬ連れが部屋に入ってきた。

「さて、御両人」とシャーロック・ホームズ氏が述べた。「何か大変思いがけない事態にお悩みのようですね」

二人のうち男前のほうがすっかり驚いて、どうしてそれが解ったのだと尋ねた。しかし、図体の大きな男は、ただ苦い顔をしただけだった。

「薬指に指輪をはめているのを、お忘れのようですね」とホームズ氏は穏やかに述べた。

私が天井に飛び上がろうとすると、図体の大きな男がさえぎった。

「そんなたわごとは、一般大衆が相手なら充分通じるが、私の前ではやめるんだな、ホームズ」と彼は言った。「それからワトスン、もう一度天井へ飛び上がったら、もう降ろしてはやらぬからそのつもりでいろ」

この時、奇妙なことが起こった。我が友、シャーロック・ホームズの姿が縮んだのである。私の目の前で、彼は確かに小さくなった。私は天井を凝視したが、敢えて飛び上がろうとはしなかった。

「最初の四頁は削除だ」図体の大きな男が言った。「さっそく用件に入ろう。私が知りたいのはだな——」

「言わせて頂きますと」とホームズが、持ち前の勇気をいくらか示しつつ言った。「なぜ貴方がたの歌劇にお客が入らなかったのか、知りたいのでしょう」

「そのとおりだ」ともう一人の男が皮肉っぽく言った。「私のシャツの飾りボタンが示しているとおりだ」彼は重々しく付け加えた。「だがね、君が取り得る方法はたった一つしかないのだ。この歌劇を最初から最後まで見なければならん」

私は不安を覚えた。ホームズが行くならば、私も一緒に行かなければならない。そう考えると震えが来た。しかし我が友は、黄金の心の持ち主だった。「お断りですね」と彼は激烈な調子で叫んだ。「他のことならともかく、それだけは御免こうむります」

「消されたくなければ、言うことを聞くんだな」と図体の大きな男は脅かすように言った。

「ああ、消してもらっちまったほうが、まだましですな」と誇らしげに、椅子を変えながらホームズは答えた。「しかしですな、私自身が観に出かけなくたって、何であの歌劇にお客が入らなかったかぐらいは解りますよ」

「では、なぜだ」

「それはですね」とホームズが冷静に答えた。「皆、行かないほうがいいと考えたからですよ」

この驚くべき論評の後、死のような沈黙が辺りを支配した。しばらくの間、二人の侵入者達は畏敬の念をもって、自分達の謎をかくの如く鮮やかに解いた男を凝視していた。それからナイフを引き抜くと――

ホームズは次第に小さくなっていき、とうとう天井まで渦を巻きながら立ち昇っていく煙草の煙を残し、消えてしまった。

偉大なる人物の最後の言葉は、しばしば意味深長である。シャーロック・ホームズの最後の言葉は、以下のようなものだった。「愚か者よ、愚か者よ。何年もの間、たっぷりと贅沢をさせてやったというのに。私がいたからこそ、馬車を散々乗り散らせたのに。そんな贅沢ができた文士なぞ、かつてはいなかったというのに。これからは、君も乗合馬車に乗るんだね！」

巨漢は仰天して、椅子にへたりこんだ。

もう一人の作者は、身じろぎもしなかった。

A・コナン・ドイルへ

友人J・M・バリーより

付録二　いかにして私は本を書くか

以下に挙げるコナン・ドイル自身の手になる短い記事は、「私はどう考えるか――現代の有名作家達による、本やその他のことに関するシンポジウム」（H・グリーンハウ・スミス編、ロンドン、ニューンズ社：一九二七年刊）に収録されたものである。この記事の中で、コナン・ドイルは《白銀号事件》に関する幾つかの問題に触れている。コナン・ドイルは、こうしたシンポジウムを楽しむことはなかったが、それでも何回かは参加している。彼はかつて、「ストランド・マガジン」誌の編集者だった、H・グリーンハウ・スミスに次のように語っている――「（前略）私はこうしたごった煮風のシンポジウムは大嫌いなのです。こうしたシンポジウムなるものの、一体何が作家の役に立つのかわからないのです。たびたびこうした催しに参加させられるのは、自らの値打ちを下げるものであり、一時的な栄誉がなんだ、というのでしょうか。私は全くの厄介物でしかない、慈善のためと称する雑記集にも、同様の異議を唱えるものであります」。

仕事の進め方について、質問を受けることがありますが、そんなとき私は、尋ねられている仕事とは一体何なのか、自問自答するのです。私はたくさんの分野をさまよい歩いてきました。私が手を出さなかった分野、というのはほとんどないのです。これまで私の書いたものとしては、まず小説が二十から三十あり、二つの戦争を描いた歴史書、心霊学についての本を数冊、旅行記を三冊、文学の本を一冊、芝居を何作か、犯罪研究の本を二冊、政治的小冊子を二つ、詩集を三冊、子供向けの本を一冊、そして自叙伝を一冊書いてきています。良いにせよ悪いにせよ、これだけの広範囲に及ぶ著作を物した人は、そうはおらぬはずです。

短編小説の場合、私は劇的効果をあげられるのであれば、細部にわたる正確さというものの重要性は、さほど問題にはならないと思います。私は、細部にわたる正確さというものを追い求めたりはしませんでした。そのために致命的とも言うべき、大変な間違いをしたこともあります。しかし、読者の心を捕えることができるのなら、それがどうしたというのでしょう。私には私自身のやり方があり、私はそうやってきたのだ、と申し上げたく思います。私はシャーロック・ホームズ譚を、好きなように書いてきました。例を挙げますと、《白銀号事件》では登場人物の半分は監獄行きになり、残りの半分は競馬の世界からは永久追放される、と言われたことがあります。しかし物語があくまでおはなしであれば、私はそんなことに悩まされたりはしないのです。

歴史物、となるとまた話は別です。たとえ短編小説であっても、正確さが要求されます。

例えばジェラール准将物では、彼らの軍服ですら正確さを期すのです。これらの物語の基礎となっているのは、二十冊に及ぶナポレオンの時代の、兵隊に関する本なのです。

長編歴史小説の場合、さらに厳密な正確さが要求されます。時代が正確に描けない歴史小説は、ただの子供のための冒険物語にしかすぎなくなってしまいます。『ナイジェル卿の冒険』や、『亡命者達』といった歴史小説を執筆する前には、その時代を知ることのできる本を全て読み、その時代特有と思われることは全てノートに抜き書きをするのが、私の遣り方です。それからこうした素材を、様々な種類の項目に分類だてて、相互索引を付けていきます。こうして「弓の射手」の項には、あらゆる弓術の知識だけではなく、射手が使っただろう誓いの言葉、どこで活躍したであろうか、いかなる戦(いくさ)に加わったか等々、全ての素材を集約して彼が話した言葉の雰囲気を醸し出すのです。「修道士」の項にはステンド・グラスに関する事象や、祈禱書の彩色模様、規律、儀式といった事柄を集約します。こうした過程で、例えば私が鷹匠と武具師との会話を描けば、彼らにそれぞれの職人言葉で会話をさせることもできるのです。こうした事柄は、一時的な批評のことだけを考えるのならば、単なる浪費でしかありませんが、しかしこうしたものこそが、書物を単なる飾りものとしないための調味料となるのです。サー・ウォルター・スコットが、特に秀でていたのはこうした術だったのです。最近私は、彼の作品を読み直してみましたが、彼の作品と我々の作品を比較するのは、大英博物館の正面玄関と、化粧漆喰で描かれた宮殿の絵の正面とを比べるようなものです。

私が実際の仕事について申し上げますと、一冊の本にかかりきりになる時には、午後の一、二時間ほどは散歩をしたり、時には昼寝をしたりしますが、それ以外は終日、仕事の準備をしています。私も年齢をとるにつれ、いくらか持続力が落ちてきましたが、それでも『亡命者達』の執筆当時は、二十四時間で一万語を書いたことを覚えています。それは、ルイ十四世が二人の愛人の間でどっちつかずでいる場面で、これまで私の持続力が一番続いた例です。また私は、四万語の長さになる小冊子を、一週間で書き上げたことが二回あります。いずれの場合も、私は非常な義憤を覚えていました。こうしたものは、執筆を促す動機としては最良のものなのでしょう。

生計を立てるために、書かなくても済むようになってからは、自分の仕事についてお金のことを考えたことはありません。仕事がなされる時のお金は、大変結構なものではありますし、作者は当然受け取ってしかるべきではあります。しかし、より大きな金額が支払われるとしても、私には契約による執筆は受け入れられません。実際私は、執筆の契約をしたことは滅多にありませんでした。私は、何か自分を刺激する着想が生まれるまでは、じっと待っているのです。そして充分に仕事が進んでから、初めて版権代理人や出版社に知らせるのです。これは作家として最良の、そして最も幸福な仕事の進め方であると確信しています。

訳者あとがき

「解説」にあるように、この巻に収めてある十二の短篇は、一八九二年十二月号から、翌年十二月号までの「ストランド・マガジン」に発表された。本来ならば、この十二作品が『シャーロック・ホームズの思い出』という単行本に収録されるはずであった。しかし、《ボール箱》の内容が著しく性的だということで、それがやっと公認されるような時代になってから発行された『最後の挨拶』（一九一七年発行）にそれをまわし、それ以外の十一作品だけが従来の単行本『シャーロック・ホームズの思い出』には収められていた。「ストランド・マガジン」に掲載された元どおりの順番で、正しく全十二作品を収録して正式に刊行されたのは、今回のオックスフォード版が史上初めてである。そのこと一つだけを取り上げても、この巻は、ドイルの思想を追うための貴重な一冊だと言わなければなるまい。

一八九二年末には、著者ドイルがホームズを殺して物語に終止符を打とうとしたところが、それを知った彼の母メアリに反対され、彼女が提案した「髪を切る娘の話」をドイルはしぶしぶ書いて、ホームズ殺しを延期したのであった。その作品が『シャーロック・ホームズの冒険』の巻末に載っている《ぶな屋敷》である。

そして、ついに一年後の「ストランド・マガジン」一八九三年十二月号で著者はホームズをかねての念願どおりに殺してしまった。つまり、この『思い出』の巻には、ドイルが「殺そう、殺そう」と考え続けていた亡霊のようなホームズがいささか活気を失って活躍しているようにみえる点もある。したがって、作品の質としてみるとき、『シャーロック・ホームズの冒険』に比べてやや生彩を欠くのはいなめない事実である。しかし、そこがまた面白い点でもあるのだ。

「なぜ、ホームズを著者ドイルが憎んで殺そうとしたのか」については、『シャーロック・ホームズの冒険』のあとがきに書いたが、それを読んでいない読者のために、ここでもう一度、手短かに理由を記しておこう。

ウォルター・スコットのような歴史小説作家になりたいのに、探偵小説などを書いていると本来の目的を達するためには妨げになるから、「ホームズを殺して、探偵小説から足を洗いたい」というのが彼の主張する表面的な理由であった。

しかし、本当は、彼の母メアリがホームズを愛しているからであった。「坊主憎けりゃ、袈裟まで憎い」と言われるとおり、ドイルは母を憎んでいたから、その母が愛していたホームズまでもが憎かったのである。

なぜ、母を憎んだのか。それは、ドイルの父がアルコール症で精神病院に入院中に、ドイル家に下宿させていたウォーラー医師と母とが恋愛関係になり、一八八二年末からはウォーラーの故郷であるメイソンギル村で二人が暮らすようになったからである。つまり、ドイルは父の不在中におきた母の婚外恋愛を許せなかったのである。

ホームズを殺したのには、もう一つの理由がある。モリアーティという母親の身代わりをドイルは《最後の事件》で殺して、抽象的な「母殺し」を敢行し、母の婚外恋愛を罰した。しかし一方で、そのような親不孝をはたらいた自分自身をドイルは許せなかった。そこで、ドイルは自分の分身であるホームズをも殺して罪滅ぼしをしたのである。

このような複雑な心理うずまく一年間に書かれた『思い出』には、当然のことながらドイルの無意識が色濃く滲み出ている。『思い出』の最初の三編（《白銀号事件》、《ボール箱》、《黄色い顔》）が、いずれも婚外恋愛を扱っているのは意味のないことではない。《曲がった男》は裏切りによって恋人を奪われる話であり、《グロリア・スコット号》や《入院患者》《ギリシャ語通訳》《海軍条約文書事件》もいずれも裏切りの話で、《海軍条約文書事件》を除けば、裏切った人間がみんなひどい目に遭う点が共通している。母メアリが父を裏切ってウォーラーに愛情を抱いたこと、母は罰されて当然だとドイルが考えていたことが、これらの作品から読み取れる。

例えば、《ボール箱》を見よう。冒頭に出てくる、ゴードン将軍は同性愛者であり、ビーチャーは姦通をして訴えられた男であって、この作品が性や姦通に関係する物語であることを初めから暗示している。そして、これは姦通を罰する物語であって、しかもその姦通をしたヒロインの名前は、ドイルの母と同じくメアリとなっている。つまり、「わたしの母メアリは姦通しました。それを私は罰したいのです」と言わんばかりである。作中のメアリは、婚外恋愛の相手と一緒にいるところを夫に発見されて、こん棒で殴り殺されたうえに、耳までそぎ落とされている。この作品には母の婚外恋愛に対するドイルの憎しみの激しさが滲み出ていると見るべきであろう。

《黄色い顔》もまた、ドイルの家庭の内情を暴露した作品である。

グラント・マンロウ＝ウォーラー（または著者ドイル）
エフィ＝ドイルの母メアリ
黄色い顔のルーシー＝ウォーラーとメアリの間にできた子ども
ヘブロン＝ウォーラー（または、ドイルの父チャールズ・ドイル）
黄色い顔の子どもがいた家＝メイソンギル村のメアリの家
黄色い顔の子どもの家のメイド＝ドイルの母メアリ
ホームズ＝著者ドイル

と置き換えてみれば、それはそのままドイル家の実情になる（人物の置き換えは一人二役ないし三役の場合もある）。

ドイルの父は十四年間も精神病院に入ったままで帰宅しなかったらしいが、仮に一時帰宅したと仮定すると、次のような風景が展開したであろう。

精神病院へ入れられて社会的に抹殺（百年前はこうとられていた）されていたチャールズ・ドイル（ヘブロン）が帰宅してみると、妻メアリ（エフィ）の愛はもはやチャールズにはなく、ウォーラー（グラント）と暮らしている。メアリ（エフィ）の心はメイソンギル村にある彼女の別宅に引きつけられていて、そこにはチャールズの子どもではないブライアン（ルーシー）がいた（ドイルの妹の一人であるブライアン・メアリ・ジュリア・ジョセフィン・ドイル〈一八七七〜?〉は、チャールズ・ブライアン・ウォーラーの子だといわれており、まさに、「未婚の母の子」といえよう）。正義の味方ホームズ（ドイルの分身）が踏み込んでみると、メアリの家にはウォーラーの子どもがいることがわかったというわけだ。作中では、黄色い顔の子どもはアフリカ系の皮膚の色をしているので差別されるのであるが、ヴィクトリア朝の英国では非嫡出子（未婚の母の子）もまた差別されていた。ブライアンは「未婚の母の子ども」だということで黄色いお面をつけさせられて、差別されている（ヨーロッパでは黄色は「差別の色」である。ユダヤ人も黄色い星を胸につけさせられた）。ヘブロンは死んだことにされているが、生死があいまいにしてあるのも思わせぶりで、チャールズ・ドイルを暗示しているようにも思える。あるいは、「ウォーラーなど死ねばよい」というドイルの正義感に基づく願望充足によって、黄色い顔の子ども（ルーシー）の父であるヘブロン（つまり「差別されている子」の実父であるウォーラー）は死んだことにされているのかもしれない。

現実には、次のようなこともおきたに違いない。

まだエディンバラにいたときに、メアリは夜中にウォーラーの部屋を訪れた、それをドイルが聞きつけて悩んだ。のちになって、ドイルがメイソンギルの母の家を訪ねたら、そこにはウォーラーの子であるブライアンがいた。本来ならば、それを怒るべきドイルも、経済的苦境をウォーラーに助けてもらい、母や妹三人を養ってもらっている手前もあって、妹であるブライアンを抱き上げてキスの一つもしなければならなかった。

このことが、作品中ではグラントがエフィの家に踏みこんで、そこにいたルーシーを抱き上げてキスをした、と書かれている。

再婚した折に、エフィの財産(持参金)を妻のたっての願いでマンロウの名義に書き換えて貯金するくだりなども、ドイルが最初の妻ルイーザの持参金(年に一〇〇ポンド=約二四〇万円)を使わせてもらったことへのこだわりが見えかくれしている。持参金をドイルの名義にしておいたが、ルイーザが何かのおりに「一〇〇ポンドおろしたい」と言ったこともありえただろう。エフィが要求した金額である一〇〇ポンドが、ルイーザの持参金の金額と一致しているのも気になるところである。

注50にある「公園」につけてあるオックスフォード版の原注は、「彼の脳裏にエディンバラのメドウズのことがあったからであろう」と述べている。エディンバラのアーガイル・パーク・テラス二とローンスデール・プレイス十五にあったドイルの旧居のすぐ前に広がっている幅三〇〇メートル、長さ七〇〇メートルほどの平らな緑地は「ミドウズ」と呼ばれており、これが、マンロウの家とルーシーが住んでいた家との間にある野原のイメージに使われていることは、ほぼ間違いない。このこともまた、作品《黄色い顔》がドイル家の現実とつながっていることを連想させるのである。

《曲がった男》では、次のように人物を置きかえてみよう。

バークリ大佐＝ウォーラー（メアリの不倫の相手）
ナンシー・デヴォイ（後のバークリ夫人）＝メアリ（ドイルの母）
ヘンリー・ウッド＝チャールズ・ドイル（ドイルの父）

そうすると、再びドイル家の実情と重なることがわかる。この場合も大佐夫妻は、裏切りに対しての罰を受ける。ドイルの父は、実際には精神障害者なのであるが、作品中では身体障害者ウッドとして描かれている。

一般的には、「どうもつじつまが合わない」とか、「矛盾点が多い」「デタラメだ」「荒唐無稽だ」と感じられる作品ほど、作者の無意識があらわにさらけ出されているように思える。

別の作品《最後の事件》もまたドイルの無意識が極度に露呈されている短篇である。この作品には、推理も冒険もほとんどなく、モリアーティ（母メアリの置き換え）を殺すだけのためにわざわざ書かれた作品だとしか思えない。その証拠として、「モリアーティ殺し」以外はすべて出まかせのデタラメが並べてあることが挙げられよう。普通ならば、こんなことは許されないのに、当時の読者が文句を言うこともなかったのは、ホームズの人気に目がくらんでいたからであろう。

読者はすでに気づかれたと思うが、《最後の事件》の中に出てくる、どうも腑に落ちない奇妙な点をいくつか挙げておこう（いかにデタラメかということは、『シャーロック・ホームズ17の愉しみ』〈河出文庫〉収載〈二一八〜二四八ページ〉のW・S・ブリストウ「甥が語るモリアーティ死亡の秘話」に詳しい）。

1．今まで一度も言及されたことすらなかったモリアーティ教授が突然登場する。

2．ジェイムズ・モリアーティという同姓同名の人物が、教授のほかに大佐と駅長と、三人も、しかも兄弟として登場する。

3．あと三日で一味が捕まるという時になぜホームズが大陸へ逃避しなければならないのか。
4. モリアーティがなぜ突然ホームズを訪ねて来たのか。
5. ホームズが襲撃された四つのありそうもない事件。
6. ワトスンにヴィクトリア駅へ行く方法を指示した内容のデタラメさ。
7. ヴィクトリア駅へなぜモリアーティが来ることができたのか。
8. ライヘンバッハ滝へホームズが行くことをモリアーティがなぜ探知できたか。
9. ライヘンバッハ滝でホームズを殺すなら、射殺するとか、ほかにもっといい方法があるはず。
10. ワトスンににせ手紙を届けたスイス人青年はどこへ消えたのか。
11. ホームズの遺書のウソっぽさ。そんなものを長々と書く暇をモリアーティが与えただろうか。しかも、自分に不利になる青い封筒の件など書かせるはずがない。

このうちでも、最もありそうにないのは、広いヨーロッパでライヘンバッハ滝にちょうど五月四日にホームズとモリアーティとが偶然落ち合ったことである。こんなことが実現する確率はほとんどゼロであろう。

つまり、ドイルがこの作品を書いた目的は「モリアーティを殺すこと」だけであったから、その他の枝葉末節はドイルにとってはいわばどうでもいいことであり、したがってデタラメを並べたわけである。しかし、そのデタラメさからドイルの深層心理が読み取れるのが何とも面白い。

そもそも、Moriartyという単語自体が「死（モーリ）」を意味するラテン語を連想させるが、この単語のスペリングの中に母の名前Maryが隠されており、それを引き算するとtrioが残って、ドイル——ウォーラー——チャールズというメアリの愛をめぐる三人の男の関係が暗示されている。

イングランドの婦人が肺結核で喀血し、瀕死の状態にある、というのもドイルの妻ルイーザにとってはいかにも残酷な設定である。この時、実際にドイルの妻ルイーザが肺結核であと一か月もつまいと言われていて、スイスのダヴォス・プラッツの療養ホテル「ヴァルトゥ・サナトリウム」に入院していたことを思いあわせれば、普通の神経の持ち主なら、このようなことをとうてい書くことはできないであろう。ドイルはルイーザの枕頭でこの《最後の事件》を執筆したのであった。ドイルは、この妻としっくりいっていなかったというから、彼はルイーザをも憎んでいて、「死んでくれればいい」と思っていたのであろうか（後に、ドイルはルイーザがまだ生きている間に恋人を作り、十年間もつきあって、ルイーザの死去を待っていて、死後にその恋人つまりジーン・レッキーと再婚している）。

この『思い出』が書かれていた一八九三年には、十月初旬に父チャールズが十四年間も精神病院に入院したまま亡くなり、その直後には妻ルイーザが肺結核を患っていることが発見されて、現実のドイルは妻を転地療養させるために急遽十一月末にスイスのダヴォスのグランド・ホテル・クワハウス・ダボスへ夫妻で引っ越した（そのあと、前述のサナトリウムへ移ったのである)。したがって、《最後の事件》で殺されたホームズを悼んでロンドンのファンたちが著者を呪い、喪章をつけて歩いていたことなどスイスにいたドイルは知らずにいたのであった。

なお、ドイルが自分で選んだベスト十二篇の中に、『思い出』からは、

《マスグレーヴ家の儀式》　第十一位
《ライゲイトの大地主》　第十二位
《最後の事件》　第四位

の三篇を選んでいるが、《マスグレーヴ家の儀式》は「歴史的な点がよく描かれているから」というふうに選定基準が一定していないので、他の作品が不出来だというわけではないことは「解説」(六四三ページ)に記されているとおりである。《最後の事件》のようなデタラメな作品が第四位に選ばれているのは一見不可解に思えようが、この作品に対するドイルの思い入れの深さを示すバロメーターだと考えれば、充分に納得がいく選定であろう。不倫関係の作品をベスト表から全部はずしてあるのも、母を攻撃したことについてドイルの気がとがめていることがかいま見えるように思えて、興味深い。

一九九八年十二月

小林司／東山あかね

文庫版によせて

このたび念願の「オックスフォード大学出版社版の注・解説付　シャーロック・ホームズ全集」の文庫化が実現し非常に嬉しく思います。今回は中・高生の方々にも気軽に親しんでいただきたいと考えて、注釈部分は簡略化して、さらに解説につきまして若干短くまとめたものを再録することにしました。これを機会にさらにシャーロック・ホームズを深く読み込んでみたいと思われる読者の方には、親本となります全集の注釈をご参照いただくことをおすすめします。

文庫化にあたりまして、注釈部分を切り離して本文と並行して読めるようにページだてを工夫していただいてあります。河出書房新社編集部の携木敏男さんと竹花進さんには大変お世話になり感謝しております。

二〇一四年四月

東山　あかね

＊非営利の趣味の団体の日本シャーロック・ホームズ・クラブに入会を希望されるかたは返信用の封筒と八二円切手を二枚同封のうえ会則をご請求下さい。
一七八－〇〇六二　東京都練馬区大泉町二－五五－八
日本シャーロック・ホームズ・クラブ　ＫＢ係
またホームページ http://holmesjapan.jp からも入会申込書がダウンロードできます。

The Memoirs of Sherlock Holmes, First Edition was originally published in English in 1993.
This is an abridged edition of the Japanese translation first published in 2014, by arrangement with Oxford University Press.

シャーロック・ホームズ全集④

シャーロック・ホームズの思い出

二〇一四年 六 月二〇日 初版発行
二〇二五年 一 月三〇日 4刷発行

著　者　アーサー・コナン・ドイル
注・解説　クリストファー・ローデン
訳　者　小林司／東山あかね

発行者　小野寺優
発行所　株式会社河出書房新社
〒一六二－八五四四
東京都新宿区東五軒町二－一三
電話〇三－三四〇四－八六一一（編集）
〇三－三四〇四－一二〇一（営業）
https://www.kawade.co.jp/

ロゴ・表紙デザイン　粟津潔
本文フォーマット　佐々木暁
印刷・製本　大日本印刷株式会社

落丁本・乱丁本はおとりかえいたします。本書のコピー、スキャン、デジタル化等の無断複製は著作権法上での例外を除き禁じられています。本書を代行業者等の第三者に依頼してスキャンやデジタル化することは、いかなる場合も著作権法違反となります。

Printed in Japan ISBN978-4-309-46614-9

緋色の習作　シャーロック・ホームズ全集①

アーサー・コナン・ドイル　小林司／東山あかね〔訳〕　46611-8

ホームズとワトスンが初めて出会い、ベイカー街での共同生活をはじめる記念すべき作品。詳細な注釈・解説に加え、初版本のイラストを全点復刻収録した決定版の名訳全集が待望の文庫化！

四つのサイン　シャーロック・ホームズ全集②

アーサー・コナン・ドイル　小林司／東山あかね〔訳〕　46612-5

ある日ホームズのもとへブロンドの若い婦人が依頼に訪れる。父の失踪、毎年のように送られる真珠の謎、そして突然届いた招待状とは？　死体の傍らに残された四つのサインをめぐり、追跡劇が幕をあける。

シャーロック・ホームズの冒険　シャーロック・ホームズ全集③

アーサー・コナン・ドイル　小林司／東山あかね〔訳〕　46613-2

探偵小説史上の記念碑的作品《まだらの紐》をはじめ、《ボヘミアの醜聞》、《赤毛組合》など、名探偵ホームズの人気を確立した第一短篇集。夢、喜劇、幻想が入り混じる、ドイルの最高傑作。

バスカヴィル家の犬　シャーロック・ホームズ全集⑤

アーサー・コナン・ドイル　小林司／東山あかね〔訳〕　46615-6

「悪霊のはびこる暗い夜更けに、ムアに、決して足を踏み入れるな」——魔犬の呪いに苛まれたバスカヴィル家当主、その不可解な死。湿地に響きわたる謎の咆哮。怪異に満ちた事件を描いた圧倒的代表作。

シャーロック・ホームズの推理博物館

小林司／東山あかね　46217-2

世界で一番有名な探偵、シャーロック・ホームズの謎多き人物像と彼の推理を分析しながら世界的人気の秘密を解き明かす。日本の代表的シャーロッキアンの著者が「ホームズ物語」を何倍も楽しくガイドした名著。

宇宙クリケット大戦争

ダグラス・アダムス　安原和見〔訳〕　46265-3

遠い昔、遙か彼方の銀河で、クリキット軍の侵略により銀河系は絶滅の危機に陥った——甦った軍を阻むのは、宇宙イチいい加減なアーサー一行。果たして宇宙は救われるのか？　傑作ＳＦコメディ第三弾！

宇宙の果てのレストラン

ダグラス・アダムス　安原和見〔訳〕　46256-1

宇宙船が攻撃され、アーサーらは離ればなれに。元・銀河大統領ゼイフォードとマーヴィンがたどりついた星で遭遇したのは⁉　宇宙の迷真理を探る一行のめちゃくちゃな冒険を描く、大傑作ＳＦコメディ第二弾！

銀河ヒッチハイク・ガイド

ダグラス・アダムス　安原和見〔訳〕　46255-4

銀河バイパス建設のため、ある日突然地球が消滅。地球最後の生き残りであるアーサーは、宇宙人フォードと銀河でヒッチハイクするはめに。抱腹絶倒ＳＦコメディ「銀河ヒッチハイク・ガイド」シリーズ第一弾！

さようなら、いままで魚をありがとう

ダグラス・アダムス　安原和見〔訳〕　46266-0

十万光年をヒッチハイクして、アーサーがたどり着いたのは、八年前に破壊されたはずの地球だった‼　この〈地球〉の正体は⁉　大傑作ＳＦコメディ第四弾！……ただし、今回はラブ・ストーリーです。

O・ヘンリー・ミステリー傑作選

O・ヘンリー　小鷹信光〔編訳〕　46012-3

短篇小説、ショート・ショートの名手Ｏ・ヘンリーがミステリーの全ジャンルに挑戦！　彼の全作品から犯罪をテーマにした作品を選んだユニークで愉快なアンソロジー。本邦初訳が中心の二十八篇。

ブラザーズ・オブ・ザ・ヘッド

ブライアン・W・オールディス　柳下毅一郎〔訳〕　46287-5

トムとバリーは結合双生児。肩には第三の頭が生えていた。互いに憎みあう兄弟は、ロックスターとして頂点を極め、運命の女性ローラと出会うが、争いは絶えない。その果てに……。巨匠が円熟期に発表した名篇。

シャーロック・ホームズ　ガス燈に浮かぶその生涯

W・S・B=グールド　小林司／東山あかね〔訳〕　46036-9

これはなんと名探偵シャーロック・ホームズの生涯を、ホームズ物語と周辺の資料から再現してしまったという、とてつもない物語なのです。ホームズ・ファンには見逃せない有名な奇書、ここに復刊！

ハローサマー、グッドバイ

マイクル・コーニイ　山岸真〔訳〕　46308-7

戦争の影が次第に深まるなか、港町の少女ブラウンアイズと再会を果たす。ぼくはこの少女を一生忘れない。惑星をゆるがす時が来ようとも……少年のひと夏を描いた、ＳＦ恋愛小説の最高峰。待望の完全新訳版。

拳闘士の休息

トム・ジョーンズ　岸本佐知子〔訳〕　46327-8

心身を病みながらも疾走する主人公たち。冷酷かつ凶悪な手負いの獣たちが、垣間みる光とは。村上春樹のエッセイにも取り上げられた、Ｏ・ヘンリー賞受賞作家の衝撃のデビュー短篇集、待望の復刊。

輝く断片

シオドア・スタージョン　大森望〔編〕　46344-5

雨降る夜に瀕死の女をひろった男。友達もいない孤独な男は決意する——切ない感動に満ちた名作八篇を収録した、異色ミステリ傑作選。第三十六回星雲賞海外短編部門受賞「ニュースの時間です」収録。

不思議のひと触れ

シオドア・スタージョン　大森望〔編〕　46322-3

天才短篇作家スタージョンの魔術的傑作選。どこにでもいる平凡な人間に“不思議のひと触れ”が加わると……表題作をはじめ、魅惑の結晶「孤独の円盤」、デビュー作「高額保険」ほか、全十篇。

カリブ諸島の手がかり

T・S・ストリブリング　倉阪鬼一郎〔訳〕　46309-4

殺人容疑を受けた元独裁者、ヴードゥー教の呪術……心理学者ポジオリ教授が遭遇する五つの怪事件。皮肉とユーモア、ミステリ史上前代未聞の衝撃力！　〈クイーンの定員〉に選ばれた歴史的な名短篇集。

透明人間の告白　上・下

H・F・セイント　高見浩〔訳〕　46367-4　46368-1

平凡な証券アナリストの男性ニックは科学研究所の事故に巻き込まれ、透明人間になってしまう。その日からＣＩＡに追跡される事態に……〈本の雑誌が選ぶ三十年間のベスト三十〉第一位に輝いた不朽の名作。

世界の涯の物語

ロード・ダンセイニ　中野善夫／中村融／安野玲／吉村満美子〔訳〕　46242-4

トールキン、ラヴクラフト、稲垣足穂等に多大な影響を与えた現代ファンタジーの源流。神々の与える残酷な運命を苛烈に美しく描き、世界の涯へと誘う、魔法の作家の幻想短篇集成、第一弾（全四巻）。

シャーロック・ホームズ対切り裂きジャック

マイケル・ディブディン　日暮雅通〔訳〕　46241-7

ホームズ物語の最大級の疑問「ホームズはなぜ切り裂きジャックに全く触れなかったか」を見事に解釈した一級のパロディ本。英推理作家協会賞受賞の現役人気作家の第一作にして、賛否論争を生んだ伝説の書。

アメリカの友人

パトリシア・ハイスミス　佐宗鈴夫〔訳〕　46106-9

トムのもとに、前科がなくて、殺しの頼める人間を探してくれとの依頼がまいこんだ。トムは白血病の額縁商を欺して死期が近いと信じこませるが……。ヴィム・ヴェンダース映画化作品！

太陽がいっぱい

パトリシア・ハイスミス　佐宗鈴夫〔訳〕　46125-0

地中海のまぶしい陽の中、友情と劣等感の間でゆれるトム・リプリーは、友人殺しの完全犯罪を思い立つ——。原作の魅惑的心理描写により、映画の苦く切ない感動が蘇るハイスミスの出世作！

フェッセンデンの宇宙

エドモンド・ハミルトン　中村融〔編訳〕　46378-0

天才科学者フェッセンデンが実験室に宇宙を創った！　名作中の名作として世界中で翻訳された表題作の他、文庫版のための新訳３篇を含む全12篇。稀代のストーリー・テラーがおくる物語集。

塵よりよみがえり

レイ・ブラッドベリ　中村融〔訳〕　46257-8

魔力をもつ一族の集会が、いまはじまる！　ファンタジーの巨匠が五十五年の歳月を費やして紡ぎつづけ、特別な思いを込めて完成した伝説の作品。奇妙で美しくて涙する、とても大切な物語。